本书列入

2017年国家社会科学基金重大委托项目

“十三五”国家重点图书出版规划项目

中华传统文化百部经典

世说新语（节选）

刘义庆 著
王能宪 解读

国家图书馆出版社

图书在版编目（CIP）数据

世说新语：节选 /（南朝宋）刘义庆著；王能宪解读．—
北京：国家图书馆出版社，2021.6（2025.9 重印）
（中华传统文化百部经典）
ISBN 978-7-5013-5170-1

Ⅰ．①世… Ⅱ．①刘… ②王… Ⅲ．①笔记小说－中国－南朝时代 Ⅳ．① I242.1

中国版本图书馆 CIP 数据核字（2021）第 089991 号

国家图书馆出版社官方微信

书　　名	世说新语（节选）
著　　者	（南朝宋）刘义庆 著　王能宪 解读
责任编辑	于春媚
重印编辑	刘鑫伟
特约编辑	吴麒麟
封面设计	敬人设计工作室
出版发行	国家图书馆出版社（北京市西城区文津街 7 号　100034） 010-66114536　63802249　nlcpress@nlc.cn（邮购）
网　　址	http://www.nlcpress.com
印　　装	北京科信印刷有限公司
版次印次	2021 年 6 月第 1 版　2025 年 9 月第 3 次印刷
开　　本	710×1000（毫米）　1/16
印　　张	27.5
字　　数	352 千字
书　　号	ISBN 978-7-5013-5170-1
定　　价	81.00 元（精装）

本册审订

袁行霈　骆玉明　宁稼雨　范子烨

中华传统文化百部经典

编纂办公室

张　洁　　梁葆莉　　张毕晓　　马　超　　华鑫文

编纂缘起

文化是民族的血脉，是人民的精神家园。党的十八大以来，围绕传承发展中华优秀传统文化，习近平总书记发表了一系列重要讲话，深刻揭示出中华优秀传统文化的地位和作用，梳理概括了中华优秀传统文化的历史源流、思想精神和鲜明特质，集中阐明了我们党对待传统文化的立场态度，这是中华民族继往开来、实现伟大复兴的重要文化方略。2017 年初，中共中央办公厅、国务院办公厅印发《关于实施中华优秀传统文化传承发展工程的意见》，从国家战略层面对中华优秀传统文化传承发展工作作出部署。

我国古代留下浩如烟海的典籍，其中的精华是培育民族精神和时代精神的文化基础。激活经典，熔古铸今，是增强文化自觉和文化自信的重要途径。多年来，学术界潜心研究，钩沉发覆、辨伪存真、提炼精华，做了许多有益工作。编纂《中华传统文化百部经典》（简称《百部经典》），就是在汲取已有成果基础上，力求编出一套兼具思想性、学术性和大众性的读本，使之成为广泛认同、传之久远的范本。《百部经典》所选图书上起先秦，下至辛亥革命，包括哲学、文学、历史、艺术、科技等领域的重要典籍。萃取其精华，加以解读，旨在搭建传统典籍与大众之间的桥梁，激活中华优秀传统文化，用优秀传统文化滋养当代中国人的精神世界，提振当代中国人的文化自信。

这套书采取导读、原典、注释、点评相结合的编纂体例，寻求优秀传统文化与社会主义核心价值观之间的深度契合点；以当代眼光审视和解读古代典籍，启发读者从中汲取古人的智慧和历史的经验，借以育人、资政，更好地为今人所取、为今人所用；力求深入浅出、明白晓畅地介绍古代经典，让优秀传统文化贴近现实生活，融入课堂教育，走进人们心中，最大限度地发挥以文化人的作用。

《百部经典》的编纂是一项重大文化工程。在中宣部等部门的指导和大力支持下，国家图书馆做了大量组织工作，得到学术界的积极响应和参与。由专家组成的编纂委员会，职责是作出总体规划，选定书目，制订体例，掌握进度；并延请德高望重的大家耆宿担当顾问，聘请对各书有深入研究的学者承担注释和解读，邀请相关领域的知名专家负责审订。先后约有500位专家参与工作。在此，向他们表示由衷的谢意。

书中疏漏不当之处，诚请读者批评指正。

2017年9月21日

凡　例

一、《中华传统文化百部经典》的选书范围，上起先秦，下迄辛亥革命。选择在哲学、文学、历史、艺术、科技等各个领域具有重大思想价值、社会价值、历史价值和学术价值的一百部经典著作。

二、对于入选典籍，视具体情况确定节选或全录，并慎重选择底本。

三、对每部典籍，均设"导读""注释""点评"三个栏目加以诠释。导读居一书之首，主要介绍作者生平、成书过程、主要内容、历史地位、时代价值等，行文力求准确平实。注释部分解释字词、注明难字读音，串讲句子大意，务求简明扼要。点评包括篇末评和旁批两种形式。篇末评撮述原典要旨，标以"点评"，旁批萃取思想精华，印于书页一侧，力求要言不烦，雅俗共赏。

四、原文中的古今字、假借字一般不做改动，唯对异体字根据现行标准做适当转换。

五、每书附入相关善本书影，以期展现典籍的历史形态。

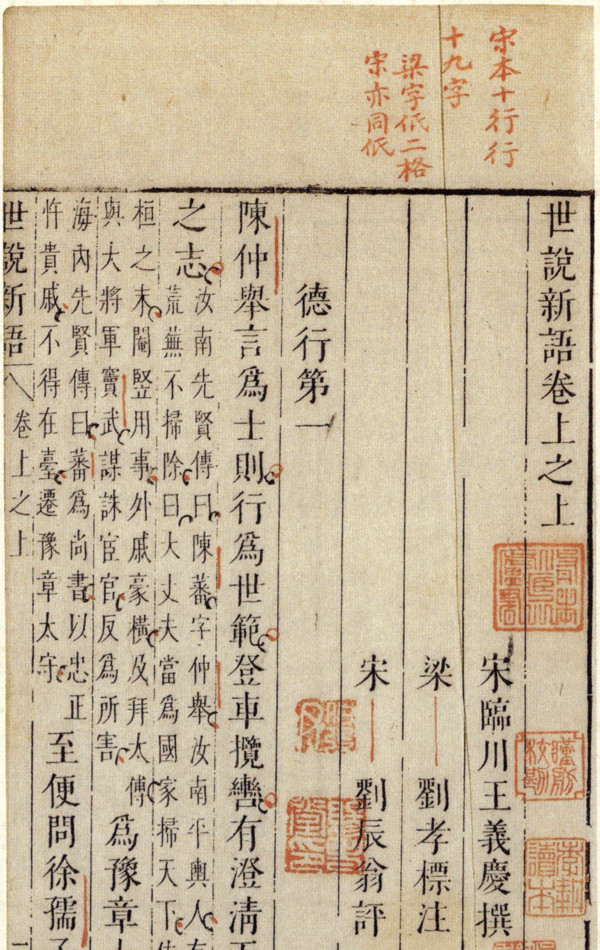
宋本十行行十九字
梁字低二格宋亦同低

世說新語卷上之上

宋臨川王義慶撰

梁　劉孝標注

宋　劉辰翁評

德行第一

陳仲舉言爲士則，行爲世範，登車攬轡，有澄清天下之志。汝南先賢傳曰：陳蕃字仲舉，汝南平輿人。有室荒蕪不掃除，曰：大丈夫當爲國家掃天下。值漢桓之末，閹豎用事，外戚豪橫。及拜太傅，與大將軍竇武謀誅宦官，反爲所害。爲豫章太守，海內先賢傳曰：蕃爲尚書，以忠正忤貴戚，不得在臺，遷豫章太守。至，便問徐孺子所

世說新語　卷上之上　一

世说新语三卷　（南朝宋）刘义庆撰

（南朝梁）刘孝标注　（宋）刘辰翁评　明刻本　国家图书馆藏

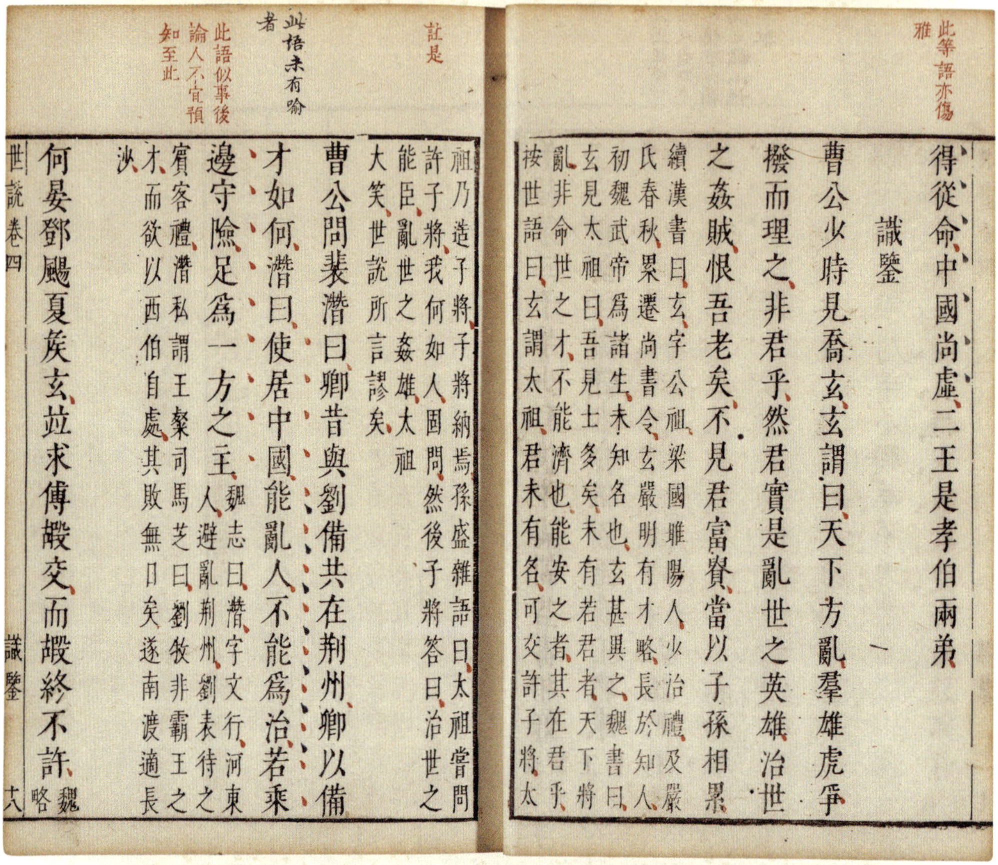

此等語亦傷雅

得從命中國尚虛二王是孝伯兩弟

識鑒　一

曹公少時見喬玄玄謂曰天下方亂羣雄虎爭撥而理之非君乎然君實是亂世之英雄治世之姦賊恨吾老矣不見君富貴當以子孫相累續漢書曰玄字公祖梁國睢陽人少治禮及嚴氏春秋累遷尚書令玄嚴明有才略長於知人初魏武帝爲諸生未知名也玄甚異之魏書曰玄見太祖曰吾見士多矣未有若君者天下將亂非命世之才不能濟也能安之者其在君乎按世語曰玄謂太祖君未有名可交許子將太祖乃造子將子將納焉孫盛雜語曰太祖嘗問許子將我何如人固問然後子將答曰治世之能臣亂世之姦雄太祖大笑世說所言謬矣

詎是

此語未有喻者

此語似事後論人不宜預知至此

曹公問裴潛曰卿昔與劉備共在荊州卿以備才如何潛曰使居中國能亂人不能爲治若乘邊守險足爲一方之主魏志曰潛字文行河東人避亂荊州劉表待之賓客禮潛私謂王粲司馬芝曰劉牧非霸王之才而欲以西伯自處其敗無日矣遂南渡適長沙

何晏鄧颺夏侯玄並求傅嘏交而嘏終不許魏略

世说新语八卷　（南朝宋）刘义庆撰

（南朝梁）刘孝标注　（宋）刘辰翁　（宋）刘应登　（明）王世懋批点

明凌瀛初四色套印本　国家图书馆藏

目　录

导　读

世说新语

附　录

导 读

《世说新语》是对中国文学乃至思想文化、特别是士人精神产生过深远影响的一部古典名著。其生动传神的笔触，优美精炼的语言，分门别类记录了魏晋时期的历史人物和名士风流，广泛反映了这一时期两百多年间的政治斗争、学术思想和社会风尚，是一个时代的缩影。

一、《世说新语》的作者

《世说新语》问世至今，已有一千五百余年。关于该书的作者，自最早著录此书的《隋书·经籍志》到《四库全书总目》，历代主要史志目录或私家目录均著录为南朝宋临川王刘义庆。

鲁迅《中国小说史略》对此提出了异议，认为："《世说》文字，间或与裴、郭二家书所记相同，殆亦犹《幽明录》《宣验记》然，乃纂缉旧文，非由自造。《宋书》言义庆才词不多，而招聚文学之士，远近必至，则诸书或成于众手，未可知也。”[①]

这段话有两层意思：一是说《世说新语》如同《幽明录》《宣验记》，乃“纂缉旧文，非由自造”之作，关于这一点，将在下一节讨论。另一层意思，就是对《世说新语》的作者提出了“成于众手”的推测，其理由是《宋书·刘义庆传》称其“才词不多”而“招聚文学之士”，此外并没有申述其他理由。这也许是因为《中国小说史略》是一部纲要性质的书，且由讲稿缩成文言，所以语焉不详[②]。另外，鲁迅在《集外集·选本》一文中也曾说道，《世说新语》“是一部抄撮故书之作”，“好像刘义庆或他的门客所搜集”[③]。

实际上，在鲁迅先生之前已经有人提出了类似疑问。明陆师道序何良俊《何氏语林》有云：“义庆宗王牧将，幕府多贤，当时如袁淑、陆展、鲍照、何长瑜之徒，皆一世名彦，为之佐吏，虽曰笔削自己，而检寻赞润，夫岂无人？”清人毛际可序王晫《今世说》亦云：“予谓临川宗藩贵重，缵润之功，或有藉于幕下袁、鲍诸贤。”

陆、毛二氏虽旨在强调何、王之作的独造之功，却都认为临川幕府诸贤有缵润之助。不过，除此之外，明清以来各种《世说》或《续世说》刊本的序跋及相关评点、评论，均未就《世说》的作者问题提出异议，故陆、毛二氏之论影响甚微。可是，自鲁迅《中国小说史略》提出疑问以来，“成于众手”之说几乎被普遍接受，认为《世说》是刘义庆及其招聚文士共同编撰而成。

然而，鲁迅先生的推测是否符合实际，是否堪为定论，我们必须结合相关史料进行实事求是的考察研究。

刘义庆生于东晋安帝元兴二年（403），卒于宋文帝元嘉二十一年（444），祖籍彭城（今江苏徐州）。其父刘道怜，是宋武帝刘裕的仲弟，封长沙王。因武帝幼弟刘道规无子，遂过继为嗣，袭封为临川王。官至尚书左仆射、中书令，后出任荆州刺史、江州刺史、南兖州刺史等。

史籍中有关刘义庆的生平资料，主要是《宋书》和《南史》中的本传以及其他刘宋皇室的本纪、传记。《宋书·刘义庆传》在叙述其生平仕宦经历及著述后，称其：

> 为性简素，寡嗜欲，爱好文义，才词虽不多，然足为宗室之表。受任历藩，无浮淫之过，唯晚节奉养沙门，颇致费损。少善骑乘，及长，以世路艰难，不复跨马。招聚文学之士，近远必至（近远，《南史》作“远近”）。太尉袁淑，文冠当时，义庆在江州，请为卫军谘议参军；其余吴郡陆展、东海何长瑜、鲍照等，并为辞章之美，引为佐史国臣（史，《南史》作“吏”）。

《南史·刘义庆传》几乎全抄《宋书》，仅略加压缩而已，但提到了著《世说》一事，云：“所著《世说》十卷，撰《集林》二百卷，并行于世。”

刘义庆的著述，除了《南史》提到的这两种，还有《宋书》和《隋书·经籍志》等书所著录的《刘义庆集》八卷、《徐州先贤传》十卷、《江左名士传》一卷、《宣验记》十三卷、《幽明录》二十卷，及不明卷帙的《典叙》，共八种二百六十余卷（卷数不包括《典叙》。除《世说新语》，其他均已佚）。这个数目当然不少，因此有人认为既然刘义庆“才词不多”，加之他年寿不永（只活了四十二岁），平生历任多种文武要职，调动频繁，很少有安定的时间著书，要独立完成这些著作似乎不大可能，这实际上是一种颇为主观的推断。因为这些著述，包括《世说》在内，大多是纂辑类著作。算得上创作的只有《徐州先贤传》十卷、《江左名士传》一卷，以及别集八卷，总共不到二十卷。《宋书》本传说他“才词不多”，正是就这类创作性的著作而言的；而“爱好文义”则是指他博览群籍，搜集整理了《集林》《世说》之类编纂性的著作。

《宋书·刘义庆传》在称其“爱好文义，才词虽不多”之后，还有一句：“然足为宗室之表。”何谓“表”？表者，特出之谓也。《楚辞·山鬼》：“表独立兮山之上。”刘义庆自幼为宋高祖（武帝刘裕）所钟爱，常曰：“此我家丰城也。”所谓“丰城”，是以产于丰城的干将、莫邪宝剑为喻，表示对他的爱赏。由此可见刘义庆在刘宋宗室中的特立和出众。他所招聚的这些文学之士，袁淑、陆展、何长瑜、鲍照等，都是当时文坛的名流，这些人能归附于他，也可以表明刘义庆在当时文人中的影响和位望。

那么，这些文士们是否参与了《世说新语》的编撰呢？在我国历史上，确实有人依仗自己的权势、地位和金钱，招延卿客文士，著书立说。最有代表性的恐怕要算西汉时期的淮南王刘安，他“招致宾客方术之士数千人”（《汉书》本传），集体编撰《淮南鸿烈》，又称《淮南子》，即以自己的封号为这部著作命名。不过，到了东汉时期，高诱为此书作注，便已揭明此书是刘安与其诸多门客共同讲论编撰而成的。

临川王刘义庆虽然也是王室贵胄，也曾招聚文学之士，但情形已与淮南王刘安大有不同。其一，临川王没有“三千食客”，没有那么庞大的写作班子。当然，《汉书》所谓“招致宾客方术之士数千人”也许有夸张成分，而《宋书》所举袁、陆、何、鲍或仅列其著者而已，但二者规模毕竟不可同日而语。其二，也是更为主要的，临川王招聚的文士，虽以文学著称，但都担任了一定实职，即所谓“佐史国臣”，不像淮南王所养是纯粹的卿客。四人当中，袁淑为谘议参军；何长瑜为国侍郎至平西记室参军；鲍照亦为国侍郎，后孝武帝以为中书舍人；只有陆展不详，仅于《宋书·谢灵运传》知其为临川王镇守荆州时的“州府僚佐”。也许，临川王因为爱好文义，招聚这些文学之士，一方面是声气相求；另一方面则是需要依仗他们谋划军政大略，处理文书公务。其三，上述四人在临川王幕府的时间都不长，而且没有同时相聚在一起，与淮南王的宾客长期供养、日夕讲论的情形不同。陆展、何长瑜是荆州时期的僚佐，袁淑仅在江州待了一年多，与临川王相处时间最长的或许是鲍照，从江州跟随至广陵，也不过三五年时间。因此，他们对临川王的文学事业不可能有太多直接的帮助。

由此看来，“为性简素”、对政治不感兴趣的临川王，招聚文学之士，也许主要是出于协理军政事务的需要。当然，招贤纳士，是古今中外一切政治家必须重视也乐于为之的事情。刘义庆能够招来这些当时文坛的名流，时常与之切磋文义，当是一大乐事。临川王编撰《世说》等著作，也肯定会与他们切磋商讨，倾听他们的意见，甚至他们也可能会向临川王提供有关资料和素材，即所谓“检寻赞润”之助。但这些都是文人之间的正常交往，只要不是直接参与其事（譬如受托捉刀或分工任事），就不能算是集体创作，不能看作是“成于众手”。

总之，我们应当尊重历史文献的记载，而鲁迅先生所言不过是推测之词，其态度是审慎的，可为一家之言，但不可轻易奉为定论。

二、《世说新语》的文体特征

《世说新语》分类系事，篇幅短小，截取精彩片段，记载轶闻隽语。它是我国笔记小说（或曰文言小说）的典范之作，其文体和风格对后来的笔记小说产生了深远影响。

胡适曾批评《世说新语》“虽有剪裁却无结构，故不能称作短篇小说”。很显然，这是以今天的小说观念来观照、审视《世说新语》。我国的小说，有文言笔记小说和白话通俗小说两个各自独立的发展系统。尽管白话通俗小说自唐传奇和宋元话本发端以来，至明清有了长足的发展，如《三国演义》《水浒传》《西游记》《红楼梦》四大名著，其影响远远超过了文言笔记小说。但是，即使是明清时期，文言笔记小说也并没有因为白话通俗小说的兴起而走向衰亡，而是继续沿着传统的道路向前发展。这是中国小说发展史的客观事实。

今天的小说观念，乃是以明清白话通俗小说为参照系，并经梁启超、王国维等人竭力倡导和引进西方小说观念而形成的。而笔记小说的源头，则可上溯到春秋战国时期诸子百家中的“小说家”。《汉书·艺文志》云：“小说家者流，盖出于稗官。街谈巷语、道听途说者之所造也。孔子曰：‘虽小道，必有可观者焉，致远恐泥，是以君子弗为也。’然亦弗灭也。闾里小知者之所及，亦使缀而不忘，如或一言可采，此亦刍荛狂夫之议也。”东汉初年，桓谭在其《桓子新论》中亦有类似见解：“小说家合丛残小语，近取譬论，以作短书，治身理家，有可观之辞。”

从以上两段话中，我们可以发现两个值得注意的词语，一曰“短”，二曰“缀”。短者，就其篇幅而言，因为是“街谈巷语，道听途说”的“小道”，而又有“一言可采”，所以它只能是“丛残小语”的“短书”。缀者，连结、拼合之谓也，此乃就其编纂方式而言，因为是“一言可采”的“丛残小语”，故须摭拾采录，把散金碎玉串在一起，即所谓“缀而不忘”。《世说》的编撰，在形式上大体是与此相符的。

可见，在中国传统观念里，“小说”（小道理）是相对于“大道”（大道理）而言的，这正如“小学”（语言文字之学）是相对于“大学”（治国平天下之学）而言一样。因而，小说家虽然厕身于诸子，却是不入流的，所谓“诸子十家，其可观者九家而已”④。但是，孔子并不鄙视小说家言，认为其必有可观。我们正是可以从这个意义上去认识《世说新语》及其文体特征与价值。

刘义庆所处的时代，已有大量小说家著作可资借鉴。《汉书·艺文志》著录的十五家小说虽早已亡佚，与《世说》类似的笔记小说《魏晋世语》《语林》《郭子》等今亦无存，但与《世说》有密切关系的西汉刘向的《说苑》却保存至今，我们可以从中发现二者在文体上大致相同。二书都是分类系事，都采用二字标目，篇幅短小，文字简约。所不同的是，《说苑》偏重政教，内容庞杂，而《世说》专记名士风流，内容更为纯粹。另外，我们根据今人的辑佚资料，也可以肯定，《世说》与《说苑》《语林》等小说家著作有前后承袭和借鉴的关系。这大概就是鲁迅所说的“纂缉旧文”“抄撮故书”，然而这种披沙拣金、集腋成裘的“纂缉”，绝非剪刀加浆糊的“文抄公”所能为，而是在很大程度上带有创造性的劳动。纂辑者从浩繁的典籍中选取“佳事佳话”，必具审美眼光。纂辑之时，门类繁杂，人物众多，前后照应，并无抵牾。所以《世说新语》虽然“非由自造”，不是刘义庆的原创，却可以看作是他的再创造。我们从《世说新语》的分类即可得到印证。

《世说新语》通行的版本分为三十六门，共一千一百三十则，将魏晋二三百年间的各类人物一千五百余人（包括刘孝标注在内）纳入其中[5]，假如没有独到的审美眼光和高超的剪裁技巧，是难以想象的。

我们先来看看《世说》的门类，现存最早、最完整也是最好的《世说新语》刊本之一，即宋绍兴八年（1138）董弅刻本，其卷帙门类如下：

上卷：	德行第一	言语第二	政事第三	文学第四
中卷：	方正第五	雅量第六	识鉴第七	赏誉第八
	品藻第九	规箴第十	捷悟第十一	
	夙惠第十二	豪爽第十三		
下卷：	容止第十四	自新第十五	企羡第十六	
	伤逝第十七	栖逸第十八	贤媛第十九	
	术解第二十	巧艺第二十一	宠礼第二十二	
	任诞第二十三	简傲第二十四	排调第二十五	
	轻诋第二十六	假谲第二十七	黜免第二十八	
	俭啬第二十九	汰侈第三十	忿狷第三十一	
	谗险第三十二	尤悔第三十三	纰漏第三十四	
	惑溺第三十五	仇隙第三十六		

《世说新语》三十六门的立类标目，体现了刘义庆的编撰宗旨，所可注意者有三。

一、孔门四科的突出地位

《世说》首冠“孔门四科”[⑥]，即德行、言语、政事、文学，整整一卷，将及全书的三分之一篇幅，这不能不引起人们的注意。中国台湾学者傅锡壬认为《世说》首冠四科，源本儒术，他说：“余以为《世说新语》之首四篇，实为全书之中心思想，亦即所谓本体论者也。而其他三十二篇均循此主体而演绎之，或可目为批评论。”并将前四门与后三十二门经纬对照，前后发明[⑦]。诚然，《世说》首列孔门四科，这本身即可说明其对儒家思想的尊崇，书中也确有大量尊崇孔圣和标榜儒家忠、孝、仁、爱思想的内容。但是，这是否就能说明儒家思想为全书的中心思想呢？

实际上，《世说》一书的内容颇为复杂，既尊崇儒学，也不排斥佛、道，甚至有关谈玄论佛的内容，恐怕远远超过尊孔崇儒的内容。“四科”之外，雅量、识鉴、赏誉、品藻、豪爽、任诞等门，多是记载魏晋名士挥麈谈玄、任诞脱俗的所谓“越名教而任自然”的隽言逸行。甚至在孔门四科中，亦有不少谈玄论道、调和儒道的内容。例如《言语》五十（凡所引原文，皆在门类后用数字注明第多少则，以便查对原书）记庾亮问齐由、齐庄二人“何不慕仲尼而慕庄周”，对曰“圣人生知（生而知之），故难企慕”。这与其说是对孔子的崇敬，倒不如说是委婉不恭的嘲谑。

在“四科”之外的诸门类中，蔑视礼教，鄙薄功名，违背纲常，乃至丑化孔儒的言行举止，更是俯拾皆是。“在儒而非儒，非道而有道”，这是魏晋时代的特征，《世说》正反映了“儒道兼综”的时代特点。

二、《世说》编撰与魏晋时代风尚的关系

《世说》三十六门的分类和设置，与当时人物品题的风气有极大关系。魏晋的人物品题之风肇源于东汉，汤用彤先生曾指出：“汉代取士，大别为地方察举，公府征辟。人物品鉴遂极重要。有名者入青云，无闻者委沟渠。朝廷以名为治（顾亭林语），士风亦竞以名行相高。声名出于乡里之臧否，故民间清议乃隐操士人进退之权。于是月旦人物，流为俗尚；讲目成名（《人物志》语），具有定格，乃成社会中不成文之法度。”[⑧]两晋时代，尤其是东晋时代，由于统治阶级实行门阀政治，察举制度不复存在，人物品题失去了政治效用，却朝着另一方向——审美效用的方向发展。

这种审美效用的人物品题，重视对人才性器识、风神容止方面的品藻与鉴赏，在《世说》一书中有极其充分的反映。三十六门的设置多是以人物品题和鉴赏为视点而加以区分的：有的品鉴人物的不同类型，如“孔门四科”中的德行、言语、政事、文学，及自新、栖逸、轻诋、俭啬等门；有的品鉴人物的不同性格，如方正、雅量、豪爽、任诞、简傲、忿狷、谗险等门；有的品鉴人物的不同才能，如捷悟、夙惠、术解、巧艺、排调等门；有的则直接为人物品题的记载，如识鉴、赏誉、品藻、容止、企羡等门。

当然，三十六门的立类标目，归根结底还是由这个时代的政治、文化、学术风气和士人精神所决定的。譬如，没有玄学论辩和清谈之风，则不可能有言语、文学、排调等门类的内容；没有士流放诞之风，则不可能有雅量、豪爽、任诞、简傲、忿狷、惑溺等门类的内容；没有门阀士族和当时险恶的政治环境，也不可能有规箴、伤逝、栖逸、宠礼、轻诋、谗险、仇隙等门类的内容。可见，《世说》的门类充分反映了那个时代的历史文化，具有鲜明的时代特点。

三、各门类多寡悬殊，既是时代使然，也与文体有关

《世说》各门由若干则短文构成，各门的则数或多或少，相差悬殊，最多的《赏誉》一五六则，最少的《自新》仅二则。三十六门中，一百则以上的言语、文学、赏誉三门，最能代表《世说》的特色，《言语》门以记载清谈为主，《文学》门以记载玄学为主，《赏誉》门以记载人物品

题为主，这些都是魏晋风流的主要内容，最能反映时代特质。二十则以上的诸门，从不同方面更广泛地反映了魏晋时代的道德观念和士人风尚。德行、政事、方正、规箴、贤媛反映了儒家观念诸如仁爱、忠恕、孝友、廉正、刚直、贤淑等当时依然为世人所尊奉；雅量、识鉴、品藻、容止、任诞、排调、轻诋等门，多角度、多侧面地反映了魏晋名士任诞放达的生活作风，是言语、文学、赏誉等门的生动补充。以上十五门是全书的主体部分，约占五分之四篇幅。其余的二十一门，类目虽多，所占比重却极少，内容也较为复杂，多数是魏晋风流的进一步补充，但也有反映社会生活其他方面的。三十六门排列的先后次序，基本上是前褒后贬，渐次递降。

如前所述，《世说》分门别类是时代的产物，也与其文体有关。因《世说》是在纂辑旧文的基础上编撰而成的，必然受到文献资料的制约，同时又受到时代风尚的影响，这就不免造成各门类之间的不均衡。

三、《世说新语》是魏晋风流的写照

魏晋风流，或曰魏晋风度，是对魏晋士人的精神特质和言行风范的概括。《世说新语》以记载魏晋士人的言行逸事为主，集中、充分、生动地表现了魏晋风流，借用书中顾长康的话，可谓是魏晋风流的“传神写照”，而此书恰成了观察魏晋风流的“阿堵”（参见《巧艺》十三）。

“风流”一词，原其本义，指风俗教化如风之行，如水之流。《汉书·董仲舒传》云：“伊欲风流而令行，刑轻而奸改，百姓和乐，政事宣昭。”后来词义有了各种发展：如指英雄豪杰，苏轼《念奴娇·赤壁怀古》词云：“大江东去，浪淘尽、千古风流人物”；毛泽东《沁园春》词亦有“数风流人物，还看今朝”之句。也指文学风格，嵇康《琴赋·序》云：“体制风流，莫不相袭。”司空图《二十四诗品》云：“不着一字，尽得风流。”而作为一种“人格美”（冯友兰语，见《论风流》[⑨]）意义上的“风流”，一般来说，乃是特指魏晋士人那种自由的精神、脱俗的言行、超逸的风度。

翻开《世说》，迎面走来的是一群率真旷达、恣情任性的风流名士，诸如玉柄麈尾的清谈家，辨名析理的玄学家，月旦人物的鉴赏家，服药求仙的道士，论道讲佛的高僧，清才博学的文士，芝兰玉树的俊秀，纵酒的醉客，裸裎的狂士……真可谓一幅风流名士的人物长卷。

李泽厚《美的历程》这样写道：“《世说新语》津津有味地论述着那么多的神情笑貌，传闻逸事，其中并不都是功臣名将们的赫赫战功或忠臣义士的烈烈操守，相反，更多倒是手执拂尘，口吐玄言，扪虱而谈，辩才无碍。重点展示的是内在的智慧，高超的精神，脱俗的言行，漂亮的风貌。”[⑩]

正是从这个意义上说，冯友兰先生把《世说新语》称为“中国的风流宝鉴”（《论风流》），宗白华先生则干脆把这个时代称为“世说新语时代”[⑪]。

《世说新语》所反映的魏晋风流，其表现形式主要由以下三方面构成，即魏晋名士的谈玄之风、品题之风、任诞之风。

（一）谈玄之风

谈玄，通常称“清谈”，亦称“清言”，又称“共谈”“共讲”“共论”等。因清谈的内容主要是玄学，故称“谈玄”。

谈玄之风源自东汉太学清议。东汉中叶以来，由于宦官专权和外戚为祸，造成了政治的腐败和社会的动荡，太学生们群聚京师，高言放论，批评朝政，臧否人物，此即所谓太学清议。《后汉书·党锢列传》云：“桓灵之间，主荒政缪，国命委于阉寺，士子羞与为伍，故匹夫抗愤，处士横议，遂乃激扬名声，互相题拂，品核公卿，裁量执政，婞直之风，于斯行矣。”到了魏晋时代，由于社会环境和学术思想的变化，“品核公卿，裁量执政”的太学清议，一变而为“辨名析理”的名士清谈。

鲁迅先生曾指出：“这种清谈，本从汉之清议而来。汉末政治黑暗，一般名士议论政事，其初在社会上很有势力，后来遭执政者之嫉视，渐渐被害，如孔融、祢衡等都被曹操设法害死。所以到了晋代底名士，就不敢再议论政事，而一变为专谈玄理。清议而不谈政事，这就成了所谓清谈了。但这种清谈的名士，当时在社会上却仍旧很有势力，若不能玄谈的，好似不够名士底资格；而《世说》这部书，差不多就可以看做一部名士底教科书。”⑫

《世说新语》中的《言语》《文学》《赏誉》等篇记载了大量谈玄的内容。谈玄是在上流社会尤其是在士族阶层进行的。魏正始年间，何晏、王弼等祖述老庄，崇尚虚玄，士人之间辨名析理，相煽成习，一时形成谈玄之风。《文学》六：“何晏为吏部尚书，有位望，时谈客盈坐。王弼未弱冠，往见之。晏闻弼名，因条向者胜理语弼曰：‘此理仆以为极，可得复难不？’弼便作难，一坐人便以为屈。于是弼自为客主数番，皆一坐所不及。”此则刘孝标注引《文章叙录》云：“晏能清言，而当时权势，天下谈士多宗尚之。”

到了东晋时代，谈玄之风更是愈演愈烈。从《世说》中所能看到的谈士，名家辈出，诸如王导、谢安、庾亮、殷浩、孙盛、孙绰、王濛、王修、王述、桓温、谢尚、许询、支道林、康僧渊等等，乃至简文帝司马昱也是著名的清谈家。上自帝王大臣，下至士族文人，乃至僧侣道士，相互景慕，流为风尚。谈玄成为他们日常生活的主要内容，成为一种学问和智力的竞赛，借此可以显示各自的高贵风雅和学养才能。

清谈家们相聚谈玄，其论辩方式通常是在两人之间展开，但也有主客相对或自为客主，临时拈题、四座皆通，两人论辩、一人评判等多种方式。至于谈玄的内容，主要是《易》《老》《庄》所谓“三玄”，以及老庄与圣教（儒教）异同，佛理，“声无哀乐”，“才性四本”等等。谈玄在当时之所以成为风尚，与其能表现某种风流之美不无关系。《世说》中谈玄所表现出的风流之美，主要有仪容风度之美、论辩叙致之美、言辞声调之美。谈玄者的风度、才华、气势之美，有时竟然使听众为之倾倒喝彩，甚至手舞足蹈，《文学》四十：“支道林、许掾诸人共在会稽王斋头，支为法师，许为都讲。支通一义，四坐莫不厌心。许送一难，众人莫不抃舞。但共嗟咏二家之美，不辩其理之所在。”所谓“二家之美”，即支、许二人谈玄的风度之美，在场的人鼓掌欢呼，手舞足蹈，完全陶醉在二人谈玄论辩时那种优雅风采的美感享受之中。

诚然，魏晋玄学家们谈玄论辩，辨名析理，是一种高妙精微的智力活动，正如冯友兰先生所言：“在中国哲学史中，魏晋玄学是中华民族抽象思维的空前的发展。”⑬ 魏晋玄学是在“独尊儒术”的两汉经学桎梏之下的解放与突破，充满着自由的精神和思辨的色彩，是我国春秋战国时期百家争鸣之后又一座思想文化的高峰。但是，玄学家们整天谈玄论辩，有时甚至连饭也顾不上吃。更有甚者，一些当权者居然“摆拨常务，应对玄言”，为了谈玄，国家大事可以抛到一边。因此，后人批评魏晋“清谈误国”，这是值得警醒的。

（二）品题之风

品题，是指对人物的品性、才能、容止、风度等方面的评论和品鉴，《世说》有时称为“题目”，或简称为“目”，《识鉴》《赏誉》《品藻》等篇专门记载人物品题，另外《言语》《政事》《容止》等篇亦涉及这方面内容。人物品题在《世说》中占有相当比重，是此书所要表现的重要内容。

如果说清谈玄理讲究学力与思辨，那么品题人物则重在识力与鉴赏。因而《世说》中的人物品题，往往以对人的洞察远见和精鉴妙赏，并判别其才性优劣、流品高下为旨归。

《品藻》篇多通过比较来评定人物的高下，例如：“诸葛瑾、弟亮及从弟诞，并有盛名，各在一国。于时以为‘蜀得其龙，吴得其虎，魏得其狗’。”（第四则）这是说诸葛兄弟并有盛名，但才能有高下之别，分别用“龙”“虎”“狗”比喻其等次先后（仅仅等次之别，并无褒贬之分）。

《识鉴》篇所载人物品题，多强调对人物的品性、才能，特别是政治才能的识见与鉴别，这种人伦识鉴，体现了品评者的慧眼卓识。尤其是其中不少对幼童的品题，例如：“车胤父作南平郡功曹，太守王胡之避司马无忌之难，置郡于酆阴。是时胤十余岁，胡之每出，尝于篱中见而异焉。谓胤父曰：‘此儿当致高名。’后游集，恒命之。胤长，又为桓宣武所知。清通于多士之世，官至选曹尚书。”（第二十七则）是王胡之对车胤幼时的品鉴，断定其“当致高名”。

然而，最能反映当时品题风气的，还是《赏誉》篇中那些具有审美特点的人物品题。赏誉，即对人物品性、才情之美的欣赏和赞誉。假如说汉末察举的乡党评议主要特点是“评”，那么魏晋人物品题的特点便是“赏”。赏，即认识美，欣赏美，赞誉美。也就是说，魏晋的人物品题是一种审美过程。

首先，在人物品题的语言上极有特点。我们知道，《世说》的语言风格是简约隽永，人物品题最能体现这一风格特点，其用语十分简短，讲究对称，多用二字或四字，或者用前后对称的八字，甚至用一字，简练至极。例如：

时称“冯才清，李才明”。（《赏誉》二二）

桓玄问刘太常曰：“我何如谢太傅？”刘答曰：“公高，太傅深。”（《品藻》八七）

武元夏目裴、王曰：“戎尚约，楷清通。”（《赏誉》十四）

世目杜弘治标鲜，季野穆少。（《赏誉》七十）

殷中军道右军“清鉴贵要”。（《赏誉》一百）

抚军问孙兴公："刘真长何如？"曰："清蔚简令。""王仲祖何如？"曰："温润恬和。""桓温何如？"曰："高爽迈出。""谢仁祖何如？"曰"清易令达。""阮思旷何如？"曰："弘润通长。""袁羊何如？"曰："洮洮清便。""殷洪远何如？"曰："远有致思。"（《品藻》三六）

从以上举例可见《世说》品题人物用语之一斑。《世说》品题人物所用的词语十分丰富，简直是一个语言的宝库。书中品题人物，很少使用雷同、重复的词语，许多词语前所未见，具有创造性。

《世说》品题人物用语的丰富多彩，反映了当时人们审美情趣的多样性和审美概念的丰富性。书中常用的审美概念有：清、神、朗、率、达、雅、通、简、真、畅、俊、旷、远、高、深、虚、逸、超、诣等。这里以使用率最高的"清""神""朗"三个系列的审美概念略加分析。

清，是《世说》中品题人物使用频率最高的词语，也是称誉人物最高的评价。它所表现的不只是通常意义上的那种澄澈明净之美，自然质朴之美，同时还融合了老庄精神和玄学义理，带有一种清虚玄远之美，超逸脱俗之美。例如："山公举阮咸为吏部郎，目曰：'清真寡欲，万物不能移也。'"（《赏誉》十二）又如："嵇康身长七尺八寸，风姿特秀。见者叹曰：'萧萧肃肃，爽朗清举。'"（《容止》五）诸如此类带有"清"字的品题不胜枚举，如清真、清远、清流、清举、清易、清誉、清鉴、清悟、清恬、清淳、清通、清令、清士、清高、清识、清虚、清和、清伦、清选、清中、清蔚、清畅等等，可见表达"清"这一审美概念竟有如此丰富的词汇和蕴义。

神，在《世说》的人物品题中也是一个使用频率极高的审美概念。带有"神"的词汇也十分丰富，如神识、神理、神俊、神王（旺）、神宇、神衿、神检、神骏、神锋、神怀、神悟、神意、神姿、神色、神明、神气、神情、神候、神令、传神、风神等等。它们所表达的乃是一种高深玄妙之美，一种器识明慧之美，一种内在的精神气韵之美。例如：“何晏七岁，明惠若神。”（《夙惠》二）又如：“桓宣武表云：‘谢尚神怀挺率，少致民誉。’”（《赏誉》一〇三）

朗，也是《世说》中人物品题颇为多见的一个审美概念。带有“朗”的词汇，有开朗、卓朗、器朗、高朗、俊朗、爽朗、彻朗、散朗、朗诣、朗畅、朗然等等。“朗”这一审美概念与“清”有相似之处，表达的是一种光亮明畅之美，一种通达清爽之美。例如：“何平叔云：‘服五石散，非惟治病，亦觉神明开朗。’”（《言语》十四）就是说服五石散，不但能够治病，还能达到一种精神豁然开朗、清爽明畅的境界。又如《赏誉》二十四称裴楷“精明朗然”，《豪爽》三谓王敦自目“高朗疏率”，都是标榜那种潇洒旷达的人格美。

其次，人物品题注重形象化。魏晋人物品题由汉末的政治性和实用性转向审美性和鉴赏性，在表现形式上有一个十分明显的特点——形象化。翻开《世说新语》，无论是品鉴人物内在的品性才调之美，还是外在的风度仪容之美，多是通过比喻、用形象化的手法加以表现的，使人物的人格之美与自然的物象之美互相契合，达到了人格美与自然美的统一。例如：“世目李元礼：‘谡谡如劲松下风。’”（《赏誉》二）又如：“公孙度目邴原：‘所谓云中白鹤，非燕雀之网所能罗也。’”（《赏誉》四）《世说》在这类比喻性品题中，有一系列最能契合魏晋人物精神风貌的自然物象，反复出现，经常使用，凝结成一些较为固定的意象，颇能看出魏晋品题人物的审美标准和审美趣味。这些物象主要包括“松下风”“崖下电”“玉树”“玉人”“鹤”“龙”等等。

松，历来是节操、风骨、森肃、高洁的象征。《世说》人物品题中常用“松”来比喻人格的坚韧与节操，如《赏誉》十五载，庾子嵩目和峤“森森如千丈松”，该则刘孝标注引《晋诸公赞》云：“峤常慕其舅夏侯玄为人，故于朝士中峨然不群，时类惮其风节。”这可以看作“千丈松”的最好注脚。又如同篇第二十则称张威伯为“岁寒之茂松”，该则刘注亦谓其“禀性坚明，志行清朗”。而“松下风”则更表现出人物的凛然气概，如《容止》五称嵇康“肃肃如松下风，高而徐引”，又称其为人“岩岩若孤松之独立”，孤松挺立，高风徐引，这既是一种自然美的境界，也是一种人格美的境界。

玉，通常也是象征高洁和仁德之美的，所谓“君子比德于玉”。“玉”在《世说》人物品题中出现的频率最高，有玉树、玉山、玉人、玉举、璞玉、珠玉、丰年玉等一系列用法，或评价人物资质之美，或形容人物仪容之美。如“玉树”,《容止》三云:“魏明帝使后弟毛曾与夏侯玄共坐，时人谓‘蒹葭倚玉树’。”这是比喻夏侯玄如玉树，毛曾如蒹葭，二人极不相称。蒹葭，即芦苇，不过一种常见的水草而已，而玉树乃是传说中的仙树。《山海经·海内西经》云:“开明北有视肉、珠树、文玉树。”《赏誉》十六称王衍“神姿高彻，如瑶林琼树”（琼树即玉树），并称他为“风尘外物”，即是说王衍乃神仙中人。再如“玉人”，现在多形容美丽的女性，而《世说》多用来形容男子仪容之美。卫玠、裴楷等都有“玉人”之号,《容止》十二谓:“裴令公（楷）有俊容仪，脱冠冕，粗服乱头皆好，时人以为‘玉人’。见者曰:‘见裴叔则（楷字叔则）如玉山上行，光映照人。’”卫玠更是风姿俊美，以致被“看杀”。

再如“崖下电”形容人目光有神，“壁立千仞”（或“断山”）比喻人刚正威严，“云中白鹤”（或“九皋鸣鹤”）比喻人孤高超卓，“龙跃云津”“凤鸣朝阳”比喻英彦的人才等等。以上这一系列自然物象所表现的人格之美，多是一种清峻淡远之美，这显然契合了魏晋人崇尚老庄，以自然为美的审美观和以绝俗为高的人生观。

再次，人物品题对中国美学与文艺批评具有深远影响。魏晋人物品题的风气，对我国的美学与文艺批评（二者有时是相同的）具有十分重要而深远的影响。宗白华先生在《论〈世说新语〉和晋人的美》一文中曾指出："中国美学竟是出发于'人物品藻'之美学。美的概念、范畴、形容词，发源于人格美的评赏。'君子比德于玉'，中国人对于人格美的爱赏渊源极早，而品藻人物的空气，已盛行汉末。到'世说新语时代'则登峰造极了。"又说："中国艺术和文学批评的名著，谢赫的《画品》，袁昂、庾肩吾的《书品》，钟嵘的《诗品》，刘勰的《文心雕龙》，都产生在这热闹的品藻人物的空气中。后来唐代司空图的《二十四品》，乃集我国美感范畴之大成。"⑭

魏晋人物品题对我国美学与文艺批评最明显的影响有两点，一是概念的移用，二是流品的划分。

我国美学或文艺批评的许多重要概念是直接从人物品题中移用、发展而来的。因为人物品题所使用的语汇极其丰富，其中一些便演变发展为美学或文艺批评的概念和范畴。以"风骨"为例，王羲之是《世说》中堪称完美的人物，书中多处称述其风骨之美：《赏誉》称"羲之风骨清举"（第一百则），又称其"清贵人"（第八十则，殷浩语。该则刘注引《文章志》谓"羲之高爽有风气，不类常流"）。可见"风骨"在人物品题中，是指人物的风采和气度，而后来移用到美学或艺术作品中，则是指文学或艺术作品所表现出来的一种刚健有力的风格。刘勰《文心雕龙》专设《风骨》一篇，有云："怊怅述情，必始乎风；沉吟铺辞，莫先于骨。故辞之待骨，如体之树骸；情之含风，犹形之包气。结言端直，则文骨成焉；意气骏爽，则文风生焉。"在人物品题中，与"风骨"相关的语汇还有"风气""骨气""风神""风韵""风范"等，也多被移用到文艺批评中。《世说》中所见人物品题用语，发展为美学概念或文艺批评范畴的，还有清虚、清远、清通、清和、清婉、玄远、高远、淡远、情致、才情、神情、温润、标鲜、潇洒、淹通、简畅等等。

《世说》人物品题对人物流品优劣的划分，也直接影响到后来的文艺批评。钟嵘《诗品》将汉至南朝梁的一百二十二位诗人分为上、中、下三品，庾肩吾《书品》把汉至南朝梁的一百二十三位书法家分为九品，谢赫的《古画品录》把三国至南朝齐的画家二十七人分为六品，这些都是人物品题划分流品的方法直接应用于文艺批评的例证。至于唐司空图的《二十四诗品》，其流品划分与以上各书有所不同，它把诗歌分为“雄浑”“冲淡”等二十四品，用象征的手法，以诗歌的形式，来体现诗的风格特点，所谓“集美感范畴之大成”。不仅如此，《二十四诗品》中有些品目也源自人物品题，如“自然”“清奇”“精神”“超诣”“飘逸”“旷达”等。《二十四诗品》之后，还有不计其数的“文品”“赋品”“词品”“曲品”“书品”“画品”等，都与人物品题一脉相承。

（三）任诞之风

我国古代知识分子奉行“穷则独善其身，达则兼善天下”（《孟子·尽心上》）的处世哲学。魏晋士人崇尚老庄，“越名教而任自然”，他们任诞放达的生活作风把“独善”的一面推向了极致，几乎达到空前绝后的境地，对中国士人精神产生了极为深远的影响。《世说新语》中的《雅量》《豪爽》《栖逸》《任诞》《简傲》等篇充分而又生动地记载了魏晋士人的任诞之风。

《世说》所载任诞之风，包括服药、饮酒、裸裎、隐逸等种种特出的言行风尚。他们这种人生态度和生活作风，有些在今天看来似乎是无法理解和不可思议的，殊不知这种任诞和放达是魏晋士人在险恶的政治环境和老庄哲学的影响之下，为了全身远祸所采取的一种极端行为。尽管这种行为本身带有消极和颓废成分，但就其精神而言，却又具有某种积极因素和浪漫色彩。这里仅就突出的几种任诞风气略加评论。

1. 服药

这里所谓的服药，是指魏晋名士所服的一种特殊的药物“五石散”。

五石散是由紫石英、白石英、赤石英、钟乳石、石硫磺等五种矿石配制而成的（一说有其他配方，如丹砂、雄黄、白矾、曾青、磁石等），故称。服药后身体发热，宜吃冷食，故又名“寒食散”。另外，五石散有很烈的毒性，服后药性发作，必须行走散发，弄不好就会中毒身亡，所以又有“行散”或“行药”的说法。服五石散之风，大概与道教炼丹服药以求延年益寿不无关系。

鲁迅先生曾谓何晏是“吃药的祖师爷”，那么他为什么要服药呢？《容止》二称其“美姿仪，面至白”。《三国志·魏书·曹爽传》裴松之注引《魏略》谓其“好色”，“动静粉白不去手，行步顾影”。《宋书·五行志》亦谓其“好服妇人之服”。根据何晏的这些特点，也许可以证明王瑶的推论“服五石散后得到的刺激性，有助于房中术，有助于他们性生活的享受”不无道理[15]。《言语》十四云：“何平叔云：‘服五石散，非惟治病，亦觉神明开朗。’”何氏所谓“神明开朗”，不过是把话说得委婉漂亮一些罢了。

诚然，服五石散的原因不只是为了健体强身。服药后要穿宽大的衣服，着木屐，披发行散，这本身已具有一种名士风流，一种放浪脱俗的气派。药性的刺激也许确能给人一种心清神朗的快感，如《赏誉》一五三称王恭偶尔思念王大（忱），“尝行散至京口射堂，于时清露晨流，新桐初引”。王恭服药后，看见清晨的露水在晨光中闪闪发亮，桐树刚刚抽出新芽，这一派自然美景契合了他服药后清新愉悦的心境，进而称赏王大（忱）也如眼前这景物一样清新明净。

服药最根本的原因，也许还是有感于生命短促和时光流逝，期望通过服药延年益寿。《文学》一〇一：“王孝伯（恭）在京，行散至其弟王睹户前，问：‘古诗中何句为最？’睹思未答。孝伯咏：‘“所遇无故物，焉得不速老？”此句为佳。’”又是这位王恭，他之所以欣赏《古诗十九首》中的这两句，大概与他服药行散有某种联系。嵇康《养生论》相信神仙存在与导养之法，王羲之曾与道士许迈“共修服食，采药石不远千里”（《晋书·王羲之传》）。可见当时人的确是相信神仙、相信药石可以延年的。通达如嵇康、右军之辈尚且如此，服药风气的流行自不难理解。

2. 饮酒

酒与中国文人历来有不解之缘，而魏晋文人与酒的关系更是非同寻常。如果没有酒，也许就无所谓魏晋风流了。《世说》记载魏晋名士饮酒之沉醉、之豪爽、之放达、之超脱，也许任何一个时代都不可与之比拟。且录几则如下：

> 张季鹰纵任不拘，时人号为“江东步兵”（以阮籍相比，籍好酒，曾任步兵校尉）。或谓之曰：“卿乃可纵适一时，独不为身后名邪？”答曰：“使我有身后名，不如即时一杯酒！”（《任诞》二十）
>
> 毕茂世云：“一手持蟹螯，一手持酒杯，拍浮酒池中，便足了一生。”（《任诞》二一）
>
> 周伯仁风德雅重，深达危乱。过江积年，恒大饮酒，尝经三日不醒，时人谓之“三日仆射”。（《任诞》二八）
>
> 王佛大叹言：“三日不饮酒，觉形神不复相亲。”（《任诞》五二）
>
> 王孝伯言：“名士不必须奇才，但使常得无事，痛饮酒，熟读《离骚》，便可称名士。”（《任诞》五三）

这一系列酒徒形象，真是沉醉放浪到了极点！

更有甚者，竹林七贤中的阮咸（字仲容）居然与猪一道饮酒（《任诞》十二）。阮籍可以大醉六十天，晋文帝等欲治他罪，竟然“以酣醉获免”（《晋书·阮籍传》）。刘伶著有《酒德颂》，自称“止则操卮执觚，动则挈榼提壶，惟酒是务，焉知其余”。他酒瘾上来了，向妻子求酒喝，妻子怜惜他的身体，把酒器都打碎了，要他戒酒，他说：好！但我自己戒不了，必须当着神灵发誓。于是他妻子供酒肉于神龛，刘伶跪在神前，却说“天生刘伶，以酒为名，一饮一斛，五斗解酲。妇人之言，慎不可听”！然后拿起神灵前的酒肉，喝得酩酊大醉。（《任诞》三）

魏晋文人如此沉湎于饮酒，与这一时代文人的命运和遭遇是分不开的。他们表面上狂饮酣醉，放浪形骸，表现得十分放达与超脱，而内心深处却隐藏着无法排遣的悲哀与忧愁。南宋叶梦得《石林诗话》有云：“晋人多言饮酒，有至于沉醉者。此未必意真在于酒，盖方时艰难，人各惧祸，惟托于醉，可以粗远世故。……至嵇、阮、刘伶之徒，遂全欲用此为保身之计。……醉者未必真醉也。”此言良有以也！

3. 裸裎

《世说》中所见任诞之风，最为极端者莫过于裸裎。《任诞》六：“刘伶恒纵酒放达，或脱衣裸形在屋中。人见讥之，伶曰：‘我以天地为栋宇，屋室为裈衣，诸君何为入我裈中。’”刘伶裸体待在家中，人家批评他不当如此，他反而振振有词：我以天地为房屋，以房屋为衣裤，谁让你自己钻进我的裤裆里来了。如此放达，实在到了惊世骇俗的地步。然而，“我以天地为栋宇”，却又不能不使人感佩其境界之博大、气魄之恢宏。《西游记》中悟空有云：“若依老孙看时，把这青天为屋瓦，日月作窗棂，四山五岳为梁柱，天地犹如一敞厅。”（第三十六回）二者何其相似乃尔！

魏晋时代，并非刘伶一人敢冒天下之大不韪，而是一时风气所尚。《德行》二十三：“王平子、胡毋彦国诸人，皆以任放为达，或有裸体者。乐广笑曰：‘名教中自有乐地，何为乃尔也？’”该则刘注引王隐《晋书》云：“魏末，阮籍嗜酒荒放，露头散发，裸袒箕踞。其后，贵游子弟阮瞻、王澄、谢鲲、胡毋辅之之徒，皆祖述于籍，谓得大道之本。故去巾帻，脱衣服，露丑恶，同禽兽。甚者名之为通，次者名之为达也。”魏晋名士崇尚老庄，标榜自然，裸裎这种极端的放达行为，也许是对儒家名教的反动，无怪乎维护儒家学说的乐广要说：“名教中自有乐地，何为乃尔也。”

以上魏晋名士任诞放达的种种表现，只不过是一种文化心理的外化，这种文化心理的核心便是玄学，亦即老庄哲学。对于魏晋名士任诞之风与老庄的关系，钱锺书先生有十分精辟的论述：“晋人之于《老》《庄》二子，亦犹‘《六经》注我’，名曰师法，实取利便；藉口有资，从心以扯，长恶转而逢恶，饰非进而煽非。晋人习尚未始萌发于老、庄，而老、庄确曾滋成其习尚。”⑯ 冯友兰先生则讲得更为通俗形象，他说：“（竹林名士）不但讲老庄，而且受用了老庄。”⑰ 所谓“受用”，亦即钱锺书所云“名曰师法，实取利便”。魏晋名士越礼脱俗，率真任性，我行我素，无拘无束，他们以这种极端的行为方式，尽情地享受人生，享受生活：服药行散，以强身延年；纵酒食肉，以满足口禄；冶游山水，以娱目怡情……这些虽然是一种消极颓废、玩世不恭的人生态度，但其精神本源是老庄的“真”和“自然”。这种崇尚“真”和“自然”的精神，在那个时代表现出一种自由解放的气象：反对虚伪的礼教，蔑视功名利禄，一切顺其自然，不伪饰，不矫情，不为外物所累。这种精神通过种种任诞放达的行为举动，形成一种新的道德风尚和审美理想，对中国士人精神和社会文化产生了极为深远的影响。因此，魏晋名士任诞放达的风气，就其精神而言，是有其进步意义的，譬如对礼教的蔑视、对自由的追求等等。

四、《世说新语》的文学价值

《世说新语》的文学价值，主要体现在两个方面，一是人物的塑造，二是语言的运用。

（一）《世说新语》的人物塑造

塑造，是借用现代小说批评的语汇。现代小说的人物形象多是虚构的，而《世说》所记载的全部是历史上真实存在的人物，没有一个虚构的文学形象。然而，这些人物栩栩如生，謦欬犹存，故用“塑造”一词也是讲得通的。

鲁迅把《世说新语》称为“志人小说”（相对于“志怪小说”），十分准确地把握了它以“人”为中心这一特质。宋人秦果序孔平仲《续世说》有云：“史书之传信矣，然浩博而难观。诸子百家之小说，诚可悦目，往往或失之诬。要而不烦，信而可考，其《世说》之题欤。”《世说》既有史之可信，又有小说之可悦目，实介乎文史之间而兼具文史之长。

《世说》所载均为历史人物，根据余嘉锡先生《世说新语笺疏》，全书涉及各类人物，包括刘孝标注在内，达一千五百余人（见注⑤）。汉末至魏晋二三百年间的主要人物多活动于其中，明人袁褧《世说新语》序有云：“竹林之俦，希慕沂乐；兰亭之集，咏歌尧风；陶荆州之勤敏，谢东山之恬镇；解《庄》《易》，则辅嗣、平叔擅其宗，析梵言，则道林、法深领其乘。或词冷而趣远，或事琐而意奥，风旨各殊，人有兴托。王茂弘、祖士稚之流，才通气峻，心翼王室，又斑斑载诸册简。”清人毛际可《今世说》序亦云：“殷、刘、王、谢之风韵情致，皆于《世说》中呼之欲出。”毫无疑问，作为志人小说的《世说新语》，刘义庆在真人真事的基础上进行加工创造，在人物塑造方面取得了突出的成就。正如清人钱曾所指出的：“临川王变史家为说家，撮略一代人物于清言之中，使千载而下如闻謦欬，如睹须眉。”（《读书敏求记》卷三）

《世说》刻画人物往往通过比较来判定他们的优劣高下，突出人物的不同性格，给人以十分鲜明而深刻的印象。如《德行》十三：“华歆、王朗俱乘船避难，有一人欲依附，歆辄难之。朗曰：‘幸尚宽，何为不可？’后贼追至，王欲舍所携人。歆曰：‘本所以疑，正为此耳。既已纳其自托，宁可以急相弃邪？’遂携拯如初。世以此定华、王之优劣。”这则故事描写华歆、王朗二人对于依附搭船之人前后不一的态度，刻画了两人不同的性格。起初，王朗显得十分慷慨，富于同情心，而华歆则近乎冷酷和自私。但后来贼人追至，情形危急，王朗竟然打算弃之不顾。华歆却说，开始之所以不同意此人搭乘，正是考虑到这一点；如今既然让人搭乘，决不可临危相弃。由此可以看出，华歆不但有识见，而且帮助他人始终如一，不像王朗那样滥用同情，为善不终。《世说》中类似这样通过对比来刻画人物的例子俯拾皆是，如“管宁、华歆共园中锄菜”（《德行》十一）、“祖士少好财，阮遥集好屐”（《雅量》十五）、“王劭、王荟共诣宣武”（《雅量》二六）、谢安与王坦之赴桓公宴（《雅量》二九）等等。

《世说》善于抓住带有个性化的言行举止，写出人物的神韵。描写人物，状其形貌易，写其精神难。诚然，“形”与“神”二者相辅相成，“形恃神以立，神须形以存”（嵇康《养生论》），此即所谓“传神写照”（《巧艺》十三）。《世说》中不乏这种传神之笔，往往通过一二特异的言行，使人物在简短的篇幅中神情跃然，气韵生动。例如：“郗太傅在京口，遣门生与王丞相书，求女婿。丞相语郗信：‘君往东厢，任意选之。’门生归，白郗曰：‘王家诸郎亦皆可嘉，闻来觅婿，咸自矜持，惟有一郎在东床上坦腹卧，如不闻。’郗公云：‘正此好！’访之，乃是逸少，因嫁女与焉。”（《雅量》十九）这是著名的王羲之“东床坦腹”的故事。王羲之与众不同的举动，显示了他的率性任真、自然旷达的神情气韵。再如：“王子猷居山阴，夜大雪，眠觉，开室，命酌酒，四望皎然。因起仿偟，咏左思《招隐诗》。忽忆戴安道。时戴在剡，即便夜乘小船就之。经宿方至，造门不前而返。人问其故，王曰：‘吾本乘兴而行，兴尽而返，何必见戴？’”（《任诞》四七）王子猷“雪夜访戴”也是魏晋风流的典型事例。他雪夜兴起，忽然想起朋友戴安道，便立即命舟前往。行了一夜，来到戴家门口，却并不进门造访而命舟返回，所谓“乘兴而行，兴尽而返”。这种举动不带有任何功利目的，全凭自己兴之所至，此中情韵，何等天真！何等通脱！何等超逸！《世说》中许许多多形形色色的魏晋名士，往往就是以他们那些放达疏狂的特出言行，给人以极为深刻的印象。诸如在家裸形的刘伶，醉宿邻妇的阮籍，临死奏曲的嵇康，秋风鲈鱼的张翰，与猪共饮的诸阮，不作致书邮的殷羡……这些人物形象都具有鲜明的个性特点和时代特征，无不跃然纸上，传神至极。

《世说》尽管篇幅短小，然而却常有精彩的细节描写。例如："豫章太守顾劭，是雍之子。劭在郡卒，雍盛集僚属，自围棋。外启信至，而无儿书，虽神气不变，而心了其故，以爪掐掌，血流沾褥。"（《雅量》一）顾雍遭丧子之痛，却能继续与客下棋而"神气不变"，他拼命用指甲掐手掌，以致鲜血染红了坐褥，可见他克制了多么巨大的内心痛苦。"以爪掐掌，血流沾褥"这一细节，生动刻画了顾雍临大事而不乱方寸的坚毅性格。再如人们熟知的王蓝田吃鸡子的故事，其细节描写，更是绝妙无比，令人捧腹。《忿狷》二："王蓝田性急。尝食鸡子（鸡蛋），以箸刺之，不得，便大怒，举以掷地。鸡子于地圆转未止，仍下地以屐齿蹍之，又不得。瞋甚，复于地取内口中，啮破即吐之。"一刺，一掷，一蹍，一内（纳），一啮，一吐，这一系列动作描写；和一怒，一瞋的情绪描写，把性情狷急而缺少士大夫雍容风度的王蓝田刻画得惟妙惟肖。

《世说》也有心理描写。在明清小说中，心理活动的描写颇为多见，技巧亦愈臻纯熟。而在"丛残短语"的古小说中，由于篇幅限制，也由于小说处于萌始阶段，心理活动的描写则较为少见。然而，《世说新语》往往见之。例如《文学》五："钟会撰《四本论》，始毕，甚欲使嵇公（康）一见。置怀中，既定，畏其难，怀不敢出，于户外遥掷，便回急走。"嵇康是当时的文坛领袖，作为后起之秀的钟会，撰成了《四本论》，很希望能得到嵇公的赏识和奖掖，当他拿定主意，带着书稿来到嵇康门前的时候，却又担心自己学力疏浅，如果嵇公问难而回答不出便有碍面子。犹豫再三，他决定不当面拜见嵇公，却又不甘于失去表现自己的机会，竟将书稿从门外扔了进去，转身便跑。这里用"欲""畏"二字，表现了钟会先是跃跃欲试而后又心虚胆怯的内心矛盾和思想转变过程，可谓入木三分，惟妙惟肖。又如《品藻》二五："世论温太真是过江第二流之高者。时名辈共说人物，第一将尽之间，温常失色。"前面说过，魏晋品鉴人物，根据门第官爵德才声望，分出流品等级。名辈题品，一毁一誉，至关重要。温峤听名辈月旦人物，当他听到第一流人物将尽的时候，作者用"温常失色"四字描写了温峤一瞬间的内心活动，表现了温峤企望跻身一流，担心屈居二流，急不可待而又害怕出现不理想的结果这样一种复杂的内心活动过程。人的内心之复杂与广大，是宇宙间任何事物都无法比拟的，"此中最是难测地"（《雅量》二二），《世说》能于尺幅之中使人物心态毕现，殊非易事。

尽管《世说新语》是在真人真事基础之上的"体近于史"的"丛残短语"，与后世小说家自出机杼的创作有着本质的区别，但是在人物塑造方面，它与后世小说亦多有相通之处。然而，由于时代风气和自身体制的关系，《世说》塑造人物的最大特点是传神写意。通过人物的隽言逸行，三言两语便勾勒出人物的神情风貌。即便是一鳞半爪，吉光片羽，不是那么清晰，那么完整，却能显示出云龙神骏的风姿神韵。在中国文学史的人物长廊里，《世说》所塑造的一系列魏晋风流人物的典型形象，无疑是最具风采、最有魅力、最富于时代特色的。

（二）《世说新语》的语言艺术

《世说新语》的语言，历来为人们所称道。宋刘应登称其"清微简远，居然玄胜"（《世说新语》序）；明何良俊称其"以玄虚标准""以简远为宗"（《何氏语林·言语篇》小序）；清丁澎称其"隽旨名言，溢于楮墨"（王晫《今世说》序）；今人鲁迅称其"玄远冷隽"（《中国小说史略》）；刘盼遂称其"清新俊逸，咳唾珠玑"（《世说新语校笺》后叙）。日本学者也有类似评价，宝历年间竺常称其"片言以核理，只词以状事，体简而意渊，语微而旨远”（《世说抄撮》序）；文化年间菅原长亲称其“玄旨高简，机锋俊拔，寄无穷之意于片语，包不尽之味于数句”（《世说音释》序）。

《世说新语》简约玄澹的语言风格，乃是魏晋时期玄学之风与清谈之风的直接结果。玄学家们探求玄理，讲究玄虚澹远，不落言筌；清谈家们辨名析理，更是讲究“辞约旨达”和词令之美。当然，许多玄学家亦是清谈家，他们这种风尚，既影响了一代学风，也影响了一代文风。“言约旨远”既为时代风尚，而《世说》又是一部以记言为主的清谈之书，其中有大量名言隽语，是清谈家们讲谈论辩的直接记录。

《世说》中所记魏晋名士的吐嘱，“玄黄其质，金玉其相，含艳藻于绮心，飘繁英于绣口”（明吴瑞徵《世说新语》序），书中可谓琳琅满目，俯拾皆为珠玑，如：

庾公尝入佛图，见卧佛，曰：“此子疲于津梁。”于时以为名言。（《言语》四一）

竺法深在简文坐，刘尹问：“道人何以游朱门？”答曰：“君自见朱门，贫道如游蓬户。”（《言语》四八）

顾悦与简文同年，而发蚤白。简文曰：“卿何以先白？”对曰：“蒲柳之姿，望秋而落；松柏之质，经霜弥茂。”（《言语》五七）

阮宣子有令闻。太尉王夷甫见而问曰：“老庄与圣教同异？”对曰：“将无同？”太尉善其言，辟之为掾。世谓“三语掾”。（《文学》十八）

庾子嵩作《意赋》成，从子文康见，问曰：“若有意邪，非赋之所尽；若无意邪，复何所赋？”答曰：“正在有意无意之间。”（《文学》七五）

《世说》所载的隽言逸行不仅是名士清谈，还记载了不少小儿聪慧的故事。例如《言语》二:“徐孺子年九岁,尝月下戏,人语之曰:‘若令月中无物,当极明邪?’徐曰:‘不然。譬如人眼中有瞳子,无此必不明。’”这样的解释未必符合科学,但我们却不能不佩服一个九岁儿童的机警与聪明。

《世说》语言接近口语,保留了不少当时的方言口语。王力先生曾指出:“魏晋的文章也和口语距离不远(如《抱朴子》)。自从南北朝骈文盛行以后,书面语和口语才分了家。在这时期中,只有《世说新语》《颜氏家训》等少数散文作品是接近口语的。”[18]例如,书中反复出现的口语语尾助词“馨”(或作“宁馨”“如馨”“尔馨”),犹如现代汉语中的“如此”“这般”“一样”,用于句中,能真切地传达出说话人或感叹、或亲昵、或鄙视等不同语气,如《文学》二十二:“桓宣武语人曰:‘昨夜听殷、王清言甚佳,仁祖亦不寂寞,我亦时复造心;顾看两王掾,辄翣如生母狗馨。’”此则记述王导与殷浩共谈玄理,十分美妙,在座诸贤如谢尚、桓温等颇有会心,唯有王导的两位属官王濛和王述显得局促不安,一味呆脸看人。因此,桓温讥笑他们就像母狗害怕生人一般。“辄翣如生母狗馨”,本是一句晋时俗语,这里连语尾助词也一并缀上,便活脱脱地表现出桓温说话时的刻薄神态和轻蔑语气。

保存在《世说》中的方言口语颇为多见,如“阿堵”“伧父”“溪狗”“方幅”“乃可”“无容”“小悉”“小却”“可念”“何物”“暗当”“吐下”“才解”“兰阇”等等。这些词语使《世说》的语言带有鲜明的时代特点和地域特点,因此语言学家十分重视研究《世说》的语言,认为它是中古汉语的“活化石”。这些方言口语,在当时本是极其通俗易懂的,但由于历史的推移和语言的演变,如今多成了我们理解《世说》的语言障碍。

《世说》在修辞上也达到了很高的技巧,手法多样,主要有比喻、对比、夸张、双关、对偶、排比、借代、设问、反问、拟声、拟态等。特别是比喻和对比的运用，在人物品题和清谈中产生了强烈的文学效果，兹不具论。

总之，《世说新语》的语言艺术成就非凡，其语言风格对后世产生了深远的影响。仅从由书中人物故事和隽言妙语演变而来，至今仍为我们所常用的许多成语佳句和文学典故看，就足可证明这一点。例如，言为士则，行为世范（《德行》一）；难兄难弟（《德行》八）；吴牛喘月（《言语》二十）；新亭对泣（《言语》三十一）；木犹如此，人何以堪（《言语》五十五）；千岩竞秀，万壑争流（《言语》八十八）；云兴霞蔚（同前）；应接不暇（《言语》九十一）；芝兰玉树（《言语》九十二）；竹头木屑（《政事》十六）；三语掾（《文学》十八）；拔新领异（《文学》三十六）；情文相生（《文学》七十二）；洛阳纸贵（《文学》七十九）；倚马可待（《文学》九十六）；东床快婿（《雅量》十九）；扪虱而谈（《雅量》二十二）；秋风鲈鱼（《识鉴》十）；老生常谈（《规箴》六）；阿堵物（《规箴》九）；绝妙好辞（《捷悟》三）；唾壶击缺（《豪爽》四）；床头捉刀（《容止》一）；鹤立鸡群（《容止》十一）；传神阿堵（《巧艺》十三）；手挥五弦，目送归鸿（《巧艺》十四）；一往情深（《任诞》四十二）；枕石漱流（《排调》六）；空洞无物（《排调》十八）；渐至佳境（《排调》五十九）等等。

五、《世说新语》的流传与影响

（一）关于书名

古籍在流传过程中，产生了种种异称，即同一书籍有不同的书名，这种现象十分常见。特别是那些流传广泛、版本众多、影响深远的书籍尤其如此。

《世说新语》的书名，通常所见的有《世说》《世说新书》《世说新语》《刘义庆世说》等几种。据日本学者古田敬一统计，类书中引用此书，还有《世记》《世纪》《世统》《刘义庆记》《刘义庆说苑》等几种异称[19]。另据中国台湾学者杨勇先生引缪荃孙《云自在龛随笔》卷四云："《世说新语》，宋刊本有作《晋宋奇谈》。"[20]如此，则《世说新语》的异称竟达十种之多。不过，古田氏所列《世记》《世纪》《世统》等，他认为"记""纪""统"或为"说"之形讹，所以都应视为《世说》[21]。而《晋宋奇谈》一名，杨勇认为是"好事藏书家为之，标新取宠，别出心裁而已"[22]。因此，这些异称，可以置之不论。

最早注意到《世说》异称问题的，是北宋末年的黄伯思。伯思字长睿，号云林子，官至秘书郎，精通六经子史。其所著《东观余论》卷下有《跋世说新语后》一则，云："《世说》之名肇刘向，六十七篇中已有此目，其书今亡。宋临川孝王因录汉末至江左名士佳语，亦谓之《世说》。梁豫州刑狱参军刘峻注为十卷，采摭舛午处，大抵多就证之。与裴启《语林》近出入，皆清言林囿也。本题为《世说新书》，段成式引王敦说澡豆事以证陆暢事为虚，亦云'近览《世说新书》'，而此本谓之《新语》，不知孰更名之，盖近世所传。"黄氏认为《世说》这一书名源自刘向，因刘向的书已亡佚，而刘义庆同类的书便称为"新书"，而"新语"这一名称可能是"近世所传"。这里所谓的"近世"，一般认为是北宋初年，因汪藻《世说叙录》说："晁文元、钱文僖、晏元献、王仲至、黄鲁直家本，皆作《世说新语》。"但实际上，宋之前已有《世说新语》的名称，唐初著名史学家刘知幾在其所著《史通》中已经提到[23]。可见，《世说新书》与《世说新语》这两个书名早在唐前已经流行，而《南史》与《隋书·经籍志》及《旧唐书·经籍志》《新唐书·艺文志》皆省称为《世说》。自从北宋晏殊对此书删并整理之后，遂以《世说新语》之名流传至今。

（二）笺注与批点

刘孝标《世说新语》注，与裴松之《三国志》注，郦道元《水经》

注，李善《文选》注并称为“四大古注”。刘孝标注博综群书，随文施注，引书五百余种，大都无存，故其注极为后人所推崇。宋高似孙《纬略》卷九云：“宋临川王义庆采撷汉、晋以来佳事佳话为《世说新语》，极为精绝，而犹未为奇也。梁刘孝标注此书，引援详确，有不言之妙。如引汉、魏、吴诸史及子传地理之书，皆不必言。”（明凌瀛初刻四色套印本卷首收录）《四库全书总目》亦云：“孝标所注，特为典赡。高似孙《纬略》亟推之。其纠正义庆之纰缪尤为精核。所引诸书，今已佚其十之九，惟赖是注以传。故与裴松之《三国志》注、郦道元《水经》注、李善《文选》注，同为考证家所引据焉。”这些都已指出刘孝标注的特点和价值，它不是一般的注解，而是对《世说》的补充，使得义庆原文内容更为丰富，人物更为生动，故事更为完整。因此，刘注历来与《世说》相辅而行，成为不可分割的有机整体。

刘孝标（463—521），原名法武，后更名峻，字孝标，平原（今属山东）人。生于南朝刘宋末年，卒于萧梁中叶，《梁书》《南史》《北史》《魏书》《南齐书》均有传。孝标自幼好学，有“书淫”之谓，生平著述颇多。《隋书·经籍志》著录其《汉书》注一百四十卷，《类苑》一百二十卷，《世说》注十卷等。除《世说》注流传至今，其他均已亡佚。

刘孝标注主要有以下几方面特色：

其一，补充史料，发明文意。刘注虽以浩博著称，为《世说》补充了大量史料，但它不是材料的罗列和堆砌，而是根据原文的命意和题旨有选择地辑录材料，增广故实，补充内容，阐发文意。诚如明胡应麟所云：“孝标之注，博赡精核，客主映发，并绝古今。”（《少室山房笔丛》卷二十九《九流绪论》下）

其二，考订异说，纠驳原文。因《世说》是采撷旧文纂辑而成的，材料来源十分广泛，书中人物、事迹难免有异说并存或疏漏之处，孝标多加以考订纠驳。唐刘知幾《史通》多处肯定刘孝标纠驳《世说》之纰缪，云："近宋临川王义庆著《世说新语》，上叙两汉、三国，及晋中朝江左事。刘峻注释，摘其瑕疵，伪迹昭然，理难文饰。"（卷十七）又云："孝标善于攻缪，博而且精。"（卷五）

其三，注明典实，疏释词语。《世说》一书典故和引文甚多，孝标一一为之注明出处，给后人带来了极大的便利，对于读者深入理解原文极有帮助。刘注重在考订史实，字词的训诂一般较少，但对于一些较为生僻的词语或方言俗语亦间有训释疏解，因孝标与晋宋之世相去未远，故其训释多精到可信，颇为后世珍惜。

其四，先后互见，详略得当。因为《世说》分门别类辑录人物事迹，不仅人物众多，而且分列于各门，纵横交错，有时一则之内涉及人物竟达十余人，如果依次注来，则不胜其繁。刘注采用"互见法"，凡补充人物字里事迹等材料，大体以该人物在该则处于中心地位为准，其他别处再次出现则注明"已见"或"已上见"；而某人物虽首次出现，由于不占中心地位而是连带所及，则于后面该人物处于中心地位时注之，而此处则注曰"别见"，表明此后有注。这样，整个注文也就前后照应、周详严密了。

关于《世说新语》的批点，主要有宋人刘应登、刘辰翁和明人王世懋等人，他们的批语集中反映在明凌瀛初所刻套色印本《世说新语》一书中，这里略加介绍。

刘应登，生卒年未详，据《江西通志》，为南宋末年庐陵安城（今江西吉安）人，字尧咨，景定间进士，因处危亡之世，隐居不仕，著有《耘庐集》。曾校刊过《世说》，序云："因手校家本，精划其长注，间疏其滞义。"但刘氏校刊本今已无存，好在明凌瀛初刻套色印本将其批语转录。据凌氏印本，刘应登的批语大体有三方面内容：一是疏通文意，二是训释词语，三是校勘文字，对读者理解原文有一定帮助。

刘辰翁（1232—1297），字会孟，号须溪，吉州庐陵（今江西吉安）

人，与刘应登为同里同时人，但影响远在其上。辰翁擅古文，被称为“韩欧后卓然秦汉巨笔”，亦工诗词，格调雄奇豪放，多伤世感时之作。明杨慎《刘辰翁传》称其“生平耽嗜文史，淹博涵深，……士林服其赏鉴之精”。曾系统批评了自《老》《庄》《史》《汉》《世说》以迄唐宋诸大家诗文凡九种，“伦鉴高绝，其所评骘，脍炙人口”（韩敬《刘须溪先生记钞引》），这在中国文学批评史上堪称前无古人的壮举。刘辰翁对《世说》的批点，凌瀛初刻套色印本及明清多种批点本《世说新语》多已采录。其批点的最大特色，在于他是以小说家的眼光来评点《世说》，注重人物的情致和神韵，寥寥数语，却能从品貌特征方面揭示出人物的风神特质。刘辰翁的批点还注意到艺术某种不可言传的神妙之处，提示和引导读者体悟这种味外之旨和弦外之音。其批点语言亦有特色，主要倾向是浅俗明快，略带幽默感，绝无学究气。总之，刘辰翁的《世说》批点达到了相当成熟的境地。

王世懋（1536—1588），字敬美，号麟洲，太仓（今属江苏）人。明代大文豪王世贞之弟，嘉靖年间进士，官至太常少卿。《明史·文苑传》称其“好学，善诗文，名亚其兄”。世贞、世懋兄弟皆好《世说》。世贞自谓：“余少时得《世说新语》善本吴中，私心已好之。”（《世说新语补旧序》）世懋则“尤为笃嗜，时有批评窜点，覃精绝韦，不自知其用心之勤矣”（乔懋敬《世说新语序》）。世懋对《世说》的批点亦载于凌瀛初刻套色印本，其特点主要有两方面，一是疏通义庆文意，二是辨正孝标之注，因此与辰翁批点重在艺术阐发不太相同。

另外，明万历十四年（1586）太仓王氏所刊李卓吾批点《世说新语补》二十卷，虽以李贽标目，实际上同时采纳刘辰翁、王世懋诸家批点，且所占比重远在李贽之上，这大约是刻书人借重李贽的名声，以广销路而已。李贽是明代著名的思想家和文学家，反对礼教和道学，公然以“异端”自居，著述颇丰。李贽对《世说》的批点，多为短语，如“妙”“好言语”“无味”“无大味”“大无味”“腐”“不必”“甚不必”等等。前几卷批点较多，愈后愈少，有虎头蛇尾之感，故被疑为时人伪托。

刘应登、刘辰翁、王世懋、李卓吾等几家批点先后相承，互为补充，又各有其特色和侧重，而最有建树的是刘辰翁。这是我国最早的小说批点，尽管它还不是十分完善和纯粹，却开创了这一独特的文学批评形式，影响到其后金圣叹、毛宗岗、张竹坡等的小说评点。

（三）关于“世说体”

《世说》自问世以来，历代“续世说”“新世说”“今世说”层出不穷，形成了一脉相承的“世说体”书系，这一现象在中国文学史上极为罕见。

清末学者叶德辉跋刘肃《大唐新语》有云：“自临川撰《世说新语》，后仿而作者，代不乏人。”唐宋以还，步武《世说》之作，包括续书与仿作，可谓层出不穷。唐有王方庆《续世说》（已佚）、刘肃《大唐新语》，宋有王谠《唐语林》、孔平仲《续世说》，明有何良俊《何氏语林》、李绍文《明世说新语》等，清有吴肃公《明语林》、章抚功《汉世说》、王晫《今世说》，民国初年尚有叶宗夔的《新世说》。清代甚至还出现了按人物类别编撰的各种“世说”，如李清和严蘅各撰有《女世说》（李书四卷，严书一卷）、颜从乔有《僧世说》，另有佚名的《儿世说》（一说为明人赵瑜编）等。

时至今日，内地和港台地区的一些报纸杂志仍辟有“今世说”或“新世说”专栏，刊登一些针砭时事人物的小品短文。由此可见，《世说新语》千余年来不仅其自身流传不衰，而且续补仿效之作亦世代不辍，这足以说明“世说体”具有巨大的影响和无穷的魅力。正如日本学者吉川幸次郎所说：“‘世说新语’之文章，代表南北朝之风格，为中国文学史一大流派，亦可谓对‘史’‘汉’时代文章之一大革命，因其一方面表现一充满哲学意味之社会背景，一面亦代表一种新文体之诞生。”㉔

（四）《世说新语》在日本

《世说新语》与《文选》《蒙求》《白氏文集》等一样，都是对日本文化产生过巨大影响的汉籍。至今，日本文化圈中仍有研读《世说》之风，各种形式的“读书会”（轮讲会）持续不衰。

《世说》在日本的流传与影响，以江户时代最为鼎盛，形成了所谓的“世说热”（大矢根文次郎语），这恰好与我国明代同时兴起这一热潮。江户时代出现“世说热”的标志，主要体现在以下三个方面：一是《世说》和《世说补》的和刻本（即日本刻本）不断涌现，广为流传；二是以笺注为主的研究《世说》的学者和著作层出不穷，成就卓著；三是出现了用汉文或日文仿效《世说》体例创作的“和世说”。关于江户时代的《世说》刻本，多据汉刻本翻刻，内容、版式乃至序跋一仍汉刻，其中王世贞删定、李卓吾批评的《世说新语补》二十卷大为流行。关于江户时代《世说新语》的研究，各类著作达二十余种，这里从略。关于江户时代日本人仿照《世说》体例创作的“和世说”，主要有用汉文写成和日文写成两种类型。用汉文写的，有《大东世语》和《大东世语考》；用日文写的，有《假名世说》《假名世说后编》《世说新语茶》等。

这里主要介绍一下《大东世语》。“大东”，即日本之谓；“世语”，即《世说新语》之省。《大东世语》五卷，服部南郭撰，宽延三年（1750）刊行。服部南郭（1683—1759），名元乔，字子迁，号南郭、观翁，京都人。为当时著名汉学家、汉诗人，并精通白话小说，著述甚丰。青年时代酷爱《世说》，并效法刘、何，取日本古籍《大镜》《江淡抄》《今昔物语抄》《徒然草》等，采摘其中名言佳句和人物逸事而为书，后因繁忙而中止。四十年后偶然发现旧稿，乃加以整理，即为此书。此书按《世说》体例编排，凡三十门（缺方正、俭啬、汰侈、自新、谗险、惑溺六门），内容多为平安、镰仓时代皇族、公家、僧侣、武将的遗闻逸事，语言风格亦踵武《世说》，简约隽永，清新可诵。

明治以来，随着时代的发展，日本出现了多种《世说新语》的现代日语译本，研究的论文和论著大量涌现。关于《世说新语》在日本的更多情况，可参阅王能宪的博士论文《世说新语研究》的附录《〈世说新语〉在日本的流传与研究》㉕。

关于《世说》的版本，因牵涉到本书编撰所选择的底本，将在下一节予以介绍。

六、关于本书的编撰

（一）关于底本

由于《世说新语》流传甚广，其版本众多。南朝至隋唐五代的传本，今已无存，唯有唐写本残卷保存于东邻日本。1915年，我国学者罗振玉将其影印回国，1956年文学古籍刊行社所刊王利器校订影宋本、1982年上海古籍出版社影印思贤讲舍本《世说新语》，均将罗氏影印残卷附于书后，使得这一珍贵的残卷得以与我国读者见面。

宋代是《世说》大盛的时代，据汪藻《世说叙录》所言，当时有十多种传本，可惜均已无存。流传至今的只有绍兴八年（1138）董弅刻本和淳熙十六年（1189）湘中刻本。绍兴本今存两部，均藏于日本，其中前田氏藏本已影印回国。淳熙本原为清初徐乾学传是楼所藏，现不知去向。元代有刘辰翁批点本《世说新语》八卷，现已无存，唯日本尚有残本，但明人凌瀛初等所刊评点本将其评点保存了下来。

明代是《世说》空前盛行的时代，各种刻本层出不穷，保存至今的有近三十种，主要的有嘉靖十四年（1535）袁褧嘉趣堂刻本；凌瀛初刻宋刘辰翁、刘应登，明王世懋评套色印本；太仓王氏刊行李卓吾批点本等。另，何良俊撰有《何氏语林》，经王世贞、王世懋兄弟与《世说新语》删并合刊，扩大了《世说》的影响。清代没有出现新的整理和批点本，只有周心如纷欣阁刊本和王先谦思贤讲舍本，他们做了一些校勘工作，是正了宋、明刻本中的讹误。

以上是历代《世说》版本流传的大致情况。新中国成立以来，先后出版了多种影印本和笺注本。影印本主要有 1956 年文学古籍刊行社和 1962 年中华书局的影宋本，这两种都是影印日本现存的宋绍兴本，前者为王利器断句校订，订正了不少宋本之讹误；后者为线装本，一仍其旧。1982 年上海古籍出版社影印思贤讲舍本，此本除收录了王本原有的《考证》《引书目》《佚文》等，又收入汪藻《世说叙录》及唐写本残卷等多种参考资料。2015 年浙江华宝斋富翰文化有限公司和浙江人民出版社影印了国家图书馆藏明凌瀛初刻套色印本，为《中华善本百部经典再造》之一种。笺注本影响最大的是中华书局出版的两种，即 1983 年出版的余嘉锡《世说新语笺疏》和 1984 年出版的徐震堮《世说新语校笺》，前书重在考证，后书侧重词语训释。另外，近年来各种选本、译注本层出不穷。

《中华传统文化百部经典》编纂体例要求，“选择史有定评的晚近注释本或当代名家的整理本作为底本”。据此，本书选用余嘉锡《世说新语笺疏》为底本，参校本主要有：一、上海古籍出版社 1982 年影印思贤讲舍本；二、中华书局 1962 年影印的日本所藏宋绍兴本；三、华宝斋影印明凌瀛初刻四色套印本（以上三种，宋、明、清三代各有一种代表性善本）；四、徐震堮《世说新语校笺》等多种今人校注本。

另外，通行的版本，刘孝标注与刘义庆《世说》相辅而行，而本书限于体例，只能将刘注割爱，但在注释和点评中尽量采用其有价值的史料和注解。而刘应登、刘辰翁、王世懋、李贽诸家批点亦多采撷（另有凌濛初、钟惺、袁宏道、王世贞、方苞等），凡所采用多以“某某评曰”的形式载于正文旁侧，一律不注明出处（因其多集中载于明凌瀛初刻四色套印本）。这些历代评家的批点，可以帮助读者理解原文，还能了解古人是如何欣赏和评价《世说》的。本书在编写过程中，参考和吸收了古今学者的研究成果，未能一一注明，谨表谢忱！

（二）关于选目

根据《中华传统文化百部经典》编纂体例的要求，本书精选《世说新语》340 则，将近全书的三分之一（全书 36 门，共 1130 则）。各门类均有入选，以体现其完整性和全面性。每则正文之前，用阿拉伯数字标注其在各门中的位序，以便查阅原文。选录的内容，以能够反映魏晋风尚而又具有历史、时代价值为旨归。

① 鲁迅《中国小说史略》,《鲁迅全集》第九卷，第 61—62 页，人民文学出版社 1998 年版。

② 《中国小说史略 · 序言》云："此稿虽专史，亦粗略也。然而有作者，三年前，偶当讲述此史，自虑不善言谈，听者或多不憭，则疏其大要，写印以赋同人；又虑钞者之劳也，乃复缩为文言，省其举例以成要略。"

③ 鲁迅《集外集 · 选本》,《鲁迅全集》第七卷，第 135 页，人民文学出版社 1998 年版。

④ 参见《汉书 · 艺文志 · 诸子略》，所列十家为：儒家、道家、阴阳家、法家、名家、墨家、纵横家、杂家、农家、小说家。

⑤ 参见余嘉锡《世说新语笺疏 · 凡例》，第 2 页，中华书局 1983 年版。

⑥ "孔门四科"原是孔子对门人才能类型的划分,《论语 · 先进》曰："德行：颜渊、闵子骞、冉伯牛、仲弓；言语：宰我、子贡；政事：冉有、季路；文学：子游、子夏。"《后汉书 · 郑玄传》云："仲尼之门，考以四科。"刘劭《人物志 · 序》亦称："是故仲尼不试，无所援升，犹序门人，以为四科。"这便是所谓"孔门四科"的由来。

⑦ 参见傅锡壬《世说四科对论语四科的因袭与嬗变》，载《淡江学报》第 12 卷（1974 年）。

⑧ 汤用彤《读〈人物志〉》，原载昆明《益世报》读书双周刊，第 119—121 期，1939年。后收入《魏晋玄学论稿》，生活 · 读书 · 新知三联书店 2009年版。

⑨ 冯友兰《论风流》,《哲学评论》第 9 卷第 3 期，1944 年。收入《三松堂学术文集》，北京大学出版社 1984 年版。

⑩ 李泽厚《美的历程》，第 114 页，中国社会科学出版社 1984 年版。

⑪⑭ 参见宗白华《论〈世说新语〉和晋人的美》，原载《星期评论》1941 年第 10 期，后收入《艺境》，北京大学出版社 1987 年版。

⑫ 鲁迅《中国小说的历史的变迁》，第二讲《六朝时之志怪与志人》，第 309 页，人民文学出版社 1981 年版。

⑬ 冯友兰《中国哲学史新编》第四册，第 44 页，人民出版社 1986 年版。

⑮ 王瑶《中古文学史论・文人与药》，第 151 页，北京大学出版社 1986 年版。

⑯ 钱锺书《管锥编》第三册，第 1128 页，中华书局 1979 年版。

⑰ 冯友兰《中国哲学史新编》第四册，第 77 页，人民出版社 1986 年版。

⑱ 王力《汉语史稿》上册，第 24 页，中华书局 1980 年修订本。

⑲㉑ ［日］古田敬一《类书等所引世说新语について》，昭和二十七年（1952）《广岛大学文学部纪要》第三号。

⑳㉒ 杨勇《世说新语书名、卷帙、版本考》，台湾《东方文化》第八卷第二期，1970 年。

㉓ 参见刘知幾《史通・外篇・杂说中》：“近者，宋临川王义庆著《世说新语》，上叙两汉、三国及晋中朝江左事。”

㉔ ［日］吉川幸次郎《“世说新语”之文章》，据民国三十七年（1948）上海《国文月刊》第六十四期所载纪庸译文。

㉕ 王能宪《世说新语研究》，江苏古籍出版社 1992 年版。《〈世说新语〉在日本的流传与研究》一文，另载《文学遗产》1992 年第 2 期。另外，2019 年，凤凰出版集团出版了张伯伟编著的《日本世说新语注释集成》（全 15 册），收集 17—19 世纪日本人对于《世说新语》所作的笺注共 24 种，同时附录日本人模仿《世说新语》用汉文创作的“和世说”5 种，可资参考。

世说新语

德行第一

《世说新语》首列“孔门四科”（德行、言语、政事、文学），既表明了编辑宗旨，也反映了时代风尚。魏晋时代玄学大盛，儒学亦受尊崇。《论语·先进》：“德行：颜渊、闵子骞、冉伯牛、仲弓。”郑玄注《周礼·地官·师氏》有云：“德行，内外之称，在心为德，施之为行。”（《周礼注疏》卷十四）本篇所载，多为忠义、孝行、礼让、节俭等故事。

《德行》篇凡 47 则，入选 19 则。

1. 陈仲举言为士则[1]，行为世范，登车揽辔[2]，有澄清天下之志。为豫章太守[3]，至，便问徐孺子所在[4]，欲先看之[5]。主簿白[6]：“群情欲府君先入廨[7]。”陈曰：“武王式商容之闾[8]，席不暇暖。吾之礼贤，有何不可！”

求贤若渴，急切之态，如在目前。

［注释］

[1]“陈仲举言为士则”二句：陈仲举名蕃，字仲举，东汉汝南平舆（今河南平舆）人，少有大志，常称“大丈夫当为国家扫天下”，下文“有澄清天下之志”即此意。言为士则，行为世范，意谓陈仲举品德高尚，言论可以做读书人的准则，行为可以做当世人的模范。 [2] 登车揽辔：比喻走马上任。揽，执。辔，御马的缰绳。 [3] 豫章：即豫章郡，郡治在今江西南昌。太守：郡的行政长官。 [4] 徐孺子：名稚，字孺子，东汉豫章人，为当时名士，超凡绝俗，不肯为官，陈仲举十分敬重他。今江西南昌有孺子路以纪念他。 [5] 看：拜访。 [6] 主簿：官职名，负责掌管文书。白：禀报。 [7] 群情：大家的心意。府君：汉代称太守为府君。廨（xiè）：官署，衙门。 [8] 武王式商容之闾：意指周武王礼贤，亲自驾车到商容居住的地方。陈仲举表明自己要仿效先贤，未入官署先去拜访徐孺子。式，同“轼”。商容，商代贤人，纣王时曾为大夫，因直言被贬。闾，指里巷。

［点评］

此则赞扬陈蕃礼贤下士，刚一到任，还没跨进衙门，便先去拜访当地贤人徐孺子。刘孝标注引袁宏《后汉纪》

曰:“蕃在豫章，为稚独设一榻，去则悬之，见礼如此。”故唐王勃《滕王阁序》有云:“人杰地灵，徐孺下陈蕃之榻。”

2. 周子居常云[1]:“吾时月不见黄叔度[2]，则鄙吝之心已复生矣[3]。”

［注释］

[1] 周子居:名乘，字子居，东汉汝南安城（今河南原武镇）人，曾为泰山太守，有惠政。 [2] 时月:时日，几个月。黄叔度:名宪，字叔度，东汉汝南慎阳（今河南正阳）人，出身贫寒，颇有德行。 [3] 鄙吝:庸俗而吝啬。

［点评］

此则以周子居之语彰显黄叔度品格之高。周语与黄庭坚所谓“三日不读书，便觉面目可憎，言语无味”，有异曲同工之妙。

3. 郭林宗至汝南[1]，造袁奉高[2]，车不停轨[3]，鸾不辍轭。诣黄叔度[4]，乃弥日信宿[5]。人问其故，林宗曰:“叔度汪汪如万顷之陂[6]，澄之不清，扰之不浊，其器深广，难测量也。”

王世懋评曰:“叔度直是难窥究竟，雅量第一。”

［注释］

[1] 郭林宗:名泰，字林宗。东汉太原界休（今山西介休）

人，博学有德，弟子数千人。汝南：汉郡名。 [2] 造：拜访，造访。袁奉高：名阆（láng），字奉高，与黄叔度同为汝南慎阳人。 [3]“车不停轨”二句：意谓停车时间极短，系在车轭上的铃还在摇动震响。轨，指车轮。鸾（luán），系在车轭上的铃。轭（è），套在马脖子上的曲木。 [4] 诣：造访，拜访。 [5] 弥日：连日。信宿：再宿。 [6]“叔度汪汪如万顷之陂（bēi）”以下五句：比喻叔度器量深广，不可推测。陂，水塘。器，气度。

[点评]

此则通过郭林宗对袁奉高和黄叔度二人态度的对比，表明其对黄叔度气度的推崇。此实开魏晋人物品题之先河。

4. 李元礼风格秀整 [1]，高自标持 [2]，欲以天下名教是非为己任 [3]。后进之士，有升其堂者 [4]，皆以为登龙门 [5]。

[注释]

[1] 李元礼：名膺，字元礼，东汉襄城（今河南襄城）人。为人有节操，时人称：“天下模楷李元礼。”官至司隶校尉，当时朝廷纲纪废弛，他独持法度，以声名自高。风格秀整：风度出众，品格端庄。 [2] 高自标持：自负高尚。 [3] 欲以天下名教是非为己任：意谓李元礼要以儒家礼教为准绳，以辨明天下是非为己任。名教，儒家礼教。《类书纂要》：“躬行礼义人伦名实之教。” [4] 升其堂：登上他的厅堂，意指有机会接受其教诲。 [5] 登龙门：比喻得到李膺的接纳认可而声名大振。刘孝标

注引《三秦记》曰："龙门，一名河津，去长安九百里。水悬绝，龟鱼之属莫能上，上则化为龙矣。"

［点评］

李膺是汉末名臣，为士人所仰，与荀昱、杜密等人被称为"八俊"。《后汉书·李膺传》称："是时，朝庭日乱，纲纪颓阤，膺独持风裁，以声名自高。士有被其容接者，名为登龙门。""登龙门"的典故，即由此而来。唐李白《与韩荆州书》有云："生不用万户侯，但愿一识韩荆州"，"一登龙门，则声誉十倍"。可见其影响之深远。

7. 客有问陈季方[1]："足下家君太丘[2]，有何功德，而荷天下重名[3]？"季方曰："吾家君譬如桂树生泰山之阿[4]，上有万仞之高[5]，下有不测之深；上为甘露所沾[6]，下为渊泉所润。当斯之时，桂树焉知泰山之高，渊泉之深，不知有功德与无也！"

比喻含而不露，绝妙！

［注释］

[1] 陈季方：名谌，字季方。其父陈寔，字仲弓，东汉颍川许（今河南许昌）人。桓帝时官至太丘长，为官清廉。父子皆有高名。　[2] 家君：父亲，对自己或他人父亲的尊称。太丘：陈寔曾为太丘长，这里以官位代称。　[3] 荷：膺受，享有。　[4] 阿（ē）：山的拐弯曲隅之处。　[5] 仞（rèn）：古代长度单位，汉制七尺为

一仞。万仞形容极高。 [6] 沾：滋润。

［点评］

此则写陈季方以桂树生泰山之阿比喻其父德行之高，且出于天然。余嘉锡《世说新语笺疏》曰："枚乘《七发》云：'龙门之桐，高百尺而无枝。中郁结之轮囷，根扶疏以分离。上有千仞之峰，下临百丈之溪。……'季方之言，全出于此。魏、晋诸名士不独善谈名理，即造次之间，发言吐词，莫不风流蕴藉，文采斐然，盖自后汉已然矣。"

9. 荀巨伯远看友人疾[1]，值胡贼攻郡[2]，友人语巨伯曰："吾今死矣，子可去！"巨伯曰："远来相视，子令吾去，败义以求生[3]，岂荀巨伯所行邪！"贼既至，谓巨伯曰："大军至，一郡尽空，汝何男子，而敢独止？"巨伯曰："友人有疾，不忍委之[4]，宁以我身代友人命。"贼相谓曰："我辈无义之人，而入有义之国。"遂班军而还[5]，一郡并获全[6]。

义正辞严！

无颜之状如在目前。

道义的力量！

［注释］

[1] 荀巨伯：东汉桓帝时颍川（今河南许昌）人，生平不详。 [2] 胡：古时对西方及北方少数民族的统称。 [3] 败义：损害道义。 [4] 委：舍弃。 [5] 班军：班师，调回出征的军

队。 [6] 获全：得以保全，免遭战争伤亡。

[点评]

通过荀巨伯与友人的对话，以及入侵的“胡贼”的感叹，突出了一个“义”字。由此可见，我中华诚为礼义之邦！

11. 管宁、华歆共园中锄菜[1]，见地有片金，管挥锄与瓦石不异，华捉而掷去之[2]。又尝同席读书[3]，有乘轩冕过门者[4]，宁读如故，歆废书出看[5]。宁割席分坐[6]，曰：“子非吾友也！”

一视而不见，一心有所动。

一宁静淡定，一追求富贵。

[注释]

[1] 管宁：字幼安，北海朱虚（今山东临朐）人，管仲之后。少时与华歆同学。后避乱辽东讲学，入魏，征辟不就。《后汉书》有传。华歆：字子鱼，平原高唐（今山东高唐）人。献帝时任尚书令，依附曹操，入魏官至太尉，封博平侯。《三国志·魏书》有传。 [2] 捉而掷去之：捡起来再扔掉。捉，握持。 [3] 同席：同坐。席，坐席，古人坐具。 [4] 轩冕：古代大夫以上官员乘轩服冕。这里指达官贵人。轩，车。冕，礼帽。 [5] 废书：放下书本。 [6] 割席：分席而坐。后世称与朋友断交为“割席”，典出于此。

[点评]

管宁与华歆二人“园中锄菜”与“同席读书”，面对同一件事物而有不同举动，其志趣与性格之不同立判。此则具有识鉴与品藻的意味。

刘辰翁评曰：“管胜华，华复胜王，人不可以无辨。”

13. 华歆、王朗俱乘船避难[1]，有一人欲依附[2]，歆辄难之[3]。朗曰：“幸尚宽，何为不可？”后贼追至，王欲舍所携人[4]。歆曰：“本所以疑[5]，正为此耳。既已纳其自托[6]，宁可以急相弃邪？”遂携拯如初[7]。世以此定华、王之优劣。

[注释]

[1] 华歆：见上则注。王朗：字景兴，东海郡郯（今山东郯城）人，汉末为会稽太守，入魏官至司徒，封兰陵侯。 [2] 依附：这里指搭船。 [3] 辄：立即，就。难（nàn）：拒绝。 [4] 舍：丢弃。 [5] 疑：迟疑，犹豫不决。 [6] 纳其自托：接受了他的请托，指同意他搭船。 [7] 拯：救助，相助。

[点评]

此则以华歆、王朗前后言行的对比，称赞华歆在危急之际，冷静处事，重人所托；指责王朗轻然诺，背信弃义，为德不终。

14. 王祥事后母朱夫人甚谨[1]。家有一李树，结子殊好，母恒使守之。时风雨忽至，祥抱树而泣。祥尝在别床眠，母自往暗斫之[2]。值祥私起[3]，空斫得被。既还，知母憾之不已，因跪前请死。母于是感悟，爱之如己子。

刘应登评曰："临沂王氏，衣冠极盛，与江左六朝相终始，皆祥之家，岂非孝友之报？"

[注释]

[1] 王祥：字休徵，晋琅琊临沂（今山东临沂）人，曹魏时秀才，任大司农。入晋，官至太常、太保。王祥事继母至孝，有卧冰求鲤等传说。 [2] 暗斫（zhuó）：偷偷地砍杀。 [3] 私起：因小便起床。私，小便。

[点评]

此则写王祥谨事后母，其至孝之心终使后母感悟。《晋书·王祥传》亦载其尽孝之事："祥性至孝，早丧亲，继母朱氏不慈，数谮之，由是失爱于父。每使扫除牛下，祥愈恭谨。父母有疾，衣不解带，汤药必亲尝。母常欲生鱼，时天寒冰冻，祥解衣将剖冰求之，冰忽自解，双鲤跃出，持之而归。母又思黄雀炙，复有黄雀数十飞入其幕，复以供母。乡里惊叹，以为孝感所致焉。"王祥孝母事已列入"二十四孝"，影响深远。

15. 晋文王称阮嗣宗至慎[1]，每与之言，言皆玄远[2]，未尝臧否人物[3]。

钟惺评曰："'至慎'二字，说向嗣宗身上，惊人。具眼卓识，嗣宗知己。"

［注释］

[1] 晋文王：司马昭，字子上，温县（今河南温县）人，司马懿次子。魏曹髦在位时，为大将军，专擅国政，赐封晋公。死后，其次子司马炎篡魏，追尊为文皇帝。阮嗣宗：阮籍，字嗣宗，三国魏陈留尉氏（今河南尉氏）人。竹林七贤之一，著名文学家，曾任大将军从事中郎、步兵校尉。博览群书，尤好老庄，谈玄学、纵酒，行为狂放，不拘礼法。 [2] 玄远：奥妙深远。 [3] 臧否（zāng pǐ）：褒贬，评论。

［点评］

《晋书·阮籍传》云："籍本有济世志，属魏晋之际，天下多故，名士少有全者。籍由是不与世事，遂酣饮为常。"可见，阮籍不批评他人短长，实际上是他全身远祸的法宝。正如鲁迅所言："后来阮籍竟做到'口不臧否人物'的地步，嵇康却全不改变。结果阮得终其天年，而嵇竟丧于司马氏之手，与孔融、何晏等一样，遭了不幸的杀害。这大概是因为吃药和吃酒之分的缘故：吃药可以成仙，仙是可以骄视俗人的；饮酒不会成仙，所以敷衍了事。"(《魏晋风度及文章与药及酒之关系》)嵇康《与山巨源绝交书》说："阮嗣宗口不论人过，吾每师之而未能及。至性过人，与物无伤，惟饮酒过差耳。至为礼法之士所绳，疾之如仇。"由此可见嵇、阮二人之不同。

21. 王戎父浑[1]，有令名[2]，官至凉州刺史。浑薨[3]，所历九郡义故[4]，怀其德惠，相率致赙数百万[5]，戎悉不受。

[**注释**]

[1] 王戎：字濬冲，晋琅琊临沂（今山东临沂）人，与阮籍、嵇康等为友，为竹林七贤之一。后官至司徒。其父王浑，字长源，有才望，历任尚书、凉州刺史等。 [2] 令名：好名声。 [3] 薨（hōng）：古代王侯去世称“薨”，王浑曾受封为贞陵亭侯，故其死称薨。 [4] 九郡：指凉州统辖区域。据《晋书 · 地理志》，凉州管辖金城、西平、武威、张掖、西郡、酒泉、敦煌、西海八郡，所以有学者认为这里“九郡”应作“八郡”。但也有说《太平御览》引此作“州郡”，认为“九”是“州”的误字。义故：义从和故吏，指自愿随从的旧属部下。 [5] 致：赠送。赙（fù）：丧礼。

[**点评**]

此则写王戎遭父丧而不受赙礼，可见其父德望之高，亦见王戎当时之清廉。《晋书 · 王戎传》亦云：“浑卒于凉州，故吏赙赠数百万，戎辞而不受，由是显名。”然而，王戎晚年却爱财而又吝啬，可参见《俭啬》篇“司徒王戎既贵且富”等则。故王世懋评曰：“晚节乃握牙筹，钻李核。”

23. 王平子、胡毋彦国诸人[1]，皆以任放为达[2]，或有裸体者。乐广笑曰[3]：“名教中自有乐地[4]，何为乃尔也[5]？”

元好问评曰：“名教有乐地，诗书皆雅言。”

方苞评曰：“人而裸体者，与禽兽何异！”

[注释]

[1] 王平子：名澄，字平子，晋琅琊临沂（今山东临沂）人，曾任荆州刺史。《晋书》有传。胡毋彦国：姓胡毋，名辅之，字彦国，西晋泰山郡奉高县（今山东泰安东）人，曾任湘州刺史。《晋书》有传。　[2] 任放为达：行为放纵，不拘礼法，以此为通达。刘孝标注引王隐《晋书》云："魏末，阮籍嗜酒荒放，露头散发，裸袒箕踞。其后，贵游子弟阮瞻、王澄、谢鲲、胡毋辅之之徒，皆祖述于籍，谓得大道之本。故去巾帻，脱衣服，露丑恶，同禽兽。甚者名之为通，次者名之为达也。"　[3] 乐（yuè）广：字彦辅，晋南阳（今河南南阳）人，历任侍中、河南尹、尚书令等，名望很高。《晋书》有传。　[4] 名教：儒家礼教。乐地：使人快乐的境地。　[5] 乃尔：如此。

[点评]

魏晋时代，由于社会动荡，政治环境险恶，士人们为了逃避现实，行为放浪，纵酒裸形，并以此为通达，即所谓"越名教而任自然"。而乐广则与此相反，提出"名教中自有乐地"，对王平子、胡毋彦国诸人加以指责，认为不应当如此放荡不羁。乐广此言在《晋书·乐广传》中亦有记载。

27. 周镇罢临川郡还都[1]，未及上[2]，住泊青溪渚[3]，王丞相往看之[4]。时夏月，暴雨卒至[5]，舫至狭小[6]，而又大漏，殆无复坐处[7]。王曰："胡威之清[8]，何以过此！"即启用为吴兴郡[9]。

一"即"字，既彰显周镇之清廉，亦表明丞相之果断。

[注释]

[1] 周镇：字康时，陈留尉氏（今河南尉氏）人。曾任临川郡守，颇有政绩。都：指东晋都城建康，今江苏南京。 [2] 未及上：来不及上岸。 [3] 住泊：停泊。青溪渚：水名，吴大帝赤乌四年（241）修凿，发源钟山，接于秦淮。在今江苏南京东北。 [4] 王丞相：王导，字茂弘，琅琊临沂（今山东临沂）人，辅助晋元帝经营江左，曾任扬州刺史、录尚书事，后任丞相，号称仲父。元帝死，受遗诏辅佐明帝，后又辅佐成帝。历事三朝，恭谨自励。 [5] 卒（cù）：同“猝”，突然。 [6] 舫：船。 [7] 殆：几乎。 [8] 胡威：字伯武，晋淮南寿春（今安徽寿春）人，武帝时官至青州刺史，亦颇有清誉。晋武帝曾问胡威与他父亲相比谁更清廉，威答道：“臣不如……臣父清恐人知，臣清恐人不知。” [9] 为吴兴郡：担任吴兴郡守。吴兴郡，治所在今浙江吴兴。

[点评]

儒家推崇廉政，周镇为官清廉，丞相目睹其实，当即委以新职，给这位已经退休的郡守再施德政的机会和舞台。这种任人唯贤的作风和上下级关系是值得称道的！

28. 邓攸始避难[1]，于道中弃己子，全弟子。既过江，取一妾[2]，甚宠爱。历年后，讯其所由[3]，妾具说是北人遭乱[4]，忆父母姓名，乃攸之甥也[5]。攸素有德业[6]，言行无玷[7]，闻之哀恨终身，遂不复畜妾。

[注释]

[1]“邓攸始避难”以下三句：邓攸字伯道，平阳襄陵（今山西临汾市襄汾县襄陵镇）人。其弟早死，留下一子交邓攸抚养。愍帝建兴年间，石勒起兵，攸与妻携子、侄南逃，危难中觉得势难两全，遂舍弃自己的儿子，保全弟弟的儿子。全，保全。 [2]取：同“娶”。 [3]讯其所由：问其来历、身世。 [4]具说：陈述。 [5]甥：这里指外甥女。 [6]德业：德行。 [7]玷：美玉中的斑点，比喻污点、过失。

[点评]

通过邓攸逃难弃子与不复畜妾两件事，赞扬其德行。《晋书·邓攸传》对此事原委记载得颇为详尽，曰：“石勒过泗水，攸乃斫坏车，以牛马负妻子而逃。又遇贼，掠其牛马，步走，担其儿及其弟子绥。度不能两全，乃谓其妻曰：‘吾弟早亡，唯有一息，理不可绝，止应自弃我儿耳！幸而得存，我后当有子。’妻泣而从之。……攸弃子之后，妻不复孕。过江，纳妾，甚宠之，讯其家属，说是北人遭乱，忆父母姓名，乃攸之甥。攸素有德行，闻之感恨，遂不复畜妾，卒以无嗣。”

31. 庾公乘马有的卢[1]，或语令卖去，庾云：“卖之必有买者，即当害其主，宁可不安己而移于他人哉？昔孙叔敖杀两头蛇以为后人[2]，古之美谈。效之[3]，不亦达乎[4]？”

[注释]

[1] 庾公：指庾亮，字元规，颍川鄢陵（今河南鄢陵）人。好老庄之学，有德望。官至征西大将军、荆州刺史。死后追赠太尉。的卢：马名。据伯乐《相马经》："马白额入口至齿者，名曰榆雁，一名的卢。奴乘客死，主乘弃市，凶马也。" [2] 孙叔敖：春秋时楚国令尹。据贾谊《新书》记载，孙叔敖小时候在路上看见一条两头蛇，回家哭着对母亲说，听说看见两头蛇的人会死掉，今天被我看见了。母亲问他蛇在哪里，孙叔敖说，我怕后面的人再看到它，就把它打死埋掉了。母亲说："你心肠好，一定会有好报，不用担心。" [3] 效：仿效，学习。 [4] 达：通达。

[点评]

此则称述庾亮品德高尚，不肯转卖凶马，以免移祸他人，正所谓"己所不欲，勿施于人"。《晋书·庾亮传》亦载此事："初，亮所乘马有的颅（卢），殷浩以为不利于主，劝亮卖之。亮曰：'曷有己之不安，而移之于人！'浩惭而退。"

32. 阮光禄在剡[1]，曾有好车，借者无不皆给。有人葬母，意欲借而不敢言。阮后闻之，叹曰："吾有车，而使人不敢借，何以车为[2]？"遂焚之。

宗白华评曰："这是何等严肃的责己精神！然而不是由于畏人言，畏于礼法的责备，而是由于对自己人格美的重视和伟大同情心的流露。"（《论〈世说新语〉与晋人的美》）

[注释]

[1] 阮光禄：即阮裕，字思旷。东晋陈留尉氏（今河南尉氏）

人，历任尚书郎、东阳太守等，后被召为金紫光禄大夫，不肯就任，但世人仍用此官名称呼他。剡：即剡县，治今浙江嵊州。阮裕去职还家，住在剡县。 [2]何以车为：要车何用。“何以……为”是文言文表示反问的常用句式。

［点评］

阮裕因人家不敢向他借车，便将车子焚烧了。李贽评论说：“好名多事。”其实不然，这是一种律己极严、要求极高的道德境界。本来，他的车是“借者无不皆给”的，但这位借车葬母者，心中有所顾忌，欲借而不敢开口。当阮裕得知此事，他首先是反省自己，认为还是自己做得不够好，让人心存顾虑，与其这样，还要车干什么，于是干脆把车子烧了。

刘辰翁评曰：“使人想见其度，益叹其真。后人矜饰旷废，皆当愧死。”

36. 谢公夫人教儿[1]，问太傅[2]：“那得初不见君教儿[3]？”答曰：“我常自教儿[4]。”

［注释］

[1]谢公夫人：指谢安的妻子。刘孝标注引《谢氏谱》：“安娶沛国刘耽女。” [2]太傅：指谢安。谢安，字安石，陈郡阳夏（今河南太康）人。初隐居会稽东山，后应召为桓温的司马。历任尚书仆射、中书令等，卒赠太傅，世称谢太傅。 [3]那得初不见君教儿：意谓怎么从来不见你教训儿子？初不，一点也不。 [4]我常自教儿：指自己为人处世，都是儿子所能看到、听到的，可以使儿子仿效，是一种身教。

［点评］

此则写谢安以身教子。以身作则，身教重于言教，这是自古以来教育子女最有效的方法。谢公夫人所谓的“不见君教儿”，是为言教；而太傅所言“常自教儿”，即是身教。

40. 殷仲堪既为荆州[1]，值水俭[2]，食常五碗盘[3]，外无余肴，饭粒脱落盘席间，辄拾以啖之[4]。虽欲率物[5]，亦缘其性真素[6]。每语子弟云：“勿以我受任方州[7]，云我豁平昔时意[8]，今吾处之不易[9]。贫者[10]，士之常，焉得登枝而捐其本？尔曹其存之。”

［注释］

[1] 殷仲堪：陈郡（今河南淮阳）人，能清言，善属文。孝武帝时任都督荆、益、宁三州诸军事，荆州刺史。 [2] 水俭：因水灾而年成不好。俭，歉收。 [3] 五碗盘：当时一种小型食器，由一个托盘和五只碗组成。 [4] 啖（dàn）：吃。 [5] 率物：为人表率。 [6] 真素：真诚无饰，质朴。 [7] 受任方州：接受任命为一方州郡的行政长官。 [8] 豁平昔时意：抛弃平时一贯做人的原则。豁，舍弃。 [9] 处之不易：坚持一贯的做法而不改变。 [10]“贫者”以下四句：清贫是读书人的本分，不能因为登上高枝就抛弃根本，你们一定要记住这一点。常，常态。尔曹，汝曹，尔等，你们。其，表命令、劝告的语气副词。

[点评]

节俭是中华民族的传统美德。殷仲堪不仅以身作则，为人表率，而且教育子弟不忘根本。更难能可贵的是，担任了高官，而不改变自己做人的本色。

44. 王恭从会稽还[1]，王大看之[2]。见其坐六尺簟[3]，因语恭："卿东来[4]，故应有此物，可以一领及我[5]。"恭无言。大去后，即举所坐者送之。既无余席，便坐荐上[6]。后大闻之，甚惊，曰："吾本谓卿多[7]，故求耳。"对曰："丈人不悉恭[8]，恭作人无长物[9]。"

刘辰翁评曰："无紧无要，有襟有度。"

[注释]

[1] 王恭：字孝伯，太原晋阳（今山西太原）人。历任中书令，青、兖二州刺史，为人清廉。会稽：郡名，郡治在今浙江绍兴。 [2] 王大：王忱，字元达，小字佛大，也称阿大，是王恭同族的叔父，官至荆州刺史。 [3] 簟（diàn）：竹席。 [4] 卿：六朝时代，长辈称晚辈，或同辈熟人间的亲热称呼。东来：从东边来。会稽位于东晋国都建康的东南。 [5] 一领及我：送我一条。领，量词。 [6] 荐：草垫。 [7] 谓：以为，认为。 [8] 丈人：古时晚辈对长辈的尊称。悉：了解，熟悉。 [9] 作人：做人。长（zhàng）物：多余的东西。

[点评]

王恭“身无长物”，不仅清廉，且性情率真，将仅有的竹席送给了叔父王大；而王大以为竹席是王恭担任郡守的地方特产，不是什么贵重之物，便向他索求了一领。但当王大得知实情，大为惊讶，叔侄间的一番对话，令人动容。贪官污吏闻此能不汗颜乎？

言语第二

《论语·先进》:“言语:宰我、子贡。”《孟子·公孙丑上》亦云:“宰我、子贡,善为说辞。”由此可知,宰我、子贡二人在孔门弟子中属能言善辩者。而“言语”在“孔门四科”中位列第二,可见培养学生才思敏捷、善于辞令是十分重要的教学内容。魏晋时代,儒学式微,玄风大畅,辨名析理,日夕讲论,形成了清谈的风气。本篇生动记录和体现了魏晋名士谈玄论辩或日常应对中的语言艺术,可谓妙语迭出,精彩纷呈。

《言语》篇凡 108 则,入选 31 则。

2. 徐孺子年九岁[1]，尝月下戏[2]，人语之曰："若令月中无物[3]，当极明邪？"徐曰："不然。譬如人眼中有瞳子，无此必不明。"

刘辰翁评曰："此语极未易！"

[注释]

[1] 徐孺子：参见《德行》篇"陈仲举言为士则"条注。 [2] 戏：玩耍。 [3] 若令：如果，假使。物：指人和事物。传说月亮里有嫦娥、玉兔、桂树等。

[点评]

月亮有阴影，如果没有这个阴影部分，当会更加明亮，这本是合乎逻辑的推断；但年仅九岁的徐孺子却从另外的角度解释，譬如人的眼睛有黑色的瞳仁，如果没有这个瞳仁必然不明，令人顿觉新奇。这虽不一定符合科学道理，但其回答机敏，而又富天真童趣，令人叫绝！

3. 孔文举年十岁[1]，随父到洛[2]。时李元礼有盛名[3]，为司隶校尉[4]。诣门者[5]，皆俊才、清称及中表亲戚乃通[6]。文举至门，谓吏曰[7]："我是李府君亲[8]。"既通，前坐。元礼问曰："君与仆有何亲[9]？"对曰："昔先君仲尼与君先人伯阳有师资之尊[10]，是仆与君奕世为通好也[11]。"元礼及宾客莫不奇之。太中大夫陈韪后至[12]，人以其语语之，韪曰："小时了了[13]，大未必佳。"文举曰："想君小时，必当了了。"韪大踧踖[14]。

凌濛初评曰："机锋太迅，大自佳。"

[注释]

[1] 孔文举：孔融，字文举，鲁国（今山东曲阜）人，孔子二十世孙。汉末著名文学家，建安七子之一。历任北海相、少府、太中大夫等职。因多次反对曹操而被害。 [2] 洛：洛阳，东汉京城。 [3] 李元礼：参见《德行》篇"李元礼风格秀整"条注。 [4] 司隶校尉：官名，是监督京师和京城周边的监察官。 [5] 诣门者：前来拜访的人。 [6] 清称：有清高声誉的人。中表：指中表亲，与父亲的姐妹的子女和母亲的兄弟姐妹的子女之间的亲戚关系。通：通报。 [7] 吏：门吏，看门的差役。 [8] 李府君：称李元礼。 [9] 仆：谦称。 [10] 先君：祖先，与下文"先人"同。仲尼：孔子，名丘，字仲尼。伯阳：老子，姓李，名耳，字伯阳。师资之尊：这里指孔子曾向老子请教礼制的事。 [11] 奕（yì）世：累世，世世代代。通好：交好。 [12] 太中大夫：掌管论议的官。陈韪（wěi）：《后汉书·孔融传》作陈炜。 [13] 了了：聪明，明白通晓。 [14] 踧踖（cù jí）：局促不安的样子。

[点评]

孔融十岁，拜见李元礼，如此从容大方，实属难能可贵。特别是当人讲他"小时了了，大未必佳"时，他针锋相对，随口予以反击："想君小时，必当了了。"令对方十分难堪。

5. 孔融被收[1]，中外惶怖[2]。时融儿大者九岁，小者八岁，二儿故琢钉戏[3]，了无遽容[4]。融谓使者曰："冀罪止于身[5]，二儿可得全不[6]？"儿徐进曰[7]："大人岂见覆巢之下[8]，复有完卵乎？"寻亦收至[9]。

刘辰翁评曰："语自可伤！"

[**注释**]

[1] 孔融被收：指孔融被曹操逮捕一事。 [2] 中外：朝廷内外。 [3] 琢钉戏：一种小孩玩的游戏。 [4] 了无遽（jù）容：一点也没有恐惧的样子。了，完全。 [5] 冀：希望。身：自身，自己。 [6] 全：保全。 [7] 徐进：从容上前。 [8] "大人岂见覆巢之下"二句：您难道见过倾覆的鸟巢，还会有完好的鸟蛋吗？比喻主体倾覆，依附之物不能幸免，必受株连。大人，对父亲的尊称。完卵，完整的卵。 [9] 寻：不久。

[**点评**]

孔融的两个孩子在父亲被抓时从容不迫，当父亲向抓他的人求情，希望能保全两个幼小的孩子时，不料孩子却说出这样颇有见识和哲理的话来。孔融之子在仓促间所说的话，不仅语言贴切，尤见其教养与胆识。

6. 颍川太守髡陈仲弓[1]。客有问元方[2]："府君何如[3]？"元方曰："高明之君也。""足下家君何如[4]？"曰："忠臣孝子也。"客曰："《易》

凌濛初评曰："刑辟之招，政不必不在盛德。世途足畏，是非何常！"

称：'二人同心[5]，其利断金；同心之言，其臭如兰。'何有高明之君，而刑忠臣孝子者乎？"元方曰："足下言何其谬也！故不相答。"客曰："足下但因伛为恭不能答[6]。"元方曰："昔高宗放孝子孝己[7]，尹吉甫放孝子伯奇[8]，董仲舒放孝子符起[9]。唯此三君[10]，高明之君；唯此三子，忠臣孝子。"客惭而退。

［注释］

[1] 颍川：郡名，辖境相当于今河南中部地区，治所在许昌。髡（kūn）：古代一种刑罚，剃去男人的头发。陈仲弓：陈寔，字仲弓，东汉颍川人。曾任太丘长，时称陈太丘。为官清廉，死后赴吊者三万余人。据《后汉书·陈寔传》记载，陈寔少时隐居阳城山中，时有杀人者，同县杨吏以疑寔，遂被捕系，考掠无实，而后得出。又因党锢牵连，寔自请就狱，遇赦得出。刘孝标注，谓寔有盛德，不可能招致刑辟，驳斥受髡一说为"东野之言"。 [2] 元方：陈寔长子。 [3] 府君：这里指颍川太守。 [4] 家君：对父亲的尊称。 [5] "二人同心"以下四句：见《周易·系辞上》，比喻二人之间彼此相知，志同道合。言下之意是说，高明之君和忠臣孝子是同心的、一致的。故下文说"何有高明之君，而刑忠臣孝子者乎？"金，金属。臭（xiù），气味。 [6] 但：只，仅仅。因伛（yǔ）为恭：讥笑元方无言可答，便借故装出不屑于回答的样子。就好比一个驼背的人直不起腰来，却假装是对人表示恭敬而弯腰。伛，驼背。 [7] 孝己：殷代君主高宗武丁之

子。他侍奉父母最孝顺，后来高宗受了后妻的迷惑，把孝子放逐致死。 [8] 伯奇：周代卿士（王朝的执行官）尹吉甫之子，侍奉后母非常孝顺，却遭后母的诬陷，被他父亲放逐了。 [9] 董仲舒：西汉广川（今河北枣强）人，景帝时为博士，武帝时历任江都相、太中大夫等职。董仲舒放逐孝子符起一事不详。 [10] 君：与下文“三子”之“子”都是对人的尊称。

[点评]

此则写陈元方引用历史典故巧妙地解释了父亲被颍川太守处以髡刑一事，既不触犯太守，又维护了父亲的声誉。同时也说明社会的复杂性，即便是忠臣孝子，有时也不免蒙受不白之冤。

8. 祢衡被魏武谪为鼓吏[1]，正月半试鼓，衡扬枹为《渔阳掺挝》[2]，渊渊有金石声[3]，四坐为之改容。孔融曰：“祢衡罪同胥靡[4]，不能发明王之梦[5]。”魏武惭而赦之。

刘辰翁评曰：“孔语仓卒，为操掩羞，固当有此。”

[注释]

[1] 祢衡：字正平，平原郡般县（今山东乐陵南）人。少有辩才而性格刚傲，孔融曾向曹操推荐祢衡，但他不肯去见，且有不满言论。曹操很生气，想羞辱他，便派他做鼓吏（击鼓的小吏）。魏武：魏武帝曹操，字孟德，沛国谯（今安徽亳州）人，官至丞相、大将军，封魏王。其子曹丕登帝位建立魏国后，追尊为武帝。谪（zhé）：降低职位。 [2] 枹（fú）：同“桴”，鼓槌。《渔阳掺挝（sān

zhuā）》：也作“渔阳参挝”，鼓曲名。曲名为《渔阳》，是借用东汉时彭宠据渔阳反汉的故事。彭宠据幽州渔阳反，攻陷蓟城，自立为燕王，后被部属所杀。掺挝，是指鼓段重复三遍。祢衡击此鼓曲，寓有讽刺曹操之意。 [3] 渊渊：形容鼓声深沉。金石：指钟、磬一类乐器。 [4] 胥（xū）靡：服劳役的囚犯。《吕氏春秋·求人》：“傅说，殷之胥靡也。”高诱注：“胥靡，刑罪之名也。” [5] 不能发明王之梦：意谓祢衡的鼓声能感动四座，但是感动不了曹操。以此讥讽曹操。明王，尊称曹操。

［点评］

此则列入《言语》篇，是因为孔融的话语得体，使曹操感到惭愧而赦免了祢衡。同时也表现出祢衡恃才傲物、不畏强暴的士人风骨。祢衡“渔阳掺挝”的故事十分有名，此则刘孝标注引《文士传》，有详细的叙述，谓其当着武帝的面脱掉上衣，毫无怍色，武帝笑曰：“本欲辱衡，衡反辱孤。”后经《三国演义》进一步演绎，再到京剧《击鼓骂曹》，这一故事几乎家喻户晓。

11. 钟毓、钟会少有令誉[1]，年十三，魏文帝闻之[2]，语其父钟繇曰[3]：“可令二子来。”于是敕见[4]。毓面有汗，帝曰：“卿面何以汗？”毓对曰：“战战惶惶[5]，汗出如浆。”复问会：“卿何以不汗？”对曰：“战战栗栗[6]，汗不敢出。”

[注释]

[1] 钟毓：字稚叔，魏颍川（今河南许昌）人。钟繇长子，十四岁为散骑侍郎，后历任御史中丞、青州刺史等职。钟会：字士季，钟毓弟。少有令名，精通名理，后累升至镇西将军、司徒。令誉：美好的声誉。 [2] 魏文帝：曹丕，字子桓，曹操长子，袭父爵为魏王，后称帝，都洛阳，国号魏，在位六年。谥文。 [3] 钟繇（yáo）：字元常，汉末官至侍中尚书仆射，后仕魏，历任大理、相国、太傅等职。 [4] 敕（chì）：皇帝的命令。 [5] 战战惶惶：害怕得发抖。按，“惶”与下文“浆”字押韵。 [6] 战战栗栗：同上文“战战惶惶”。按，“栗”与下文“出”字亦押韵。

[点评]

此则写钟毓、钟会兄弟少有令誉，魏文帝召见他们，二人对答如流，令人赞叹。

14. 何平叔云[1]：“服五石散[2]，非惟治病，亦觉神明开朗[3]。”

王世懋评曰：“六朝贵族，每病辄云‘散动’，以为佳，往往死而不悟，盖金石之毒也。平叔实始作俑。”

[注释]

[1] 何平叔：何晏，字平叔，南阳宛（今河南南阳）人。曹操的女婿，官至侍中尚书，封列侯，后被司马懿所杀。著有《道德论》《无为论》等，传世者有《论语集解》。 [2] 五石散：据葛洪《抱朴子·金丹》记载，是用丹砂、雄黄、白矾、曾青、磁石五种矿石炼成。《金匮要略》配方略有不同。因药物带热性，服药时需同时服冷食，故一名寒食散。刘孝标注引《寒食散论》云：“寒食散之方，虽出汉代，而用之者寡，靡有传焉。魏尚书何晏首获神

效，由是大行于世，服者相寻也。” [5] 神明：精神。

[点评]

鲁迅在《魏晋风度及文章与药及酒之关系》的演讲中评价何晏，说他一是空谈的祖师爷，二是吃药的祖师爷。所谓吃药，便是服五石散。当时一些士大夫迷信道家方术，以为服药可以长生不老。此则是何晏服五石散的名言，他认为服药不仅可以治病，还能得到精神享受。实际上，正如鲁迅所说，五石散好比鸦片，这种精神刺激等于慢性自杀。

20. 满奋畏风[1]。在晋武帝坐[2]，北窗作琉璃屏[3]，实密似疏，奋有难色[4]。帝笑之，奋答曰：“臣犹吴牛[5]，见月而喘。”

[注释]

[1] 满奋：字武秋，晋山阳郡昌邑（今山东昌邑）人。曾任尚书令、司隶校尉。畏风：怕风。 [2] 晋武帝：即司马炎，晋开国皇帝，在位 26 年，死后谥为武皇帝。坐：同“座”。 [3] 琉璃屏：琉璃屏风。琉璃是一种有色半透明的矿物质，近似玻璃，故云“实密似疏”，即看起来像是透风，实际上并不透风。 [4] 难色：为难的样子。 [5] 吴牛：吴地的牛，指江、淮一带的水牛。据说，水牛怕热，看见月亮以为是太阳，便不停地喘息。后用“吴牛喘月”比喻见到类似的事物就产生疑惧。

［点评］

“吴牛喘月”，典出《风俗通义》：“吴牛望月则喘，彼之苦于日；见月怖，亦喘之矣。”满奋用来自我解嘲，恰到好处。经他一用，竟成为日常成语了。

23. 诸名士共至洛水戏[1]，还，乐令问王夷甫曰[2]：“今日戏乐乎？”王曰：“裴仆射善谈名理[3]，混混有雅致[4]；张茂先论《史》《汉》[5]，靡靡可听[6]；我与王安丰说延陵、子房[7]，亦超超玄著[8]。”

［注释］

[1] 洛水：即今河南洛河。戏：游宴。 [2] 乐令：乐广，字彦辅，曾任尚书令，故称乐令。王夷甫：王衍，字夷甫，琅琊临沂（今山东临沂）人。少负才名，喜好清谈，曾任太尉。 [3] 裴仆射：裴頠（wěi），字逸民，晋闻喜（今山西闻喜）人。历任侍中、尚书左仆射，时称裴仆射。名理：考核名实，辨别、分析事物的是非、道理之学，是清谈的主要内容。按，下文所言人、事，都是当时清谈的名家和主要话题。 [4] 混混：形容说话滔滔不绝。雅致：高雅而有情趣。 [5] 张茂先：张华，字茂先，晋范阳方城（今河北固安）人，博览群书，器识弘广，晋武帝时任中书令，封广武侯。《史》《汉》：即司马迁《史记》和班固《汉书》。 [6] 靡靡：娓娓，动听的样子。 [7] 王安丰：王戎，字濬冲，晋琅琊临沂（今山东临沂）人，与阮籍、嵇康等为友，为竹林七贤之一。曾封安丰侯，故称。延陵：今江苏武进，春秋时吴王寿梦的少子季札封在这里，称为延陵季子。子房：张良，字子房，战国时韩国贵族，秦灭韩，

张良以全部家产求刺客刺秦王未遂。后帮助刘邦定天下，封为留侯。 [8] 超超玄著：指议论高深奥妙而又透彻。

[**点评**]

此则记载王衍等诸名士在洛水游宴时清谈的情景，既涉及清谈的内容，也描述了清谈时各自语言的优雅与动听。“混混”“靡靡”“超超”，形容清谈时的状态与美妙，用词十分讲究。

刘辰翁评曰：“最得占对之妙！言外谓下盐豉后尚未止此。第语深约，可以意得，难以俊赏耳。”

26. 陆机诣王武子[1]，武子前置数斛羊酪[2]，指以示陆曰：“卿江东何以敌此[3]？”陆云：“有千里莼羹[4]，但未下盐豉耳。”

[**注释**]

[1] 陆机：字士衡，吴郡（今江苏吴县一带）人，西晋著名文学家。吴亡后入晋，后从成都王司马颖讨伐长沙王司马乂，为大将军，兵败后遇害。诣：拜访。王武子：王济，字武子，晋太原晋阳（今山西太原）人，长于清言，文辞俊茂，与和峤及裴楷齐名。历任中书郎、侍中、太仆。 [2] 斛（hú）：古代量器名，一斛是十斗。酪（lào）：乳酪。羊酪用羊奶制成。 [3] 卿江东何以敌此：问陆机家乡江东有什么能比得上羊酪的美味。江东，长江下游南岸地区。敌，相当。 [4]“有千里莼（chún）羹”二句：意指未下盐豉的莼羹就同羊酪相当，如果放入盐豉，羊酪就比不上了。千里，千里湖，在今江苏溧阳附近。至今盛产美莼。莼羹，用莼菜、鲤鱼做主料，再配以盐豉等佐料而成的一道名菜。莼，一种水生植物名，嫩叶可做

汤。豉，豆豉。

[点评]

此则写陆机与王济共言家乡物产之美。一南一北，各美其美。《晋书·陆机传》曰："(机)尝诣侍中王济，济指羊酪谓机曰：'卿吴中何以敌此？'答云：'千里莼羹，未下盐豉。'时人称为名对。"

29. 元帝始过江[1]，谓顾骠骑曰[2]："寄人国土[3]，心常怀惭。"荣跪对曰："臣闻王者以天下为家，是以耿、亳无定处[4]，九鼎迁洛邑[5]。愿陛下勿以迁都为念。"

[注释]

[1] 元帝：晋元帝司马睿，字景文，原为琅琊王、安东将军。在西晋末年的战乱中，国都失守，晋愍帝被俘，翌年遇害，西晋遂亡。司马睿最先过江，在建康称帝，建立东晋王朝。 [2] 顾骠(piào)骑：顾荣，字彦先，吴人，吴亡后到洛阳。元帝镇守江东时任军司，加散骑常侍。死后赠骠骑将军。 [3] 寄人国土：西晋定都洛阳，乃中原地方，江左为吴越之地，加之元帝曾经镇守建康，深知江东士族势力之大，所以有"寄人国土"之感。 [4] 耿、亳(bó)：均为古邑名。商代成汤迁都至亳邑，祖乙又迁至耿邑，盘庚再迁至殷。从成汤到盘庚，共迁都五次，所以说"无定处"。 [5] 九鼎：传说夏禹铸九鼎，是传国之宝，权力的象征。周武王定都镐京，却把九鼎迁到周的东都洛邑。

[点评]

此则写晋元帝迁都江南，颇有“寄人国土”的感慨；而大臣顾荣“王者以天下为家”的劝慰，可谓正大而堂皇。由此可见，当时南北地缘政治文化隔阂甚深。对此，陈寅恪有云：“东晋元帝者，南来北人集团之领袖；吴郡顾荣者，江东士族之代表。元帝所谓‘国土’者，即孙吴之国土；所谓‘人’者，即顾荣代表江东士族之诸人。当日北人南来者之心理及江东士族对此种情势之态度可于两人问答数语中窥知。顾荣之答语乃允许北人寄居江左，与之合作之默契。此两方协定既成，南人与北人勠力同心，共御外侮，而赤县神州免于全部陆沉，东晋南朝三百年之世局因是决定矣。”（《述东晋王导之功业》，载陈寅恪《金明馆丛稿初编》）

31. 过江诸人[1]，每至美日[2]，辄相邀新亭[3]，藉卉饮宴[4]。周侯中坐而叹曰[5]：“风景不殊[6]，正自有山河之异！”皆相视流泪。唯王丞相愀然变色曰[7]：“当共勠力王室[8]，克复神州[9]，何至作楚囚相对[10]！”

刘辰翁评曰：“俯仰情至！”

[注释]

[1] 过江诸人：西晋被匈奴所灭，元帝即位江左，建都建康（今江苏南京），是为东晋。所谓“过江诸人”，即指中原士族相随过江，南下避难。 [2] 美日：风和日丽的日子。 [3] 新

亭：亦称劳劳亭，原是三国时吴国所筑，故址在今江苏南京南。 [4] 藉卉：坐在草地上。 [5] 周侯：指周𫖮（yǐ），𫖮字伯仁，曾任荆州刺史、尚书左仆射。袭父爵为武城侯，故称。中坐：饮宴至中途，即酒至半酣之际。 [6]“风景不殊”二句：风景与先前没有什么不同，只是山河破碎，北方广大领土已被外族占领。正自，只是。 [7] 王丞相：王导，字茂弘，晋元帝即位后任丞相。愀（qiǎo）然：凄怆不悦，形容脸色变得不愉快。 [8] 戮力：并力，全力。 [9] 克复神州：收复已经沦陷的中原大地。 [10] 楚囚：来自楚国的俘虏。据《左传》成公九年载：楚国鐘仪被晋国俘虏后，弹琴时奏南方乐调，表示不忘故旧。后来借指处境窘迫的人。

[点评]

晋室南渡后，虽在江左建立了东晋王朝，但士族阶层仍怀念故国，故有新亭对泣。而丞相王导却鼓励大家“戮力王室，克复神州”，大大提振了过江诸人的信心。同样偏安江左的南宋，爱国词人辛弃疾在《水龙吟·甲辰岁寿韩南涧尚书》一词中有云：“渡江天马南来，几人真是经纶手？长安父老，新亭风景，可怜依旧。”仍不免感慨万端。

33. 顾司空未知名[1]，诣王丞相[2]。丞相小极[3]，对之疲睡[4]。顾思所以叩会之[5]，因谓同坐曰：“昔每闻元公道公协赞中宗[6]，保全江表[7]。体小不安，令人喘息[8]。”丞相因觉[9]，

刘辰翁评曰：“《世说》长处，在写一时小小节次，如见可想。”

谓顾曰："此子珪璋特达[10]，机警有锋[11]。"

［注释］

[1] 顾司空：顾和，字君孝，吴郡吴县（今江苏苏州）人。王导任扬州刺史时，召他为从事。后历任吏部尚书等职。死后追赠司空。 [2] 王丞相：即王导。 [3] 极：疲乏。 [4] 疲睡：打瞌睡。 [5] 思所以叩会：即想办法引起对方注意而得以拜识。叩会，拜见，叩问。 [6] 元公：指顾荣，他是顾和的族叔。顾荣死后，谥号元，所以称元公。公：指王导。中宗：晋元帝司马睿庙号。 [7] 江表：指江南一带，自中原而言，江南为外，故称江表。 [8] 喘息：呼吸急促，比喻内心不安。 [9] 觉：醒悟。 [10] 珪璋特达：比喻品德高贵，就无所不达。珪璋是贵重的玉器，用来比喻美德。 [11] 机警有锋：语言机敏，词锋犀利。

［点评］

此则赞扬顾和善于讲话，使疲惫困乏中的王导立刻苏醒，并对他夸赞不已。诚然，王导协助晋元帝（中宗）"保全江表"，厥功至伟，顾和所讲也是事实，并非谀辞。此则刘孝标注引邓粲《晋纪》曰："导与元帝有布衣之好，知中国将乱，劝帝渡江，求为安东司马，政皆决之，号'仲父'。晋中兴之功，导实居其首。"

39. 高坐道人不作汉语[1]。或问此意，简文曰[2]："以简应对之烦[3]。"

［注释］

[1] 高坐：西域和尚名，西晋永嘉年间到中国。据《高坐别传》载：他“性高简，不学晋语。诸公与之言，皆因传译”。道人：和尚。 [2] 简文：晋简文帝司马昱。 [3] 以简应对之烦：意谓省得说那些应酬的客套话。简，省得，省去。此处用作动词。应对之烦，指交际中互相应酬的客气话。

［点评］

这位西域道人不讲汉语，简文帝说他是懒得应酬，确为妙解。

41. 庾公尝入佛图[1]，见卧佛，曰：“此子疲于津梁[2]。”于时以为名言。

刘辰翁评曰：“有味外味。”

［注释］

[1] 庾公：指庾亮，字元规，颍川鄢陵（今河南鄢陵）人。好老庄之学，有德望。官至征西大将军、荆州刺史。死后追赠太尉。佛图：梵语音译，指佛寺。也译为“浮屠”或“浮图”。 [2] 疲于津梁：比喻为接引众生奔忙。佛教说要普渡众生，登上彼岸（超脱生死的境界），这就好比过河一样。津梁，桥梁。

［点评］

余嘉锡《世说新语笺疏》云：“此譬喻之言，谓佛说法接引，普渡众生，咸登觉岸，如济水之有津梁也。”庾公谓卧佛“疲于津梁”，实在是意味深长，故为当时名言。

48. 竺法深在简文坐[1]，刘尹问[2]："道人何以游朱门[3]？"答曰："君自见朱门，贫道如游蓬户[4]。"或云卞令[5]。

凌濛初评曰："'如游蓬户'已多一重公案，直言'君自见朱门'可耳。"

[注释]

[1] 竺法深：晋时高僧。简文：晋简文帝司马昱。据记载，司马昱当时还没有登帝位，只是封为会稽王。 [2] 刘尹：刘惔（dàn），字真长，晋相县（今安徽淮北）人。曾任丹阳尹，即京都所在地丹阳郡的行政长官。 [3] 朱门：红漆大门，指达官显贵之家。 [4] 蓬户：用蓬草编成的门，指简陋的房屋，穷苦人家。 [5] 卞令：卞壸（kǔn），字望之，曾任尚书令。

[点评]

竺法深视"朱门"如"蓬户"，自是高僧。而刘尹（或卞令）之问，不亦俗乎。

50. 孙齐由、齐庄二人[1]，小时诣庾公[2]。公问齐由何字，答曰："字齐由。"公曰："欲何齐邪[3]？"曰："齐许由[4]。"齐庄何字，答曰："字齐庄。"公曰："欲何齐？"曰："齐庄周[5]。"公曰："何不慕仲尼而慕庄周[6]？"对曰："圣人生知[7]，故难企慕[8]。"庾公大喜小儿对。

当是世风所被。

［注释］

[1] 孙齐由：孙潜，字齐由，孙盛长子。齐庄：孙放，齐由之弟。 [2] 诣：拜见，拜访。庾公：即庾亮，参见上文"庾公尝入佛图"条注。孙齐由、齐庄之父孙盛曾为庾亮部下。 [3] 何齐：向谁看齐。齐，相同，用作动词，有仰慕、崇拜、以之为榜样之意。 [4] 许由：上古高士，相传尧要让天下于他，许由不受，逃隐箕山。 [5] 庄周：庄子，名周，战国时人，与老子同是道家学派的代表人物。 [6] 仲尼：孔子，名丘，字仲尼。 [7] 圣人生知：圣人生而知之。这里的圣人指孔子。 [8] 企慕：仰慕。

［点评］

两个年幼的孩子，亦受时代风气的影响，"不慕仲尼而慕庄周"，并将理由讲得堂而皇之，怪不得庾公大喜。

52. 庾法畅造庾太尉[1]，握麈尾至佳[2]。公曰[3]："此至佳[4]，那得在？"法畅曰："廉者不求[5]，贪者不与，故得在耳。"

［注释］

[1] 庾法畅：晋时僧人。造：拜访，造访。庾太尉：庾亮。 [2] 麈（zhǔ）尾：魏晋时期，清谈名士多执此物，用以指授并增饰其仪容。麈是鹿之大者，其尾摇动，群鹿从之。故麈尾有领袖群伦之义。其形状像羽扇，扇柄左右扎上麈尾毛，清谈时挥动它来指画，以助谈姿。一说麈尾即拂尘。 [3] 公：指庾亮。 [4]"此至佳"二句：意谓这么好的麈尾，怎么还能留得住？

在，保存，留住。 [5]“廉者不求”以下三句：意谓廉洁的人不会索求，贪婪的人想要而我不给，因此得以保留至今。

［点评］

“廉者不求，贪者不与”，回答得实在巧妙，与其高僧的身份和麈尾特有的价值十分吻合、贴切。庾公称其“至佳”，是否有索求之嫌不得而知，但法畅的话已是婉言拒绝，封了庾公之口。刘孝标注引法畅《人物论》自序云“悟锐有神，才辞通辩”。信然！

刘辰翁评曰：“写得沈至，正在后八字耳。若止于桓大口语，安得如此凄怆。”

55. 桓公北征经金城[1]，见前为琅琊时种柳[2]，皆已十围[3]，慨然曰：“木犹如此[4]，人何以堪！”攀枝执条，泫然流泪[5]。

［注释］

[1] 桓公：桓温，字子元，谯国龙亢（今安徽怀远县西北）人。历任荆州刺史、安西将军、征西大将军、大司马等职。北征：指桓温在东晋太和四年（369）伐燕。金城：地名。晋时属南琅琊郡，今江苏江宁北。 [2] 为琅琊时：桓温曾于咸康七年（341）任琅琊内史，出镇金城。距此次伐燕路过这里已近三十年。 [3] 围：两手的拇指和食指合拢的圆周长为一围。 [4]“木犹如此”二句：桓温见到当年所植柳树已老大将枯，感叹时光飞逝，抚今追昔，暮年将至，不免发此慨叹。 [5] 泫（xuàn）然：形容泪珠下滴。

[点评]

桓温这位大将军戎马一生，四处征战，当他看到自己几十年前栽种的柳树已经十围，便触景生情，亦不免感慨垂泪。据刘盼遂的说法，桓温此次北征前燕，年已六十，“览此树之葱茏，伤大命之未集，故抚今追昔，悲不自胜”。

61. 简文入华林园[1]，顾谓左右曰[2]：“会心处不必在远[3]，翳然林水[4]，便自有濠、濮间想也[5]，觉鸟兽禽鱼自来亲人。”

刘辰翁评曰：“清言径造。”

[注释]

[1] 华林园：在建康台城内，本为吴国的皇宫花园，东晋时又仿照洛阳的华林园修葺过。 [2] 顾：回头。 [3] 会心：心中有所领悟。 [4] 翳（yì）然：形容荫蔽。 [5] 濠：濠水。据《庄子·秋水》载：庄子和惠子到濠水的桥上游玩，觉得很快活，就认为河中的鱼也很快活。濮：濮水。据《庄子·秋水》载：庄子在濮水钓鱼，楚威王派大夫去请他主持国政，庄子持竿不顾，表示宁可做一只在污泥中爬来爬去的活龟，也不愿意做一只供在宗庙里的龟壳。

[点评]

《晋书·简文帝纪》称其“清虚寡欲，尤善玄言”，由此可证。他面对华林园的山水胜景，口吐玄言，作濠、濮间想。北京北海公园内有“濠濮间”，乾隆亦效法简文乎。

62. 谢太傅语王右军曰[1]："中年伤于哀乐[2]，与亲友别，辄作数日恶。"王曰："年在桑榆[3]，自然至此，正赖丝竹陶写，恒恐儿辈觉，损欣乐之趣。"

刘辰翁评曰："自家潦倒，忧及儿辈，真钟情语也。此少有喻者。"

［注释］

[1] 谢太傅：谢安。参见《德行》篇"谢公夫人教儿"则注。王右军：王羲之，字逸少，琅琊临沂（今山东临沂）人。曾任江州刺史、右军将军、会稽内史，著名书法家。 [2]"中年伤于哀乐"以下三句：意谓人到中年，常为哀乐之事而伤感，每与亲友相别，总有数日不快。哀乐，偏义复词，指"哀"。恶，心情不快。 [3]"年在桑榆"以下五句：人到了晚年，自然就会如您所说的那样容易伤感，所以只好依赖琴瑟丝竹来陶冶性情，宣泄苦闷。经常又担心孩子们察觉，减少了他们的欢趣。桑榆，日落之时，夕阳映照着桑树、榆树的树梢，常用桑榆比喻黄昏，亦以喻人生暮年。丝竹，代称管弦乐器，亦泛指音乐。陶写，陶冶性情，排遣忧愁。写，同"泻"。损，减少。

［点评］

此则写谢太傅和王右军二人感慨人生易老，伤于哀乐。苏轼有《游东西岩》诗云："谢公含雅量，世运属艰难。况复情所钟，感慨萃中年。正赖丝与竹，陶写有余欢。常恐儿辈觉，坐令高趣阑。"即咏此。余嘉锡《世说新语笺疏》于此则有疏解曰："谢安晚岁，虽期功之惨，不废妓乐，盖借以寄兴消愁。王坦之苦相谏阻，而安不从。至谓‘安北出户，不复使人思’，正愤其不能相谅耳。惟右军深解其意，故其言莫逆于心。案右军尝谏安浮文妨要，岂于此忽相阿谀？盖右军亦深于情者。读《兰亭序》，足以知其怀抱。本传言其誓墓之后，遍游名山，自言当以乐死。是其所好不在声色，‘丝竹陶写’之言，殆专为安石发也。然持论之正，终不及坦之。读者赏其名隽可耳。”

64. 刘尹与桓宣武共听讲《礼记》[1]。桓云："时有入心处[2]，便觉咫尺玄门。"刘曰："此未关至极[3]，自是金华殿之语。"

刘应登评曰："盖言其讲说可听，而未到至处耳。"

［注释］

[1] 刘尹：刘惔。桓宣武：桓温。均见本篇前文注释。《礼记》：儒家经典，主要记录了战国秦汉间儒家关于礼制的言论，侧重阐明礼的作用和意义。 [2]"时有入心处"二句：意谓有时候有所领悟，便觉得接近高深的境界了。入心，会心，领悟。咫尺，距离很近。古代的长度单位，八寸为咫。玄门，奥妙之处，指高深的境界。 [3]"此未关至极"二句：意谓阐发《礼记》未达到最精妙的境界，还只是金华殿上的老生常谈。至极，顶点。金华殿之语，指儒生为皇帝讲经时的老生常谈。金华殿，汉宫殿名。汉成帝时，郑宽中、张禹曾在金华殿给皇帝讲解《尚书》《论语》。

［点评］

这里讲论的虽是儒家经典，但听讲的刘惔与桓温却都从玄学的角度谈了各自的感受。可见当时讲谈的内容不仅是老庄之学，也包括儒学，不过已开始从玄学的角度理解、体会儒学。刘惔认为所讲未能与时俱进，不过是汉代儒生的老生常谈。

刘应登评曰："右军之言，真当时之药石。"

或为右军规劝太傅。

70. 王右军与谢太傅共登冶城[1]，谢悠然远想[2]，有高世之志[3]。王谓谢曰："夏禹勤王[4]，手足胼胝；文王旰食[5]，日不暇给。今四郊多垒[6]，宜人人自效[7]；而虚谈废务[8]，浮文妨要，恐非当今所宜。"谢答曰："秦任商鞅[9]，二世而亡[10]，岂清言致患邪[11]？"

[注释]

[1] 王右军：王羲之。参见本篇"谢太傅语王右军曰"则注。谢太傅：谢安。前已见。冶城：原是吴国冶铸之地，晋孝武帝时在城中立寺，安帝时改为花园，筑亭台楼阁。故址在今江苏南京。 [2] 悠然：悠闲的样子。 [3] 高世之志：超脱世俗的志趣。 [4]"夏禹勤王"二句：尧命禹治水，禹在外九年，由于操劳，手足都长了老茧。勤王，勤于王事。胼胝（pián zhī），因勤劳而手足长了老茧。 [5]"文王旰（gàn）食"二句：据《尚书·无逸》记载，周文王处理政事，忙碌得从早晨到下午也没有时间吃饭。旰食，很晚吃饭。旰，晚。日不暇给（jǐ），形容事情多，时间不够用。给，足够。 [6] 四郊多垒：城郊到处修筑军事堡垒，意谓战乱频仍。 [7] 人人自效：人人为国效力。 [8]"而虚谈废务"

二句：虚谈和浮文、废务和妨要，对举成文，互文见义。指清谈耽误国家大事。虚谈，空谈。废务，荒废了事务。浮文，不切实际的文辞。要，重要的事情。 [9] 商鞅：战国时卫国人，曾为秦孝公相，实行变法，重视农耕，秦国因而富强起来，为秦始皇统一中国打下基础。 [10] 二世而亡：秦始皇死后，其子胡亥继位，称二世，在位三年，秦朝灭亡。 [11] 岂清言致患邪：难道是因为清谈而导致亡国吗？按：谢安的回答，是为清谈辩护。

［点评］

王右军与谢太傅是当时贵族阶层的代表人物，他们对清谈的不同看法，也代表了当时的社会舆论，但二人的语言表述各有特色：右军言词恳切，斩钉截铁，从历史到现实，有理有据；而太傅亦从历史反驳，得出的结论截然相反，但又无懈可击。这大概也是当时清谈之风讲究语言艺术的反映吧。

71. 谢太傅寒雪日内集[1]，与儿女讲论文义。俄而雪骤[2]，公欣然曰："白雪纷纷何所似[3]？"兄子胡儿曰[4]："撒盐空中差可拟[5]。"兄女曰："未若柳絮因风起[6]。"公大笑乐。即公大兄无奕女[7]，左将军王凝之妻也[8]。

刘辰翁评曰："有女子风致，愈觉撒盐之俗。"

［注释］

[1] 内集：家人聚会。 [2] 俄而：一会儿。骤：急。 [3] 白

雪纷纷何所似：大意是白雪纷纷扬扬像什么呢？ [4] 兄子胡儿：谢安次兄谢据的长子谢朗，字长度，小字胡儿。善言玄理，官至东阳太守。 [5] 撒盐空中差可拟：大意是把盐撒向空中与雪花飞舞颇为相似。差，略，大致。 [6] 未若柳絮因风起：比不上柳絮随风飞舞。未若，不及，比不上。因，凭借。 [7] 大兄无奕女：指谢安长兄谢奕（字无奕）之女谢道韫。谢道韫有才女之称，嫁王凝之。 [8] 王凝之：字叔平，王羲之次子，善草隶。历任江州刺史、左将军、会稽内史等。

[点评]

这则故事十分有名，《晋书·列女传·王凝之妻谢氏》有记载，历代亦不乏题咏，“道韫之才”几乎成了夸赞女子文才的代名词。谢太傅也被称为“闲怀远韵，晋中第一品流”。这样的家庭聚会，千载之下，令人神往。

陈梦槐评曰：“事属冲旷，意太悲怆。”

76. 支公好鹤[1]，住剡东岇山[2]。有人遗其双鹤[3]，少时翅长欲飞，支意惜之[4]，乃铩其翮[5]。鹤轩翥不复能飞[6]，乃反顾翅，垂头。视之，如有懊丧意。林曰：“既有凌霄之姿[7]，何肯为人作耳目近玩！”养令翮成，置使飞去。

[注释]

[1] 支公：支遁，字道林，晋高僧。本姓关，陈留（今河南开封南）人，一说河内林虑（今河南林县）人。年二十五出家，尝

隐居吴县西南支硎山，世称支公，又称林公。好谈玄理，谢安、王羲之等与其交友。[2] 剡(shàn)：剡县，属会稽郡。峁(mǎo)山：山名，在剡县东。[3] 遗(wèi)：赠送。[4] 惜之：爱惜双鹤，担心它们飞走。[5] 铩(shā)：剪除，摧残。翮(hé)：羽毛中间的硬管，这里用来指翅膀上的羽毛。[6] 轩翥(zhù)：张开翅膀。[7] 凌霄：凌云，直上云霄。

[点评]

此则写支公体恤物情，放飞双鹤。这既是支公作为僧人，相关戒律所要求，更是魏晋崇尚自然之风使然。

80. 李弘度常叹不被遇[1]。殷扬州知其家贫[2]，问："君能屈志百里不[3]？"李答曰："《北门》之叹[4]，久已上闻[5]；穷猿奔林[6]，岂暇择木？"遂授剡县[7]。

[注释]

[1] 李弘度：李充，字弘度，江夏郢（今湖北安陆）人。初为丞相王导掾，转记室参军，后为征北将军褚裒的参军。因为家贫，苦求外任。遇：遇合，指得到君主或上司的赏识、重用。[2] 殷扬州：殷浩，字渊源，陈郡长平（今河南西华）人。识度清远，尤善玄言。官至扬州刺史、中军将军。[3] 屈志百里：问弘度能否委屈做一县令。百里，方圆百里的地方，古时约为一县管辖的范围，后遂用为县或县令的代称。不：同"否"。[4]《北门》：《诗经》中的一篇，抒写为官不得志，位卑家贫的苦况。[5] 久

已上闻：是说自己的情况，上面早已了解。 [6]“穷猿奔林”二句：以穷猿不择林木，比喻处境窘迫，不挑官职。穷，走投无路。 [7] 遂授剡县：授命为剡县令。剡县在今浙江嵊州。

［点评］

此则写殷浩善于知人，实现了李充的心愿。同时也反映了当时门阀制度下，一个出身贫寒的低级官吏的苦楚。

84. 孙绰赋《遂初》[1]，筑室畎川[2]，自言见止足之分[3]。斋前种一松树[4]，恒自手壅治之[5]。高世远时亦邻居[6]，语孙曰：“松树子非不楚楚可怜[7]，但永无栋梁用耳！”孙曰：“枫柳虽合抱[8]，亦何所施[9]？”

［注释］

[1] 孙绰：字兴公，太原中都（今山西平遥）人。博学能文，好游乐山水，作《遂初赋》，表示隐逸之志。后出仕，官至散骑常侍、领著作郎。赋：创作。用作动词。 [2] 筑室：盖房子。畎（quǎn）川：会稽地名。 [3] 止足：指知足，即安分守己。分（fèn）：指本分。 [4] 斋：书房，闲居之室。 [5] 壅治：这里指对松树培土、施肥等。 [6] 高世远：据刘孝标注，高世远，名柔，字世远，乐安（今属山东）人。 [7] 松树子：松树苗，小松树。楚楚可怜：形容小松树可爱的样子。可怜，可爱。 [8] 合抱：两臂相交，形容树干粗大。 [9] 施：用。

[点评]

孙绰在房前植松，当有寓意。松为长青之树，自古以来，松柏之质，以喻坚贞。而邻居则认为小树虽可爱，却难成栋梁之材。孙绰意味深长地对邻人说：枫柳虽然粗大，但又有什么用途呢。言下之意是，树不可以大小论，你不知我植松的用意啊！至于高氏说松树“但永无栋梁用耳”，殊不可解，松树是可做栋梁之用的优质木材，如言其小，暂不可为栋梁之用尚可；而说“永无”则非也。按，余嘉锡谓孙绰之祖名楚，邻人之语“楚楚可怜”是用他祖父之名调侃，而孙谓“枫柳”云云，亦必含其祖父之名，但已无考。

88. 顾长康从会稽还[1]，人问山川之美，顾云：“千岩竞秀[2]，万壑争流[3]，草木蒙笼其上[4]，若云兴霞蔚[5]。”

王世懋评曰：“便是虎头画思。”

[注释]

[1] 顾长康：顾恺之，字长康，小字虎头，无锡（今属江苏）人。博学有才气，尤善绘画。据《晋书·顾恺之传》记载，他当时担任荆州刺史殷仲堪的参军，休假后自会稽还荆州。会稽：郡名，治所在山阴（今浙江绍兴）。境内多名山水，风景绝佳。 [2] 岩：高峻的山峰。秀：高出。 [3] 壑（hè）：山坳。 [4] 蒙笼：茂密覆盖。 [5] 云兴霞蔚：云升霞起，形容绚丽多彩。

[点评]

顾长康以其画家的审美眼光，对会稽山水之美，勾勒出一幅壮美绚丽的画卷，令人神往。

凌濛初评曰："合长康、子敬语一阅，便可卧游山阴道。"

91. 王子敬云[1]："从山阴道上行[2]，山川自相映发[3]，使人应接不暇[4]。若秋冬之际[5]，尤难为怀。"

袁宏道评曰："会稽诸山，遥望实佳，尖秀淡冶，亦自可人。昔王子敬语人但云山阴道上，'道上'二字，可谓传神。"

[注释]

[1] 王子敬：王献之，字子敬，王羲之第七子，也是他最小的儿子。长于书法，高迈不羁，风流冠时。 [2] 山阴：县名。在会稽山北，晋属会稽郡，治所在今浙江绍兴。 [3] 自相映发：互相映衬。 [4] 应接不暇：形容这里的山川美景太多，目不暇接。 [5] "若秋冬之际"二句：意谓秋冬时节的景色，更是动人，令人难以忘怀。为怀，存心，用心。

[点评]

王献之曾在山阴住过一段时期，对这里的山川之美了悉于心，不过他没有展开具体的描述，只给人一个总体印象，使人产生无尽的遐想。

刘辰翁评曰："对易问难，他人无此情也。"

92. 谢太傅问诸子侄[1]："子弟亦何预人事[2]，而正欲使其佳[3]？"诸人莫有言者，车骑答曰[4]："譬如芝兰玉树[5]，欲使其生于阶庭耳。"

[注释]

[1] 谢太傅：谢安，前已见。 [2] 何预人事：意谓如何修养提升自己。人事，此处“人”作“己”解，这是《世说》保存的当时口语。己事，即自身之事。 [3] 正：只。 [4] 车骑：谢玄，谢奕子，谢安侄。曾任车骑将军。 [5] “譬如芝兰玉树”二句：比喻希望美好、高洁的东西都出于自家门庭。芝兰是芝草和兰草，是芳香的草；玉树是传说中的仙树。二者都用来比喻才德之美。后多用“芝兰玉树”比喻优秀子弟。

[点评]

此则写谢安教育子侄，颇有孔子与弟子浴乎沂、风乎舞雩、咏而归，各言其志的意味。《晋书·谢安传》谓其：“于土山营墅，楼馆林竹甚盛，每携中外子侄往来游集。”这或许就是其某一次游集的场景。又据《晋书·谢玄传》，称其“少颖悟，与从兄朗俱为叔父安所器重”。

98. 司马太傅斋中夜坐[1]，于时天月明净，都无纤翳[2]，太傅叹以为佳。谢景重在坐[3]，答曰：“意谓乃不如微云点缀[4]。”太傅因戏谢曰：“卿居心不静，乃复强欲滓秽太清邪[5]？”

李贽评曰：“答亦自佳。”

[注释]

[1] 司马太傅：司马道子，晋简文帝第五子，封会稽王，进位太傅。 [2] 都：全。纤翳：细微的遮蔽，指云彩。 [3] 谢景重：谢重，字景重，陈郡阳夏（今河南太康）人，谢安弟谢朗之子。

曾任司马道子的骠骑长史。[4] 点缀：略加衬饰。[5] 乃复：竟然。滓秽：污秽，玷污。这里用作动词。太清：天空。

[点评]

二人赏月，审美各异，这玩笑开得既富雅趣，又不失彼此身份。

政事第三

《论语·先进》:“政事：冉有、季路。”意谓冉有、季路二人的政治才干是孔门弟子中最为出色的。儒家主张“学而优则仕”“达则兼善天下”，为官从政是读书人施展才能与抱负的主要途径。魏晋时期，战乱频仍，政局动荡，但也产生了王导、谢安、庾亮、桓温及魏武、简文等有作为的政治家、军事家，他们既有儒家倡导的勤政爱民、忠于职守、知人善任、以德化民的一面，同时也有“为政务在清静”、力求无为而治的带有时代烙印的一面。

《政事》篇凡 26 则，入选 9 则。

3. 陈元方年十一时[1]，候袁公[2]。袁公问曰："贤家君在太丘[3]，远近称之，何所履行[4]？"元方曰："老父在太丘[5]，强者绥之以德[6]，弱者抚之以仁，恣其所安[7]，久而益敬。"袁公曰："孤往者尝为邺令[8]，正行此事[9]。不知卿家君法孤[10]，孤法卿父？"元方曰："周公、孔子，异世而出[11]，周旋动静[12]，万里如一。周公不师孔子[13]，孔子亦不师周公。"

亦可入《言语》或《夙惠》。

［注释］

[1] 陈元方：陈纪，字元方，陈寔长子。 [2] 候：问候。袁公：未知指何人，一说指袁绍。 [3] 贤家君：尊称元方父亲陈寔。 [4] 何所履行：如何治理。 [5] 老父：一作"先父"，当误。 [6] 绥之以德：用恩德来安抚。绥，安抚。 [7] 恣其所安：任凭百姓自在生活。恣，任凭。 [8] 孤：古代王侯的自称。邺令：邺县令。邺，县名，在今河北临漳县西。 [9] 正行此事：意谓与陈寔治理太丘的方法相同。 [10] "不知卿家君法孤"二句：不知是你父亲效法我，还是我效法你父亲？法，效法，学习。 [11] 异世而出：生在不同的时代。 [12]"周旋动静"二句：意谓虽然相隔很远，但处世为人的态度和言行如出一辙。周旋，应酬，交往。动静，行动、止息。 [13] 师：同上文的"法"。

［点评］

此则赞扬陈寔为政以宽，受到百姓的敬仰。而陈元方年仅十一，针对袁公刁钻的提问，却回答得如此大方得体，委实不易。

7. 山司徒前后选[1]，殆周遍百官，举无失才。凡所题目[2]，皆如其言。惟用陆亮[3]，是诏所用[4]，与公意异，争之不从。亮亦寻为贿败[5]。

[**注释**]

[1]“山司徒前后选”以下三句：山涛担任选官，前后所选，几乎遍及百官，没有遗漏的人才。山司徒，山涛，字巨源，河内怀（今河南武陟）人，竹林七贤之一。山涛年四十出仕，在魏时曾任尚书吏部郎，入晋任吏部尚书，后升为司徒。吏部是负责选拔任免官员的，山涛曾先后两次担任此职，所以说“前后选”。殆，几乎。举，全。 [2] 题目：品评。按：每一官缺，就拟出人选，由皇帝挑选；对所奏甄拔人物，都加以品评。 [3] 陆亮：字长兴，河内野王县（今河南沁阳）人。与贾充交密，充推荐他为吏部郎，山涛屡次表示反对，并推荐阮咸担任此职，晋武帝选择了陆亮，山涛反对无效。后来陆亮因犯罪撤职。 [4] 诏：皇帝的诏命。 [5] 寻：不久。为贿败：因受贿而被免职。

[**点评**]

此则赞扬山涛善于识才。尤其以陆亮的事例，反证其识人、用人的准确与公正。

9. 王安期为东海郡[1]。小吏盗池中鱼，纲纪推之[2]。王曰："文王之囿[3]，与众共之。池鱼复何足惜！"

[注释]

[1] 王安期：王承，字安期，晋太原晋阳（今山西太原）人。任东海太守。东海郡：郡名，治郯（tán），今山东郯城县。 [2] 纲纪：主簿，主管府中事务的官员。推：推究，追查。 [3]"文王之囿（yòu）"二句：《孟子·梁惠王下》载，周文王有个方圆七十里的宫苑，老百姓可以到那里去打柴、打猎。文王，周文王。囿，养禽兽的园子。共，共享。

[点评]

此则写王安期效法古圣贤，宽恕小吏盗鱼一事。《晋书·王承传》亦载此事。

李贽评曰："第一美政，只少人解。"

12. 王丞相拜扬州[1]，宾客数百人并加沾接[2]，人人有说色[3]。惟有临海一客姓任及数胡人为未洽[4]。公因便还到过任边[5]，云："君出，临海便无复人。"任大喜说。因过胡人前弹指云[6]："兰阇[7]，兰阇！"群胡同笑，四坐并欢。

[注释]

[1] 王丞相：王导。参见《言语》篇"过江诸人"则注释。据《晋书·王导传》，晋元帝时王导任扬州刺史。 [2] 沾接：款

待。 [3] 说色：悦色。说，同“悦”。 [4] 临海：郡名，治今浙江临海市东南。一客姓任：一位姓任的客人。据刘孝标注，此客人姓任名颙，当时在京城做官。胡人：域外之人，这里指几位西域（或天竺）的和尚。未洽（xiá）：意谓被忽略，招待不周。洽，亲近。 [5] 因便：乘便，乘着有利时刻。还到：回到，回转。 [6] 弹指：弹指在佛经中有表示欢喜或乐意参加做功德的意思。这里是打招呼的动作。 [7] 兰阇（shé）：梵语译音，为赞许之词。这里是用胡语与胡人打招呼，显得尊重与亲切。

［点评］

此则称赞王导善于应酬宾客，能处理好各种人际关系。当他注意到数百宾客“人人有说色”而临海一任姓客人和几位印度僧人“未洽”时，他先是“因便”（用词讲究，表明不是刻意）接近临海那位客人，夸赞他“你一出来，临海便再无人才了”，使得这位任姓客人倍感知遇。接着，又用印度语与几位印度僧人打招呼，更是让他们感到意外。最终，“四坐并欢”，皆大欢喜。由此可见，王导后来担任领袖群伦的丞相，绝非偶然。

14. 丞相尝夏月至石头看庾公[1]，庾公正料事[2]。丞相云：“暑[3]，可小简之。”庾公曰：“公之遗事[4]，天下亦未以为允。”

［注释］

[1] 丞相：指王导。石头：即石头城。庾公：庾冰，字季坚，

鄢陵（今河南鄢陵）人，庾亮弟。成帝时任秘书郎，因讨苏峻之乱有功，封新吴县侯，固辞不受。后任中书监。王导死后，冰代为相。 [2] 料事：处理政务。 [3]“暑”二句：意谓天热，可略为简化政务。 [4]“公之遗事”二句：意谓如果您遗漏政事，天下人也不见得许可。

［点评］

丞相与庾公的对话，或为玩笑，也可能是考察。丞相见庾公如此勤政，自是喜欢，故以调谐语问之，而庾公亦以调谐语答之。二人之默契，或为日后交接丞相大位之先机（王导去世后，庾冰代相）。

竹头木屑，平时无用；积之储之，急时堪为大用。

16. 陶公性检厉[1]，勤于事。作荆州时[2]，敕船官悉录锯木屑，不限多少，咸不解此意。后正会[3]，值积雪始晴[4]，听事前除雪后犹湿[5]，于是悉用木屑覆之，都无所妨[6]。官用竹[7]，皆令录厚头[8]，积之如山。后桓宣武伐蜀[9]，装船[10]，悉以作钉[11]。又云[12]，尝发所在竹篙[13]，有一官长连根取之，仍当足[14]。乃超两阶用之[15]。

［注释］

[1] 陶公：陶侃，字士行。其先祖鄱阳（今江西鄱阳）人，后

徙迁浔阳（今江西九江）。历任湘、广、荆三州刺史，晋成帝时，为太尉，封长沙郡公，赠大司马，名望很高。检厉：细致，认真。 [2]“作荆州时”以下四句：陶公担任荆州刺史时，命令船官把锯屑全部收集起来，大家都不明白他这么做的用意。作荆州时，担任荆州刺史期间。敕（chì），命令。悉，全部。录，收集，收藏。咸，都。 [3] 正（zhēng）会：正月初一集会。 [4] 积雪：久雪，即接连下雪。 [5] 听事：处理政事的大堂。听，同“厅”。前除：堂前台阶。 [6] 都无所妨：谓行人无妨碍。 [7] 官：官府。 [8] 厚头：靠近根部的竹头。 [9] 桓宣武伐蜀：桓温于晋穆帝永和二年（346）伐蜀，次年攻占成都，当时据蜀称帝的李势投降。 [10] 装船：组装战船，即用小船组成大船。 [11] 悉以作钉：都用来作竹钉。因竹子的厚头坚硬，组装战船时可当钉子用，正好派上用场。 [12] 又云：又称，又传。 [13] 发：征发。所在：所处的地区，当地。 [14] 仍：就，于是。当足：当作竹篙的铁足。撑船用竹篙，头部需包上铁制的部件，就是铁足。这位官长用竹根代替铁足，既善于取材，又节省了铁足。 [15] 超：越级提拔。两阶：两个等级。

［点评］

本则通过三件小事，表现了陶侃勤政务实的风格。竹头木屑，废物利用，陶公留给我们的智慧，即便在物质丰富的现代社会，也具有积极的启示意义。《晋书·陶侃传》亦载此事。

18. 王、刘与林公共看何骠骑[1]，骠骑看文书[2]，不顾之。王谓何曰：“我今故与林公来相看[3]，望卿摆拨常务[4]，应对玄言[5]，那得方低头看此邪？”何对曰：“我不看此，卿等何以得存[6]？”诸人以为佳。

［注释］

[1] 王、刘：王濛、刘惔。都是当时有名的清谈家，二人相友善，常并称。林公：支道林，东晋名僧。本名支遁，字道林，俗姓关氏，陈留（今河南开封南）人。好谈玄理，著有《释即色本无义》等。何骠骑：何充，字次道，庐江（今属安徽）人。学识渊博，有文义才情。历任会稽内史、侍中、骠骑将军、扬州刺史等，赠司徒。 [2] 文书：公文，案卷。 [3] 故：特意。相看：看望你。 [4] 摆拨：摆脱，丢开。常务：日常政务。 [5] 玄言：即谈玄或清谈。宋董刻本作“共言”，当是。谈玄亦称共言或共讲、共论。 [6] 存：生存。

［点评］

王、刘与支公相邀来看望何充，显然是为了与他一起清谈，故云“望卿摆拨常务，应对玄言”，而何却埋头批阅公文，淡淡地说了一句：“我不看此，卿等何以得存？”言下之意是，我不处理好国家政务，你们喝西北风去吗？王、刘等人非但不以为忤，还称赞他说得好。玩味何充的话，虽有调侃成分，实际上也不妨理解为对“清谈误国”的一种清醒认识。

19. 桓公在荆州[1]，全欲以德被江、汉[2]，耻以威刑肃物。令史受杖[3]，正从朱衣上过[4]。桓式年少[5]，从外来，云："向从阁下过[6]，见令史受杖，上捎云根[7]，下拂地足。"意讥不著[8]。桓公云："我犹患其重[9]。"

语虽夸张，颇有意味。

[注释]

[1] 桓公：桓温。桓温在晋穆帝永和元年（345）都督荆、司、雍、梁、益、宁六州诸军事，兼任荆州刺史。 [2]"全欲以德被江、汉"二句：意谓桓温一心想在管辖的地区施行德政，认为靠严酷的刑罚来治理地方是可耻的。江、汉，长江、汉水流域，属荆州管辖范围，这里借指荆州地方。 [3] 令史：官名，掌管文书。杖：杖刑。 [4] 正从朱衣上过：意谓行刑的木棒只从令史的衣服上擦过。正，止。朱衣，红色的官服。 [5] 桓式：桓温第三子，名歆，字叔道，小字式，官至尚书。 [6] 阁：官署。 [7]"上捎云根"二句：意谓木棒举起来上拂云间，落下去低擦地面，形容木棒没有打在人身上。 [8] 不著（zhuó）：意谓没有打着。著，中。 [9] 我犹患其重：我还担心打得太重呢。

[点评]

此则称颂桓温的德政。桓温作为都督六州军事的一员武将，却一心在其管辖的区域推行德政，实属难能可贵。从令史受杖这件小事，可见其宽和为政之一斑，亦见其对待下属的仁厚之心。

26. 殷仲堪当之荆州[1]，王东亭问曰[2]："德以居全为称[3]，仁以不害物为名。方今宰牧华夏[4]，处杀戮之职，与本操将不乖乎[5]？”殷答曰：“皋陶造刑辟之制[6]，不为不贤；孔丘居司寇之任[7]，未为不仁。”

[注释]

[1] 殷仲堪：陈郡（今河南淮阳）人，能清言，善著文，孝武帝时任荆州刺史。当之荆州：正要去荆州赴任的时候。 [2] 王东亭：王珣，字元琳，王导之孙。大司马桓温辟为主簿，累迁尚书左仆射，封东亭侯。 [3] “德以居全为称”二句：意谓道德达到完美无缺才可称誉，推行仁政不为害百姓才有声望。居全，完全。物，这里指人。 [4] 宰牧：统治，治理。华夏：中国古称华夏，这里指晋朝统治的地区。 [5] 本操：固有的操守。乖：违背。 [6] 皋陶：虞舜时的贤臣。刑辟（pì）：刑法，法律。 [7] 司寇：掌管刑狱的官。孔子曾任鲁国司寇。

[点评]

殷仲堪认为刑戮不违仁德，并以皋陶和孔子为例，反驳王珣的质疑，可谓义正词严。德治还是法治，是矛盾的对立统一，从人民的根本利益出发，两者是不冲突的。

文学第四

《论语·先进》:“文学：子游、子夏。”邢昺疏：“若文章博学，则有子游、子夏二人也。”这里的“文学”，含义与今略有不同，文有文才、文章之义；学有学问、学术之义。魏晋时代，谈玄之风盛行，老庄之学得到空前发展；同时，佛教自汉代传入我国之后，逐渐为士族阶层所接受，译注佛经、辨析佛理也成为清谈的重要内容。因此，《文学》篇主要记述了魏晋名士在著述文章和探讨儒、道、释各方面学问的故事。他们挥麈谈玄、主客辩难、辨析义理、品评文章，表现出卓越的学识才华和求索精神。

《文学》篇凡 104 则，入选 34 则。

2. 郑玄欲注《春秋传》[1]，尚未成时，行与服子慎遇[2]，宿客舍。先未相识，服在外车上与人说己注《传》意，玄听之良久，多与己同。玄就车与语曰：“吾久欲注，尚未了[3]。听君向言[4]，多与吾同，今当尽以所注与君[5]。”遂为服氏注[6]。

李贽评曰：“便是大贤心事。”

［注释］

[1] 郑玄：字康成，东汉高密（今山东高密）人。著名经学家，遍注群经，精通历算。曾师从马融，后回乡聚徒讲学，一生不仕，以教授、著书为业。《春秋传》：即《春秋左氏传》，简称《左传》。 [2] 服子慎：服虔，字子慎，荥阳（今河南荥阳）人。灵帝时任九江太守，著有《春秋左氏传解谊》。 [3] 未了：未完成。 [4] 向：刚才。 [5] 尽以所注与君：把我自己所注的全部送给你。 [6] 服氏注：即服虔所著《春秋左氏传解谊》，现有辑佚本。

［点评］

俗话说文人相轻，但郑玄与服子慎二人非但不相轻，而是相知、相助。郑玄把自己积累多年的学术成果毫无保留地送给服子慎，成就了他人的著作。这种文人间的坦诚和无私，值得尊敬！

3. 郑玄家奴婢皆读书[1]。尝使一婢，不称旨[2]，将挞之[3]。方自陈说[4]，玄怒，使人曳著泥中[5]。须臾[6]，复有一婢来，问曰："胡为乎泥中[7]？"答曰："薄言往诉[8]，逢彼之怒。"

二婢一问一答，皆引《诗经》，何其可爱，亦复有趣。

[注释]

[1] 郑玄：见本篇前一则注释。奴婢：家里的佣人，通常男性为奴，女性为婢。 [2] 称（chèn）旨：称心。 [3] 挞（tà）：打。 [4] 方自陈说：谓奴婢正要向主人申辩。 [5] 曳（yè）：拉。著（zhuó）：置。 [6] 须臾：一会儿。 [7] 胡为乎泥中：引自《诗经・邶风・式微》，意谓怎么会在泥水中？ [8] "薄言往诉"二句：引自《诗经・邶风・柏舟》，意谓我正要诉说，却赶上他发脾气。薄言，助词，无义。

[点评]

此则谓郑玄家奴婢皆读书，能引《诗》应对。可以想见，郑玄听了婢女的问答，不仅怒火顿消；而婢女亦不以责罚为恼，破涕为笑矣！

5. 钟会撰《四本论》[1]，始毕，甚欲使嵇公一见[2]。置怀中，既定[3]，畏其难[4]，怀不敢出，于户外遥掷，便回急走。

[注释]

[1] 钟会：字士季，颍川人，钟繇之子。少有令名，精通名

理，后累升至镇西将军、司徒。《四本论》：关于人的才性同、异、离、合的论著，这是魏晋人谈玄的主要论题之一。钟会此著早已亡佚。[2] 嵇公：嵇康，字叔夜，任魏中散大夫，世称嵇中散。为人谨慎，行为狂放，崇尚老庄哲学，借以反对司马氏的黑暗统治，后被司马昭诬害处死。[3] 既定：到了那里之后。[4] 难：问难，质疑。

[点评]

此则描写了钟会拜见名人的一连串心理变化：先是带着自己的新作《四本论》，非常希望得到嵇康的首肯和指点；到了之后，担心遭到嵇康的质疑，不敢拿出书来当面请教，却又不愿放弃这次机会；最后，将书稿从门外扔了进去，扭头便跑。钟会的希冀、胆怯体现得淋漓尽致，而嵇康的威望也尽在不言之中。

6. 何晏为吏部尚书[1]，有位望，时谈客盈坐[2]。王弼未弱冠[3]，往见之。晏闻弼名，因条向者胜理语弼曰[4]：“此理仆以为极[5]，可得复难不[6]？”弼便作难，一坐人便以为屈[7]。于是弼自为客主数番[8]，皆一坐所不及[9]。

[注释]

[1] 何晏：字平叔，好玄学，擅长清谈，与王弼、郭象等倡导魏晋谈玄之风。另参见《言语》篇“何平叔云服五石散”条注

释。 [2] 谈客：到何晏那里清谈的客人。盈坐：满座。坐，同“座”。 [3] 王弼：字辅嗣，河内山阳（今河南焦作市北）人，仕魏尚书郎。是魏晋玄学的主要开创者，著有《老子注》《周易注》《论语释疑》等书。未弱冠：不到二十岁，未行加冠礼。古代男子到二十岁行冠礼，因为还没有达到壮年，故称“弱冠”。 [4] 条：条陈，分条列出。向者：向来，以前。理：玄理，义理。 [5] 仆：自我的谦称。极：指玄理精妙透辟到了极点。 [6] 难（nàn）：驳诘，问难。 [7] 屈：理屈。 [8] 自为客主：自己既做提问的一方，也做答辩的一方，即自问自答。这里意味着在场的人都无法与他论辩，只好自为客主。数番：数次。 [9] 一坐：在场的人。

［点评］

未曾弱冠的王弼到学问和地位都很高的何晏那里拜访，何晏用自己最擅长、钻研最精深的义理来与王弼论辩，不料被他轻易驳倒。在场的人也都不是他的对手，王弼只得“自为客主”，自己与自己反复辩难，都是大家所达不到的层次。此则以何晏作铺垫，称颂王弼玄学水准之高，同时也介绍了谈玄论辩的一种方式——自为客主。

8. 王辅嗣弱冠诣裴徽[1]，徽问曰：“夫无者[2]，诚万物之所资[3]，圣人莫肯致言[4]，而老子申之无已[5]，何邪[6]？”弼曰：“圣人体无[7]，无又不可以训[8]，故言必及有；老、庄未免于有[9]，恒训其所不足。”

[**注释**]

[1] 王辅嗣：见前则注。诣：拜访。裴徽：字文季，河东闻喜（今山西闻喜）人，裴楷之父。高才逸度，善言玄理。曾任冀州刺史。 [2] 夫：助词，表示将要发议论。无："无"和"有"是道家的两个哲学范畴。《老子》第四十章说："天下之物生于有，有生于无。"无就是道，它没有任何物质的内容和属性，是一种精神性的东西。王弼也是主张"凡有皆始于无"的。 [3] 资：凭借。 [4] 圣人：指有最高尚道德和最高超智慧的人，这里指孔子。致言：发表言论。 [5] 申：说明。 [6] 何邪：这是为什么呢？ [7] 圣人体无：王弼用道家思想解释儒家的学说，主张"无"是万物的本体，认为孔子也是以无为本体的。体，本体，这里用作动词，即以之为本体。 [8] 无又不可以训：王弼认为"无"是听不见、看不见、摸不着的东西，是不可认识的神秘的精神性实体，是"不得而知"的，所以不可以训。训，解释。 [9]"老、庄未免于有"二句：意谓老子、庄子也不免言及"有"，但经常要训解补充圣人所阐释得不够充分的那个"无"。

[**点评**]

魏晋玄学主张以无为本，从形而上的角度，提出以万有为末，以虚无为本，故裴徽亦谓"无者，诚万物之所资"。而天才的玄学家王弼年仅弱冠（他只活了 24 岁），却能深切体悟孔子与老、庄关于"无"和"有"的精深含义，他以道释儒，认为儒、道可以互补，有调和儒、道的倾向。

12. 裴成公作《崇有论》[1]，时人攻难之[2]，莫能折[3]。唯王夷甫来[4]，如小屈[5]。时人即以王理难裴，理还复申[6]。

［注释］

[1] 裴成公：裴頠（wěi），字逸民，河东闻喜（今山西闻喜）人。历任侍中、尚书左仆射。卒后谥成，故称成公。《崇有论》：裴頠所作，意在抨击当时的“贵无”思想，认为世界的根本是“有”，而不是虚无。《文心雕龙·论说》说，裴逸民和王夷甫在“有无”领域内的辩论是首屈一指的（裴崇有，王贵无）。 [2] 攻难（nàn）：攻击反驳。 [3] 折：折服。 [4] 王夷甫：王衍，字夷甫，琅琊临沂（今山东临沂）人。少负才名，喜好清谈，曾任太尉。 [5] 如小屈：似乎有些理亏。 [6] 申：展开。与“屈”相对而言。

［点评］

“崇有”和“贵无”是玄学讨论的两大主题。裴頠作《崇有论》，反对以无为本体的“贵无”论，其用意在纠正当时崇尚虚玄的时弊。《晋书·裴頠传》云：“頠深患时俗放荡，不尊儒术，何晏、阮籍素有高名于世，口谈浮虚，不遵礼法，尸禄耽宠，仕不事事；至王衍之徒，声誉太盛，位高势重，不以物务自婴，遂相放效，风教陵迟，乃著崇有之论，以释其蔽。”

16. 客问乐令“旨不至”者[1]，乐亦不复剖析文句，直以麈尾柄确几曰[2]：“至不？”客曰：

王世懋评曰：“此皆禅机转语。”

"至。"乐因又举麈尾曰:"若至者,那得去?"于是客乃悟服。乐辞约而旨达[3],皆此类。

[注释]

[1] 乐令:即乐广,参见《德行》篇第 23 则注。旨不至:魏晋清谈讨论的主要话题之一。语出《庄子·天下篇》:"指不至,至不绝。"这一话题颇为玄妙,乐广以禅学机锋加以解释。旨,同"指"。 [2] 麈尾:魏晋人清谈时所执之物,可助谈锋。系用麈(鹿的一类)尾制成,形如蒲扇,一般镶有玉柄或骨柄(参见《言语》篇第 52 则注)。确几(jī):敲击小桌子。 [3] 约:简约,简要。

[点评]

此则颇具禅意。钱锺书曾提出"未有禅宗,已有禅机",即从此则引出。他说:"窃怪举麈无言,机锋应接,乃唐以后禅宗伎俩,是时达摩尚未东来,何得有是。后见宋刘辰翁批本《世说》,评乐令举麈条云:'此时诸道人却未知此。此我辈禅也,在达摩前。'参观《文海披沙》卷一论'旨'当作'指'。《郁冈斋笔麈》卷一驳禅机之说,叹为妙解。未有禅宗,已有禅机。"(《谈艺录·随园非薄沧浪》)

17. 初,注《庄子》者数十家[1],莫能究其旨要[2]。向秀于旧注外为解义[3],妙析奇致[4],大畅玄风[5]。惟《秋水》《至乐》二篇未竟而秀卒[6]。秀子幼，义遂零落[7]，然犹有别本[8]。郭象者[9]，为人薄行[10]，有俊才。见秀义不传于世，遂窃以为己注，乃自注《秋水》《至乐》二篇，又易《马蹄》一篇，其余众篇，或定点文句而已[11]。后秀义别本出，故今有向、郭二《庄》，其义一也。

［注释］

[1] 注《庄子》者数十家：魏晋崇尚老庄，清谈玄学，注《庄子》者甚众。据有关记载，有马彪、孟氏、崔譔、向秀、郭象等人，现仅存郭象注本，凡十卷。 [2] 旨要：要旨，要领。 [3] 向秀：字子期，河内怀县（今河南武陟）人。与嵇康友好，标榜清高，“竹林七贤”之一。于旧注外为解义：意为抛开旧注，力求新解。 [4] 奇致：新异的旨趣。 [5] 大畅玄风：意谓向秀的《庄子》注使研究玄学的风气大为兴盛。 [6]《秋水》《至乐》：与下文的《马蹄》均为《庄子》篇名。未竟：未完成。 [7] 义遂零落：意谓向秀注《庄子》的见解随着他的去世而渐渐湮没无传。 [8] 别本：另外的写本，副本。 [9] 郭象：字子玄，晋河南郡（今河南洛阳东北）人。少有才理，好老庄，擅长清谈，是西晋时期重要玄学家，被认为是王弼第二。 [10] 薄行：品行不好。 [11] 定点：点定，改正。

［点评］

此则介绍《庄子》向秀、郭象二家注的因袭传承，对郭象有所批评。余嘉锡《世说新语笺疏》云：“向秀

《庄子注》今已不传，无以考见向、郭异同。《四库总目》一百四十六《庄子提要》尝就《列子》张湛注、陆氏《释文》所引秀义，以校郭注。有向有郭无者，有绝不相同者，有互相出入者，有郭与向全同者，有郭增减字句大同小异者。知郭点定文句，殆非无证。”由此可见，《世说》所载，大体可信。

18. 阮宣子有令闻[1]。太尉王夷甫见而问曰[2]：“老庄与圣教同异[3]？”对曰：“将无同[4]？”太尉善其言[5]，辟之为掾[6]。世谓“三语掾[7]”。卫玠嘲之曰[8]：“一言可辟[9]，何假于三[10]！”宣子曰：“苟是天下人望[11]，亦可无言而辟，复何假一！”遂相与为友。

刘辰翁评曰：“‘将无同’，正是一言耳，何谓三？”

[注释]

[1] 阮宣子：阮修，字宣子，陈留尉氏（今河南尉氏）人，阮籍从子。嗜读《老子》《易经》，擅长清谈，持无鬼论。令闻：好名声。 [2] 王夷甫：见本篇“裴成公作《崇有论》”条注释。 [3] 老庄与圣教同异：这一句是问老庄思想和儒家思想的异同。圣教，圣人的教化，儒家思想。 [4] 将无同：恐怕没有什么两样吧。将无，当时疑问语气词，即今“恐怕”“莫非”之意。 [5] 善其言：认为他回答得好。 [6] 辟：征召，调用。掾（yuàn）：属官。 [7] 三语掾：即指阮宣子因回答“将无同”这三个字而得到王夷甫的赏识，被征为属官。 [8] 卫玠（jiè）：字叔宝，

河东安邑（今山西夏县）人。任太子洗马（太子的属官）。 [9] 一言：一字。 [10] 假：借助。 [11] 苟：假如。人望：众望所归的人，即有声誉者。

[点评]

“将无同”消弭了老庄与圣教亦即玄学与儒学的对立，肯定“名教即自然”，而非“越名教而任自然”，因而得到王衍的赏识，并“辟之为掾”。“三语掾”的故事十分有名，因为魏晋玄学讲究语言的简练玄妙，文中由“三言”到“一言”再到“无言”，大可玩味。

21. 旧云：王丞相过江左[1]，止道《声无哀乐》《养生》《言尽意》三理而已[2]。然宛转关生[3]，无所不入。

[注释]

[1] 王丞相：指王导。王导为东晋中兴名臣，经营江左，志图恢复中原。江左：长江下游以东地区，这里指晋室渡江后所辖区域。 [2]《声无哀乐》：与下文提到的《养生》《言尽意》是当时清谈玄理时经常论辩的几个主要议题。嵇康著有《声无哀乐论》，认为声音无所谓悲哀或者快乐，而是随着人的感情而产生哀乐之感，其本身并不具有哀乐的表情意义。《养生》：嵇康著有《养生论》，认为养生的关键在于修身养性，顺应自然，自足于怀，不逆天性。《言尽意》：欧阳建著有《言尽意论》，反对当时玄学所主张的“言不尽意”不可知论，认为语言能表达人们对客观事物及

其规律的认识，能交流思想感情。[3]“然宛转关生”二句：意谓以上三个方面的问题能辗转旁通，无所不及。

［点评］

“声无哀乐”“养生”“言尽意”是玄学的基本问题，也是清谈的主要论题，王导作为当时的清谈领袖，不仅能把这“三理”讲得深入透彻，而且能加以推衍阐发，把各种观点和万事万物囊括其中。

22. 殷中军为庾公长史[1]，下都[2]，王丞相为之集[3]，桓公、王长史、王蓝田、谢镇西并在[4]。丞相自起解帐带麈尾[5]，语殷曰：“身今日当与君共谈析理[6]。”既共清言[7]，遂达三更。丞相与殷共相往反[8]，其余诸贤略无所关[9]。既彼我相尽[10]，丞相乃叹曰：“向来语[11]，乃竟未知理源所归。至于辞喻不相负[12]，正始之音[13]，正当尔耳[14]。”明旦，桓宣武语人曰[15]：“昨夜听殷、王清言甚佳，仁祖亦不寂寞，我亦时复造心[16]；顾看两王掾[17]，辄翣如生母狗馨[18]。”

［注释］

[1] 殷中军：殷浩，字渊源，陈郡长平（今河南西华）人。官至扬州刺史、中军将军。据《晋书》本传：“征西将军庾亮引为记

室参军，累迁司徒左长史。”庾公：庾亮。[2]下都：到京都去。按：庾亮时任征西将军，镇武昌，殷浩随同他一道顺江而下到建康，故称“下都”。[3]王丞相：王导。集：集会清谈。[4]桓公：桓温。王长史：王濛。王蓝田：王述，字怀祖，太原晋阳（今山西太原）人。袭父爵为蓝田侯。谢镇西：谢尚，字仁祖，陈郡阳夏（今河南太康）人，谢鲲之子。自幼聪明，后任尚书仆射、豫州刺史、镇西将军等职。[5]丞相自起解帐带麈尾：意谓丞相亲自起身将挂在帐钩上的麈尾取下。[6]身：自称谦词。[7]清言：即清谈玄理。[8]共相往反：指来回辩难。[9]略无所关：谓其他人一点都插不上嘴，未能参与论辩。关，关涉。[10]彼我相尽：指辩论双方发挥已尽。[11]“向来语”二句：意谓一向谈论玄理，竟不知其本源归于何处。[12]辞喻不相负：辞采和比喻不相违背，意谓清谈语言精彩。[13]正始之音：正始年间谈玄的风尚。正始，三国魏齐王曹芳的年号。正始年间，名士风流，盛于国都，王弼、何晏等人崇尚老庄，倡导玄学，开魏晋清谈之风。[14]正当尔耳：不过如此罢了。[15]桓宣武：桓温，谥宣武。[16]造心：心有所得。[17]两王掾：指王濛和王述，两人都是王导的属官。[18]辄翣（shà）如生母狗馨：比喻二王神情拘束的样子，像怕人的母狗一样。馨，助词，像……一样。这是当时的口语。

[点评]

这是一次清谈的盛会，真可谓名流云集，主客双方，论辩精彩，在坐诸贤，各具神态，场面热烈，盛况空前。王丞相与殷浩清谈至深夜，第二天一早桓温等还在回味无穷。特别是形容王丞相属下的“两王掾”听得痴迷发呆的样子，简直活灵活现。

25. 褚季野语孙安国云[1]："北人学问[2]，渊综广博[3]。"孙答曰："南人学问，清通简要[4]。"支道林闻之[5]，曰："圣贤故所忘言[6]。自中人以还[7]，北人看书[8]，如显处视月；南人学问，如牖中窥日。"

刘应登评曰："褚北人，孙南人。"

[注释]

[1] 褚季野：褚裒（póu），字季野，晋阳翟（今河南禹州）人。曾任尚书，江、兖二州刺史，死后赠太傅。孙安国：孙盛，字安国，太原中都（今山西平遥县西北）人。博学强识，善言名理，官至秘书监。 [2] 北人：黄河以北的人，与下文"南人"相对而言。褚季野原籍在黄河以南，孙安国是黄河以北，两人互相推崇。 [3] 渊综：深厚且融会贯通。是说北方人做学问着重渊博。 [4] 清通简要：清新通达，简明扼要。是说南方人做学问着重专精。 [5] 支道林：支遁，字道林，东晋名僧。 [6] 忘言：即"得意忘言"之省。《周易·系辞上》："书不尽言，言不尽意"，"圣人立象以尽意"。《庄子·外物》："言者所以在意，得意而忘言。"王弼进一步发展了《易》《庄》学说，提出了"言不尽意""得意忘言"的玄学命题。这里是说圣贤的学问境界很高，与下文"中人"相对而言。 [7] 中人：中等人，指具有中等才质的人。以还：以下。 [8] "北人看书"以下四句：显处视月，视野开阔，但不易专一；牖中窥日，视野狭窄，但能专一。刘孝标对支语有注曰："支所言，但譬成孙、褚之理也。然则学广则难周，难周则识暗，故如显处视月；学寡则易核，易核则智明，故如牖中窥日也。"牖（yǒu），窗户。

［点评］

此则讨论的内容涉及地理环境与学术文化的关系。一定的地理条件，形成一定的文化环境；一定的文化环境又造就一定的学风文风。褚、孙二人论南北学问之不同特点是综述，支道林之言则是对二人评论的发挥，为比喻。当然，这些评论只是相对而言的，不可拘泥。

31. 孙安国往殷中军许共论[1]，往反精苦[2]，客主无间[3]。左右进食[4]，冷而复暖者数四[5]。彼我奋掷麈尾[6]，悉脱落，满餐饭中。宾主遂至莫忘食[7]。殷乃语孙曰："卿莫作强口马[8]，我当穿卿鼻！"孙曰："卿不见决鼻牛[9]，人当穿卿颊！"

细节描写，生动真切。

［注释］

[1] 孙安国：孙盛，字安国。参见上则注释。刘孝标注引《续晋阳秋》："孙盛善理义。时中军将军殷浩擅名一时，能与剧谈相抗者，惟盛而已。"殷中军：殷浩。参见本篇"殷中军为庾公长史"条注释。许：所处，住处。共论：即谈玄论辩。 [2] 精苦：非常艰苦。 [3] 无间：没有空隙、漏洞。 [4] 左右进食：身边侍从送上饭食。 [5] 数四：多次，三番五次。 [6] 奋掷：奋力甩动。 [7] 莫：同"暮"。 [8] 强口马：比喻嘴硬、不服输。 [9]"卿不见决鼻牛"二句：意谓如果再不认输，人家就会像穿牛鼻那样穿你的脸，那么你就无法挣脱了。决鼻牛，穿破鼻子的牛。按：

马不穿鼻，牛才穿鼻。殷浩谓孙安国“莫作强口马，我当穿卿鼻”，显然有疏漏，孙安国便利用殷浩的疏漏予以反击。

［点评］

此则记载孙盛与殷浩二人谈玄，争论激烈，不分上下，连吃饭也顾不上，以至于你来我往，奋掷麈尾，麈尾上的毛落满了餐饭，最后双方出言不逊，以对骂作结。

王世懋评曰：“此论亦新奇，可备一种《庄》注。”

32.《庄子·逍遥》篇[1]，旧是难处[2]，诸名贤所可钻味[3]，而不能拔理于郭、向之外[4]。支道林在白马寺中，将冯太常共语[5]，因及《逍遥》。支卓然标新理于二家之表[6]，立异义于众贤之外，皆是诸名贤寻味之所不得[7]。后遂用支理[8]。

［注释］

[1]《逍遥》：即《逍遥游》，是《庄子》内篇的第一篇，论述了万事万物要无所依傍，才能逍遥自得的思想。 [2] 旧是难处：一向认为是难解的篇章。 [3] 可：一本作“共”。钻味：钻研体会。 [4] 拔：突出，超出。郭、向：郭象、向秀，二人都是注释《庄子》的名家，参见本篇“初，注《庄子》者数十家”则。 [5] 将：介词，与。冯太常：冯怀，字祖思，任太常（主管祭祀、礼乐）、护军将军。 [6] 卓然：卓越，高超。标新理：创立新义，提出不同见解。表：同“外”。 [7] 寻味：探求体会，意同“钻味”。 [8]后

遂用支理：谓此后阐释《逍遥游》，就采用支道林阐发的义理。

［点评］

此则谓支道林讲论《逍遥游》超越了前贤。刘孝标注采录了支氏《逍遥论》，曰："夫逍遥者，明至人之心也。庄生建言大道，而寄指鹏鷃，鹏以营生之路旷，故失适于体外；鷃以在近而笑远，有矜伐于心内。至人乘天正而高兴，游无穷于放浪。物物而不物于物，则遥然不我得；玄感不为，不疾而速，则逍然靡不适。此所以为逍遥也。若夫有欲，当其所足，足于所足，快然有似天真，犹饥者一饱，渴者一盈，岂忘烝尝于糗粮，绝觞爵于醪醴哉？苟非至足，岂所以逍遥乎？"汤用彤《汉魏两晋南北朝佛教史》于此大加称赏："此文不但释《庄》具有新义，并实写清谈家之心胸，曲尽其妙。当时名士读此，必心心相印，故群加激扬。吾人今日三复斯文，而支公之气宇，及当世称赞之故，从可知矣。"（第七章《两晋之名僧与名士》）

36. 王逸少作会稽[1]，初至，支道林在焉[2]。孙兴公谓王曰[3]："支道林拔新领异[4]，胸怀所及，乃自佳，卿欲见不？"王本自有一往隽气[5]，殊自轻之。后孙与支共载往王许[6]，王都领域[7]，不与交言。须臾支退。后正值王当行，车已在门，支语王曰："君未可去，贫道与君小语[8]。"因论

《庄子·逍遥游》。支作数千言，才藻新奇[9]，花烂映发[10]。王遂披襟解带[11]，留连不能已。

陈梦槐评曰：“此则叙致风华，宜亟赏。”

［注释］

[1] 王逸少：王羲之，字逸少，曾任会稽内史。又任江州刺史、右军将军，史称王右军，著名书法家。 [2] 支道林：高僧。前已见。 [3] 孙兴公：孙绰，字兴公，太原中都（今山西平遥）人。博学能文，好游乐山水，作《遂初赋》，表示隐逸志趣。后出仕，官至散骑常侍、领著作郎。 [4] 拔新领异：独出新意，见解非凡。拔，提出。领，领会。 [5]“王本自有一往隽气”二句：意谓王羲之向来就有俊逸之气，很不以支道林为然。隽，通“俊”。 [6] 共载：同乘一辆车。 [7] 领域：指心存界限。 [8] 贫道：僧人自称。小语：略谈几句。也可以理解为不合大道的话，谦词。小，稍稍。 [9] 才藻：才气和辞藻。 [10] 花烂映发：像灿烂的鲜花竞相开放。 [11] 披襟解带：即宽衣解带，指脱下礼服（因正要外出，必然衣着整齐），不再外出。

［点评］

此则写王羲之对支道林前倨后恭，主要是因为他讲《庄子·逍遥游》太精彩了。“才藻新奇，花烂映发”，可谓极致！这也从一个侧面反映了王羲之的率真。

40. 支道林、许掾诸人共在会稽王斋头[1]。支为法师[2]，许为都讲。支通一义[3]，四坐莫不厌心。许送一难，众人莫不抃舞[4]。但共嗟咏二

刘辰翁评曰：“理诚有之，各以辞胜，偏曲未有不通也。”

家之美[5]，不辩其理之所在[6]。

[注释]

[1] 许掾：即许询，字玄度，高阳（今河北高阳县东）人。善清谈。曾辟司徒掾不就，故称。会稽王：即东晋简文帝司马昱，曾担任会稽王。斋头：书斋，书房。头，助词。 [2] 法师：魏晋以来和尚开讲佛经，一人唱诵经文，一人解释。解释者即法师，唱诵者即下文的“都讲”。 [3]“支通一义”二句：支道林每解释一项经义，四座的听众无不心满意足。通，解释。厌（yàn）心，心服，满足。 [4] 抃（biàn）舞：鼓掌欢跃，比喻非常高兴。 [5] 嗟（jiē）咏：叹美称赞。 [6] 辩：通“辨”，分辨。

[点评]

支道林和许掾二人唱讲佛经，博得众人赞赏，大家为他们唱诵讲经时的词采、声调、仪态之美所陶醉，而他们所讲解的义理倒不怎么去分辨了。

43. 殷中军读《小品》[1]，下二百签[2]，皆是精微，世之幽滞[3]。尝欲与支道林辩之[4]，竟不得。今《小品》犹存。

凌濛初评曰：“惜哉，逸少一阻，遂令妙义永绝。”

[注释]

[1] 殷中军：殷浩。前已见。《小品》：佛经节略本。刘孝标注曰：“释氏《辨空经》，有详者焉，有略者焉。详者为《大品》，略者为《小品》。” [2]“下二百签”二句：谓标记了二百多处，都

是道理精深、难晓所在。签，书签，标记文字的疑难处。 [3] 幽滞：深奥难解。 [4]“尝欲与支道林辩之”二句：刘孝标注引《语林》云：“浩于佛经有所不了，故遣人迎林公，林乃虚怀欲往。王右军驻之曰：‘渊源思致渊富，既未易为敌，且己所不解，上人未必能通。纵复服从，亦名不益高。若佻脱不合，便丧十年所保。可不须往。’林公亦以为然，遂止。”故云“竟不得”。

[点评]

由此可见，殷浩研读佛经用功之深；亦可知东晋文士精研佛学风气之盛。

李贽评曰：“刘语极妙！”

46. 殷中军问[1]：“自然无心于禀受[2]，何以正善人少[3]，恶人多？”诸人莫有言者。刘尹答曰[4]：“譬如写水著地[5]，正自纵横流漫[6]，略无正方圆者。”一时绝叹[7]，以为名通[8]。

[注释]

[1] 殷中军：殷浩。 [2] 自然无心于禀（bǐng）受：谓自然界并无意识使人承受某种品性。禀受，指人所承受于天的天性。 [3] 正：正好，恰好。 [4] 刘尹：刘惔（dàn），字真长，沛国相县（今安徽淮北）人。雅善言理，曾任丹阳尹。 [5] 写（xiè）水著（zhuó）地：注水到地面上。写，“泻”的古字，倾泻。 [6]“正自纵横流漫”二句：意谓流水只是在地面上四处流淌，绝没有正好形成方的或圆的。 [7] 绝叹：非常赞赏。 [8] 名通：名言。

［点评］

刘惔以流水喻人性，强调一切顺其自然，在老庄之学盛行的年代，成为“绝叹”“名通”是必然的。

47. 康僧渊初过江[1]，未有知者，恒周旋市肆[2]，乞索以自营。忽往殷渊源许[3]，值盛有宾客，殷使坐，粗与寒温[4]，遂及义理[5]。语言辞旨[6]，曾无愧色[7]，领略粗举[8]，一往参诣[9]。由是知之。

［注释］

[1] 康僧渊：刘孝标注云：“僧渊氏族所出未详，疑是胡人。”据《高僧传》记载，僧渊本西域人，生于长安。晋成帝时，与康法畅等过江南下。 [2]“恒周旋市肆”二句：常在市集店铺盘旋，靠乞讨自谋生活。营，谋生。 [3] 殷渊源：殷浩，字渊源。许：住所。 [4] 粗：略微。寒温：寒暄。 [5] 义理：探究经义名理的学问，这里指玄学名理。 [6] 辞旨：言辞的意趣。 [7] 曾无：毫无，竟无。表示加强语气。 [8] 领略：领会，领悟理解。粗：大略。举：提出。 [9] 一往参诣：一直深入到高深境界。

［点评］

西域僧人康僧渊，初过江时，在市井间寂寂无名，甚至靠乞讨度日。而到了殷浩家中，尽管高朋满座，名流云集，但他讲起玄学义理来，却无愧色，甚至滔滔不绝，因而一举成名。

王世懋评曰："名言！名言！"

49. 人有问殷中军[1]："何以将得位而梦棺器[2]，将得财而梦矢秽[3]？"殷曰："官本是臭腐，所以将得而梦棺尸；财本是粪土，所以将得而梦秽污。"时人以为名通。

[注释]

[1] 殷中军：殷浩。前已见。 [2] 位：官位，爵位。 [3] 矢：通"屎"。

[点评]

殷浩对"官""财"如臭腐、粪土的解释，之所以成为名言，在于它体现了魏晋名士崇尚清正的时代风气。

刘辰翁评曰："各情性所近，非谢公识量，此语为沓施（一作"施沓"，义同拖沓），谁省？"

52. 谢公因子弟集聚[1]，问："《毛诗》何句最佳[2]？"遏称曰[3]："昔我往矣[4]，杨柳依依；今我来思，雨雪霏霏。"公曰："讦谟定命[5]，远猷辰告。"谓此句偏有雅人深致[6]。

[注释]

[1] 谢公：谢安。因：趁着，就便。子弟：对晚辈的统称。这里指"子侄"。 [2]《毛诗》：汉代传述《诗经》的有齐、鲁、韩

三家以及毛亨。三家诗已失散，只有毛诗流传下来，故称《毛诗》，即今所存之本。 [3] 遏：是谢玄的小名，谢安之侄。 [4]“昔我往矣”以下四句：语出《诗经·小雅·采薇》，大意是：想起我离家出征的时光，杨柳轻轻摆荡；如今我回到家乡，雪花漫天飘扬。依依，轻柔貌，形容柳丝随风飘舞。思，助词。雨（yù），落，下，作动词。霏霏，雪盛貌。这是一首描写征人行役之苦的诗，通过景物的变换，抒发内心的悲哀。 [5]“讦（xū）谟定命”二句：语出《诗经·大雅·抑》，大意是：治国方略认真谋划，长远大计及时宣告。此诗写治国之道。讦谟，宏谋大略。定命，审定号令。远猷（yóu），长远大计。辰，时。 [6] 偏：最。雅人：高尚文雅的人。深致：深远的意趣。

［点评］

这是谢公又一次与子弟游集的情境（可参见《言语》篇“谢太傅问诸子侄”则），这次讨论的内容是《诗经》。各自发表看法，谢公参与讨论，也发表自己的观点，但并不强加于人。至于看法各有不同，则是性情各异，谢玄从艺术的角度欣赏，谢公则从政治的需要出发，见仁见智，各有所好。

55. 支道林、许、谢盛德[1]，共集王家[2]。谢顾谓诸人：“今日可谓彦会[3]。时既不可留，此集固亦难常，当共言咏，以写其怀[4]。”许便问主人有《庄子》不？正得《渔父》一篇[5]。谢看题，便各使四坐通[6]。支道林先通，作陈梦槐评曰："有此叙致，一日风流，千载可怀。"

七百许语[7]，叙致精丽[8]，才藻奇拔[9]，众咸称善[10]。于是四坐各言怀毕。谢问曰："卿等尽不？"皆曰："今日之言[11]，少不自竭。"谢后粗难[12]，因自叙其意，作万余语，才峰秀逸[13]，既自难干[14]，加意气拟托[15]，萧然自得[16]，四坐莫不厌心[17]。支谓谢曰："君一往奔诣[18]，故复自佳耳。"

[注释]

[1] 许、谢：指许询、谢安。盛德：德望很高，修养深厚。这里称道支、许、谢诸人。 [2] 王：即王濛。 [3] 彦会：贤士的聚会。彦，士之美称，才能杰出的人。 [4] 写：同"泻"，抒发。 [5]《渔父》:《庄子》篇名，记叙孔子与渔父问答。渔父劝孔子弃仁义之说，绝礼乐之饰，反朴归真，务求保身。表现道家消极隐退的思想。 [6] 通：阐发，陈述。 [7] 许：左右，表示概数。 [8] 叙致：谈论的情致。 [9] 才藻：才华。奇拔：奇妙拔俗。 [10] 咸：都，全部。 [11]"今日之言"二句：意谓今日谈论，很少有保留，没有不尽意的了。 [12] 粗难：大略提出一些疑问。 [13] 才峰秀逸：才华出众，特异超俗。 [14] 难干：难以企及。 [15] 拟托：比拟、寄托。 [16] 萧然：潇洒。 [17] 厌心：心意满足。 [18] 一往：一直。奔诣：直向高深境界。诣，学问的某种境界。

[点评]

谈玄论辩，通常是二人对谈，这次是一人主讲，四座皆通。谢安以主持人的身份作开场白，许询定题，支道林最先开讲，然后四座各讲一通，最后谢安以最精彩的长篇演讲作结。自始至终，热情洋溢，互相夸赞，皆大欢喜。

63. 殷仲堪云[1]：“三日不读《道德经》[2]，便觉舌本间强[3]。”

[注释]

[1] 殷仲堪：参见《德行》篇“殷仲堪既为荆州”条注释。据《晋书·殷仲堪传》，殷仲堪著有《道德论》。　[2]《道德经》：书名，亦名《老子》。　[3] 舌本间（jiàn）强：舌根僵硬。舌本，舌根。间，处。强，不柔顺。

[点评]

所谓“舌本间强”，或许应当与谈玄相联系：如果三天不读《道德经》，清谈论辩时就会觉得才思不敏捷，话语不流畅。可见其嗜好《道德经》，到了何种境地。

66. 文帝尝令东阿王七步中作诗[1]，不成者[2]，行大法[3]。应声便为诗曰：“煮豆持作羹[4]，漉菽以为汁[5]。其在釜下然[6]，豆在釜中泣。本

十字锥心！

自同根生[7]，相煎何太急？”帝深有惭色。

[注释]

[1] 文帝：魏文帝曹丕，曹操长子，名丕。逼迫汉献帝让位，自立为帝。东阿王：曹植，字子建，曹丕胞弟。天资聪敏，博学能文，是建安时代杰出的诗人。曹操欲立为太子，兄丕十分忌恨。曹丕称帝后，一再将他贬爵徙封，后封为东阿王。曹丕、曹植与其父曹操，被称为“三曹”，在文学上皆有成就。 [2] 者：语助词。 [3] 大法：重刑，亦即死刑。 [4] 持作羹：用来作羹汤。 [5] 漉（lù）：过滤。菽（shū）：豆类的总称。 [6] 萁（qí）：豆秸，豆茎。釜（fǔ）：锅。然：通“燃”。 [7]“本自同根生”二句：意谓我们（豆子和豆秸）本来是同根所生，你煎熬我怎么这样急迫！

[点评]

曹植的“七步诗”十分有名。其原因不外乎两个方面：一是诗好，诗中借豆子的哭诉，比喻骨肉相残，动之以情，晓之以理。二是作者才思敏捷，应声而作，七步成诗。此诗流传甚广，文字略有差异，明张溥所辑《汉魏六朝百三名家集》，其中《陈思王集·七步诗》注引《漫叟诗话》作：“煮豆燃豆萁，豆在釜中泣。本是同根生，相煎何太急。”按，明王世懋于此则前有评曰：“以上以玄理论文学。文章另出一条从魏始，盖一目中复分两目也。”是说以此则为界，之前为玄学，此后为文章，在《文学》这个类目中实际上包含了这两个方面的内容（参见本篇类目解说）。

67. 魏朝封晋文王为公[1]，备礼九锡，文王固让不受。公卿将校当诣府敦喻[2]。司空郑冲驰遣信就阮籍求文[3]。籍时在袁孝尼家[4]，宿醉扶起[5]，书札为之[6]，无所点定[7]，乃写付使[8]。时人以为神笔[9]。

刘应登评曰："嗣宗此笔为大节之玷矣。"

［注释］

[1]"魏朝封晋文王为公"以下三句：晋文王即司马昭，当初魏高贵乡公曹髦在位时，司马昭为大将军，专国政，曹髦被迫封他为晋公，加九锡，进位相国，他假装谦让，不肯接受。九锡，古代帝王尊礼大臣所赐的九种礼物。据《春秋公羊传》何休注："礼有九锡，一曰车马，二曰衣服，三曰乐则，四曰朱户，五曰纳陛，六曰虎贲，七曰弓矢，八曰铁钺，九曰秬鬯。"西汉王莽篡位前先加九锡，汉末献帝赐曹操九锡，可见赐九锡并非一般赠礼，意味着王朝的逊让更迭。 [2]公卿将校：指朝廷中高级文武官员。公卿，三公九卿。将校，均为武官衔。诣（yì）府，到司马昭家中。诣，往。敦喻：恳切劝说，实为劝进。 [3]司空郑冲驰遣信就阮籍求文：谓郑冲派使者去请阮籍写劝进文。郑冲，仕魏为陈留太守，累官司空，封寿光侯。信，使者。阮籍，前已见。 [4]袁孝尼：袁准，字孝尼，陈郡阳夏（今河南太康）人。晋武帝泰始中，官至给事中。 [5]宿醉：昨晚酒醉。 [6]书札：书写信札。 [7]无所点定：不经修改就定稿。 [8]写：誊写，抄正。 [9]神：神奇，神妙。笔：不押韵的散文。

[点评]

此则赞扬阮籍的文才。然而，写这种吹捧肉麻的劝进文，按照阮籍的性格应当是拒绝的，但他还是写了，故刘应登认为是“大节之玷”。不过，《晋书·阮籍传》记载此事，写得比较含蓄，阮籍先是醉酒将此事忘了，后来也是趁着酒意写的。其文曰：“会帝让九锡，公卿将劝进，使籍为其辞。籍沈醉忘作，临诣府，使取之，见籍方据案醉眠。使者以告，籍便书案，使写之，无所改窜。辞甚清壮，为时所重。”

68. 左太冲作《三都赋》初成[1]，时人互有讥訾[2]，思意不惬[3]。后示张公[4]，张曰：“此《二京》可三[5]。然君文未重于世[6]，宜以经高名之士。”思乃询求于皇甫谧[7]。谧见之嗟叹[8]，遂为作叙[9]。于是先相非贰者[10]，莫不敛衽赞述焉[11]。

[注释]

[1] 左太冲：左思，字太冲，临淄（今山东临淄市东北）人。貌陋口讷但博学能文，为西晋初年杰出文学家。曾用十年时间写成了《三都赋》，即《魏都赋》《吴都赋》《蜀都赋》，描写三国都城之壮丽，广为传诵。 [2] 讥訾（zǐ）：讪笑毁谤。 [3] 思意不惬（qiè）：左思心里不愉快。惬，快意。 [4] 后示张公：后来把赋给张公看。张公，张华，学识广博，名重一时，曾任太常、司空。著有《博物志》。 [5]《二京》可三：这句是说《三都赋》

可以和《西京赋》《东京赋》鼎足而三，与之齐名。意谓《三都赋》可以与《二京赋》相媲美。《二京》，《二京赋》，包括《西京赋》《东京赋》，东汉张衡作，描述长安和洛阳的富丽。三，用作动词，并列为三。 [6]“然君文未重于世”二句：意谓左思的文章尚未引起世人重视，须经名人推荐才行。 [7]询求：拜访请教。皇甫谧（mì）：字士安，晋安定郡朝那县（今宁夏彭阳县）人。博通经籍，隐居不仕，著有《高士传》。 [8]之：代指《三都赋》。嗟叹：赞叹。 [9]叙：同“序”。 [10]先相非贰者：从前诋毁《三都赋》的人。 [11]敛衽（rèn）：整理衣襟，表示敬意。赞述：赞美称道。

[点评]

此则记述左思写《三都赋》，经张华评价和皇甫谧作序，身价大增。此亦“登龙门”乎！（参见《德行》篇“李元礼风格秀整”则）《晋书·左思传》详载其事，曰：“遂构思十年，门庭藩溷皆著笔纸。偶得一句，即便疏之。自以所见不博，求为秘书郎。及赋成，时人未之重。思自以其作不谢班、张（班固、张衡），恐以人废言，安定皇甫谧有高誉，思造而示之。谧称善，为其赋序。”

70. 乐令善于清言[1]，而不长于手笔[2]。将让河南尹[3]，请潘岳为表。潘云：“可作耳，要当得君意[4]。”乐为述已所以为让[5]，标位二百许语[6]。潘直取错综[7]，便成名笔[8]。时人咸云：“若乐不假潘之文[9]，潘不取乐之旨，则无以成斯矣[10]。”

［注释］

[1] 乐令：乐广，字彦辅，曾任尚书令，故称乐令。《晋书·乐广传》称其“性冲约，有远识”。 [2] 手笔：写文章。 [3]“将让河南尹”二句：乐广当时任河南尹，他想让位，便请潘岳代为作表。河南尹，河南郡长官，河南郡是西晋国都所在。潘岳，字安仁，早负才名，太康时著名文学家，长于抒情，善用辞藻。表，给皇帝的奏章。 [4] 要当：总归，必须。 [5] 所以为让：所以请辞让位的原因。 [6] 标位：揭示列举。 [7] 错综：交错综合，即将乐令所表达的意思错综为文。 [8] 名笔：名作。 [9] 假：借。 [10] 斯：指代这篇奏表。

［点评］

乐令善于清谈，却不善于写文章，他想辞职，乃请会写文章的潘岳替自己给皇上写奏表。潘岳满口答应，但要求乐令把辞职的理由讲给他听。于是二人合作，互相取长补短，也就成了这篇“名笔”。

72. 孙子荆除妇服[1]，作诗以示王武子[2]。王曰：“未知文生于情[3]，情生于文。览之凄然[4]，增伉俪之重。”

李贽评曰：“孙子荆文生于情，王武子情生于文。”

［注释］

[1] 孙子荆：孙楚，字子荆，太原中都县（今山西平遥）人。与同郡王济交好，济称其“天才英博，亮拔不群”。官至太守。除妇服：按照礼俗为妻子服丧期满，脱去丧服。夫为妻服丧期为一

年。[2] 作诗以示王武子：谓孙楚将悼念亡妻的诗送给王武子看。王武子，王济，字武子，司徒王浑之子。长于清言，文词俊茂。历任中书郎、太仆。[3]“未知文生于情”二句：意谓孙楚的诗表现出对亡妻的深厚情感，文与情交融在一起，使王济分不出到底是文先于情，还是情先于文。[4]“览之凄然”二句：谓王济读了孙楚的诗后，感到十分悲伤，更增加了对夫妻情义的珍惜。伉俪（kàng lì），夫妻。

［点评］

孙子荆作悼亡诗纪念亡妻，情文并茂，好友王武子读后，深受感染，提出究竟文生于情，还是情生于文的问题。这既是受当时玄学影响的玄思，也是文学理论探讨的大问题。

75. 庾子嵩作《意赋》成[1]，从子文康见[2]，问曰：“若有意邪[3]，非赋之所尽；若无意邪，复何所赋？”答曰：“正在有意无意之间。”

王世懋评曰“此从《庄子》得来。”（按，《庄子·山木》有云：“将处乎材与不材之间。”）

［注释］

[1] 庾子嵩：庾敳，字子嵩，颍川鄢陵（今河南鄢陵）人。自称是老庄之徒。《意赋》：一篇寄意抒情的骚体诗，其文载《晋书》本传。[2] 从子：侄子。文康：庾亮，文康是其谥号。[3]“若有意邪”以下四句：意谓若是有意，不是赋所能完全表达出来的；若是无意，又何须作赋呢？

[点评]

此篇是“言不尽意”的最好注脚。李贽评曰：“庾公聪明。”

76. 郭景纯诗云[1]：“林无静树[2]，川无停流。”阮孚云[3]：“泓峥萧瑟[4]，实不可言。每读此文，辄觉神超形越[5]。”

刘辰翁评曰：“八字慨然，不必有所起，不必有所指。”

[注释]

[1] 郭景纯：郭璞，字景纯，晋河东闻喜（今山西闻喜）人。博学多才，词赋为当时之冠，精通天文历算及五行卜筮之术。元帝时任著作郎，后为王敦的记室参军，因阻止王敦起兵而被杀。著有《尔雅注》《方言注》《山海经注》等。 [2]“林无静树”二句：林中没有静止不动的树木，江河中没有停滞不前的流水。据刘孝标注：这两句诗出自郭璞的《幽思篇》。 [3] 阮孚：字遥集，陈留尉氏县（今河南尉氏）人。官至安东将军、丹阳尹等。 [4]“泓峥（hóng zhēng）萧瑟”二句：赞赏郭诗境界高妙，流水淙淙，林风阵阵，实在妙不可言。泓峥，喧闹，形容水声。萧瑟，形容林间的风声。 [5] 神超形越：谓诗情动人，读之有神清气爽、超越凡尘之感。

[点评]

郭璞的诗把世间万物运行不已的规律，寓于描写山川景物的诗句之中。阮孚读后，从中领悟到大自然的奥秘，产生了“形神超越”之感。

84. 孙兴公云[1]："潘文烂若披锦[2]，无处不善；陆文若排沙简金[3]，往往见宝。"

[**注释**]

[1] 孙兴公：孙绰，字兴公，东晋太原中都（今山西平遥）人。博学能文，好游乐山水，作《遂初赋》，表示隐逸志趣。后出仕，官至散骑常侍、领著作郎。　[2]"潘文烂若披锦"二句：谓潘岳文章像披上锦绣一样，文采斑斓，无处不好。比喻其文整体华美。潘，指潘岳，参见本篇"乐令善于清言"条注释。　[3]"陆文若排沙简金"二句：谓陆机文章并非全篇都好，但如排沙拣金，往往能发现精华。陆，指陆机，字士衡，吴郡（今江苏吴县一带）人。西晋著名文学家。排沙简金，比喻去粗取精。排，排去。简，选择。

[**点评**]

孙绰评论潘岳、陆机二人的文章，采用譬喻之法，颇为形象，然未必确当。明人王世贞颇不以为然，认为"陆翩翩藻秀，颇见才致。"另外，《世说新语》本篇第89则"孙兴公云：'潘文浅而净，陆文深而芜。'"语意略近，或为重出，可资参照。

88. 袁虎少贫[1]，尝为人佣载运租[2]。谢镇西经船行[3]，其夜清风朗月，闻江渚间估客船上有咏诗声[4]，甚有情致。所咏五言[5]，又其所未尝闻，叹美不能已[6]。即遣委曲讯问[7]，乃是袁

李贽评曰："此人亦为佣乎？"

自咏其所作《咏史诗》。因此相要[8]，大相赏得[9]。

［注释］

[1] 袁虎：袁宏，字彦伯，小字虎，东晋陈郡阳夏（今河南太康）人。少孤贫，谢尚为豫州刺史，引为参军，后为桓温的记室参军，吏部郎，东阳太守。有文才，善著文，著有《咏史诗》《东征赋》《北征赋》《三国名臣颂》《竹林名士传》等。 [2] 佣载运租：受人雇佣，运送租粮。租，田赋。 [3] 谢镇西：谢尚，字仁祖，曾任镇西将军，豫州刺史。经：尝。 [4] 渚（zhǔ）：水中小洲。估客：商贩。 [5] 五言：诗体名，谓五言诗。 [6] 叹美：赞美。已：止。 [7] 委曲：委婉曲折。讯问：打听。 [8] 要（yāo）：邀请。 [9] 赏得：赏识、相得。

［点评］

此则写袁宏夜吟己作《咏史诗》，为谢尚所赏识。刘孝标注引《续晋阳秋》云："虎少有逸才，文章绝丽，曾为《咏史诗》，是其风情所寄。少孤而贫，以运租为业。镇西谢尚，时镇牛渚，乘秋佳风月，率尔与左右微服泛江。会虎在运租船中讽咏，声既清会，辞文藻拔，非尚所曾闻，遂住听之，乃遣问讯。答曰：'是袁临汝（宏父勖，官临汝令）郎诵诗，即其《咏史》之作也。'尚佳其率有胜致，即遣要迎，谈话申旦。自此名誉日茂。"《晋书·袁宏传》亦有此记载。

96. 桓宣武北征[1]，袁虎时从[2]，被责免官[3]。会须露布文[4]，唤袁倚马前令作[5]。手不辍笔[6]，俄得七纸[7]，殊可观[8]。东亭在侧[9]，极叹其才。袁虎云："当令齿舌间得利[10]。"

王世懋评曰："此语最深难解。言袁有此才而官不利，徒得东亭叹赏，齿舌间得利而已，何益于事。自古文人同恨。"

［注释］

[1] 桓宣武北征：桓温于太和四年（369）北征前燕。 [2] 袁虎：即袁宏。曾为谢尚的参军、桓温的记室。袁宏小字为"虎"，故称。 [3] 被责免官：被问责而遭免职。 [4] 会须露布文：适逢需要露布文。须，通"需"。露布文，檄文之类，如征召、捷报等紧急文书，不加封检，露而宣布，故称。 [5] 倚马前令作：站立在马前听候命令作文。 [6] 辍笔：停笔。 [7] 俄：片刻，一会儿。 [8] 可观：称赞其文美好。 [9] 东亭：王珣，曾为桓温的主簿，后封东亭侯，时称王东亭。 [10] 当令齿舌间得利：大意是，我官职虽不利（被免官），也要让文才显露一下，得到别人的赞赏，从中获得口头夸奖的好处。

［点评］

此则称赞袁虎才思敏捷，马前作文，一挥而就。成语"倚马可待"或"倚马之才"本此。末句或为牢骚之词。

101. 王孝伯在京[1]，行散至其弟王睹户前[2]，问："古诗中何句为最？"睹思未答。孝伯咏："'所遇无故物[3]，焉得不速老？'此句为佳。"

[注释]

[1] 王孝伯：王恭，字孝伯。参见《德行》篇“王恭从会稽还”条注释。京：东晋京城建康，即今江苏南京。 [2] 行散：魏晋名士迷信丹药，常服五石散以求养生。服药后，浑身发热，须行走以散发药性，称“行散”或“行药”。王睹：王爽，字季明，小字睹，王恭四弟，官至侍中。 [3] “所遇无故物”二句：意谓一路上看到的再也不是旧时的景物，人哪能不很快就老了呢？王孝伯借此表示对时光流逝、生死无常的感叹。王恭所咏诗出自《古诗十九首》：“回车驾言迈，悠悠涉长道。四顾何茫茫，东风摇百草。所遇无故物，焉得不速老。盛衰各有时，立身苦不早。人生非金石，岂能长寿考。奄忽随物化，荣名以为宝。”

[点评]

王恭之所以欣赏这首古诗，当与其服药行散相联系，意在感叹人生短暂，服药又有何益呢？王恭为官清廉，身无长物（参见《德行》篇第 44 则），也许与古诗中“荣名以为宝”亦有精神上的契合。

方正第五

方正，品行端方正直。《史记·孝文本纪》称：“举贤良方正能直言极谏者，以匡朕之不逮。”自汉文帝发布诏令以来，“贤良方正”一直是历代取士的重要标准，唐代开始成为科举考试固定的制科，延续至清。本篇所载，多为魏晋士族和官吏刚正不阿、为官耿直、不畏权势、不事谄谀的故事。

《方正》篇凡 66 则，入选 20 则。

1. 陈太丘与友期行[1]，期日中[2]。过中不至，太丘舍去[3]，去后乃至。元方时年七岁[4]，门外戏[5]。客问元方：“尊君在不[6]？”答曰：“待君久不至，已去。”友人便怒曰：“非人哉！与人期行，相委而去[7]。”元方曰：“君与家君期日中[8]，日中不至，则是无信[9]；对子骂父，则是无礼。”友人惭，下车引之[10]。元方入门不顾[11]。

“入门不顾”四字极佳！孩童不屑、不理之神态毕现。

[**注释**]

[1] 陈太丘：陈寔。参见《德行》篇“客有问陈季方”条注释。期行：相约同行。 [2] 日中：正午。 [3] 舍去：不顾而去。 [4] 元方：陈纪，字元方，寔长子。参见《德行》篇“客有问陈季方”条注释。 [5] 戏：游玩。 [6] 尊君：令尊，尊称对方的父亲。 [7] 委：舍弃。 [8] 家君：对人称自己的父亲。 [9] 无信：不守信约。 [10] 引：牵拉，招引，以示亲切。 [11] 不顾：不理睬。

[**点评**]

一个七岁的小孩，既明事理，又有胆识，敢于指责对方“无信”“无礼”，令人欣喜！

2. 南阳宗世林[1]，魏武同时[2]，而甚薄其为人[3]，不与之交[4]。及魏武作司空[5]，总朝政，从容问宗曰："可以交未？"答曰："松柏之志犹存[6]。"世林既以忤旨见疏[7]，位不配德。文帝兄弟每造其门[8]，皆独拜床下[9]。其见礼如此[10]。

辞婉而志坚。

［注释］

[1] 宗世林：宗承，字世林，南阳（今河南南阳）人。以德行节操为世人所重。曹丕称帝，征为直谏大夫。 [2] 魏武：魏武帝曹操。 [3] 薄：轻视。 [4] 之：代指曹操。 [5] 魏武作司空：曹操在汉献帝建安元年（196）为司空，总揽朝政。 [6] 松柏之志：松柏经冬而不凋，常用来比喻品节坚贞，这里暗示仍不愿与之交往。 [7] "世林既以忤旨见疏"二句：谓世林由于违背曹操的旨意而被疏远，因此官位和他的德行不相称。 [8] 文帝兄弟：指魏文帝曹丕和弟弟曹植。造：拜访。 [9] 独：却，偏偏。床：坐榻，一种坐具。按，拜床下，当是行弟子礼。 [10] 见礼：受到礼遇。

［点评］

此则称扬宗世林不畏权势，坚守本志，虽受压制、被冷落却不屈从。而曹操之奸雄，以及曹丕、曹植待其尊敬有加，更反衬其品格之高。

5. 诸葛亮之次渭滨[1]，关中震动。魏明帝深惧晋宣王战[2]，乃遣辛毗为军司马[3]。宣王既

朱熹评曰："司马懿甚畏孔明，便使得辛毗来遏令不出兵，其实是不敢出也。"

与亮对渭而陈[4]，亮设诱谲万方[5]，宣王果大忿[6]，将欲应之以重兵。亮遣间谍觇之[7]，还曰："有一老夫[8]，毅然仗黄钺[9]，当军门立[10]，军不得出。"亮曰："此必辛佐治也。"

[**注释**]

[1] 诸葛亮：字孔明，琅琊阳都（今山东沂南）人。初隐居躬耕于南阳，后刘备三顾茅庐，遂出，为其谋划军事，取荆州，定益州、汉中之地，建立蜀汉。刘备即帝位，亮为蜀汉丞相。备死，亮辅幼主刘禅。以丞相封武乡侯，领益州牧。南征北战，志在恢复中原，振兴汉室，年五十四卒于军中。次：临时驻扎。渭滨：渭水之滨。按，魏明帝青龙二年（234），诸葛亮率师北伐，与司马懿相持渭水。 [2] 魏明帝：曹叡，字元仲，魏文帝曹丕之子，在位十三年，卒谥明。晋宣王：司马懿。前已见。 [3] 辛毗（pí）：字佐治，仕魏任卫尉等职。军司马：将军府的官员，平时总理事务，作战时负参谋之责。 [4] 陈：通"阵"，作动词用，对阵。 [5] 谲（jué）：诡诈。万方：多种方法。 [6] 忿（fèn）：恼怒。 [7] 间谍：侦探。觇（chān）：侦察。 [8] 老夫：老年男人。 [9] 黄钺（yuè）：用黄金装饰的大斧，帝王赐给主持征伐的大臣。这里表明辛毗奉命监军。 [10] 军门：军营之门。

[**点评**]

蜀汉后主建兴十二年，亦即魏明帝青龙二年（234），诸葛亮率师北伐，与司马懿所率魏军相持渭水。由于蜀军劳师远征，希望速战速决，故诸葛亮不断挑战，甚至送出妇女头巾和发饰，以激怒司马懿；魏明帝担心司马懿沉不住气，特派辛毗持节制止。此则写魏明帝善于用人，辛毗忠于职守，当军门而立，使司马懿不得应战。而诸葛亮看出曹魏的防御战略意图，知仗黄钺守军门者必为辛毗。

6. 夏侯玄既被桎梏[1]，时钟毓为廷尉[2]，钟会先不与玄相知[3]，因便狎之[4]。玄曰："虽复刑余之人[5]，未敢闻命。"考掠初无一言[6]，临刑东市[7]，颜色不异。

［注释］

[1] 夏侯玄：字太初，谯县（今安徽亳州）人。仕魏官至大鸿胪。大将军司马师专权，中书令李丰密谋以夏侯玄代替司马氏，事泄，玄遂被害。桎梏（zhì gù）：枷锁，脚镣和手铐。这里指夏侯玄被捕。 [2] 钟毓：字稚叔，魏太傅钟繇长子。历官廷尉、刺史、都督等。廷尉：官名，掌管刑狱。 [3] 钟会：钟毓之弟。 [4] 狎（xiá）：亲近而不庄重。 [5] "虽复刑余之人"二句：即便身为囚徒，也不敢听从。意思是谢绝与钟会结交。刑余之人，指受过刑的人。 [6] 考掠：拷打。初无：从来没有。 [7] 东市：行刑的地方，法场。汉代在长安东面的市场行刑，故后代通称法场为东市。

［点评］

夏侯玄虽为"刑余之人"，但面对狎侮，仍严辞以对，保持了自己的尊严与气节。

8. 高贵乡公薨[1]，内外喧哗[2]。司马文王问侍中陈泰曰[3]："何以静之[4]？"泰云："唯杀贾充以谢天下[5]。"文王曰："可复下此不[6]？"对曰："但见其上[7]，未见其下。"

刘辰翁评曰："真方正之目也，神志凛然。"

[注释]

[1] 高贵乡公：即曹髦（máo），字彦士，未登基前封为郯县高贵乡公。大将军司马师废魏齐王曹芳，立曹髦为帝，在位七年，司马昭专权，自为相国，曹髦想除掉他，反被司马氏亲信贾充所杀。薨（hōng）：诸侯死之称。 [2] 内外喧哗：朝廷内外群情激愤，议论纷纷。 [3] 司马文王：司马昭，参见《文学》篇"魏朝封晋文王为公"则注释。陈泰：字玄伯，三国魏许昌（今属河南）人，魏司空陈群之子。官至左仆射。曹髦被杀后，他号哭呕血而死。 [4] 何以静之：怎样使群情安定下来？之，代指喧哗。 [5] 唯杀贾充以谢天下：意谓只有杀了贾充，向天下人谢罪，才能平息。贾充，字公闾，仕魏历任廷尉、中护军等职；入晋，官至尚书令。谢，谢罪，表示承认过失。 [6] 可复下此不：意谓能否考虑比这轻一点的处理办法？不，同"否"。 [7]"但见其上"二句：谓平息民愤惩治凶犯的办法，只可要求得更高些，不可低于此。

[点评]

此则刘孝标注引《汉晋春秋》，详细记载了刺杀高贵乡公这一血腥的宫廷政变。曰："曹髦见威权日去，不胜其忿。召侍中王沈、尚书王经、散骑常侍王业，谓曰：'司马昭之心，路人所知也。吾不能坐受废辱，今日当与卿自出讨之。'王经谏，不听，乃出怀中板令投地，曰：'行之决矣。正使死，何所恨，况不必死邪！'于是入白太后。沈、业奔走告昭，昭为之备。髦遂率僮仆数百，鼓噪而出。昭弟屯骑校尉伷入，遇髦于东止车门，左右诃之，伷众奔走。中护军贾充又逆髦，战于南阙下。髦自用剑，众欲退。太子舍人成济问充曰：'事急矣，当云何？'充曰：'公畜汝等，正为今日。今日之事，无所问也。'济即前刺髦，刃出于背。"又曰："曹髦之薨，司马昭闻之，自投于地曰：'天下谓我何？'于是召百官议其事，昭垂涕问陈泰曰：'何以居我？'泰曰：'公光辅数世，功盖天下，谓当并迹古人，垂美于后。一旦有杀君之事，不亦惜乎！速斩贾充，犹可以自明也。'昭曰：'公闾（贾充，字公闾）不可得杀也。卿更思余计。'泰厉声曰：'意惟有进于此耳，余无足委者也！'归而自杀。"陈泰不惧残暴，不畏权势，坚持惩治凶手，以谢天下。虽千载之下，其凛然正气，可干云天。

9. 和峤为武帝所亲重[1]，语峤曰："东宫顷似更成进[2]，卿试往看[3]。"还，问"何如"。答云："皇太子圣质如初[4]。"

[注释]

[1] 和峤：字长舆，汝南西平（今河南西平）人。武帝时为黄

门侍郎，迁中书令，颇受器重。武帝：司马炎，字安世，司马昭长子，晋开国君主。 [2] 东宫：古时皇太子居东宫，后常用以代称太子。这里指司马衷，武帝次子，即晋惠帝。其人性懦愚，泰始三年（267）立为太子时，和峤担心他不能继承大任，一再进谏。但武帝袒护他，称他近来有所长进。顷：近来。成进：长进。 [3] 卿：君对臣的爱称。 [4] 圣质：资质。圣，敬称。"圣质如初"，即没什么长进。

[点评]

和峤敢于直言，不给武帝面子，与本篇宗世林对魏武语"松柏之志犹存"，都显得不卑不亢，有异曲同工之妙。按，《晋书·和峤传》有详细记载："峤见太子不令，因侍坐，曰：'皇太子有淳古之风，而季世多伪，恐不了陛下家事。'帝默然不答。后与荀颉、荀勖同侍，帝曰：'太子近入朝，差长进，卿可俱诣之，粗及世事。'既奉诏而还，颉、勖并称太子明识弘雅，诚如明诏。峤曰：'圣质如初耳！'帝不悦而起。"

10. 诸葛靓后入晋 [1]，除大司马 [2]，召不起 [3]。以与晋室有仇，常背洛水而坐 [4]。与武帝有旧 [5]，帝欲见之而无由，乃请诸葛妃呼靓 [6]。既来，帝就太妃间相见 [7]。礼毕，酒酣 [8]，帝曰："卿故复忆竹马之好不 [9]？"靓曰："臣不能吞炭漆身 [10]，今日复睹圣颜。"因涕泗百行 [11]。帝

李贽评曰："上有贤君，而后下有贤臣，唯贤知贤，亦未易遇也。然所谓贤，亦即事即时，稍有见识力量足称耳。若必皆如齐桓、仲父，安可得耶！"

于是惭悔而出。

[注释]

[1] 诸葛靓（jìng）：三国时为吴国司马，吴亡后，到晋国都城洛阳。因父诸葛诞为司马昭所杀，不肯在晋室做官，后归乡里，终身不向京洛而坐。 [2] 除：授官，任命。大司马：官职名，魏晋时为军府官员，三公之一。 [3] 召不起：征召而不肯就任。起，出任。 [4] 背洛水而坐：面不北向晋京城洛阳，表示不归顺晋朝。洛水，即洛河，在洛阳南面。这里借指西晋都城洛阳。 [5] 有旧：有旧交情。 [6] 诸葛妃：指司马懿的儿子琅琊王的王妃，晋武帝的婶母，诸葛靓的姐姐。 [7] 太妃间：太妃的住处。 [8] 酒酣：饮酒至畅快时。 [9] 故复：仍然，还。竹马之好：比喻儿童时代的交情。竹马，儿童用来当马骑的竹竿。 [10] 吞炭漆身：战国时期，晋智伯被赵襄子所杀，门客豫让为报智伯知遇之恩，吞炭为哑、漆身为厉（癞），改变声音容貌，替主人报仇，伺机刺杀赵襄子。事见《史记·刺客列传》。 [11] 涕泗百行：涕泪交流的样子。涕，泪。泗，鼻涕。

[点评]

诸葛靓不仕晋，即便武帝和太妃亲自调停，亦不改初衷，并且以未能效法豫让吞炭漆身为憾，进一步表明志节。

14. 晋武帝时，荀勖为中书监[1]，和峤为令[2]。故事[3]，监、令由来共车[4]。峤性雅正[5]，常疾勖谄谀[6]。后公车来[7]，峤便登，正向前坐[8]，不复容勖。勖方更觅车[9]，然后得去。监、令各给车自此始。

［注释］

[1] 荀勖（xù）：字公曾，颍川颍阴（今河南许昌）人。初仕魏为侍中。入晋，任中书监，进光禄大夫，迁尚书令。中书监：中书省副职，魏晋时与中书令并置，掌管机密。 [2] 令：即中书令，中书省的正职。 [3] 故事：旧例、成规。 [4] 共车：同乘一辆车上下朝。 [5] 雅正：正直。 [6] 疾：厌恶，憎恨。谄谀（chǎn yú）：谄媚阿谀，巴结奉承。 [7] 公车：官车。 [8] 正向前坐：朝前坐在位子的正中，即没给中书监荀勖留出座位。 [9] 更觅车：另外再找车。

［点评］

这两位中书省的正、副职，不是工作上的矛盾，也不是《晋纪》上说的和峤“强抗”专横（刘孝标注引），而是和峤太正直，很讨厌荀勖的阿谀奉承，不愿与他同乘一辆车上朝。因而，用车制度从此做出更改，监、令各自配车。

首句“众坐”二字不可忽略。

18. 卢志于众坐问陆士衡[1]：“陆逊、陆抗是君何物[2]？”答曰：“如卿于卢毓、卢珽[3]。”士龙失色[4]。既出户，谓兄曰：“何至如此[5]，彼容不相知也？”士衡正色曰：“我父、祖名播海内[6]，宁有不知，鬼子敢尔[7]！”议者疑二陆优劣[8]，谢公以此定之。

［注释］

[1] 卢志：字子道，范阳涿县（今河北涿州）人。历任成都王长史、中书监。祖父为魏司空卢毓，父亲为晋尚书卢珽。陆士衡：陆机，字士衡，历任著作郎、平原内史。其祖父陆逊为吴丞相，父陆抗为吴大司马。 [2] 何物：何人。 [3] 如卿于卢毓、卢珽：意谓我与陆逊、陆抗的关系，如同您和卢毓、卢珽的关系一样。按，旧时避讳，称人父、祖之名为大不敬。由于卢志无礼，故陆机也以无礼对答。 [4] 士龙：陆云，字士龙，陆机弟，与兄并有才名，时称“二陆”。 [5]“何至如此”二句：谓兄何必如此态度，也许卢真不知道呢？容，也许，可能。 [6] 播：传扬。 [7] 鬼子敢尔：这混蛋竟敢如此无礼。鬼子，骂人之语。尔，如此。 [8]“议者疑二陆优劣”二句：公议一向难以分判二陆高下，谢公据此作了论定。意谓陆机胜于陆云。疑，不分明。谢公，谢安。

［点评］

此事载于《晋书·陆机传》，而《陆云传》无，可见其亦赞同谢公的判定，陆机优于陆云。余嘉锡《世说新语笺疏》云：“晋、六朝人极重避讳，卢志面斥士衡祖父之名，是为无礼。此虽生今之世，亦所不许。揆以当时人情，更不容忍受。故谢安以士衡为优，此乃古今风俗不同，无足怪也。”

20. 王太尉不与庾子嵩交[1]，庾卿之不置[2]。王曰："君不得为尔[3]。"庾曰："卿自君我[4]，我自卿卿[5]；我自用我法，卿自用卿法。"

[注释]

[1] 王太尉：王衍。参见《言语》篇"诸名士共至洛水戏"则注释。庾子嵩：庾敳，字子嵩，颍川鄢陵（今河南鄢陵）人。曾任豫州长史。自称是老庄之徒。交：结交，交往。 [2] 庾卿之不置：谓庾敳不管王衍的态度如何，总是用"卿"称呼他。卿，是君对臣或平辈间表示亲热的称谓。庾子嵩为豫州长史，职位远在太尉之下，因此庾敳用"卿"来称呼王衍，王衍表示不认同、不接受。这里"卿"用作动词。不置，不停，不止。 [3] 君不得为尔：您不可这样称我为卿。君，对人的尊称。尔，如此。 [4] 君我：称我为君。"君"用作动词。 [5] 卿卿：用"卿"称呼你。第一个"卿"用作动词。

[点评]

庾子嵩在王太尉明确告知他不要用"卿"称呼他的情况下，却依然故我，"卿自君我，我自卿卿；我自用我法，卿自用卿法"。好一个"我自用我法"，与殷浩"宁作我"不亦近乎！（参见《品藻》篇"桓公少于殷侯齐名"则）又与王安丰妻"亲卿爱卿，是以卿卿；我不卿卿，谁当卿卿"颇为相类（参见《惑溺》篇"王安丰妇常卿安丰"则）。

22. 阮宣子论鬼神有无者[1]。或以人死有鬼[2]，宣子独以为无，曰："今见鬼者云，著生时衣服[3]，若人死有鬼[4]，衣服复有鬼邪？"

刘辰翁评曰："振古绝俗，得意之名言。"

［注释］

[1] 阮宣子：阮修，字宣子，阮籍从子。好《易》理，善清言。 [2] 以：认为。 [3] 著：穿。 [4]"若人死有鬼"二句：意谓假如人死后变成鬼，难道衣服也跟着一起变成鬼吗？

［点评］

阮修主张无鬼神，他的逻辑推理也很有说服力。本则刘孝标注引王充《论衡》，所论与阮修颇为相似。钱锺书先生也曾经说过："美国近世一诙诡之士亦言，鬼未尝裸体见形，即此一端，已足摧破有鬼论；苟衣服亦如人之有鬼，则何以衣服之鬼不独见形而必依附人鬼乎？"（《管锥编》第五册）

24. 王丞相初在江左[1]，欲结援吴人[2]，请婚陆太尉[3]。对曰："培塿无松柏[4]，薰莸不同器[5]。玩虽不才，义不为乱伦之始[6]。"

［注释］

[1] 王丞相：王导。前已见。江左：指在江南建立的东晋王朝。 [2] 结援：结交、攀附。吴人：吴地人士，江南望族。 [3] 请

婚陆太尉：谓王导想与陆太尉联姻，结为儿女亲家。陆太尉，陆玩，吴郡人，江南旺族。累迁侍中、尚书左仆射、尚书令，死后赠太尉。 [4] 培塿（lǒu）：小土丘。 [5] 薰：香草。莸：臭草。 [6] 伧：人伧，人与人之间的尊卑贵贱关系。陆玩是南方的士族豪门，王导的先人虽不乏名臣，但渡江之初，论功勋名望，王不如陆，所以陆玩不愿与来自北地的王导联姻，故以谦词推托。

［点评］

西晋灭亡后，司马睿在建康即帝位，是为东晋，王导为丞相。《晋书·王导传》载："徙镇建康，吴人不附，居月余，士庶莫有至者。导患之。"因此，王导想通过结援吴人，改变政治上的孤立局面。由此，王导请婚陆太尉，实际上是出于政治大局的考虑，然而却遭到对方的拒绝。这其中有现实政治、门阀观念以及南北文化等多重因素。余嘉锡《世说新语笺疏》云："王、陆先世，各有名臣，而功名之盛，王不如陆。过江之初，王导勋名未著，南人方以北人为伧父，故玩托词以拒之。其言虽谦，而意实不屑也。"

28. 王含作庐江郡[1]，贪浊狼籍[2]。王敦护其兄[3]，故于众坐称："家兄在郡定佳[4]，庐江人士咸称之！"时何充为敦主簿[5]，在坐，正色曰[6]："充即庐江人，所闻异于此[7]！"敦默然。旁人为之反侧[8]，充晏然[9]，神意自若。

[注释]

[1] 王含：字处弘，大将军王敦之兄。官至徐州刺史、光禄勋。庐江：郡名，在今安徽舒城县。 [2] 贪浊狼籍：谓其贪赃枉法，滥无节制。 [3] 王敦：字处仲。晋渡江后，与从弟王导同心辅佐晋室，授大将军都督六州军事。护：庇护，袒护。 [4] “家兄在郡定佳”二句：谓家兄在做郡守时政声一定很好，庐江人都称赞他。家兄，旧时对人谦称自己的家人，常加一“家”字，如“家父”“家兄”。咸，都。 [5] 何充：字次道，东晋庐江灊（qián）县（今安徽霍山县东北）人。康帝时任骠骑将军，穆帝即位，何充任宰相，辅佐朝政。 [6] 正色：严肃庄重的神态。 [7] 所闻异于此：意谓我所听见的议论，和这种说法两样。此，代指王敦所说。 [8] 反侧：不安，即为何充担心，怕因此得罪上司。 [9] 晏然：安然自在的样子。

[点评]

何充敢于冒犯上司，当众揭穿王敦的谎言，使其哑口无言，这种不畏强权、刚正不阿的精神难能可贵！更让人钦佩的是，当大家为他捏把汗，替他担惊受怕时，他却神态自若，坦然面对。

30. 明帝在西堂[1]，会诸公饮酒，未大醉，帝问：“今名臣共集，何如尧、舜[2]？”时周伯仁为仆射[3]，因厉声曰[4]：“今虽同人主[5]，复那得等于圣治！”帝大怒，还内[6]，作手诏[7]，满一黄纸[8]，遂付廷尉令收[9]，因欲杀之。后数日，诏出周[10]，群臣往省之[11]。周曰：“近知当不死[12]，罪不足至此。”

[注释]

[1]“明帝在西堂”二句：据《晋书·周顗传》载，帝宴群公于西堂，是晋元帝太兴初年的事。且明帝还没有登位，周顗已被王敦杀害。故明帝应为元帝之误。诸公，群臣。 [2] 何如尧、舜：谓当今比尧、舜时代怎样？尧、舜，古代的圣明君主，后世常以尧、舜时代为理想的太平盛世。 [3] 时周伯仁为仆射：周顗（字伯仁）于元帝时任尚书左仆射。按，魏晋时期尚书仆射的职权仅次于丞相。 [4] 厉声：大声。 [5]“今虽同人主”二句：意谓皇上与尧、舜虽然同为君主，但怎能与那个太平盛世相等同。圣治，圣明的时代。和皇帝有关的事物都加“圣”字来称颂。 [6] 还内：回到皇宫。 [7] 手诏：帝王亲手写的诏书。 [8] 黄纸：皇帝文诰所专用的黄色纸。 [9] 付廷尉令收：把诏书交付廷尉，命令拘捕周伯仁。廷尉，主管刑狱的官员。 [10] 诏出周：谓皇上又下令释放伯仁。出，释放。 [11] 省（xǐng）：探望。 [12]“近知当不死”二句：《晋书》作“近日之罪，固知不至于死”。近知，早就知道。近，原先，当初。

[点评]

历代帝王大多好大喜功，粉饰太平，而臣下亦每有善于逢迎拍马、歌功颂德之辈，而这位周伯仁，非但不随声附和，阿谀奉承，反而厉声指斥，忤逆圣上。这在封建时代是极其少见的。皇上大怒，亲自下诏，处以死刑。但出人意料的是，没过几天，皇上竟然赦免了他。

可见，这位皇帝颇为开明，因而也就有这样敢于犯颜的臣子。

41. 何次道、庾季坚二人并为元辅[1]。成帝初崩[2]，于时嗣君未定[3]。何欲立嗣子[4]，庾及朝议以外寇方强，嗣子冲幼[5]，乃立康帝[6]。康帝登阼，会群臣，谓何曰："朕今所以承大业，为谁之议？"何答曰："陛下龙飞[7]，此是庾冰之功，非臣之力。于时用微臣之议[8]，今不睹盛明之世[9]。"帝有惭色。

[注释]

[1] 何次道：即何充。庾季坚：庾冰，字季坚，曾任中书监、扬州刺史，是成帝的舅舅。元辅：辅政的大臣。成帝死时，何充、庾冰同受命辅佐皇室。 [2] 成帝：司马衍，明帝长子，在位十七年，咸康八年（342）驾崩。 [3] 嗣君：继承先君帝位的君主。 [4] 嗣子：帝王嫡长子，即太子。 [5] 冲幼：幼小。 [6] 康帝：晋成帝的同母弟、琅琊王司马岳。于咸康八年继成帝登位，在位两年，卒。 [7] 龙飞：比喻帝王登位。《周易·乾卦》："飞龙在天，利见大人。"疏曰："若圣人有龙德，飞腾而居天位。" [8] 微臣：小臣。何充自己谦称。 [9] 今不睹盛明之世：意谓今天就看不到这样的太平盛世了。实际上是说，如果采用了我的建议，您就做不成皇帝了。

[点评]

此则记述何充在议立嗣君这一重大问题上，主张维护典制，父子相承。然而，根据当时外寇方强、嗣子幼冲的实际情况，他的意见没有被采纳，而是另立了先君之弟康帝继位。这位新皇帝登阼，大会群臣，询问选择他继位是谁的主意，何充坦率说出事实，并不讳言自己的意见，这种正直与诚实，是十分难能可贵的！《晋书·何充传》亦载此事。

42. 江仆射年少[1]，王丞相呼与共棋[2]。王手尝不如两道许[3]，而欲敌道戏[4]，试以观之。江不即下[5]。王曰："君何以不行？"江曰："恐不得尔[6]。"傍有客曰："此年少戏乃不恶[7]。"王徐举首曰[8]："此年少，非惟围棋见胜[9]。"

刘辰翁评曰："丞相雅量，此少年不让小伎，自多宜戒。"

[注释]

[1] 江仆射（yè）：江虨，字思玄，陈留（今河南开封南）人。穆帝永和中为尚书左仆射、护军将军。 [2] 棋：指下围棋，作动词用。 [3] 王手尝不如两道许：谓王导的棋艺不如江虨，需要对方让他两个子。手，技艺。两道，两子，一说指围棋上的"道"（围棋棋盘上纵横各有 19 道）。 [4] "而欲敌道戏"二句：谓王导想要和江虨以对等的方式下，试图看看他如何下子。敌道戏，即不让子下棋。敌，匹敌。戏，游艺，这里指下棋。 [5] 江不即下：江虨没有很快落子。 [6] 恐不得尔：恐怕不能这样（对等）下，

意谓对方很难赢棋。[7]不恶：不坏，不错。[8]徐：缓缓，慢慢。举首：点头。[9]非惟围棋见胜：谓江虨不只是围棋胜过我。见胜，见长。

［点评］

自古有“棋品即人品”之谓。江虨年少，棋艺高超，从容镇定，当仁不让。而王丞相既在对弈，也在观人，从棋局中看出江虨的才干，对其赞赏有加。江虨有非凡之才，王导有知人之明。

43. 孔君平疾笃[1]，庾司空为会稽[2]，省之[3]，相问讯甚至[4]，为之流涕。庾既下床[5]，孔慨然曰[6]：“大丈夫将终[7]，不问安国宁家之术[8]，乃作儿女子相问！”庾闻，回谢之[9]，请其话言[10]。

［注释］

[1]孔君平：孔坦，字君平。曾任太子舍人、尚书左丞、侍中等职。疾笃：病重。[2]庾司空：庾冰，字季坚，曾任吴郡、会稽内史。后继王导为相，死后赠司空。[3]省（xǐng）：探望。[4]问讯：问候病情。甚至：十分周全。[5]床：坐榻。[6]慨然：感叹貌。[7]将终：临终。[8]“不问安国宁家之术”二句：意谓庾冰不问他治国平天下的方略，只作儿女私情相问。术，策略。儿女子，妇孺。[9]谢：道歉。[10]请其

话言：请孔君平留下要说的话。话言，即说话、谈话，这里指临终遗言。

[**点评**]

《晋书·孔坦传》云："坦每发愤，以国事为己忧，尝从容言于帝曰：'陛下春秋以长，圣敬日跻，宜博纳朝臣，谘诹善道。'"从其临终责备庾冰的话语中，可以看出其忧国之心何等深沉！

47. 王述转尚书令[1]，事行便拜[2]。文度曰[3]："故应让杜许[4]。"蓝田云："汝谓我堪此不[5]？"文度曰："何为不堪[6]，但克让是美事，恐不可阙。"蓝田慨然曰："既云堪，何为复让？人言汝胜我[7]，定不如我。"

刘辰翁评曰："亦取其真耳。"

[**注释**]

[1] 王述：字怀祖。袭父爵为蓝田侯，故下文又称蓝田。转：调任官职。 [2] 事行便拜：等诏令下达就要授官。拜，授官之称。 [3] 文度：王坦之，字文度，王述之子。 [4] 故应让杜许：意谓对转尚书郎事应表示谦让推辞。杜，拒授，推辞。许，虚词。一说"杜许"为二人姓氏，不详。 [5] 堪：胜任。不：同"否"。 [6]"何为不堪"以下三句：意谓述能胜任此职，但若能表示谦让自然是好事，这恐怕也是必不可少的。何为，为何。克，能。阙，同"缺"。 [7]"人言汝胜我"二句：人家说你会超过我，

看来你肯定还不如我。这里王述批评其子文度虚伪世故的庸俗作风。定，终究，到底。

［点评］

这父子二人的对话十分有趣。据刘孝标注引《王中郎传》，称赞王坦之（文度）“器度淳深，孝友天至，誉辑朝野，标的当时”，是一位道德涵养极高的君子，因此当他父亲升官时，他认为应当表示谦让。而其父则直截了当，问儿子他是不是堪当此任。儿子说，那没问题，但还是应当体现一下谦虚的美德。父亲说，既然可以担当此任，那还有什么可谦让的呢！显然，这是魏晋率性任真风气的自然流露。

59. 王子敬数岁时[1]，尝看诸门生樗蒲[2]，见有胜负，因曰：“南风不竞[3]。”门生辈轻其小儿，乃曰：“此郎亦管中窥豹[4]，时见一斑。”子敬瞋目曰[5]：“远惭荀奉倩[6]，近愧刘真长！”遂拂衣而去。

刘辰翁评曰：“竟是小儿！”

［注释］

[1] 王子敬：王献之，字子敬，王羲之之子。善于书法，高迈不羁，风流冠时。 [2] 门生：魏晋时代依附士族权贵的寒士。樗蒲（chū pú）：古代一种赌博游戏。 [3] 南风不竞：据《左传》襄公十八年，楚出兵攻郑，晋乐师师旷用乐律来占卜吉凶。他

说："吾骤歌北风（北方乐曲），又歌南风（南方乐曲）。南风不竞（强），多死声，楚必无功。"预示楚兵必败。这里是说在南面的要输。 [4]"此郎亦管中窥豹"二句：豹子身上花斑很多，但用竹管观看，只见一斑，不见全豹，比喻人见识不广。于此借以讥讽子敬一知半解。郎，晋时对年少人的通称。窥，从小孔或缝里探看。 [5]瞋目：瞪大眼睛，表示气愤。 [6]"远惭荀奉倩"二句：意谓只是与荀奉倩、刘真长的识见相比，我自愧不如罢了，却不比一般人差。表明自己志向远大，眼界很高。荀奉倩，荀粲，字奉倩，三国时人，有才学。刘真长，刘惔，字真长，有见识。按，子敬慕此二人，故以作比。

［点评］

此则刻画王子敬少年意气，从语言到举止都生动可爱，令人欣喜。当他看到游戏的一方快要输时，便用典故提醒；当他受到轻侮时，毫不示弱，用自己仰慕的人物回敬对方，可谓得体。而前后两个动作：一"瞋目"，一"拂衣"，极有神采！此亦见《世说》用语之简练。

刘辰翁评曰："善对！"

64. 孝武问王爽[1]："卿何如卿兄[2]？"王答曰："风流秀出[3]，臣不如恭，忠孝亦何可以假人！"

［注释］

[1]孝武：晋孝武帝司马曜，东晋第九位皇帝，在位24年。王爽：字季明，王恭之弟，武帝时为黄门侍郎。 [2]卿何如卿兄：谓王爽与王恭相比，有何不同？卿，君对臣的爱称。 [3]"风流秀出"以下三句：意谓仪表言谈俊秀杰出，我不如家兄王恭，至

于忠君孝亲又怎敢让他。风流秀出，指仪表堂堂，才能杰出。假，给予，让。

［点评］

王爽作为皇帝的近侍，当皇帝问他与兄长王恭有何不同时，他的回答十分巧妙。首先，他既肯定了其兄，也肯定了自己，各有所长。其次，点出“忠孝”二字，这也许是实情，但同时也是向皇上表白。作为黄门侍郎（皇帝近臣，出入禁宫）的他，这一点是极其重要的！此则刘孝标注引《中兴书》，亦称其“忠孝正直”。

雅量第六

雅量，意谓胸襟宽广，气度恢宏，能包容万物。魏晋名士崇尚玄远，行为旷达，举止优雅，风度潇洒。他们往往志行高远，淡泊宁静，处变不惊，临危不乱，表现出种种超凡脱俗的行为举动。本篇所载故事，反映了魏晋名士心胸之宽广，气度之不凡，风仪之优雅，涵养之深厚。

《雅量》篇凡 42 则，入选 16 则。

1. 豫章太守顾劭[1]，是雍之子[2]。劭在郡卒，雍盛集僚属，自围棋。外启信至[3]，而无儿书，虽神气不变，而心了其故[4]，以爪掐掌[5]，血流沾褥[6]。宾客既散，方叹曰："已无延陵之高[7]，岂可有丧明之责！"于是豁情散哀[8]，颜色自若[9]。

［注释］

[1] 顾劭：字孝则，吴郡（今江苏吴县一带）人，少有佳名，年二十七岁任豫章太守，举善以教民，风化大行，在郡五年卒。 [2] 雍：顾雍，字元叹。孙权时，雍位至丞相，颇有政声。 [3] "外启信至"二句：外面报告说有信送来了，而其中没有儿子顾劭的家信。书，信。 [4] 心了其故：心中想到了无信的原因，即料定儿子已死。 [5] 爪：指甲。 [6] 褥：坐垫。 [7]"已无延陵之高"二句：顾雍的话，表明自己既没有延陵季子那样的高深修养，也不愿受子夏"丧明"那样的指责，即不愿因丧子而过分哀伤。延陵，这里指延陵季子。春秋时吴国季札受封于延陵（今江苏常州武进区），因号延陵季子。据《礼记·檀弓下》记载，延陵季子出使齐国，在回吴的途中，他的长子死了，就地薄葬。季子哭祭三日，便又重新上路。孔子闻知此事，称赞他知礼。丧明，据《礼记·檀弓上》记载，春秋时子夏丧子，哭瞎了眼睛。曾子前去吊问，为此责备他，认为哭子而失明是子夏的罪过之一。 [8] 豁情散哀：开阔心胸，散除悲伤。 [9] 颜色自若：神情如常。

［点评］

顾雍遭丧子之痛，却表现出惊人的克制和豁达。先是，因未得儿子家书，知其已死，但家中有宾客，且正在对弈，雍便“以爪掐掌，血流沾褥”，这一细节表现了他强忍悲痛、不露声色的气度。客人走后，他说了两句意味深长的话，表明自己对待生死的超然与豁达。

王世贞评曰：“每叹嵇生琴、夏侯色，令千古他人览之，犹为不堪，况其身乎？与陶征士《自祭》《预挽》，皆超脱人累，默契禅宗，得蕴空解，证无生忍者。”

2. 嵇中散临刑东市[1]，神气不变。索琴弹之[2]，奏《广陵散》[3]。曲终，曰：“袁孝尼尝请学此散[4]，吾靳固不与[5]，《广陵散》于今绝矣[6]！”太学生三千人上书[7]，请以为师，不许。文王亦寻悔焉[8]。

［注释］

[1] 嵇中散：嵇康，字叔夜，任魏中散大夫，世称嵇中散。因吕安牵连下狱，而钟会与嵇康有私怨，趁机向司马昭进谗言，于魏景元三年（262）被司马昭杀害，时年四十。东市：汉代京城东市是刑杀犯人的地方，后遂以“东市”为刑场代称。 [2] 索琴：讨取琴来。按，嵇康善弹琴。 [3]《广陵散》：古琴曲。据沈括《梦溪笔谈》记载：“《广陵散》者，以王陵、毌丘俭辈，皆自广陵（今江苏扬州）败散。言魏散亡，自广陵始。” [4] 袁孝尼：袁准，字孝尼，陈郡（今属河南）人，以儒学知名，官至给事中。 [5] 靳固不与：吝惜固执，不肯授与。靳，吝惜。不与，宋刊本作“未与”。 [6]《广陵散》于今绝矣：叹惜《广陵散》琴曲，此后无人能够弹奏了。绝，断。 [7]“太学生三千人上书”

二句：太学生上书，表示要请嵇康为师。按，意思是乞求朝廷保全嵇康。 [8] 文王：司马昭，西晋立国后被尊为文王。寻：不久。悔焉：后悔不该杀了嵇康。焉，指杀死嵇康这件事。

［点评］

嵇康临刑前弹琴自若，视死如归。他不以自己的死为憾，唯一觉得可惜的是，《广陵散》从此以后再也没有人能够弹奏了。“嵇琴阮啸”（参见《栖逸》篇第 1 则），已成为一个时代的象征，而《广陵散》更是成了嵇康人格的化身！

3. 夏侯太初尝倚柱作书[1]，时大雨，霹雳破所倚柱[2]，衣服焦然[3]，神色无变，书亦如故[4]。宾客左右[5]，皆跌荡不得住。

刘应登评曰：“言太初无变色，众人莫不辟易。”

［注释］

[1] 夏侯太初：夏侯玄，字太初。参见《方正》篇“夏侯玄既被桎梏”则注释。书：信札。 [2] 霹雳：响雷，迅雷。 [3] 焦然：烧焦了的样子。 [4] 书亦如故：仍然继续书写信札。 [5]“宾客左右”二句：谓宾客和随从跌跌撞撞，站立不稳。跌荡，倾倒、摇摆。

［点评］

此则写夏侯太初在雷击面前镇定自若，显示其气度不凡。刘孝标注引《语林》，文字略有差异：“太初从魏帝拜陵，陪列于松柏下。时暴雨霹雳，正中所立之树，冠冕焦坏。左右睹之皆伏，太初颜色不改。”

王世懋评曰：“此自是夙惠，何关雅量？”

4. 王戎七岁[1]，尝与诸小儿游[2]。看道边李树多子折枝[3]，诸儿竞走取之[4]，惟戎不动。人问之，答曰：“树在道边而多子，此必苦李。”取之，信然[5]。

［注释］

[1] 王戎：字濬冲，琅琊临沂（今山东临沂）人，与阮籍、嵇康等为友，为七林贤之一。 [2] 游：游玩。 [3] 多子折枝：谓李树上果实很多，把树枝都压弯了。折，弯曲。 [4] 竞走：争着跑。 [5] 信然：确实如此。

［点评］

此则写王戎幼时识见过人。王世懋的批注是对的，此则当入《夙惠》篇。

8. 王夷甫尝属族人事[1]，经时未行[2]。遇于一处饮燕[3]，因语之曰：“近属尊事[4]，那得不行？”族人大怒，便举樏掷其面[5]。夷甫都无言[6]，盥洗毕，牵王丞相臂[7]，与共载去[8]。在车中照镜，语丞相曰：“汝看我眼光[9]，乃出牛背上。”

[注释]

[1] 王夷甫：王衍。属：同“嘱”，托付。这里是说，王衍受族人之托办某件事。 [2] 经时未行：过了很长时间还没有办理。 [3] 饮燕：同“饮宴”。 [4]“近属尊事”二句：这里指那些族人质问他，托付之事怎么不办呢？尊，对人的敬称。 [5] 樏（léi）：食盒。 [6] 都：完全。 [7] 王丞相：指王导。按，王衍与王导为同宗兄弟。 [8] 共载：同车而行。 [9]“汝看我眼光”二句：刘孝标注：“王夷甫盖自谓风神英俊，不至与人校。”出牛背上，牛背为着鞭之处，意谓刚刚挨了族人的打。按，王衍谓眼光出牛背上，意指不计较挨打受辱之类的小事。

[点评]

俗话说“大人不计小人过”，用在这里颇为贴切。此则在写法上，用笔简练，情节完整，场景如在目前。起因是王衍答应族人所托的事未及时办理，偶尔在一处饭馆相遇，族人不由分说拿饭盒砸他。王衍挨打之后，一言未发，洗完手脸（也许还擦干血迹），拉着丞相，登车而去。在车上，王衍照了照镜子，看着脸上的伤痕，打了个幽默的比方。这样的大人物遭遇如此尴尬的事情，竟然毫不介意，真是大人有大量！

10. 刘庆孙在太傅府[1]，于时人士多为所构[2]，唯庾子嵩纵心事外[3]，无迹可间。后以其性俭家富，说太傅令换千万[4]，冀其有吝，于此可乘。太傅于众坐中问庾，庾时颓然已醉，帻坠几上[5]，以头就穿取[6]。徐答云："下官家故可有两娑千万[7]，随公所取。"于是乃服[8]。后有人向庾道此，庾曰："可谓以小人之虑[9]，度君子之心。"

［注释］

[1] 刘庆孙：刘舆，字庆孙，中山（今河北定州）人，曾任太傅司马越的长史。太傅：指东海王司马越。 [2] 构：谋害。 [3] "唯庾子嵩纵心事外"二句：意谓只有庾子嵩不关心政事纷争，找不着构陷他的行迹。庾子嵩，庾敳，字子嵩。前已见。间，离间。 [4] "说太傅令换千万"以下三句：谓刘庆孙劝说太傅，让太傅向庾子嵩借贷千万钱，但愿他吝惜不与，便可趁机陷害他。换，借贷。冀，希求。 [5] 帻（zé）：头巾。几：小桌。 [6] 以头就穿取：意谓把头伸过去就着掉在桌子上的头巾再戴起来。这里形容其醉态可谓活灵活现。 [7] 两娑：两三。据余嘉锡疏，读"三"为"娑"，此为吴地方言。 [8] 服：叹服庾子嵩的大度。 [9] "可谓以小人之虑"二句：语出《左传》昭公二十八年："愿以小人之腹，为君子之心。"这里庾子嵩借以讥讽刘庆孙。

［点评］

此则写庾子嵩通达有雅量，能抵御小人的故意陷害；刘舆机关算尽，终归徒然，只能是"以小人之虑，度君子之心"。《晋书·庾敳传》云："（敳）迁吏部郎。是时天下多故，机变屡起，歆常静默无为。参东海王越太傅军事，转军谘祭酒。时越府多隽异，歆在其中，常自袖手。”

15. 祖士少好财[1]，阮遥集好屐[2]，并恒自经营[3]。同是一累[4]，而未判其得失。人有诣祖[5]，见料视财物[6]。客至，屏当未尽[7]，余两小簏[8]，著背后[9]，倾身障之[10]，意未能平[11]。或有诣阮，见自吹火蜡屐[12]，因叹曰："未知一生当著几量屐[13]？"神色闲畅[14]。于是胜负始分[15]。

刘辰翁评曰："胜负本不待此，写得祖士少惭怍杀人。"

［注释］

[1] 祖士少：祖约，字士少，范阳（今河北涞水）人，豫州刺史祖逖之弟。永嘉末，随逖过江，元帝引为掾属，与阮孚齐名。祖逖卒，代逖为平西将军、豫州刺史。后与苏峻谋反，失败，投奔石勒，被石勒所杀。 [2] 阮遥集：阮孚，字遥集，陈留尉氏（今河南尉氏）人，阮咸次子。元帝时为安东参军，后历任侍中、吏部尚书、广州刺史等职。屐：一种木板鞋，亦称木屐。 [3] 恒：经常，常常。经营：料理，管理。 [4] 累：负担，这里指癖好、毛病。 [5] 诣：拜访。 [6] 料视：收视检点。 [7] 屏当（bǐng dàng）：同"摒当"，料理，收拾。 [8] 簏（lù）：竹箱。 [9] 著：放置。 [10] 倾身障之：侧着身子挡住竹箱，担心被客人发现。 [11] 意未能平：心神还不能平静，指有点紧张。 [12] 蜡屐：屐上涂蜡，使其滑润。蜡，用作动词，即打蜡。 [13] 著：穿。

几量：几双。量，同“两”，即“双”。 [14] 神色闲畅：指阮说话时神态安详自在。闲畅，安闲舒畅。 [15] 胜负：高下，优劣。

［点评］

二人各有其癖，“同是一累”。然而，世人根据他们癖好的不同境界和气量，胜负立分。这里不是品评两种嗜好的优劣，而是从心态与行为的拘谨与旷达上来判别高下。

陈梦槐评曰：“予最喜此则。写一时雅流，宛至明悉。褚、沈俱有隽神远度，送客泊舟，既偶尔相值，问姓具馔，自欢然为乐。”

18. 褚公于章安令迁太尉记室参军[1]，名字已显而位微[2]，人未多识。公东出[3]，乘估客船[4]，送故吏数人投钱唐亭住[5]。尔时[6]，吴兴沈充为县令[7]，当送客过浙江[8]，客出[9]，亭吏驱公移牛屋下[10]。潮水至[11]，沈令起彷徨[12]，问：“牛屋下是何物[13]？”吏云：“昨有一伧父来寄亭中[14]，有尊贵客，权移之[15]。”令有酒色[16]，因遥问：“伧父欲食饼不？姓何等[17]？可共语[18]。”褚因举手答曰：“河南褚季野。”远近久承公名[19]，令于是大遽[20]，不敢移公，便于牛屋下修刺诣公[21]，更宰杀为馔具[22]，于公前，鞭挞亭吏[23]，欲以谢惭[24]。公与之酌宴，言色无异，状如不觉。令送公至界[25]。

[注释]

[1] 褚公：褚裒（póu），字季野，阳翟（今河南禹州）人，康献皇后之父。历任尚书，江、兖二州刺史。赠侍中、太傅。章安令：章安县令。章安，故城址在今浙江临海东南章安镇。迁：迁升，调任。太尉记室参军：太尉府记室参军。太尉为三公之一，记室参军为其属官，掌管文书。 [2] 显：知名，昭著。位微：官位低下。 [3] 公：指褚季野。东出：往东去。 [4] 估客船：商人的船。估，通"贾"。 [5] 送故吏：送别原任长官。这里是指褚公升迁时，他的下属为他送行。钱唐亭：钱唐县的驿亭，是供旅客留宿的官办客店。钱唐，今浙江杭州。唐，亦作"塘"。亭，驿亭，客店。 [6] 尔时：此时。 [7] 吴兴：治今浙江湖州吴兴区。 [8] 浙江：江名，在今浙江省，有南北二源，南源为兰溪，北源为新安江。二源水在建德梅城镇东南相汇北流，称浙江。 [9] 客出：客人到。 [10] 亭吏：管理驿亭的小吏。牛屋：牛棚。晋人多以牛驾车，所以客店盖有牛棚。 [11] 潮水至：指钱塘江涨潮了。 [12] 彷徨：走来走去。 [13] 何物：什么。"何物"一词在《世说新语》和《晋书》中数见，为晋时口语，"物"指人，不作"物件"解。 [14] 伧父：骂人的话，意为粗人。吴人鄙称北方人为"伧"。犹言"老伧"。伧，粗野之义。寄：寓住。 [15] 权：暂且，姑且。 [16] 酒色：醉态。 [17] 何等：什么。 [18] 共语：交谈。 [19] 承：闻知。 [20] 遽（jù）：窘急，惊惶。 [21] 修刺：书写名帖。按，旧时拜访人，表示礼敬，先投名帖。刺，名帖。 [22] 更宰杀为馔具：另外宰杀牲畜，重设酒宴。馔具，酒食。 [23] 鞭挞：鞭打，责骂。 [24] 谢惭：以当面鞭打亭吏来表示谢罪道歉。 [25] 界：县界。

[点评]

此则记叙褚季野赴任途中的一个小插曲。这位不大不小的官员，新官上任不讲排场，没有吆三喝四，与几个故吏一道搭乘商船（连轻车简从都算不上），下船后投宿驿站，被亭吏驱赶到牛棚。幸亏吴兴县令发现，急忙道歉，又是酒肉款待，又是鞭挞亭吏，而褚公全不介意，其涵养和雅量令人钦佩！

刘辰翁评曰："晋人风致，著此故为第一，在古人中真不可无。"

19. 郗太傅在京口[1]，遣门生与王丞相书[2]，求女婿。丞相语郗信[3]："君往东厢[4]，任意选之。"门生归，白郗曰："王家诸郎亦皆可嘉[5]，闻来觅婿，咸自矜持[6]，惟有一郎在东床上坦腹卧[7]，如不闻。"郗公云："正此好[8]！"访之，乃是逸少[9]，因嫁女与焉[10]。

[注释]

[1] 郗太傅：郗鉴，字道徽，高平金乡（今山东金乡）人。以儒雅著名，过江后历任兖州刺史、司空、太尉。曾参与平定王敦、苏峻之乱，并与王导、卞壶等辅政。按，太傅，《晋书·郗鉴传》《晋书·王羲之传》皆作"太尉"。京口：地名，今江苏镇江。 [2] 门生：魏晋时对门客之称，即依附于豪门贵族的人。王丞相：王导。 [3] 语：告诉。信：使者，按，晋人称使者为信。这里指郗太傅差往送书信的门生。 [4] 厢：厢房，正房朝南，其东、西两边配房称"厢"。 [5] 可嘉：可赞许，可称道。 [6] 矜（jīn）持：端庄严肃，拘谨，不自然。 [7] 坦腹卧：敞开上衣，露出腹部躺着。坦，裸露。 [8] 正此好：谓这个正好。 [9] 逸少：

王羲之，字逸少，是王导的侄子。 [10] 嫁女与焉：郗鉴把女儿嫁给了王羲之。焉，代词，在这里同“之”的用法。

［点评］

“东床坦腹”的故事，流传千古。王羲之率真自然，深得郗鉴爱赏，仅凭门客的传话，就把女儿的终身大事定了。这充分反映了晋人崇尚自然超拔的时代风气。

20. 过江初[1]，拜官[2]，舆饰供馔[3]。羊曼拜丹阳尹[4]，客来蚤者[5]，并得佳设[6]，日晏渐罄[7]，不复及精，随客早晚，不问贵贱。羊固拜临海[8]，竟日皆美供[9]，虽晚至，亦获盛馔[10]。时论以固之丰华[11]，不如曼之真率。

“不问贵贱”，方是待客之道。

［注释］

[1] 过江：指晋室南渡，定都建康，即东晋时期。 [2] 拜官：指新官接受任命时。 [3] 舆饰供馔：新官上任时，都要备办酒宴招待前来拜贺的客人。舆，众。饰，同“饬”，整治。 [4] 羊曼：字延祖，泰山南城县（今山东费县西南）人。历任黄门侍郎、尚书吏部郎、晋陵太守，后代阮孚任丹阳尹，被苏峻杀害。 [5] 蚤：通“早”。 [6] 佳设：精美的饮食。 [7]“日晏渐罄”以下四句：谓天晚了饭菜逐渐吃完，晚来的人就赶不上精美的酒食了；招待客人饮食粗精，按客人到的早晚，而不论身份的高低贵贱。晏，晚。罄，器中空，引申为“尽”的意思。 [8] 羊固：字道安，泰山平阳（今山东新泰）人。历任黄门侍郎、临海太守。善草、行书，

著名一时。 [9] 美供：同上文“佳设”。 [10] 盛馔：丰盛的饮食。 [11]“时论以固之丰华”二句：当时舆论认为羊固的酒宴虽然丰盛、精美，但比不上羊曼的真诚、直率。丰华，丰盛华美，谓摆排场。真率，真诚坦率。

[点评]

这两位姓羊的新官上任，都摆酒谢客，但二人的酒宴各有不同。羊曼的酒席，来得早的，酒菜丰盛，尽可享用，来晚了的，菜渐渐少了，并不再添补，“随客早晚，不问贵贱”；而羊固这边，却是从早到晚，均能保持酒席的丰盛。然而，当时的舆论却并不赞扬羊固的“丰华”，而是赞扬羊曼的“真率”。这固然是受时代风尚的影响。

22. 顾和始为扬州从事[1]，月旦当朝[2]，未入顷[3]，停车州门外。周侯诣丞相[4]，历和车边[5]，和觅虱，夷然不动[6]。周既过，反还，指顾心曰：“此中何所有？”顾搏虱如故[7]，徐应曰：“此中最是难测地[8]。”周侯既入[9]，语丞相曰：“卿州吏中有一令仆才。”

[注释]

[1] 顾和：字君孝。王导任扬州刺史时，任用他做从事，后官至尚书令。从事：官名。 [2] 月旦：农历每月初一。朝：朝会。 [3] 顷：时，时候。 [4] 周侯诣丞相：周顗也到州刺史王

导那里去。按，丞相，是用后来的官名称呼他，当时王导任扬州刺史。周侯，周𫖮。诣，至，到。 [5] 历：经过。 [6] 夷然不动：安闲自在，没有理周𫖮。夷然，安然，安静的样子。 [7] 搏：捉。 [8] 此中最是难测地：意思是说人心是最难捉摸透的地方，即人心难测。 [9] “周侯既入”以下三句：周𫖮进府后，告诉王导说：你的下属有一个可做尚书令或仆射的人才。语，告诉。卿，朋友间的一种亲昵称呼。令仆，尚书令和仆射的合称，泛指宰辅。

[点评]

周𫖮向王导夸赞顾和为宰辅之才，不是因为发现他有什么特别的政治才干，而是觉得他气度不凡，有名士之风。他在州门外当众觅虱，这本是不雅之举，可他坦然自若。再者，他称人心为“此中最是难测地”，也非常符合玄学的胃口。

28. 谢太傅盘桓东山时[1]，与孙兴公诸人泛海戏[2]。风起浪涌，孙、王诸人色并遽[3]，便唱使还。太傅神情方王[4]，吟啸不言。舟人以公貌闲意说[5]，犹去不止。既风转急[6]，浪猛，诸人皆喧动不坐[7]。公徐云[8]：“如此，将无归！”众人即承响而回[9]。于是审其量[10]，足以镇安朝野。

谢安有领袖群伦的魄力，故能东山再起，镇安朝野。

［注释］

[1] 谢太傅：谢安。按，谢安在出任官职前，曾在会稽郡的东山隐居，常和孙兴公、王羲之、支道林等畅游山水。盘桓：徘徊，逗留。东山：山名，在今浙江绍兴上虞区西南。　[2] 泛海戏：坐船出海游玩。　[3] “孙、王诸人色并遽”二句：意谓孙兴公、王羲之等人惊恐失色，便提议掉转船头回去。遽，惊恐。唱，同“倡”，提议。　[4] “太傅神情方王（wàng）”二句：意谓谢安精神振奋，兴致正高，又朗吟又长啸，不发一言。方王，谓兴致正高。王，通“旺”。吟啸，吟咏高歌。　[5] “舟人以公貌闲意说（yuè）”二句：意谓船夫因为谢安神态安闲，心情舒畅，便摇船向前。舟人，舵工，船夫。公，谢安。貌闲意说，容色安静，情意喜悦。说，通“悦”，愉快。　[6] 既：既而，不久。　[7] 喧动：喧哗、骚动。　[8]“公徐云”以下三句：谢安慢条斯理地说：“这样，恐怕还是该回去了吧！”将无，晋时口语，“莫非”“恐怕……吧”的意思。　[9] 承响：应声。响，声音。　[10]“于是审其量”二句：意谓从这件事人们明白了谢安的气度，认为他完全能够镇抚朝廷内外，安定国家。审，悉知，明白。朝野，朝廷和民间。

［点评］

风浪骤起，谢安吟啸不言，表现出临危不惧的镇定；风急浪猛，他又能当机立断，表现出沉着应变的胆识。尽管是在隐居期间，尽管是在游戏之时，人们透过谢安的器识和胆量，认为他足以镇安朝野。《晋书》本传亦载此事。

29. 桓公伏甲设馔[1]，广延朝士[2]，因此欲诛谢安、王坦之[3]。王甚遽[4]，问谢曰：“当作何计？”谢神意不变，谓文度曰[5]：“晋阼存亡[6]，在此一行。”相与俱前。王之恐状，转见于色；谢之宽容[7]，愈表于貌。望阶趋席[8]，方作洛生咏[9]，讽“浩浩洪流”。桓惮其旷远[10]，乃趣解兵。王、谢旧齐名[11]，于此始判优劣。

刘辰翁评曰：“桓自可人。”

[注释]

[1] 桓公：桓温。伏甲：埋伏卫兵。甲，本义指铠甲，此指披铠甲的士兵。 [2] 延：请，邀请。朝士：指朝廷大臣。 [3] 因此欲诛谢安、王坦之：意谓假借官员赴宴的机会，要谋杀谢安、王坦之。按，谢安、王坦之是东晋朝廷重臣，当时谢为侍中，王为左卫将军，深受倚重。简文帝死时，遗诏使桓温辅政，而没有满足他篡位的野心，他以为是谢、王二人的主意，非常愤恨，想杀掉二人。因此，借此，趁机。 [4] 遽：惶恐。 [5] 文度：王坦之字。 [6] “晋阼存亡”二句：意谓国家存亡，在此一举。阼，皇位。 [7] 宽容：谓从容不迫的神态。 [8] 望阶趋席：接近台阶，奔向座位。望，临近，接近。 [9] “方作洛生咏”二句：模仿洛阳书生读书的声音，朗读起“浩浩洪流”的诗篇。方作，通“仿作”，仿效。洛生咏，晋时洛阳一带的书生吟咏诗歌，语音重浊，称“洛生咏”。浩浩洪流，是嵇康《赠秀才入军》诗中的句子。 [10] “桓惮其旷远”二句：桓温畏惧谢安豁达的气量，于是急忙解除埋伏的甲士。旷远，旷达，心胸宽阔。趣（cù），通“促”，急忙的意思。 [11] “王、谢旧齐名”二句：谓原先王坦之和谢安的名声相等，通过这件事才分辨出了高低。判，分辨。

[点评]

嵇康《赠秀才入军》其三云：“浩浩洪流，带我邦畿。……思我良朋，如渴如饥。愿言不获，怆矣其悲。”（载《文选》）谢安当时吟咏此诗，意在表达欲与桓温同辅晋室，互为良朋，今不获所愿（指桓温要杀他），故而悲怆。桓温见谢安在“鸿门宴”上毫无惧色，又借嵇康的诗抒发胸臆，不得不赶快解兵。而王、谢二人的胆识气度，亦各表现得淋漓尽致，优劣始判。

35. 谢公与人围棋[1]，俄而谢玄淮上信至[2]，看书竟[3]，默然无言，徐向局[4]。客问淮上利害[5]，答曰：“小儿辈大破贼[6]。”意色举止，不异于常。

[注释]

[1] 谢公：谢安。 [2] 俄而谢玄淮上信至：意谓谢安下棋才一会儿，谢玄从淮上向他报告战况的信使文书到了。按，晋太元八年（383），前秦苻坚大举南下，企图灭晋，军队屯驻淮水、淝水间。当时朝廷任命谢安为征讨大都督，指挥抗敌。谢安派其弟谢石、侄谢玄、子谢琰，各任将领，统率八万人马北上，在淝水坚拒苻军，苻坚大败。这就是历史上著名的淝水之战。淮上，淮水之上，这里指淝水战场。信，使者。 [3] 看书竟：看完文书。 [4] 徐向局：慢慢地面向棋局。 [5] 利害：指战争胜负情况。 [6] 小儿辈：晚辈，指谢玄等人。

［点评］

谢安得知淝水之战的捷报，本当大喜过望，但他没有喜形于色，而是继续与人对弈，只是轻描淡写地说了一句："小儿辈大破贼。"《晋书》本传说他下完了棋，回到家里，过门槛时，因为太高兴了，竟然将木屐的齿都折断了，并评论说他"矫情镇物"。可见谢安虽不当众表露真情，但到家之后，狂喜的状态便暴露无遗了，说他"矫情"，似不为过。

36. 王子猷、子敬曾俱坐一室[1]，上忽发火[2]。子猷遽走避[3]，不惶取屐；子敬神色恬然[4]，徐唤左右[5]，扶凭而出[6]，不异平常。世以此定二王神宇[7]。

［注释］

[1] 王子猷（yóu）：王徽之，字子猷，王羲之之子，子敬之兄。初为大司马桓温的参军，后官至黄门侍郎。家住会稽，晚年弃官东归。子敬：王献之，字子敬。曾任谢安的长史，官至中书令，故称王令或王大令。其书法已造神境，与父羲之并称"二王"。 [2] 发火：起火。 [3]"子猷遽走避"二句：意谓子猷慌忙逃避，连木屐也来不及穿了。遽，慌忙。不惶，没有时间。惶，通"遑"。屐，木板鞋。 [4] 恬然：安静的样子。 [5] 左右：伺候在身边的仆人。 [6] 扶凭：搀扶。当时贵族的一种气派，走路时要由仆人搀扶着。 [7] 世以此定二王神宇：意谓世人从这件事上判断两人器度的高下。神宇，精神气宇。

[点评]

此则写王徽之、王献之两兄弟在失火时不同的行为与态度，显示了二人不同的气度与神情，赞扬献之从容不迫、神色恬然的名士风度和贵族气派。

41. 殷荆州有所识[1]，作赋是束皙慢戏之流。殷甚以为有才，语王恭[2]："适见新文，甚可观。"便于手巾函中出之[3]。王读，殷笑之不自胜[4]；王看竟，既不笑，亦不言好恶，但以如意帖之而已[5]。殷怅然自失[6]。

王世懋评曰："如见其情状。"

[注释]

[1]"殷荆州有所识"二句：殷荆州所认识的这位，作的赋类似束皙随意作的一类游戏篇章。殷荆州，殷仲堪，晋陈郡长平（今河南西华县东北）人，曾为荆州刺史，时称殷荆州。能清言，善著文，为一时名士。所识，相识的人。束皙，字广微，晋元城（今河北大名）人，博洽多闻，著述颇多。慢戏，不庄重，开玩笑。 [2] 王恭：字孝伯，性亢直，恃才傲物，而下文他读这篇赋时则颇见雅量。 [3] 巾函：古人随身携带用来放置手巾或文稿一类东西的小袋子。 [4] 殷笑之不自胜（shēng）：谓殷情不自禁地笑，表示得意。自胜，自制，克制自己。 [5] 如意：器物名，用竹、玉、骨等制成，头似灵芝，柄微曲，供玩赏之用。帖：熨帖，即用如意抚平文稿。 [6] 怅（chàng）然：失意、不痛快的样子。

［点评］

殷仲堪向王恭推荐一篇自己认为很好的赋，王看完之后并不表态，只是用如意轻点文稿而已。表现了王恭对文章并不认可却又未置可否、很有涵养的样子。

识鉴第七

识鉴，识见深远，鉴别精审。魏晋时代品题人物的风气盛行，而品题人物，首先要有知人之明，然后才是欣赏才情风度，品评流品等级，因此“识鉴”“赏誉”“品藻”三门，实际上就是魏晋人物品题的三个不同阶段和角度。本篇侧重对人物的明识、洞察和神鉴。故刘辰翁曰：“《世说》之作，正在识鉴、品藻两种耳。余备门类，不得不有，亦不尽然。”（见明凌瀛初刻四色套印本《品藻》篇首评）

《识鉴》篇凡 28 则，入选 9 则。

1. 曹公少时见乔玄[1]，玄谓曰："天下方乱[2]，群雄虎争，拨而理之[3]，非君乎？然君实是乱世之英雄，治世之奸贼[4]。恨吾老矣，不见君富贵，当以子孙相累[5]。"

千古定论！

［注释］

[1] 曹公：曹操。乔玄：字公祖，睢阳（今河南商丘南）人，有才略，长于知人。少为县曹，后历任司徒、太尉等职。 [2]"天下方乱"二句：意谓中原大乱，各路豪强如虎相争。 [3] 拨而理之：拨乱反正，平治天下。拨，治理，拨乱。 [4] 治世：太平盛世。奸贼：狡诈凶残的人。 [5] 当以子孙相累：意谓我要把子孙拜托给您照顾。相累，烦劳照料。

［点评］

乔玄对曹操总体上是肯定的，至于"乱世之英雄，治世之奸贼"的评价，与刘孝标注所引略有差异。刘注引孙盛《杂语》："太祖（曹操）尝问许子将：'我何如人？'固问，然后子将答曰：'治世之能臣，乱世之奸雄。'太祖大笑。"刘孝标又说："《世说》所言谬矣。"实际上，乔玄和许子将二人对曹操的评价并无抵牾，都认为他既有治理天下的才能，又有奸雄的个性。

3. 何晏、邓飏、夏侯玄并求傅嘏交[1]，而嘏终不许。诸人乃因荀粲说合之[2]，谓嘏曰："夏侯太初一时之杰士[3]，虚心于子[4]，而卿意怀不可，交合则好成[5]，不合则致隙[6]。二贤若穆[7]，则国之休。此蔺相如所以下廉颇也[8]。”傅曰：“夏侯太初，志大心劳[9]，能合虚誉[10]，诚所谓利口覆国之人[11]。何晏、邓飏有为而躁[12]，博而寡要[13]，外好利而内无关籥[14]，贵同恶异，多言而妒前[15]。多言多衅[16]，妒前无亲。以吾观之，此三贤者，皆败德之人耳，远之犹恐罹祸[17]，况可亲之邪？”后皆如其言[18]。

刘辰翁评曰：“名言。”

［注释］

[1]“何晏、邓飏（yáng）、夏侯玄并求傅嘏（gǔ）交”二句：意谓何晏、邓飏、夏侯玄都希望和傅嘏结交，可是傅嘏始终没有答应。邓飏，字玄茂，三国魏南阳宛（今河南南阳）人，正始中位至侍中尚书，为人贪贿。夏侯玄，字太初，三国魏谯县（今安徽亳州）人，仕魏位至大鸿胪。大将军司马师专权，中书令李丰密谋以夏侯玄代替司马氏，事泄，玄遂被害。傅嘏，三国魏北地郡泥阳县（今陕西铜川耀州区东南）人，年少知名，司空陈群辟为掾，后迁黄门侍郎。官至尚书，封阳乡侯。善言义理，好论才性。交，结交为友。 [2] 荀粲：字奉倩，颍川人。魏太尉荀彧子。善言玄理，知名于时。 [3] 杰士：才智非凡的人物。 [4] 虚心于子：意谓他虚心和您结交。子，您。 [5] 好成：结下情谊，成为朋友。 [6] 致隙：造成隔阂，产生裂痕。 [7]“二贤若穆”二句：意谓你们两位贤人如果能和睦相处，国家就吉祥。穆，通“睦”。休，吉庆，祥

福。[8] 此蔺相如所以下廉颇也：这就是蔺相如宁愿居于廉颇之下的原因。下，用作动词，甘居于下。据司马迁《史记·廉颇蔺相列传》记载，蔺相如是战国时赵国人，因为完璧归赵之功拜为上卿，地位在廉颇之上，廉颇不服，声言要侮辱相如。相如一再忍让，对门客说："强秦之所以不敢加兵于赵者，徒以吾两人在也。今两虎共斗，其势不俱生，吾所以为此者，以先国家之急而后私仇也。"廉颇听说后，很惭愧，于是负荆至相如门请罪。[9] 心劳：心思劳累，用尽心思。[10] 合：迎合。虚誉：虚荣。[11] 利口覆国：《论语·阳货》："恶利口之覆邦家者。"朱熹注："利口之人，以是为非，以非为是，以贤为不肖，以不肖为贤。人君苟悦而信之，则国家之覆也不难矣。"利口，巧言善辩。覆，倾败。[12] 有为而躁：有作为但行动轻率。躁，急躁。[13] 博而寡要：学识广博，而少得要领。[14] 内无关籥（yuè）：意谓对自己不加约束。关籥，门闩，用以比喻约束、检点。[15] 妒前：嫉妒超过自己的人。[16] 衅：事端。[17] 罹（lí）祸：遭受祸害。[18] 后皆如其言：意谓三人的结局，都如傅嘏所说。

［点评］

傅嘏拒绝与何晏、邓飏、夏侯玄三人相交，尽管他们都是一时之杰，各有所长，但因为"皆败德之人"，固不可与之交。傅嘏对三人的分析评价，入木三分，可谓知人之明。

4. 晋武帝讲武于宣武场[1]，帝欲偃武修文[2]，亲自临幸[3]，悉召群臣。山公谓不宜尔[4]，因与诸尚书言孙、吴用兵本意[5]，遂究论[6]。举坐刘辰翁评曰："兵不当废，何在孙吴？"

无不咨嗟[7]，皆曰："山少傅乃天下名言[8]。"后诸王骄汰[9]，轻遘祸难。于是寇盗处处蚁合[10]，郡国多以无备，不能制服，遂渐炽盛[11]，皆如公言。时人以谓山涛不学孙、吴[12]，而暗与之理会[13]。王夷甫亦叹云[14]："公暗与道合。"

[注释]

[1] 晋武帝：司马炎，晋开国君主。宣武场：训练军队的场所。 [2] 偃武修文：停止武备，提倡文教。 [3] 临幸：帝王亲临。皇帝驾临某处称"幸"。 [4] 山公谓不宜尔：山公指山涛，字巨源，为竹林七贤之一。官至吏部尚书、太子少傅、司徒等。据《晋书·山涛传》，晋立国之初，武帝即主张偃武修文，撤除州郡武备，以炫耀天下太平。山涛不赞成这种做法。 [5] 孙、吴：孙武和吴起，孙武是春秋时代齐国人，著名的军事家，著有《孙子兵法》。吴起是战国时代卫国人，著名将领。后世谈到擅长兵法的人，都以孙、吴并称。 [6] 究论：深入地研究讨论。 [7] 举坐无不咨嗟：在座的人都赞叹不已，即表示赞同。 [8] 山少傅：山涛曾于咸宁初为太子少傅，故称。 [9]"后诸王骄汰"二句：指后来晋宗室八王之乱。骄汰，放纵，奢侈。轻遘，意谓因为撤除了武备，所以轻而易举地造成祸乱。遘，造成。 [10] 蚁合：如蝼蚁一样聚合，形容盗贼蜂起。 [11] 炽盛：势力蔓延扩大。 [12] 以谓：以为。 [13] 理会：理合，事理上相同。 [14] 王夷甫：王衍。前已见。

［点评］

偃武修文，并没有错，可减少赋税，与民休养生息，这是历代统治者惯用的战略。但是，作为一个国家，武备不可废弛，否则内忧外患无可抵御。山涛虽不是武将，但他深明此理，并且历史的发展，也证明了他的预见性和正确性。故当时人包括政治家王衍都称赞他虽不学孙、吴，而理与其合。《晋书·山涛传》亦载此事："吴平之后，帝诏天下罢军役，示海内大安。州郡悉去兵，大郡置武吏百人，小郡五十人。帝尝讲武于宣武场，涛时有疾，诏乘步辇从，因与卢钦论用兵之本，以为不宜去州郡武备。其论甚精，于时咸以涛不学孙、吴，而暗与之合。帝称之曰：'天下名言也。'而不能用。及永宁之后，屡有变难，寇贼猋起，郡国皆以无备不能制，天下遂以大乱，如涛言焉。"

10. 张季鹰辟齐王东曹掾[1]，在洛[2]，见秋风起，因思吴中菰菜羹、鲈鱼脍[3]，曰："人生贵得适意尔，何能羁宦数千里以要名爵[4]？"遂命驾便归[5]。俄而齐王败，时人皆谓为见机[6]。

凌濛初评曰："羹、脍故可思，然亦见败机耳。"

［注释］

[1] 张季鹰：张翰，字季鹰，吴郡吴县（今江苏苏州）人。放达不拘，善属文。辟（bì）：征召。齐王：司马冏。永康元年（300），赵王伦起兵杀贾后，废晋惠帝自立，齐王冏与成都王颖联兵讨伦，复帝位，冏专权辅政，又被长沙王乂攻杀。东曹掾：大司马府属

官。 [2] 洛：洛阳，西晋都城。 [3] 菰（gū）菜羹：一说为莼菜羹。菰，俗名茭白，水生，茎嫩可食。鲈鱼：一种上品鱼，以吴地松江所产著称，味极鲜美。 [4] 羁宦：在异乡做官。羁，寄。要（yāo）：求得。名爵：犹言“名位”，名望爵位。 [5] 命驾：吩咐驾车，动身起行。 [6] 见机：洞察事物的苗头。

［点评］

此则不仅表现了张翰审时度势、急流勇退的果断，同时也反映了魏晋时期士大夫不以功名为怀，追求率真自适的生活趣味。张翰的这一故事，后人多有吟咏，如唐王昌龄《赵十四兄见访》诗云：“忽忆鲈鱼脍，扁舟往江东。”宋辛弃疾《水龙吟·登建康赏心亭》词云：“休说鲈鱼堪脍，尽西风，季鹰归未？”

14. 周伯仁母冬至举酒赐三子曰[1]：“吾本谓度江托足无所[2]，尔家有相[3]，尔等并罗列吾前，复何忧？”周嵩起[4]，长跪而泣曰：“不如阿母言。伯仁为人志大而才短，名重而识暗，好乘人之弊[5]，此非自全之道[6]；嵩性狼抗[7]，亦不容于世；惟阿奴碌碌[8]，当在阿母目下耳。”

刘辰翁评曰：“语甚可悲。”

［注释］

[1] 周伯仁母：汝南李氏女，名络秀，为晋安东将军周浚妻，貌美而有识见。《世说新语·贤媛》第18则载其事。周伯仁，周

颉，字伯仁，晋汝南安成（今河南汝南县东南）人。父浚，为安东将军。颉少有重名，性嗜酒，官至尚书左仆射，为王敦所害。下文的周嵩、阿奴是他的两个弟弟。冬至：节气名。古人重视冬至节，这一天要祭祖、家宴等。赐：赐与。　[2] 度江：渡江。永嘉之乱后，中原士大夫渡江南下。度，同"渡"。托足无所：无处立足。　[3] 相：这里指风水。认为住宅坐落何处会决定子孙命运。有相，即有福。　[4] 周嵩：周颉弟，字仲智，元帝时位至御史中丞。　[5] 乘人之弊：意同"乘人之危"。弊，困败。　[6] 全：保全性命。　[7] 狼抗：狂妄自大，乖戾。　[8] 阿奴：晋时方言，兄对弟的昵称。这里周嵩称其弟周谟。周谟，历任侍中、中护军，封西平侯。碌碌：平庸无能。

[点评]

此则写周嵩有自知之明，在母亲之前长跪而泣，兄弟三人，唯有小弟可以尽孝，后来果如其言，他和大哥皆死于王敦刀下。清方苞评曰："络秀，贤女也（《世说》列入"贤媛"），也不能知其子，唯嵩能知之，果如所料。"

16. 武昌孟嘉作庾太尉州从事[1]，已知名。褚太傅有知人鉴[2]，罢豫章还[3]，过武昌，问庾曰："闻孟从事佳[4]，今在此不？"庾曰："卿自求之[5]。"褚眄睐良久[6]，指嘉曰："此君小异[7]，得无是乎？"庾大笑曰："然。"于时既叹褚之默识[8]，又欣嘉之见赏[9]。

凌濛初评曰："既是异人，复逢善鉴，安得不识。"

［注释］

[1] 武昌：地名，今湖北鄂州鄂城区。孟嘉：字万年，祖籍江夏，家住武昌。太尉庾亮兼任江州刺史时，召嘉为从事。后为桓温的参军，温甚重之。庾太尉：庾亮。 [2] 褚太傅：褚裒（póu）。知人鉴：识别人的能力。 [3] 罢豫章还：是说褚太傅卸任豫章太守回到武昌。豫章，郡名，今江西南昌。 [4] 佳：美好，指人品才能。 [5] 求：寻找，辨认。 [6] 眄睐（miǎn lài）：顾盼，打量。斜着眼看是眄，向旁边看是睐。 [7] "此君小异"二句：这位与众稍有不同，莫非是吧？得无，同"将无"，如今语"莫非""恐怕……吧"。 [8] 叹：赞称。默识：在不言中审察人物。 [9] 见赏：被赏识。

［点评］

此则称道褚太尉有知人识鉴，能从众多人当中发现他要找的孟嘉。这大概是因为，优秀的人总是要从形貌气质和言谈举止等方面表现出来，所以褚太尉这位善于识人的伯乐才能够"默识"。陶渊明所作《晋故征西大将军长史孟府君传》亦载此事："太傅河南褚裒，简穆有器识，时为豫章太守，出朝宗（庾）亮。正旦大会州府人士，率多时彦，君坐次甚远。裒问亮：'江州有孟嘉，其人何在？'亮云：'在坐，卿但自觅。'裒历观，遂指君谓亮曰：'将无是邪？'亮欣然而笑，喜裒之得君，奇君为裒之所得。"

刘辰翁评曰："此语别见几微者也。"

21. 谢公在东山畜妓[1]，简文曰[2]："安石必出，既与人同乐，亦不得不与人同忧。"

[注释]

[1] 谢公在东山：谢安曾隐居东山。东山，山名，在会稽上虞。畜妓：养着歌女、舞女。 [2]“简文曰”以下四句：谢安隐居时，简文帝司马昱尚未登位，仍任丞相。他认为谢安在东山与人同乐，就会与人同忧，如果召他出任官职，他一定会出山的。出，指应召出山做官。

[点评]

简文帝根据谢安在东山蓄妓，判断他必定会出山做官，理由是“既与人同乐，亦不得不与人同忧”。这话很妙，隐居而携妓出游，与人同乐，说明其并未忘情世事，不是真隐，一旦有机会，定会出山。此外，以蓄妓同赏为“乐”，以出山为官为“忧”，亦值得玩味。

22. 郗超与谢玄不善[1]。苻坚将问晋鼎[2]，既已狼噬梁、岐[3]，又虎视淮阴矣[4]。于时朝议遣玄北讨，人间颇有异同之论[5]。惟超曰：“是必济事[6]。吾昔尝与共在桓宣武府[7]，见使才皆尽[8]，虽履屐之间[9]，亦得其任。以此推之，容必能立勋[10]。”元功既举[11]，时人咸叹超之先觉[12]，又重其不以爱憎匿善。

[注释]

[1] 郗超：曾为大司马桓温谋主，权重一时。谢玄：谢安兄奕

子，曾与郗超一同任职桓温幕府。善：友好。 [2] 苻坚将问晋鼎：意谓苻坚将要篡夺晋朝政权。苻坚，十六国时前秦第三代君主，在位时统一了北方，有灭晋一统天下之志，后兵败淝水。问晋鼎，指篡夺晋室政权。传说夏代铸九鼎，后来作为国家权力的象征，成为传国之宝。 [3] 狼噬（shì）：比喻苻坚军队凶残贪婪。噬，咬，吞食。梁、岐：梁州、岐山。梁州，今四川和陕西南部地区。岐，山名，在今陕西岐山县东北。 [4] 淮阴：县名，属徐州广陵郡，在今江苏淮安西北。 [5] 异同之论：不同意见的争论。 [6] 是必济事：谓任用谢玄北征，一定能成事。是，此。济，成功。 [7] 桓宣武：桓温。 [8] 使才皆尽：任用人才得当，都能尽其所能。 [9] 履屐之间：比喻处理小事。履，鞋。屐，一种木底的鞋。 [10] 容：或许。 [11] 元功既举：大功告成。 [12]“时人咸叹超之先觉”二句：当时人都赞叹郗超有先见之明，又敬重他不因个人的爱憎而埋没他人的长处。先觉，有预见。

［点评］

此则赞扬郗超既有知人之明，又有容人之量，在大敌当前、国家存亡之际，不计个人恩怨，力荐谢玄。《晋书·谢玄传》亦载此事：“于时苻坚强盛，边境数被侵寇。朝廷求文武良将可以镇御北方者，安（谢安）乃以玄应举。中书郎郗超虽素与玄不善，闻而叹之，曰：‘安违众举亲，明也。玄必不负举，才也。’时咸以为不然。超曰：‘吾尝与玄共在桓公府，见其使才，虽履屐间亦得其任，所以知之。’”

27. 车胤父作南平郡功曹 [1]，太守王胡之避司马无忌之难[2]，置郡于酆阴[3]。是时胤十余岁，胡之每出，尝于篱中见而异焉。谓胤父曰："此儿当致高名[4]。"后游集，恒命之[5]。胤长，又为桓宣武所知[6]。清通于多士之世[7]，官至选曹尚书[8]。

[注释]

[1] 车胤（yìn）：字武子。南平（今湖北公安）人。父名育。胤少年贫困，夏夜则用袋装萤火虫借光读书。太元中领国子博士，累迁吏部尚书，封临湘侯。南平郡：郡名，治今湖南安乡县北，后移治今湖北公安。功曹：官职名，郡守属官，掌管人事和参与政务。 [2] 王胡之：字修龄，琅琊临沂（今山东临沂）人，曾任吴兴太守，后召为司州刺史，未到任就病故了。司马无忌：晋宗室，字公寿，位至前将军。无忌与王胡之家有仇，欲图报复，王胡之因此避难。 [3] 酆阴：酆水之南。酆，水名，即沣水，源出秦岭中，北流入渭水。 [4] 致：达到，得到。 [5] 恒命之：经常带在身边。 [6] 桓宣武：即桓温。桓温任征西将军、荆州刺史时，召车胤为从事，渐升为主簿、别驾、征西长史，终于显于朝廷。 [7] 清通：谓才学明达。 [8] 选曹：官署名，亦称吏部，掌管官吏的选拔、考核、升调。

[点评]

车胤囊萤夜读的故事广为人知，十岁时即被王胡之赏识，并断定其"当致高名"。由于其具有颖异之质，再加上勤奋学习，果然不负所望。

赏誉第八

赏誉，对人物品性、才情、风度的称赏和赞誉。魏晋人物品题注重玄远简约，往往用极为简练的语言，甚至用一两个字来概括人物的精神风貌，也常常借自然物象来比况人物的风神气韵，将自然之美与人格之美融为一体。从中可以看到当时品题人物的审美标准和审美趣味。

《赏誉》篇凡 156 则，入选 30 则。

1. 陈仲举尝叹曰[1]："若周子居者[2]，真治国之器[3]。譬诸宝剑，则世之干将[4]。"

[注释]

[1] 陈仲举：陈蕃，字仲举，曾为豫章太守，官至太傅。参见《德行》篇"陈仲举言为士则"条。 [2] 周子居：周乘，字子居，汝南安城人。曾为泰山太守，甚有惠政。参见《德行》篇"周子居常云"条。刘孝标注引《汝南先贤传》，称其天资聪朗，非陈仲举、黄叔度之辈不交。仲举常叹曰："周子居者，真治国之器也。" [3] 器：人才。 [4] 干将：春秋时著名的宝剑。据《吴越春秋》载，春秋时有干将、莫邪夫妇，历尽艰辛，铸成阴、阳二剑，阳名干将，阴曰莫邪，皆为传世之宝。这里用宝剑比喻周子居。

[点评]

陈仲举用"世之干将"来称誉周子居，是当世难得的人才。

2. 世目李元礼[1]："谡谡如劲松下风[2]。"

[注释]

[1] 目：即题目，亦称品题，就是品评、称赏、赞誉人物之意。本篇多见。胡三省曰："目者，因其人之才品为之品题也。"李元礼：李膺，字元礼，颍川襄城（今河南襄城）人。汉末名臣，为世人所宗。 [2] 谡（sù）谡：形容风声清冽强劲。《后汉书》本传称其"独持风裁，以声名自高"，本书《德行》篇谓"李元礼

风格秀整，高自标持，欲以天下名教是非为己任”，均可为“谡谡如劲松下风”作注。

［点评］

此则以自然景物品评人物，“谡谡如劲松下风”这一意象，令人想见其“风格秀整，高自标持”的人格之美。

4. 公孙度目邴原[1]：“所谓云中白鹤[2]，非燕雀之网所能罗也。”

［注释］

[1] 公孙度：字叔济，襄平（今辽宁辽阳）人。累迁冀州刺史、辽东太守。《三国志·魏书》有传。目：品评。邴原：字根矩，少与管宁齐名，官至五官中郎将长史等。 [2]“所谓云中白鹤”二句：公孙度称赞邴原是“云中白鹤”，不是那些网罗燕雀的网所能捕捉的，意谓大才必有大用。罗，用网捕鸟。

［点评］

公孙度认为邴原是奋翅高飞的“云中白鹤”，与“抢榆枋而止”（庄子《逍遥游》句）的“燕雀”之辈是不可同日而语的。

5. 钟士季目王安丰[1]：“阿戎了了解人意[2]。”谓“裴公之谈，经日不竭”[3]。吏部郎阙[4]，文帝问其人于钟会[5]，会曰："裴楷清通[6]，王戎简要，皆其选也。"于是用裴。

［注释］

[1] 钟士季：钟会，字士季。王安丰：指王戎，曾封安丰侯，故称。 [2] 了了：聪明伶俐。 [3] 裴公：指裴楷，字叔则，博学，通《周易》，长于清谈。官至吏部郎、中书令，尊称为裴令公或裴公。谈：即清谈、讲论。经日：整天。 [4] 吏部：主管选拔官吏的部门。阙：同"缺"，职位空缺。 [5] 文帝：即晋文帝司马昭。 [6]"裴楷清通"二句：徐震堮引严复《世说新语》批语云："清通者，中清而外通也；简要者，知礼法之本而所行者简。二者皆老庄之道。"清通，清彻通达。简要，简明切要。

［点评］

"清通""简要"皆为时风所尚，故钟会向晋文帝推荐王戎、裴楷二人都是吏部郎合适的人选。书中接下来一则内容略同："王濬冲（戎）、裴叔则（楷）二人，总角诣钟士季，须臾去后，客问钟曰：'向二童何如？'钟曰：'裴楷清通，王戎简要。后二十年，此二贤当为吏部尚书，冀尔时天下无滞才。'"这可能是采用素材有所不同而并存之。

8. 裴令公目夏侯太初[1]："肃肃如入廊庙中[2]，不修敬而人自敬[3]。"一曰："如入宗庙[4]，琅琅但见礼乐器[5]。见钟士季[6]，如观武库，但

一再品评，意象庄敬。

睹矛戟。见傅兰硕[7]，汪廧靡所不有[8]。见山巨源[9]，如登山临下，幽然深远。”

[**注释**]

[1] 裴令公：裴楷，曾任中书令，故称。夏侯太初：夏侯玄，字太初，三国时魏人。任征西将军，都督雍、凉诸军事。后为司马氏所杀。 [2] 肃肃：恭敬肃穆的样子。廊庙：古代帝王和群臣论政议事的地方。后称朝廷为廊庙或庙堂。廊，殿四周为廊，庙，太庙。 [3] 不修敬而人自敬：刘孝标引《礼记》曰：“周丰谓鲁哀公曰：‘宗庙社稷之中，未施敬而民自敬。’” [4] 宗庙：天子、诸侯祭祀祖先的地方。 [5] 琅琅：美好的样子。礼乐器：礼器与乐器。 [6] 钟士季：钟会，字士季。 [7] 傅兰硕：傅嘏，字兰硕，三国时魏人。善言义理，好论才性。 [8] 汪廧（qiáng）：同“汪洋”，水势浩大的样子。靡：无。 [9] 山巨源：山涛，字巨源，河内怀（今属河南武陟）人。好老庄，为竹林七贤之一。

[**点评**]

裴楷对夏侯玄、钟会、傅嘏、山涛四人的品评称赏各有千秋，但似乎又有所分别。对夏侯玄，可谓浓墨重彩，一再称赏，认为见到他就像进入朝堂，令人肃然起敬；又如来到宗庙，礼乐之器琳琅满目。而钟会不苟言笑，冷若冰霜，使人望而生畏，如入武库。傅嘏学问广博，如大海横无际涯。山涛为人深沉，如登高望远，深不可测。

10. 王戎目山巨源[1]：“如璞玉浑金[2]，人皆钦其宝[3]，莫知名其器[4]。”

钟惺评曰：“写出一绝妙吏部。”

[注释]

[1] 王戎：前已见。山巨源：即山涛，前已见。 [2] 璞玉：未经雕琢加工的玉石。浑金：未经提炼的金矿石。 [3] 钦：钦羡，钦佩。 [4] 名：估量。器：才识，本领。

[点评]

山涛是一位非常称职的选官，担任吏部尚书十余年，周遍百官，举无失才。王戎与山涛都是竹林七贤中人，极为相知，王戎称赞他不仅具有识宝的慧眼，自身就是一块宝玉，可是人们还不了解他品性的纯美和器量的深广。此则刘孝标注引顾恺之《画赞》曰：“涛无所标名，淳深渊默，人莫见其际，而其器亦入道。故见者莫能称谓，而服其伟量。”

12. 山公举阮咸为吏部郎[1]，目曰：“清真寡欲[2]，万物不能移也[3]。”

刘辰翁评曰：“妙绝举词。”

[注释]

[1] 山公：即山涛。阮咸：阮籍侄，竹林七贤之一。吏部郎：主管官吏选拔的官员。 [2] 清真寡欲：清纯守真，少有贪欲。 [3] 移：改变。

[点评]

阮咸亦竹林七贤之一，山涛举贤不避亲，推举他担任吏部郎，可惜晋武帝没有采纳此意见，而任用了其他人。刘孝标注引山涛《启事》曰：“吏部郎史曜出，处缺，当选。涛荐咸曰：‘真素寡欲，深识清浊，万物不能移也。若在官人之职，必妙绝于时。’诏用陆亮。”又引《竹林七贤论》曰：“山涛之举阮咸，固知上不能用，盖惜旷世之俊，莫识其意故耳。”

16. 王戎云：“太尉神姿高彻[1]，如瑶林琼树[2]，自然是风尘外物[3]。”

[注释]

[1] 太尉：指王衍，字夷甫，王戎从弟。曾任太尉。《晋书》本传称其“神情明秀，风姿详雅”。《名士传》称其“天形奇特，明秀若神”。 [2] 瑶林琼树：比喻才貌秀美。瑶，与下文“琼”皆为美玉。 [3] 自然：天然。风尘外物：非尘世间人。物，人。

[点评]

王戎赞誉从弟王衍，以尘世外之物来比喻，这反映了当时人物品题借助自然品评人物的自觉审美意识。

17. 王汝南既除所生服[1]，遂停墓所[2]。兄子济每来拜墓[3]，略不过叔[4]，叔亦不候。济脱时过[5]，止寒温而已[6]。后聊试问近事，答对甚有音辞[7]，出济意外，济极惋愕[8]；仍与语，转造精微[9]。济先略无子侄之敬，既闻其言，不觉懔然[10]，心形俱肃[11]。遂留共语，弥日累夜[12]。济虽俊爽[13]，自视缺然[14]，乃喟然叹曰："家有名士三十年而不知！"济去，叔送至门。济从骑有一马绝难乘[15]，少能骑者。济聊问叔："好骑乘不[16]？"曰："亦好尔。"济又使骑难乘马，叔姿形既妙[17]，回策如萦，名骑无以过之[18]。济益叹其难测，非复一事[19]。既还，浑问济[20]："何以暂行累日？"济曰："始得一叔。"浑问其故，济具叹述如此。浑曰："何如我？"济曰："济以上人。"武帝每见济，辄以湛调之[21]，曰："卿家痴叔死未？"济常无以答。既而得叔，后武帝又问如前，济曰："臣叔不痴。"称其实美。帝曰："谁比？"济曰："山涛以下[22]，魏舒以上[23]。"于是显名，年二十八始宦[24]。

妙！

李贽评曰："此人义重。"

[注释]

[1] 王汝南：即王湛，三国魏司空王昶子，司徒王浑弟。性少言语，人以为痴。官汝南内史，故称。除所生服：脱下为亡父服丧

的丧服。所生，生身父母，这里指其父。 [2] 遂停墓所：除掉丧服后，就在墓地住下。 [3] 兄子济：即王湛的哥哥王浑之子王济。王济，字武子，少有才气，善清谈，性豪爽，有名于时。 [4] 过：问候，看望。 [5] 脱时：偶尔。 [6] 寒温：寒暄。 [7] 甚有音辞：是说叔叔王湛的回答很有文采。音辞，言词。 [8] 惋愕：惊叹。 [9] 转造精微：渐渐达到精妙的境界。 [10] 懔然：敬畏的样子。 [11] 心形俱肃：从内心到举止都肃然恭敬起来。 [12] 弥日累夜：整日整夜。 [13] 俊爽：才识风度高迈。 [14] 自视缺然：意谓自惭形秽，不及于人。 [15] 从骑：一同骑马来的随从。 [16] 好骑乘不：喜欢骑马吗? [17] "叔姿形既妙"二句：形容其叔骑马的动作娴熟优美。姿形既妙，骑马的姿势十分好看。回策，挥动马鞭。策，马鞭。萦，萦绕，环绕。 [18] 名骑无以过之：是说即使是著名的骑手也超不过他。 [19] 非复一事：不只是某一方面。 [20] 浑：王济父王浑，字玄冲。 [21] 调：调侃。 [22] 山涛：竹林七贤之一，官至吏部尚书。 [23] 魏舒：字阳元，晋武帝时官至司徒。 [24] 始宦：开始做官。

[点评]

此则写王济发现其叔才能异常，赞叹不已。"家有名士三十年而不知""始得一叔"云云，殊觉有趣。与其父浑及武帝对话，更是赏誉有加。叙事井然，情节曲折，人物生动，一"痴"字极有韵致。明张懋辰云："写事疏婉近情，几三百字，妙无逾此。"

20. 有问秀才[1]："吴旧姓何如[2]？"答曰："吴府君圣王之老成[3]，明时之俊乂[4]。朱永长理物之至德[5]，清选之高望[6]。严仲弼九皋之鸣鹤[7]，空谷之白驹[8]。顾彦先八音之琴瑟[9]，五色之龙章[10]。张威伯岁寒之茂松[11]，幽夜之逸光[12]。陆士衡、士龙鸿鹄之裴回[13]，悬鼓之待槌[14]。凡此诸君：以洪笔为钽耒[15]，以纸札为良田。以玄默为稼穑[16]，以义理为丰年。以谈论为英华，以忠恕为珍宝[17]。著文章为锦绣，蕴五经为缯帛[18]。坐谦虚为席荐[19]，张义让为帷幕。行仁义为室宇，修道德为广宅。”

以上多张扬儒家学说。

[注释]

[1] 秀才：据刘孝标注，秀才指蔡洪。蔡洪，字叔开，吴郡人，曾为松滋令。 [2] 旧姓：原来的大姓、旺族。 [3] 吴府君：指吴展，字士季，三国时吴人，官吴郡太守。吴亡，隐居故里。老成：年高有德。 [4] 俊乂（yì）：俊秀出众。 [5] 朱永长：朱诞，字永长，三国时吴人，仕吴位至议郎。理物：治理国家，管理民众。 [6] 清选：有政声，有清望。按，这些排比大都互文见义。“至德”与“高望”即互文见义。 [7] 严仲弼：严隐，字仲弼，三国时吴人，曾为宛陵令。九皋之鸣鹤：比喻声名高远。《诗经·小雅·鹤鸣》：“鹤鸣于九皋，声闻于野。” [8] 空谷之白驹：比喻义，与前句近似。《诗经·小雅·白驹》：“皎皎白驹，在彼空谷。” [9] 顾彦先：顾荣，字彦先，吴郡人。顾荣与陆机兄弟入洛，时人号为三俊。八音：古代的八种乐器。琴瑟：八音中的弦乐。 [10] 五色：青、黄、赤、白、黑为五色，泛指各种色彩。

龙章：龙纹图案，比喻文采显耀。 [11] 张威伯：张畅，字威伯，吴郡人。岁寒之茂松：比喻坚贞。《论语·子罕》：“岁寒，然后知松柏之后凋也。” [12] 幽夜之逸光：黑夜之光，与前句互文见义。 [13] 陆士衡、士龙：指陆机兄弟。陆机字士衡，其弟陆云字士龙。均为名士，有文才。鸿鹄：即天鹅，高飞之鸟，比喻志向远大。裴回：同“徘徊”。 [14] 槌：同“捶”。 [15]“以洪笔为钽耒（chú lěi）”二句：比喻笔耕。洪笔，巨笔。钽耒，锄头。札，古时用于书写的木片。 [16]“以玄默为稼穑”二句：是说以清谈玄理为务，这是当时风尚的反映。玄默，清静无为。义理，经义名理。 [17] 忠恕：为儒家思想，可见当时并不以老庄为一尊。 [18] 蕴：积聚，储藏。五经：儒家经典，其时亦受到尊崇。缯帛：纺织品。 [19] 席荐：草席，草垫。

[点评]

此则辞藻华丽，对仗工整，铺陈排比，极富文采。

21. 人问王夷甫[1]：“山巨源义理何如[2]？是谁辈[3]？”王曰：“此人初不肯以谈自居[4]，然不读老、庄，时闻其咏[5]，往往与其旨合[6]。”

[注释]

[1] 王夷甫：王衍。 [2] 山巨源：山涛。 [3] 谁辈：与谁相当。 [4] 谈：清谈，谈玄。 [5] 咏：吟咏，讽诵。这里指其讲谈和见解。 [6] 与其旨合：与老、庄的思想暗合。旨，意趣。

[点评]

此则刘孝标注引顾恺之《画赞》曰:“‘涛有而不恃。’皆此类也。”山涛明明长于清谈，却不以清谈自居，这倒不是矫情，而是当时风尚，也是竹林名士的做派。王衍所谓“不读老、庄”，恐未必然。

29. 林下诸贤[1]，各有俊才子[2]：籍子浑[3]，器量弘旷[4]；康子绍[5]，清远雅正[6]；涛子简[7]，疏通高素[8]；咸子瞻[9]，虚夷有远志[10]；瞻弟孚[11]，爽朗多所遗；秀子纯、悌[12]，并令淑有清流[13]；戎子万子[14]，有大成之风[15]，苗而不秀[16]；惟伶子无闻[17]。凡此诸子，惟瞻为冠[18]，绍、简亦见重当世[19]。

[注释]

[1] 林下诸贤：指“竹林七贤”。 [2] 俊才：卓越的才智。按，此则品评竹林七贤的后辈。 [3] 籍子浑：阮籍之子阮浑，字长成，清虚寡欲，官至太子中庶子。 [4] 器量弘旷：度量格局广大。 [5] 康子绍：嵇康之子嵇绍，字延祖，官至侍中。 [6] 清远雅正：品行高洁而正直。 [7] 涛子简：山涛之子山简，字季伦，官至尚书、征南将军。 [8] 疏通高素：通达高雅。 [9] 咸子瞻：阮咸之子阮瞻，字千里，官至太子舍人。 [10] 虚夷：恬淡。 [11] 瞻弟孚：阮瞻的弟弟阮孚，颇放诞，蓬发饮酒，不修名行。 [12] 秀子纯、悌：向秀二子，向纯字长悌，官至侍中；

向悌字叔逊，官至御史中丞。　[13] 令淑：美好善良。　[14] 戎子万子：王戎之子王绥，字万子。辟太尉掾，不就，年十九卒。　[15] 大成：可成大器。　[16] 苗而不秀：谓其早卒。　[17] 惟伶子无闻：惟独刘伶之子默默无闻。　[18] 为冠：为首。　[19] 见重当世：为当世所看重。

[点评]

此则评论“竹林七贤”的后辈们，除了刘伶的儿子没有名声，其余都各有俊才，风雅旷达，有乃父之风。

王世懋评曰：“二陆即被祸，犹为名贤忆慕如此，盖以得见为幸也。”

39. 蔡司徒在洛[1]，见陆机兄弟住参佐廨中[2]，三间瓦屋，士龙住东头，士衡住西头。士龙为人文弱可爱，士衡长七尺余，声作钟声，言多忼慨[3]。

[注释]

[1] 蔡司徒：蔡谟，字道明，官至司徒，《晋书》有传。在洛：即南渡以前。洛，洛阳。　[2] 陆机兄弟：指陆机、陆云。陆机，字士衡，为兄，仕晋官至平原内史。陆云，字士龙，为弟，与兄齐名，官至清河内史。参佐：僚属，部下。廨：官署，官舍。　[3] 忼：景宋本作“慷”。

[点评]

此则言陆机、陆云二人品性不同。二陆之优劣，参见《方正》篇“卢志于从坐”则。

51. 王敦为大将军[1]，镇豫章，卫玠避乱[2]，从洛投敦[2]，相见欣然，谈话弥日[3]。于时谢鲲为长史[4]，敦谓鲲曰："不意永嘉之中[5]，复闻正始之音。阿平若在[6]，当复绝倒[7]。"

［注释］

[1]"王敦为大将军"二句：王敦在晋怀帝时为大将军，镇守豫章。豫章，郡名，辖境相当于今江西，治所在南昌。 [2] 卫玠：字叔宝，小字虎，晋河东安邑（今山西夏县）人。美姿容，善言玄理。因避永嘉之乱，从洛阳投奔王敦。 [3] 谈话：即谈玄。弥日：一整天。 [4] 谢鲲：字幼舆，陈郡阳夏（今河南太康）人。好玄学，擅长音乐。当时为王敦的长史，后为豫章太守。 [5]"不意永嘉之中"二句：意谓没想到永嘉之乱后，还能听到正始谈玄之音。永嘉，西晋怀帝年号（307—313）。永嘉中，晋宗室内乱，史称"八王之乱"或"永嘉之乱"。正始之音，曹魏正始年间，王弼、何晏等人推崇老庄，开谈玄之风，称为正始之音。 [6] 阿平：指王澄，字平子，推服卫玠。 [7] 绝倒：因佩服而倾倒。

［点评］

此则写王敦对卫玠谈玄的称赏，其中提到王澄"绝倒"，本篇另则是这样记载的："王平子迈世有俊才，少所推服。每闻卫玠言，辄叹息绝倒。"《晋书·卫玠传》亦有类似记述："琅琊王澄有高名，少所推服。每闻玠言，辄叹息绝倒。故时人为之语曰：'卫玠谈道，平子绝倒。'"

62. 王蓝田为人晚成[1]，时人乃谓之痴。王丞相以其东海子[2]，辟为掾[3]。常集聚，王公每发言[4]，众人竞赞之。述于末坐曰[5]："主非尧、舜[6]，何得事事皆是？"丞相甚相叹赏。

凌濛初评曰："一语令千古佞谀羞死。"

［注释］

[1] 王蓝田：王述，字怀祖，太原晋阳人。官至扬州刺史、尚书令。曾袭爵蓝田侯，故称。 [2] 王丞相：即王导。东海：王述之父王承，曾做东海太守。 [3] 辟：征召。掾：属官。 [4] 王公：指王导。 [5] 末坐：位次靠后的座位。 [6]"主非尧、舜"二句：意谓主公并非尧、舜，哪能什么都对呢？刘孝标注谓："言非圣人，不能无过。意讥赞述（原文为述，看文意似应为导。）之徒。"主，指王导，王述为其属官，故称"主"。

［点评］

王述在众人奉承王导之时，却以属官的身份指陈"主非尧、舜，何得事事皆是"，而王导不以为忤，反而"甚相叹赏"，足见其胸怀非常人可比。此则既是丞相对王述的赏誉，亦是作者对丞相的赏誉。

65. 庾公为护军[1]，属桓廷尉觅一佳吏[2]，乃经年[3]。桓后遇见徐宁而知之[4]，遂致于庾公[5]，曰："人所应有，其不必有；人所应无，己不必无。真海岱清士[6]。"

刘辰翁评曰："此语甚不容易！"

［注释］

[1] 庾公：庾亮。护军：护军将军的省称。晋明帝太宁中，庾亮为护军将军。 [2] 属：同“嘱”，嘱托，嘱咐。桓廷尉：指桓彝，字茂伦，官至散骑常侍。死于苏峻之乱，追赠廷尉。 [3] 乃：竟然。经年：过了一年。 [4] 徐宁：字安期，东海郯（今山东郯城）人。少知名，初为舆县令，后遇桓彝，荐于庾亮，累迁吏部郎、左将军、江州刺史。知：知遇。 [5] 致：推荐。 [6] 海岱：指东海郡与泰山一带区域。清士：高洁之士。

［点评］

桓彝向庾亮举荐人才，为时虽长，但确非流俗之辈。余嘉锡《世说新语笺疏》云：“夫所谓人所应无者，谓衡之礼法不当有者也。而晋之名士固不为礼法所拘，礼所应无而竟有之者多矣。如王平子、谢幼舆之徒所为皆是也。时流竞相慕效，卞望之欲奏治之，而王导、庾亮不从。徐宁行事不知如何，然见用于庾亮，疑亦不羁之流，故桓彝评之如此。”

66. 桓茂伦云[1]：“褚季野皮里阳秋[2]。”谓其裁中也[3]。

［注释］

[1] 桓茂伦：桓彝，字茂伦，长于识人。 [2] 褚季野：即褚裒。皮里阳秋：意谓对人对事心中自有中肯的评论，却不说出来。阳秋，即“春秋”，即褒贬人物之意。因晋简文帝司马昱之母郑太

后名阿春，故晋人避讳，改“春”为“阳”。　[3] 裁中：指心中有裁断和评价。

[**点评**]

此则记桓彝赞誉褚裒心有裁断而口无臧否。《晋书·褚裒传》亦载：“裒少有简贵之风，与京兆杜乂俱有盛名，冠于中兴。谯国桓彝见而目之曰：‘季野有皮里阳秋。’言其外无臧否，而内有所褒贬也。”

刘辰翁评曰：“好语，有味！”

69. 世称“庾文康为丰年玉，稚恭为荒年谷”[1]。庾家论云：“是文康称恭为荒年谷[2]，庾长仁为丰年玉[3]。”

[**注释**]

[1] 庾文康：庾亮，文康为其谥号。丰年玉：玉为重器或玩赏之珍，借以比喻太平盛世的治国之才。稚恭：庾翼，字稚恭，庾亮弟。荒年谷：荒年缺粮，谷可济时，比喻乱世的匡辅之才。　[2] 恭：稚恭之省。　[3] 庾长仁：庾统，字长仁，庾亮之侄。

[**点评**]

此则称赏庾亮家族皆为治国之才，同时也反映了门阀士族自恃甚高的社会风习。

74. 王蓝田拜扬州[1]，主簿请讳[2]，教云：

“亡祖、先君[3]，名播海内，远近所知；内讳不出于外[4]。余无所讳。”

凌濛初评曰：“此因有‘名播海内，远近所知’，故入《赏誉》耳。”

［注释］

[1] 王蓝田：王述，字怀祖，太原人，曾任扬州刺史、尚书令，袭父爵为蓝田侯。拜：拜官，授官。穆帝永和年间，王述为扬州刺史。　[2] 主簿：掌管文书、印鉴等的属官。请讳：请教家讳。古人对尊长讲求避讳，晋人最重家讳，长官就任，僚属必先请讳，以防冒犯。　[3]“亡祖、先君”以下三句：王述夸耀其已故的祖父、父亲名播四海，世人皆知，言外之意是家讳还用得着教你们吗！王述祖父王湛，曾任汝南内史；父亲王承，为东海太守，王导、庾亮等皆出其下，为中兴第一名臣。　[4] 内讳：指女眷的名字，即妇人之讳。《礼记·曲礼上》：“妇讳不出门。”

［点评］

王述新任扬州刺史，借主簿请讳之机，夸耀自己门第之显赫。近代学者李慈铭云：“此条是六朝人矜其门第之常语耳，所谓专以冢中枯骨骄人者也。”

80. 殷中军道王右军云[1]：“逸少清贵人[2]，吾于之甚至[3]，一时无所后[4]。”

［注释］

[1] 殷中军：指殷浩，曾任中军将军。王右军：即王羲之。　[2] 逸少：王羲之，字逸少。清贵：清高尊贵。刘孝标注引

《文章志》曰："羲之高爽有风气，不类常流也。"按，本篇第100则云："殷中军道右军：'清鉴贵要。'"意颇相近。 [3] 于之：待他。 [4] 无所后：意谓无人超过（逸少）。

[点评]

殷浩以识度清远著称，而其对右军的称赏简直五体投地，可见王羲之在当时的名望之高。李白亦有诗赞曰："右军本清真，潇洒出风尘。"（《王右军》，载《李太白集》卷二十二）

刘辰翁评曰："空函殆智。"（按，《晋书·殷浩传》云："（桓）温将以浩为尚书令，遗书告之，浩欣然许焉。将答书，虑有谬误，开闭者数十，竟达空函。"——刘评认为殷浩写一封无字的书信，是一种"处长"的智慧）

81. 王仲祖称殷渊源[1]："非以长胜人，处长亦胜人[2]。"

[注释]

[1] 王仲祖：王濛，字仲祖，太原晋阳（今山西太原）人，曾任司徒左长史。殷渊源：指殷浩，字渊源。 [2]"非以长胜人"二句：意谓殷浩不但以自己的长处超过别人，他对待自己长处的态度也超过别人。处长，对待自己的长处。

[点评]

有才而不恃才傲物，始终保持低调，谦虚谨慎。殷浩"非以长胜人，处长亦胜人"，这实在是一种难能可贵的高尚品德。此则刘孝标注引《晋阳秋》曰："浩善以通和接物也。"

88. 王右军道谢万石“在林泽中为自遒上”[1]，叹林公“器朗神俊”[2]，道祖士少“风领毛骨，恐没世不复见如此人”[3]，道刘真长“标云柯而不扶疏”[4]。

刘辰翁评曰：“比体。”（谓以比兴之体品题人物）

［注释］

[1] 王右军：即王羲之，前已见。谢万石：谢万，字万石，谢安弟。曾任抚军从事中郎、豫州刺史。率军北伐时竟只顾吟啸歌咏。林泽：山林水泽，意同林泉，比喻隐居之地。遒上：挺拔英迈。 [2] 林公：即支道林。器朗神俊：称其胸襟开阔，天资俊秀。 [3] 祖士少：祖约，字士少，曾任平西将军、豫州刺史。风领毛骨：指骨象气派不凡。恐没世不复见如此人：意谓恐怕到死再也见不到像他这样优秀的人了。 [4] 刘真长：刘惔，字真长，晋沛国人。娶明帝庐陵公主，官至丹阳尹。性简贵，好老庄，善清谈。标云柯而不扶疏：谓树枝高大，直插云天，比喻身登高位而不自炫。云柯，高入云天的树干枝叶。扶疏，枝叶纷披的样子。

［点评］

王羲之品题四人，所可注意者有二：其一，题目用语，全用比喻或比兴，以自然物象比况各类人物，切合人物身份、品性而又生动形象；其二，四人分属四种不同类型，谢万为隐逸，林公为高僧，祖约为武将，刘惔为清谈名家。

91. 简文道王怀祖[1]：“才既不长，于荣利又王世懋评曰："道尽蓝田，简文妙于言乃尔。"

不淡[2]；直以真率少许[3]，便足对人多多许[4]。"

[注释]

[1] 简文：指简文帝司马昱。王怀祖：王述，字怀祖，太原晋阳（今山西太原）人。为人真率性急，袭爵蓝田侯，故常称王蓝田。官至扬州刺史、尚书令。 [2] 荣利：名利。 [3] 直：只。 [4] 多多许：很多很多。与前"少许"相对而言。

[点评]

此则先抑后扬，认为王述只以他的真诚坦率这一点点，就足以超过别人很多很多。反映了魏晋士人率性求真的风尚。

97. 谢公道豫章[1]："若遇七贤[2]，必自把臂入林[3]。"

[注释]

[1] 谢公：指谢安。豫章：指谢鲲。谢鲲曾任豫章太守。 [2] 七贤：指竹林七贤，包括阮籍、嵇康、山涛、向秀、阮咸、王戎、刘伶，放浪形骸，纵情山水，常宴集于竹林之下。 [3] 必自把臂入林：意谓谢鲲与竹林七贤性情相类，如果与他们同时，一定会相邀于竹林。必自，必然，必定。

[点评]

谢安称赞谢鲲志趣高逸，有林下之风。"把臂入林"，令人遐想，仿佛谢鲲与竹林七贤在林下，把臂啸歌，尽情游赏。

99. 殷渊源在墓所几十年[1]。于时朝野以拟管、葛[2]，起不起以卜江左兴亡[3]。

［注释］

[1] 殷渊源：殷浩，字渊源，豫章太守殷羡之子。识度清远，长于谈玄。历任扬州刺史、中军将军等。墓所：墓地。古人常借守孝之名，在父母或祖先的墓地隐居。几：将近。 [2] 拟：比作。管、葛：管仲、诸葛亮。 [3] 起不起以卜江左兴亡：意谓殷浩是否出来做官关系到东晋王朝的兴亡。起，出仕。卜，占卜，这里引申为相关、攸关。江左，长江下游以东地区，这里指东晋王朝。

［点评］

殷浩固然是东晋名臣，也是著名的清谈领袖，《识鉴》篇有云：“王、谢相谓曰：‘渊源不起，当如苍生何？’”《晋书》本传亦载简文帝答浩书，称：“足下去就，即是时之废兴。”然而，其是否真如本则所云才比管、葛，甚至关系到东晋的兴亡呢？我们通过刘孝标注引《续晋阳秋》，可知当时起用殷浩，是出于政治斗争的需要，目的在于制衡桓温，且纵观其生平政绩，亦属平平。故余嘉锡评曰：“然则浩之起，但能速晋之亡耳。江左苍生，其如浩何？……晋人之赏誉，多不足据；如殷浩者，可以鉴矣！”（参见《世说新语笺疏》）

刘辰翁评曰："此亦古人所未道。"

109. 王长史云[1]："刘尹知我[2]，胜我自知。"

[**注释**]

[1] 王长史：指王濛。 [2]"刘尹知我"二句：王濛与刘惔为好友，互相知赏。《晋书·王濛传》："濛每云：'刘君知我，胜我自知。'"刘尹，指刘惔。

[**点评**]

老子说："知人者智，自知者明。"(《老子》第三十三章)"刘尹知我，胜我自知。"王、刘二人友善相知，达到了很高的境界。

135. 刘尹道江道群[1]："不能言而能不言[2]。"

[**注释**]

[1] 刘尹：指刘惔。江道群：江灌，字道群，陈留人，官至尚书、中护军。 [2] 不能言而能不言：意谓不擅长讲话而擅长不讲话。能，擅长。

[**点评**]

"不能言而能不言"，此语颇具玄机禅意。魏晋人此类品评人物的话语别有意趣，耐人寻味。

142. 吴四姓旧目云[1]："张文[2]，朱武，陆忠，顾厚。"

[注释]

[1] 吴四姓：三国时吴国的四个大姓，即下文所说的张、朱、陆、顾。刘孝标注引《吴录士林》曰："吴郡有顾、陆、朱、张，为四姓。三国之间，四姓盛焉。" 旧目：已往的品评。 [2]"张文"以下四句：张指张昭家族，多出文人，以文才著称；朱指朱桓家族，代出武官，以武功出名；陆指陆逊家族，以忠君闻名；顾指顾雍家族，以敦厚著称。

[点评]

此则以一字品评，概括了三国时代吴国四大家族的家风，反映出吴地门阀士族的兴盛。

144. 许掾尝诣简文[1]，尔夜风恬月朗[2]，乃共作曲室中语[3]。襟情之咏[4]，偏是许之所长[5]，辞寄清婉[6]，有逾平日。简文虽契素[7]，此遇尤相咨嗟[8]，不觉造膝[9]，共叉手语[10]，达于将旦。既而曰："玄度才情，故未易多有许[11]。"

陈梦槐评曰："写得婉致清妙。"

[注释]

[1] 许掾：指许询，字玄度，高阳人。有才藻，善作五言诗，征为司徒掾，不就，为东晋名士。简文：即简文帝司马昱。 [2] 风恬月朗：风静月明。 [3] 作曲室中语：在密室中谈玄。 [4] 襟情：襟怀。 [5] 偏：更，最。 [6] 辞寄：言乎兴寄。 [7] 契素：契合，相投。 [8] 咨嗟：赞叹。 [9] 造膝：到膝前，表示亲近。 [10] 叉手：拱手。拱手而谈，表示谈得融洽而兴奋。 [11] 故：确实。

未易多有：不可多得。许：句末语气词。

［点评］

许询不过一位司徒的掾官，而且没有就任，却能与皇帝促膝讲谈，通宵达旦，相互知赏，完全没有身份等级的差别，真乃千古佳话！

刘辰翁评曰："言因物象如此，而想其精神也。"

153. 王恭始与王建武甚有情[1]，后遇袁悦之间[2]，遂至疑隙[3]。然每至兴会[4]，故有相思[5]。时恭尝行散至京口射堂[6]，于时清露晨流[7]，新桐初引，恭目之曰[8]："王大故自濯濯[9]。"

［注释］

[1] 王恭：字孝伯，晋光禄大夫王蕴之子。历任秘书丞、中书令等。王建武：指王忱，字元达，小字佛大，又称阿大，晋安北将军王坦之之子。官至荆州刺史、建武将军，故称。王忱为王恭的同族长辈。 [2] 袁悦：字元礼，晋陈郡阳夏（今河南太康）人。间：离间。 [3] 疑隙：因怀疑而产生隔阂。 [4] 兴会：感情触发。 [5] 故：仍然，依旧。 [6] 行散：当时人爱服"五石散"，服用后常散步以发散药力。京口：地名，在建康北面，为京城门户。王恭曾镇守京口。射堂：公卿士大夫司射博戏的场所。 [7] "于时清露晨流"二句：意谓当时清晨的露水在晨光中流动，新生的桐叶才抽出嫩芽。于时，当时。引，发。 [8] 目：品评。 [9] 王大：按，王恭与王忱本为同族，且忱为叔辈，虽有

“疑隙”，亦不当直呼其名。故自：确实。濯濯：清朗明净。

［点评］

此则写王恭行散，见“清露晨流，新桐初引”，触景生情，不由赞赏王忱的风采。王恭对自然景物的感受极具审美趣味，“清露”云云，颇为后人知赏。李清照《念奴娇·春情》云：“楼上几日春寒，帘垂四面，玉阑干慵倚。被冷香消新梦觉，不许愁人不起。清露晨流，新桐初引，多少游春意。”

品藻第九

品藻，品评、鉴定人物的流品。《汉书·扬雄传》:“爰及名将尊卑之条，称述品藻。”颜师古注:“品藻者，定其差品及文质。”魏晋人物品藻，源自汉末清议。《后汉书·许劭传》:“初，劭与靖俱有高名，好共核论乡党人物，每月辄更其品题，故汝南俗有‘月旦评’焉。”其时月旦人物，意在察举人才，以供朝廷选用。而魏晋品藻人物则重在才性，转向审美层面，当然亦具有社会价值。前一篇《赏誉》品评人物重在“赏”，此篇则重在“评”，往往将人物对比评论，鉴别其流品高下。

《品藻》篇凡 88 则，入选 16 则。

1. 汝南陈仲举、颍川李元礼二人[1]，共论其功德，不能定先后。蔡伯喈评之曰[2]：“陈仲举强于犯上[3]，李元礼严于摄下[4]，犯上难，摄下易。”仲举遂在“三君”之下[5]，元礼居“八俊”之上。

犯上者寡，摄下者众。

［注释］

[1] 陈仲举：陈蕃，字仲举，东汉汝南平舆（今河南平舆）人。参见《德行》篇“陈仲举言为士则”条注。李元礼：李膺，字元礼，东汉襄城（今河南襄城）人。参见《德行》篇“李元礼风格秀整”条注。 [2] 蔡伯喈：蔡邕，字伯喈，东汉陈留郡圉（今河南杞县）人。通达有俊才，博学善属文，能画并工书法，擅鼓琴，仕至左中郎将。坐结党董卓，被收捕，下狱死。 [3] 强于犯上：东汉末年，宦官当政，外戚专权，陈蕃为太傅，敢于犯上直谏。 [4] 严于摄下：谓李元礼清正威严，能慑服下属。摄，通“慑”。 [5] 三君：与下文“八俊”均是东汉末士林中被尊崇的人物。“三君”指窦武、刘淑、陈蕃；“八俊”指李膺、王畅、荀绲、朱寓、魏朗、刘佑、杜楷、赵典。据刘孝标注，“三君”之誉高于“八俊”。

［点评］

蔡邕以“犯上难，摄下易”六字判定陈、李二人之高下。可见，敢于犯上直谏，其难能可贵，历来为人所敬佩。此则刘孝标注引姚信《士纬》曰：“陈仲举体气高烈，有王臣之节；李元礼忠壮正直，有社稷之能。海内论之未决，蔡伯喈抑一言以变之，疑论乃定也。”

刘辰翁评曰："有怀其人。"（其人指庞士元）

3. 顾劭尝与庞士元宿语[1]，问曰："闻子名知人[2]，吾与足下孰愈[3]？"曰："陶冶世俗[4]，与时浮沉[5]，吾不如子；论王霸之余策[6]，览倚伏之要害[7]，吾似有一日之长[8]。"劭亦安其言[9]。

[注释]

[1] 顾劭：字孝则，吴郡（今江苏苏州）人，官至豫章太守。庞士元：庞统，字士元，南郡襄阳（今属湖北）人。与诸葛亮并为刘备军师，为其出谋划策，人称"凤雏"（诸葛亮为"卧龙"）。宿语：说了一夜话。宿，一夜。 [2] 子：你。名知人：意谓以知人著称。名，出名，著名。知人，能识别人，能分辨人之贤愚善恶。 [3] 孰愈：哪个更强。 [4] 陶冶：熏陶，施加影响。世俗：社会习俗。 [5] 与时浮沉：随波逐流，比喻适应时势。 [6] 王霸之余策：儒家称君主治理天下施行仁政为王业，凭借武力征服四方为霸业，这里指君主治理天下的策略。余，可有可无的，谦词，实为自诩。 [7] 览倚伏之要害：意谓观察祸福的契机。语出《老子》第五十八章："祸兮福之所倚，福兮祸之所伏。"按，"倚伏"，明刊本作"倚仗"，义不可通。 [8] 一日之长：自谦之词，意谓某一方面比别人稍强一点。《论语·先进》："子曰：'以吾一日长乎尔，毋吾以也。'" [9] 安：认为合适。

[点评]

此则写庞士元评论自己与顾劭二人各有所长，非常切合各自的身份与特长。顾为一郡之长，处理政务，推行教化，是其所长；而庞为军师，出谋划策，把握时机，则是他的长处。当年，徐庶曾对刘备评价诸葛亮和庞士元二人“卧龙凤雏，得一而可安天下”，只可惜后来庞率兵攻雒时为流矢所中，年仅三十六岁就阵亡了。

4. 诸葛瑾、弟亮及从弟诞[1]，并有盛名，各在一国。于时以为“蜀得其龙，吴得其虎，魏得其狗”[2]。诞在魏与夏侯玄齐名[3]；瑾在吴，吴朝服其弘量[4]。

凌濛初评曰：“不目武侯（诸葛亮）特妙，《世说》佳处正以此。”

王世懋评曰：“后两语正自推尊武侯。”

［注释］

[1] 诸葛瑾：字子瑜。三国时琅琊阳都（今山东沂南）人。汉末避乱江东，为孙权的长史。建安二十年（215），权遣瑾使蜀通好刘备。深得孙权信重，权每有忿恚，瑾皆善解释之。后从讨关羽，封宣城侯，以绥南将军代吕蒙领南郡太守。瑾为人有容貌思度，于时服其弘雅。权称帝，拜大将军、左都护，领豫州牧。亮：诸葛亮，字孔明，瑾弟。从弟：同祖弟，堂弟。诞：诸葛诞，字公休。仕魏为征东大将军，后举兵反，司马昭讨斩之。其部下数百人不降，宁愿效死，说道：“为诸葛公死不恨！”其得人心如此。 [2] 龙：比喻英雄或俊才。虎：比喻威武凶猛。狗：比喻才干稍逊。按，龙、虎、狗，只是表明才智品德等级的不同，虎低于龙，狗低于虎。 [3] 夏侯玄：字太初，三国时魏国人，任征西将军，都督雍、凉诸州军事。 [4] 弘量：宏大的气量。

[点评]

诸葛兄弟三人都有盛名，但才能有高下之别，分别用“龙”“虎”“狗”比喻其才干、名望的先后等次。这里仅为等次之别，并无褒贬之分。其时三国纷争，兄弟三人各居一处，都能尽忠事主，颇为不易。刘孝标注引《吴书》曰：“瑾避乱渡江，大皇帝取为长史，遣使蜀，但与弟亮公会相见，反无私面。”

8. 刘令言始入洛[1]，见诸名士而叹曰：“王夷甫太解明[2]，乐彦辅我所敬[3]，张茂先我所不解[4]，周弘武巧于用短[5]，杜方叔拙于用长[6]。”

凌濛初评曰：“巧于用短，短亦长；拙于用长，长亦短。”

[注释]

[1] 刘令言：刘讷，字令言，晋彭城（今江苏徐州铜山区）人。有知人识鉴，官至司隶校尉。 [2] 王夷甫：王衍，字夷甫。解明：精明，通晓事理。《晋书·刘讷传》作“王夷甫太鲜明”。 [3] 乐彦辅：乐广，字彦辅。 [4] 张茂先：张华，字茂先，晋范阳方城（今河北固安）人。博览群书，器识弘广，晋武帝时任中书令，封广武侯。有《博物志》行世。 [5] 周弘武：周恢，字弘武，汝南人。晋时为常侍。后与陆机、石崇、潘岳、左思等人党附贾谧，称二十四友。巧：精，善。短：自己的缺点。 [6] 杜方叔：杜育，字方叔，晋襄城（今河南襄城）人。年少有才学，时人称他杜圣，官至国子祭酒。永嘉之乱中为贼所杀。拙于长处：不善于发挥长处。

[点评]

此则评论西晋诸名士，所可注意者为后二人，一人巧于用短，一人拙于用长。《晋书·刘隗传》亦载此事。

15. 王大将军下[1]，庾公问[2]："闻卿有四友，何者是？"答曰："君家中郎[3]，我家太尉、阿平，胡毋彦国。阿平故当最劣。"庾曰："似未肯劣[4]。"庾又问："何者居其右[5]？"王曰："自有人。"又问："何者是？"王曰："噫[6]！其自有公论。"左右蹑公[7]，公乃止。

刘辰翁评曰："此语庾目中无王，王目中无庾。"

[注释]

[1] 王大将军：王敦。下：谓下都。敦在武昌，顺江东下建康。 [2] 庾公：庾亮。 [3]"君家中郎"以下三句：四人即庾敳、王衍、王澄、胡毋辅之。阿平指王澄，字平子。 [4] 似未肯劣：好像不会是差的。 [5] 右：在上，居上。古人以右为尊。 [6] 噫：感叹词。 [7] 左右蹑公：谓近侍踩庾亮的脚，暗示他不要再追问，表明敦所指是他自己。刘孝标注："敦自谓右者在己也。"蹑，踩。

[点评]

庾亮追问王敦谁比"四友"更优秀，王敦"顾左右而言他"，实际上是不便说出口，心中认定的就是自己。此则记叙生动有趣，细节逼真，王敦自负之态活灵活现。

24. 卞望之云[1]："郗公体中有三反[2]，方于事上[3]，好下佞己，一反；治身清贞[4]，大修计校，二反；自好读书[5]，憎人学问，三反。"

刘辰翁评曰："人人同。"

［注释］

[1] 卞望之：卞壸，字望之，济阴冤句（今属山东菏泽）人。累迁御史中丞、尚书令。 [2] 郗公：郗鉴，字道徽，高平金乡（今山东金乡）人。历仕晋惠帝、元帝、明帝、成帝数朝，官至司空、太尉。体中有三反：是说郗公身上有三件自相矛盾的事情。反，相反的，相矛盾的。 [3]"方于事上"二句：谓对待上级刚正不阿，却喜欢下属讨好自己。佞，谄媚。 [4]"治身清贞"二句：谓自身廉洁清正，却非常计较个人财物的得失。计校（jiào），同"计较"，算计谋划。 [5]"自好读书"二句：自己喜欢读书学习，却憎恨别人有学问。

［点评］

卞壸和郗鉴二人都是朝中要员，地位显贵，声望亦高，却能够在历史上留下这样严厉批评对方、丝毫不留情面的话语，我们不得不承认，那是一个自由而率真的时代。至于人们身上那些自相矛盾的现象，似乎亦不足为怪，刘辰翁就评论说"人人同"，认为人人身上都有。历史上"三反"的典实，代不乏人。《三国志·魏书·王肃传论》"王肃亮直多闻"，裴松之注："刘寔以为肃方于事上，而好下佞己，此一反也；性嗜荣贵，而不求苟合，此二反也；吝惜财物，而治身不秽，此三反也。"宋赵令时《侯鲭录》卷三："东坡题鲁直（黄庭坚）草书《尔雅》后云：'鲁直以真实心出游戏法，以平等观作欹侧字，以磊落人录细碎书，亦三反也。'"清黄汝成《日知录集释》卷十三"三反"条："今日人情有三反：曰弥谦弥伪，弥亲弥泛，弥奢弥吝。"

25. 世论温太真是过江第二流之高者[1]。时名辈共说人物[2]，第一将尽之间[3]，温常失色。

刘应登评曰："恐不及已。"

［注释］

[1] 温太真：温峤（qiáo），字太真，晋太原祁县（今山西祁县）人。初任刘琨的参军、右司马等，渡江后官至侍中、中书令。与庾亮等讨平王敦，又与陶侃等平苏峻之乱，拜骠骑将军，封始安郡公，死谥忠武。流：东晋时风尚，品鉴人物等次，依照门第、官爵、才德、声望，而分别高下流品。 [2] 名辈：名流。 [3]"第一将尽之间"二句：在将要评论完第一流人物时，温峤惊恐失色。意谓担心自己不能进入一流人物之列。

［点评］

温峤在名流品评人物时，当品评第一流人物快要结束时，还没有听到自己的名字，担心自己不能进入一流行列，吓得脸色煞白。说明当时人们对人物品评的重视，也反映了温峤的心理活动和期待。

30. 时人道阮思旷[1]："骨气不及右军[2]，简秀不如真长[3]，韶润不如仲祖[4]，思致不如渊源[5]，而兼有诸人之美。”

刘辰翁评曰：“如此更高。”

［注释］

[1] 阮思旷：阮裕，字思旷，晋陈留尉氏（今河南尉氏）人，阮籍族弟。历任尚书郎、东阳太守等职，后被召为金紫光禄大夫，不肯就任。以德业知名，精于论难。 [2] 骨气：风骨气度。右军：王羲之。宋明帝《文章志》：“羲之高爽有风气，不类常流也。” [3] 简秀：简约俊秀。真长：刘惔。《刘尹别传》谓其“虽身登显列，而每挹降，闲静自守而已”。 [4] 韶润：美好温润。仲祖：王濛。《语林》：“王仲祖有好仪形。” [5] 思致：思想意趣。渊源：殷浩。《中兴书》：“浩能言理，谈论精微，长于《老》《易》，故风流者皆宗归之。”

［点评］

此则将阮裕与四位名流对比，虽有所不及，“而兼有诸人之美”，这也是颇为不易的，故刘辰翁认为“如此更高”。

35. 桓公少与殷侯齐名[1]，常有竞心[2]。桓问殷：“卿何如我？”殷云：“我与我周旋久[3]，宁作我[4]。”

刘应登评曰：“此不肯逊，又不敢竞之辞。”

［注释］

[1] 桓公：桓温。殷侯：殷浩。 [2] 竞：得胜，争胜。 [3] 周

旋：应酬，打交道。 [4] 宁作我：殷浩面对桓温“卿何如我”这一带有挑衅性的问话，无意退让，委婉地表明“我”不与你计较。

[**点评**]

桓温与殷浩都是东晋重臣。《晋书·殷浩传》称：“温既以雄豪自许，每轻浩，浩不之惮也。”此则生动记述了他们互不服气的微妙关系。特别是殷浩“我与我周旋久，宁作我”这句话，成了象征魏晋精神的名言。

37. 桓大司马下都[1]，问真长曰[2]：“闻会稽王语奇进[3]，尔邪[4]？”刘曰：“极进[5]，然故是第二流中人耳。”桓曰：“第一流复是谁？”刘曰：“正是我辈耳！”

[**注释**]

[1] 桓大司马：桓温。下都：到京城建康（今江苏南京）。建康位于长江下游，顺江而下至建康，故曰下都。 [2] 真长：刘惔。 [3] 会稽王：指晋简文帝司马昱，曾封为会稽王，因喜好清谈，刘惔等是其座上客。语奇进：指清谈的语言表达水平大有长进。 [4] 尔邪：是这样吗？ [5] 极进：进步极大。

[**点评**]

此则记述刘惔评论简文帝司马昱谈玄的造诣，并与桓温自我标榜为“第一流”。可见当时品评人物，即使与皇帝（其时或为皇储—会稽王）相比，他们也大言不惭，自负至极。

46. 谢公与时贤共赏说[1]，遏、胡儿并在坐[2]，公问李弘度曰[3]：“卿家平阳[4]，何如乐令[5]？”于是李潸然流涕曰[6]：“赵王篡逆[7]，乐令亲授玺绶；亡伯雅正[8]，耻处乱朝[9]，遂至仰药[10]，恐难以相比！此自显于事实[11]，非私亲之言。”谢公语胡儿曰：“有识者果不异人意[12]。”

王世懋评曰：“极是扶植世教语。”

[注释]

[1] 谢公：谢安。时贤：当时的名流。赏说：品评人物。 [2] 遏：谢玄，小名遏。胡儿：谢朗，小名胡儿。按，二人均为谢安的侄儿。 [3] 李弘度：李充，字弘度，江夏（今湖北安陆）人。官至大著作郎、中书侍郎。 [4] 平阳：李重，字茂曾，曾任平阳太守。李重为李充伯父。 [5] 乐令：乐广，曾任尚书令，故称。 [6] 潸然流涕：形容伤心流泪的样子。 [7] “赵王篡逆”二句：晋惠帝永康元年（300），赵王司马伦起兵谋反，废贾后，杀司空张华等，自为相国。次年，又以惠帝为太上皇，自称皇帝，由司隶校尉满奋和尚书令乐广等捧着皇帝的印绶进献司马伦，以表示惠帝让位。不久，齐王等起兵杀了司马伦，惠帝复位。玺绶，皇帝的印和系印的带子。 [8] 亡伯：指李重。雅正：正直，正派。 [9] 耻处乱朝：因处篡逆者建立的政权而感到耻辱。 [10] 仰药：服毒自尽。 [11] “此自显于事实”二句：意谓这是明摆着的事实，不是

因为李重是我伯父就为他辩护。显，显著，明显。私亲，偏袒亲属。[12] 有识者果不异人意：有见识的人果然不负人望。不异人意，中人意，令人满意。

［点评］

此则借李充之口评论李重和乐广对“赵王篡逆”这一事件的不同态度和做法，称赞李重的操守坚贞，贬斥了乐广的失节行为。首尾都点出谢公的子侄，实际上是谢公有意借此教育子弟。

52. 有人问谢安石、王坦之优劣于桓公[1]。桓公停欲言[2]，中悔[3]，曰：“卿喜传人语[4]，不能复语卿。”

陈梦槐评曰：“有情有景。”

［注释］

[1] 谢安石：即谢安。王坦之：字文度，曾为桓温的长史，后与谢安共同辅佐孝武帝。[2] 停：副词，正要。[3] 中悔：中途反悔。[4] 喜传人语：喜欢传话。

［点评］

谢、王二人都曾是桓温的部下，桓对他们当然十分了解，当有人询问二人之优劣时，桓正要发表看法，却欲言又止。因为此一时，彼一时，谢、王或许已是皇帝身边的辅佐大臣，加之面对的又是一个喜欢传话的人，稍有不慎，就可能招致祸殃。此则用白描手法，寥寥几笔，便刻画了桓温豪放性格中细腻、谨慎的一面，十分逼真传神。

李贽评曰：“才藻焉敌高情。”

方苞评曰：“孙之才藻，许之高情，均有过人处。”

61. 孙兴公、许玄度皆一时名流[1]。或重许高情[2]，则鄙孙秽行[3]；或爱孙才藻[4]，而无取于许[5]。

[注释]

[1] 孙兴公、许玄度：孙绰和许询，前均已见。名流：知名人士。 [2] 高情：高远情致，谓隐逸之志。许询和孙绰当初并怀高情，绰后来涉足官场，询始终不改清操。 [3] 秽行：污浊、恶劣的行为。刘孝标注引《续晋阳秋》：“绰虽有文才，而诞纵多秽行，时人鄙之。”但《晋书·孙绰传》并未载其秽行，或许指责其违背早年隐逸之志，而询卒不降志。 [4] 才藻：才思文采。 [5] 无取于许：认为许询没有可取之处。

[点评]

此则写当时人对孙绰、许询二人的评论各有千秋。本篇第54则内容相似，可作为参考。（支道林问孙兴公：“君何如许掾？”孙曰：“高情远致，弟子蚤已服膺；一吟一咏，许将北面。”）

71. 谢遏诸人共道“竹林”优劣[1]，谢公云：“先辈初不臧贬‘七贤’[2]。”

[注释]

[1]谢遏：谢玄，小字遏，谢安之侄。竹林：指竹林七贤。 [2]先辈初不臧贬"七贤"：谓前辈人不曾评论过"七贤"的长短。初不，从来不，一点不。臧贬，评论优劣得失。

[点评]

谢安教育子侄不要妄自评论"竹林七贤"，可见"竹林七贤"在当时很受尊崇，亦可表明他们在谢安心中的地位。

74. 王黄门兄弟三人俱诣谢公[1]，子猷、子重多说俗事[2]，子敬寒温而已[3]。既出，坐客问谢公[4]："向三贤孰愈[5]？"谢公曰："小者最胜[6]。"客曰："何以知之[7]？"谢公曰："吉人之辞寡[8]，躁人之辞多。推此知之。"

[注释]

[1]王黄门：王徽之，字子猷，羲之第五子，仕至黄门侍郎。诣：拜访。 [2]子重：王操之，字子重，羲之第六子。历官侍中、尚书、豫章太守。俗事：俗常之事。 [3]子敬：王献之，字子敬，羲之第七子。著名书法家。寒温：同"寒暄"，问寒问暖，说应酬话。 [4]坐：通"座"。 [5]向：刚才。贤：贤明的人，对人的尊称。孰愈：谁更优秀。 [6]小者：指子敬。 [7]何以：以何，依据什么。 [8]"吉人之辞寡"二句：语出《周易·系辞下》。吉人，善人，贤人。躁人，浮躁的人。

[点评]

谢安评论王羲之的三个儿子“小者最胜”，理由是“吉人之辞寡”；而其他两个则“多说俗事”，显得浮躁。这既符合儒家庄重的标准，也与玄学的审美范式相吻合。

87. 桓玄问刘太常曰[1]：“我何如谢太傅[2]？”刘答曰：“公高[3]，太傅深[4]。”又曰：“何如贤舅子敬[5]？”答曰：“楂、梨、橘、柚[6]，各有其美。”

凌濛初评曰：“最好答法。”

[注释]

[1] 桓玄：字敬道，因继承其父亲桓温的爵位，封为南郡公。桓玄灭杨佺期、殷仲堪后，掌握朝廷军政大权，自封太傅，不可一世。刘太常：刘瑾，字仲璋，南阳人。刘畅之子，母为王羲之女。瑾有才力，历任尚书、太常卿，故称太常。 [2] 谢太傅：谢安。 [3] 高：高明。 [4] 深：深沉。 [5] 贤舅：敬称别人的舅舅。按，王子敬是刘瑾的舅舅。 [6] “楂（zhā）、梨、橘、柚”二句：以果实滋味不同，比喻人物各有特色。语本《庄子·天运》：“其犹柤、梨、橘、柚邪！其味相反，而皆可于口。”

[点评]

用“各有其美”来品评人物，有时候是最好的办法，既可回避矛盾，偶尔也是实情，确实各有千秋。故凌濛初评曰：“最好答法。”

规箴第十

规箴，意谓规劝箴砭。本篇规箴的内容与对象，多涉及君臣、僚属、朋友乃至夫妇之间，或忠言直谏，或婉言规劝，或借古讽今，或取譬说理，从中可以看到规劝者超常的胆识，过人的智慧，巧妙的言辞。

《规箴》篇凡 27 则，入选 8 则。

2. 京房与汉元帝共论[1]，因问帝[2]："幽、厉之君何以亡[3]？所任何人？"答曰："其任人不忠。"房曰："知不忠而任之，何邪？"曰："亡国之君各贤其臣[4]，岂知不忠而任之？"房稽首曰[5]："将恐今之视古[6]，亦犹后之视今也。"

全篇要旨，在任人忠贤与否。

［注释］

[1] 京房：字君明，汉顿丘（今河南清丰县西南）人。汉元帝时以孝廉为郎，后任魏郡太守。西汉今文经学家。汉元帝：刘奭，宣帝子，西汉第八代皇帝。为政重儒者，求和匈奴，在位十六年。共论：一同谈论。 [2] 因：趁机，趁便。 [3] 幽、厉：指周幽王、周厉王，周朝的两个暴君。幽王，宣王子，沉湎于酒色，不恤国事，后被犬戎所杀，在位十一年，谥幽。厉王，夷王子，名胡，残忍嗜杀，被国人流放于彘，在位三十七年，谥厉。亡：亡国，失国。 [4]"亡国之君各贤其臣"二句：亡国之君都认为臣子是贤臣，难道明知其不忠还任用他吗？ [5] 稽首：古时一种最恭敬的跪拜礼，叩首至地。行此礼，以示郑重。 [6]"将恐今之视古"二句：是说我们现在评论古人，恐怕后人也会这样评论我们。

［点评］

此则记述京房劝谏元帝要善于用人，最后说"将恐今之视古，亦犹后之视今也"，正如王羲之《兰亭序》"后之视今，亦犹今之视昔"，是要提醒元帝记取历史教训，任用贤能。当时，中书令石显与尚书令五鹿充宗为元帝所宠，专权朝廷，京房向元帝进谏，而终遭陷害。《汉书·京房传》有详细记载。

5. 孙皓问丞相陆凯曰[1]："卿一宗在朝有几人[2]？"陆曰："二相、五侯、将军十余人。"皓曰："盛哉[3]！"陆曰："君贤臣忠，国之盛也；父慈子孝，家之盛也。今政荒民弊[4]，覆亡是惧[5]，臣何敢言盛！"

忠臣孝子，家国之幸！

［注释］

[1] 孙皓：字元宗，孙权之孙，孙和之子，孙吴最后一帝。孙休死后，孙皓继位，荒淫骄横，朝野失望。后晋兵攻下建康，孙皓投降，吴国亡。陆凯：字敬风，吴郡吴（今江苏苏州）人，与丞相陆逊同族，位至左丞相。孙皓暴虐，陆凯直言敢谏，因他宗族强盛，孙皓不敢加诛于他。 [2] 宗：同祖，同宗。 [3] 盛：兴旺，昌盛。 [4] 政荒民弊：政事废弛，百姓穷困。 [5] 覆亡是惧：只担心国家灭亡。是，语助词。

［点评］

此则刘孝标注引《吴录》，称陆凯"忠鲠有大节，笃志好学"，从其面谏孙皓这件事看，确实忠鲠有加，大义凛然。其言"君贤臣忠，国之盛也；父慈子孝，家之盛也"，义正词严，掷地有声。尤其是指陈当朝"政荒民弊，覆亡是惧"，更是字字千钧，刀刀见血，如此仗义执言，历史上罕有其人。

一“必”字，有深意；二“醉”字，可玩味。

7. 晋武帝既不悟太子之愚[1]，必有传后意[2]，诸名臣亦多献直言[3]。帝尝在陵云台上坐[4]，卫瓘在侧[5]，欲申其怀[6]。因如醉[7]，跪帝前，以手抚床曰[8]：“此坐可惜[9]！”帝虽悟[10]，因笑曰：“公醉邪？”

[**注释**]

[1] 晋武帝：司马炎，字安世，司马昭长子，晋开国君主。公元 265 年，废魏称帝，建立晋朝，都洛阳，在位二十六年，死后谥武皇帝，庙号世祖。既：既然。太子：武帝子，名衷，性懦愚。武帝死，嗣立为帝，贾后专权淫虐，衷不能制止。赵王伦杀贾后，自为相国，遂引起八王之乱。祸变未平，五胡又乘间侵入中原。衷中毒死，谥惠。 [2] 传后意：意欲传位给太子衷。 [3] 直言：指谏言不可使太子衷继承帝位，谓其人懦愚，必然误国。 [4] 陵云台：台名，在洛阳。 [5] 卫瓘：字伯玉，河东安邑（今山西夏县）人。仕晋，官尚书令、太保。惠帝时，为贾后所陷害。 [6] 欲申其怀：想要表明自己的看法。申，申述，阐述。怀，心中的想法。 [7] 如醉：装着喝醉酒的样子。 [8] 抚：摸。床：古代坐具，指御床。 [9] 坐：通“座”。 [10] 悟：领会其意。

[**点评**]

卫瓘向晋武帝进谏，比较讲究策略，在诸多名臣直言而不奏效的情况下，他佯醉曲言，而武帝心领神会，却不道破。尽管卫瓘进谏也没有成功，却为后人留下了有趣的讽谏故事。《晋书·卫瓘传》亦有记载。

9. 王夷甫雅尚玄远[1]，常嫉其妇贪浊[2]，口未尝言“钱”字。妇欲试之，令婢以钱绕床，不得行[3]。夷甫晨起，见钱阂行[4]，令婢：“举却阿堵物[5]！”

杨慎评曰：“‘阿堵’，近世不解此，遂谓钱曰‘阿堵’，可笑。晋人云‘阿堵’，犹唐人曰‘若个’，今人曰‘这个’也。”

［注释］

[1] 王夷甫：王衍，字夷甫。雅：素来，一向。尚：崇尚。玄远：指微妙深奥的玄理。《晋书·王衍传》谓其“口不论世事，唯雅咏玄虚而已”。 [2] 嫉：憎恶。贪浊：贪婪。 [3] 不得行：不能下床。 [4] 阂：阻碍。 [5] 举却：拿去。阿堵物：当时口语，这，这个。指钱。后成为钱的代名词。

［点评］

据本篇前则所载，王衍妻郭氏为悍妇，王衍拿她无可奈何。此则写王衍“口不言钱”，也是这位悍妇出的馊主意来刁难他，但王衍却用“阿堵物”巧妙回避，因而成为佳话。

11. 元帝过江犹好酒[1]，王茂弘与帝有旧[2]，常流涕谏，帝许之[3]，命酌酒一酣[4]，从是遂断[5]。

［注释］

[1] 元帝过江：东晋元帝司马睿，永嘉之乱后，渡江在建康（今江苏南京）立都，是为东晋王朝。 [2] 王茂弘：王导，字茂弘，

为晋元帝丞相。旧：指旧交。据《晋书·王导传》，当初元帝为琅琊王时，即与王导素相亲眷，雅相器重，契同友执。 [3] 许：答应，同意。 [4] 酣：饮酒尽兴，酒喝得很痛快。 [5] 从是：从此。断：戒绝，禁绝。

［点评］

此则写王导谏元帝好酒，这位开国皇帝从善如流，可见有励精图治的志向。刘孝标注引邓粲《晋纪》曰：“上（指元帝）身服俭约，以先时务。性素好酒，将渡江，王导深以谏。帝乃令左右进觞，饮而覆之，自是遂不复饮。克己复礼，官修其方，而中兴之业隆焉。”

15. 王丞相为扬州[1]，遣八部从事之职[2]。顾和时为下传还[3]，同时俱见。诸从事各奏二千石官长得失[4]，至和独无言。王问顾曰：“卿何所闻？”答曰：“明公作辅[5]，宁使网漏吞舟，何缘采听风闻，以为察察之政？”丞相咨嗟称佳[6]，诸从事自视缺然也[7]。

［注释］

[1] 为扬州：晋明帝太宁元年（323），王导任扬州刺史。 [2] 八部从事：官名。《资治通鉴》卷九〇《晋纪》胡三省注：“扬州时统丹阳、会稽、吴、吴兴、宣城、东阳、临海、新安八郡，故分遣部从事八人。”即每郡各设部从事一人，为刺史属官，代表刺史督

察所属之郡。之职：到职，到任。 [3] 顾和：字君孝，官至尚书令，死后赠司空。下传：可能指乘传车（驿车）。当时州里有别驾从事一职，刺史视察各地时，别驾就乘传车随行。顾和大概只是随从事到郡里去。 [4] 二千石：汉制，凡郎将、郡守、知府等俸禄都为二千石，后世遂用为其官职代称。 [5] "明公作辅"以下四句：您这样高明的领导，宁可法律宽大，怎么能靠收集、听从一些传闻，来影响您的开明政治呢？按，顾和的规劝是很得体的，也很讲究技巧，故下文云"丞相咨嗟称佳"。明公，对长官的尊称。作辅，作丞相。辅，宰辅。当时王导以辅相之职兼任扬州刺史。网漏吞舟，谓网目疏，能漏掉大鱼。喻指法网宽松。吞舟，大鱼之称。采，采纳，收集。风闻，传闻。察察之政，严苛之政。《老子》第五十八章："其政闷闷，其民淳淳；其政察察，其民缺缺。" [6] 咨嗟：赞叹。 [7] 缺然：感到不足的样子。

［点评］

王导以丞相之职兼任扬州刺史，而扬州又统管丹阳、会稽等八郡，公务之繁忙可想而知，因此设立了"八部从事"，协助刺史督察各郡郡守，并通过他们了解郡守的优劣长短，从而管控各郡。通俗地说，这"八部从事"便是刺史的"耳目"。顾和之所以没有例行向王导报告所督察之郡郡守的情况，是要劝说王导为政以宽，不要靠收集情报、听信传言来监督州郡。王导听后称赞不已，可见他是一位能够听取、采纳意见的开明政治家。

17. 陆玩拜司空[1]，有人诣之，索美酒[2]，得，便自起，泻著梁柱间地[3]，祝曰[4]："当今

王世懋评曰："即此量，亦自可作司空。"

乏才[5]，以尔为柱石之用[6]，莫倾人栋梁[7]。”玩笑曰：“戢卿良箴[8]。”

［注释］

[1] 陆玩：字士瑶，晋吴郡吴（今江苏苏州）人。安帝时，在王导、郗鉴、庾亮等相继死去后，受任为司空，他辞让不获，叹曰：“以我为三公，是天下为无人。”司空：晋时三公之一。 [2] 索：讨取。 [3] 泻著（zhuó）：倾泻。梁柱：顶梁柱。 [4] 祝：祷告，祈祷。 [5] 乏才：缺乏人才。 [6] 柱石：屋柱和础石。比喻担当国家重任的人。 [7] 栋梁：房屋的大梁。 [8] 戢：收藏，引申为记住。良箴：有益的劝诫。

［点评］

陆玩拜司空，有人劝勉他既为柱石之臣，当为国家挑起大梁，担负天下兴亡的重任。《晋书·陆玩传》有较详记载：“寻而王导、郗鉴、庾亮相继而薨，朝野咸以为三良既没，国家殄瘁。以玩有德望，乃迁侍中、司空，给羽林四十人。玩既拜，有人诣之，索杯酒，泻置柱梁之间，咒曰：‘当今乏材，以尔为柱石，莫倾人梁栋邪！’玩笑曰：‘戢卿良箴。’既而叹息，谓宾客曰：‘以我为三公，是天下为无人。’谈者以为知言。”

24. 远公在庐山中[1]，虽老，讲论不辍[2]。弟子中或有堕者[3]，远公曰：“桑榆之光[4]，理无远照，但愿朝阳之晖[5]，与时并明耳。”执经登坐[6]，讽诵朗畅[7]，词色甚苦[8]。高足之徒[9]，皆肃然增敬[10]。

比喻贴切，寄意深远。

［注释］

[1] 远公：惠远，东晋高僧，太元九年（384）入庐山，居东林寺。庐山：山名，亦名匡庐，在今江西九江市南。 [2] 讲论不辍：谓讲述佛经不休止。辍，停止。 [3] 堕者：懈怠学习的人。堕，通“惰”。 [4]“桑榆之光”二句：日落时的余光，按理说照不长远。桑榆之光，太阳下山时，落日的余晖照射在桑树、榆树之上，比喻人到晚年，精力已衰。 [5]“但愿朝阳之晖”二句：只希望清早的太阳，随着时间的推移，越来越亮。比喻青年人有光辉前程。 [6] 坐：通“座”。 [7] 讽诵朗畅：谓吟诵经文，声调响亮流畅。 [8] 词色：言词、语调和面部表情。苦：指恳切。 [9] 高足：高才疾足。谓登堂入室的弟子。 [10] 肃然：恭敬貌。增敬：增添敬意。

［点评］

惠远勉励弟子要珍惜光阴，勤奋学习。他至老讲经不辍，足为弟子榜样，尤其是“桑榆之光”和“朝阳之晖”的比喻，语意苍凉而恳切，催人警醒，令人动容。

捷悟第十一

捷悟，思维敏捷、领悟能力强，这是悟性高超的境界。魏晋名士谈玄析理、讲经参禅都非常讲究悟性，这类故事当不在少数，然此篇仅寥寥几则，且与魏武（曹操）相关者占据多半（七分之四），或义庆编辑时有所疏漏，又或在流传过程中有所刊落。

《捷悟》篇凡 7 则，入选 2 则。

3. 魏武尝过曹娥碑下[1]，杨修从[2]。碑背上见题作“黄绢幼妇，外孙齑臼”八字[3]，魏武谓修曰：“解不[4]？”答曰：“解。”魏武曰：“卿未可言，待我思之。”行三十里，魏武乃曰：“吾已得。”令修别记所知。修曰：“黄绢[5]，色丝也，于字为‘绝’；幼妇[6]，少女也，于字为‘妙’；外孙[7]，女子也，于字为‘好’；齑臼[8]，受辛也，于字为‘辞’；所谓‘绝妙好辞’也。”魏武亦记之，与修同，乃叹曰：“我才不及卿，乃觉三十里[9]。”

［注释］

[1] 魏武：即魏武帝曹操。曹娥碑：曹娥是东汉会稽上虞（今浙江绍兴上虞区西北）人，其父溺死江中，不得尸骸。娥年十四，为寻找父亲的尸首而投江自尽。后人给她立了碑，就是曹娥碑。按，魏武、杨修未尝过江，何能见此碑。故此则故事实乃附会。　[2] 杨修：字德祖，东汉弘农（今河南灵宝）人。有才学。曹操任丞相时，用他为主簿。后被曹操杀害。　[3] 黄绢幼妇，外孙齑臼（jī jiù）：据刘孝标注引《异苑》，谓八字为陈留蔡邕所题，是赞扬碑文辞藻美好。　[4] 不（fǒu）：同“否”。　[5]“黄绢”以下三句：黄绢是有色的丝，“色”和“丝”合为“绝”字。　[6]“幼妇”以下三句：幼妇是少女之谓，“少”和“女”合为“妙”字。　[7]“外孙”以下三句：外孙是女儿之子，“女”和“子”合为“好”字。　[8]“齑臼”以下三句：齑臼是捣姜蒜等的器具，意谓接受辛辣。“受”“辛”二字合为“辤”字。辤，是“辞”的

异体字。 [9] 觉：同“较”，相差，相距。

[点评]

关于曹操与杨修的故事，小说、戏曲中多有敷演。而《世说》本篇共有四则（只选这一则），多是他们二人之间的拆字类文字游戏。此则虽与史实不合，但就故事本身而言，魏武坦承自己才智不及杨修，亦属难能可贵。

6. 郗司空在北府[1]，桓宣武恶其居兵权[2]。郗于事机素暗[3]，遣笺诣桓[4]：“方欲共奖王室[5]，修复园陵。”世子嘉宾出行[6]，于道上闻信至[7]，急取笺，视竟，寸寸毁裂[8]，便回。还更作笺[9]，自陈老病，不堪人间，欲乞闲地自养。宣武得笺大喜，即诏转公督五郡[10]，会稽太守。

[注释]

[1] 郗司空：郗愔，字方回，官至冠军将军、会稽内史，曾兼任徐、兖二州刺史。死后赠司空。北府：即京口。按，东晋时，军府坐镇在京都之北，遂沿称北府。郗愔时任徐、兖二州刺史，都督徐、兖等州军事，故称。 [2] 桓宣武恶（wù）其居兵权：是说桓温对郗愔掌握兵权颇为不满。桓宣武，指桓温。恶，厌恶。居，占有，掌握。 [3] 郗于事机素暗：意谓郗愔一向不识时务。暗，糊涂，不明了。 [4] 遣笺：送信。笺，书札。 [5] “方欲共奖王室”二句：意谓正要辅助朝廷，收复失地。按，东晋偏

安江左，中原被胡人占领。奖，辅助。王室，指朝廷。园陵，王室的坟墓。晋王室坟墓在中原。 [6] 世子：侯王的嫡长子之称。嘉宾：郗超，字嘉宾。是郗愔的长子，在桓温的大司马府任参军。 [7] 信：使者，即送信的人。 [8] 寸寸毁裂：指郗超把父亲的信撕得粉碎。 [9] “还（xuán）更作笺”以下四句：回去后代父亲重新写信，陈述自己年老多病，受不住世事纷扰，愿辞官找个安静的地方休养。还，通“旋”，急忙，快速。 [10] 诏：诏令。转：调换官职。此指升迁。公：指郗愔。

[**点评**]

郗愔不识时务，不明事理，在桓温对其掌握军权颇为不满的前提下，还要写信给桓温，表示要共同辅佐朝廷，收复中原失地。幸亏郗愔之子郗超在途中截获此信，看后将信撕得粉碎，迅速代父重新写了一封信，表明自己已经老了，希望找个地方养老才好。桓温得此信，大喜过望，立即给郗愔升了一个闲职。若非儿子处置及时，消除了桓温的疑虑，这位糊涂的郗司空恐怕连脑袋掉了都不知道怎么回事。此则写郗超反应迅捷，救父一命。

夙惠第十二

夙惠，早慧，即今所谓神童。夙，早也。《说文》谓："夙，早敬也。"《诗》云："夙兴夜寐。"（《卫风·氓》）又云："夙夜在公。"（《召南·小星》）惠，宋本作"慧"，可通用。本篇所记为少年聪慧的故事，另外在《言语》《政事》《排调》等篇中亦有这类内容。

《夙惠》篇凡 7 则，入选 4 则。

2. 何晏七岁[1]，明惠若神[2]，魏武奇爱之[3]。因晏在宫内[4]，欲以为子。晏乃画地令方，自处其中。人问其故，答曰："何氏之庐也[5]。"魏武知之，即遣还[6]。

刘辰翁评曰："字形语势皆称，奇事！奇事！"

［注释］

[1] 何晏：字平叔，父早卒，曹操为司空时娶晏母尹氏为夫人，晏依母，长住宫中。 [2] 明惠：聪慧。惠，通"慧"。 [3] 奇：异常，特别。 [4] 因晏在宫内：《太平御览》卷三八五引《何晏别传》"在宫内"上有"母"字，当是。 [5] 庐：简陋的房屋。按，这里指何晏不愿改姓做曹操的儿子。 [6] 即遣还：唐写本"即遣还"后有"外"字。外，外戚，即外祖父、外祖母。

［点评］

此则写何晏幼时聪慧异常，曹操想纳为己子，他画地为庐，表明自己的志向，不愿改姓。曹操知道不可勉强，只好送他出宫，成全他的心愿。《太平御览》卷三八五引《何晏别传》曰："晏小时养魏宫，七八岁便慧心大悟。众无愚智，莫不贵异之。魏武帝读兵书，有所未解，试以问晏。晏分散所疑，无不冰释。"又，卷三九三引同书曰："晏小时，武帝雅奇之，欲以为子。每挟将游观，命与诸子长幼相次。晏微觉，于是坐则专席，止则独立。或问其故，答曰：'礼，异族不相贯坐位。'"与《世说》所载略同。

日近日远，皆能自圆其说，膝上孩童，固自不易！

3. 晋明帝数岁[1]，坐元帝膝上。有人从长安来，元帝问洛下消息[2]，潸然流涕[3]。明帝问何以致泣？具以东渡意告之[4]。因问明帝："汝意谓长安何如日远[5]？"答曰："日远。不闻人从日边来，居然可知。"元帝异之。明日，集群臣宴会，告以此意，更重问之。乃答曰："日近。"元帝失色，曰："尔何故异昨日之言邪[6]？"答曰："举目见日，不见长安。"

[注释]

[1] 晋明帝：司马绍，东晋元帝司马睿长子。 [2] 洛下：洛阳，西晋都城。 [3] 潸然：流泪的样子。 [4] 东渡：西晋被匈奴族灭亡，晋宗室司马睿渡江，建国江东，故称"东渡"。 [5] 长安何如日远：是说长安与日头哪个更远呢？长安，本为西汉都城，后为王都代称。 [6] 尔：你。异：改变。

[点评]

晋元帝因问洛下消息而引起故国之思，从而引发晋明帝对"日近""日远"的绝妙回答。先是元帝问明帝（时为太子）："长安与日头哪个更远呢？"明帝答道："当然是日头更远，因为没听说有人从日头那边来（与上文'有人从长安来'对应）。"元帝感到惊奇，第二天特意召集群臣宴会，想借机展示一下太子的才华。孰料，当元帝再问明帝时，却得到相反的回答：日近。但解答得同样圆满："抬头就能看到日头，却望不见长安。"一个坐在膝上的小孩，回答问题如此机敏和辩洽，不能不令人称奇！文中用"失色"一词形容晋元帝的心理变化，更增强了故事的戏剧性。

5. 韩康伯年数岁[1]，家酷贫[2]。至大寒，止得襦[3]，母殷夫人自成之，令康伯捉熨斗[4]，谓康伯曰："且著襦[5]，寻作复裈[6]。"儿云："已足，不须复裈也。"母问其故，答曰："火在熨斗中而柄尚热，今既著襦，下亦当暖，故不须耳。"母甚异之，知为国器[7]。

[注释]

[1] 韩康伯：韩伯，字康伯，颍川长社（今河南长葛县东）人，历任豫章太守、丹阳尹、吏部尚书等。 [2] 酷：极。 [3] 襦（rú）：短袄。 [4] 捉：持，握。 [5] 且：暂时。著：穿。 [6] 寻：不久。复裈（kūn）：夹层的裤子。裈，唐写本作"裈"，二字通用。 [7] 国器：治国之才。

[点评]

韩康伯年幼家贫，能为母分忧，母亲给他做了短袄，再准备给他做夹裤，他说不必了，并用巧妙的比喻说服母亲。母亲听后，倍感欣慰，知儿子必为"国器"。《晋书·韩伯传》亦载此事。

7. 桓宣武薨[1]，桓南郡年五岁[2]，服始除[3]，桓车骑与送故文武别[4]，因指语南郡："此皆汝家故吏佐[5]。"玄应声恸哭，酸感傍人[6]。车骑每自目己坐曰[7]："灵宝成人[8]，当以此坐还之。"鞠爱过于所生[9]。

［注释］

[1] 宣武：桓温的谥号。薨（hōng）：诸侯死称"薨"。桓温死于晋孝武帝宁康元年（373）。 [2] 桓南郡：桓玄，温少子，小名灵宝，袭父爵为南郡公。桓温临死时，指定他做继承人。 [3] 服始除：才脱去丧服。按，旧时丧制，父母死，子女守孝期满，脱去丧服，称"除服"。 [4] 桓车骑：桓冲，桓温的弟弟，桓玄的叔父，曾任车骑将军。送故文武：送丧的文官武将。按，州郡官死于任所，佐吏护送其遗体回故乡，称"送故"。 [5] 故吏佐：旧僚属。 [6] 酸：悲痛。傍人：别人。傍，通"旁"。 [7] 目：看。坐：通"座"。 [8]"灵宝成人"二句：意谓等到灵宝（桓玄小名）长大成人，就把这个位子还给他。 [9] 鞠爱过于所生：谓桓冲抚养爱护桓玄的程度超过对待亲生儿女。鞠，抚养。《诗经·小雅·蓼莪》："父兮生我，母兮鞠我。"

［点评］

此则写桓玄五岁时，年幼知礼，为父丧尽哀尽礼。同时也赞扬桓冲尽叔父之义，全力抚育幼侄。《晋书·桓玄传》亦载此事:“(玄)年七岁(与《世说》略有差异),温服终,府州文武辞其叔父冲。冲抚玄头曰:‘此汝家之故吏也。’玄因涕泪覆面。众并异之。”

豪爽第十三

豪爽，性情豪迈，行事爽快。本篇故事多为英雄豪气的自然流露，与《任诞》篇的狂放不羁有别，也与《简傲》篇的倨傲自大不同。

《豪爽》篇凡 13 则，入选 5 则。

1. 王大将军年少时[1]，旧有田舍名[2]，语音亦楚[3]。武帝唤时贤共言伎艺事[4]，人皆多有所知，唯王都无所关[5]，意色殊恶[6]。自言知打鼓吹[7]，帝即令取鼓与之，于坐振袖而起，扬槌奋击，音节谐捷[8]，神气豪上[9]，傍若无人，举坐叹其雄爽[10]。

［注释］

[1] 王大将军：王敦，字处仲，琅琊临沂（今山东临沂）人。与堂兄弟王导一起辅佐晋元帝，任大将军、荆州刺史，镇守武昌。 [2] 田舍：庄稼汉，乡巴佬。借称人土气，没见过世面。 [3] 语音亦楚：说话有口音，不雅正。按，余嘉锡《世说新语笺疏》对此有详细考证，认为王敦为琅琊临沂人，其地属鲁，当作齐、鲁间语。而此所谓“楚”，“乃西晋全盛之时，洛下士大夫鄙视外郡，故用秦、汉旧名，概被以楚称耳”。 [4] 武帝：晋武帝司马炎。伎艺：技艺，这里指歌舞。 [5] 都无所关：意谓完全不懂。 [6] 意色殊恶：神态沮丧，很难为情的样子。 [7] 鼓吹：指鼓、箫等乐器，这里偏义指鼓。 [8] 谐捷：急促和谐。 [9] 豪上：豪迈高扬。 [10] 叹：赞称。雄爽：勇武爽快。

［点评］

此则记述王敦击鼓的故事，赞叹其“神气豪上，傍若无人”的雄爽之气。在写法上先抑后扬，王敦从小得到“田舍”之名，多少有些自卑心理，当晋武帝与时贤谈论伎艺歌舞时，他更是手足无措，神情尴尬。但后来他打起鼓来，却神采飞扬，旁若无人，发挥出自己豪爽的天性，赢得了满堂喝彩。《晋书·王敦传》亦载此事。

王世贞评曰："老贼故自豪！"

4. 王处仲每酒后[1]，辄咏"老骥伏枥，志在千里。烈士暮年，壮心不已"[2]。以如意打唾壶[3]，壶口尽缺。

[注释]

[1] 王处仲：王敦。 [2] 辄：常常，总是。老骥伏枥，志在千里。烈士暮年，壮心不已：引自曹操的《龟虽寿》诗，大意是：老了的千里马虽在马棚里，但它的志向却在于驰骋千里；壮士虽然到了晚年，雄心依然不减。骥，骏马。枥，马槽。烈士，欲建功立业的人。壮心，雄心，有作为的思想。 [3] 如意：器物名，用竹、玉、骨等制成，头似灵芝，柄微曲，原作搔背痒之用，亦供玩赏。唾壶：唾盂，痰盂。古代为铜或铁制。《晋书·王敦传》作"以如意打唾壶为节"，可知以助吟咏。

[点评]

王敦与曹操都有政治野心，故王敦每于酒后吟咏曹操这首咏物言志的诗，借以表达希图建功立业的豪情壮志。成语"唾壶击缺"本此。据《晋书·王敦传》，王敦权势越来越大，想控制朝廷，晋元帝既怕他又恨他，就重用刘隗等人，王敦便以讨伐刘隗为名，起兵谋反，结果病死军中。

7. 庾稚恭既常有中原之志[1]，文康时[2]，权重未在已。及季坚作相[3]，忌兵畏祸，与稚恭历同异者久之[4]，乃果行[5]。倾荆、汉之力[6]，穷舟车之势，师次于襄阳，大会参佐[7]，陈其旌甲[8]，亲授弧矢曰[9]："我之此行，若此射矣！"遂三起三叠[10]。徒众属目[11]，其气十倍。

刘辰翁评曰："闻其语矣，未见其人也。"

［注释］

[1] 庾稚恭：庾翼，字稚恭，庾亮弟。历任安西将军、荆州刺史等职。中原之志：指收复中原的志向。 [2] 文康时：谓庾亮当权时。文康，庾亮的谥号。 [3] 季坚：庾冰字，翼兄，位至中书监，勤于政务，时称之为贤相。 [4] 同异：指出兵北伐有不同意见。 [5] 果行：贯彻实施，付诸行动。 [6] "倾荆、汉之力"以下三句：意谓庾翼北伐时，出动荆州、汉水一带的全部兵力，调集所有的车船，率领军队驻扎在襄阳。穷，尽。次，驻扎。 [7] 参佐：僚属。 [8] 陈其旌甲：指摆开军队的阵势。陈，列阵，作动词用。 [9] 授：一本作"援"。弧矢：弓和箭。 [10] 三起三叠：意谓三发三中。起，发射。叠，连续中的。 [11] 属（zhǔ）目：同"瞩目"，注视。

［点评］

《晋书·庾翼传》云："翼雅有大志，欲以灭胡平蜀为己任，言论慷慨，形于辞色。"此则所记，即是他出兵之前，在襄阳大会僚佐，誓师杀敌，豪气干云。

9. 桓公读《高士传》[1]，至於陵仲子[2]，便掷去，曰："谁能作此溪刻自处[3]！"

[注释]

[1] 桓公：桓温。《高士传》：晋皇甫谧撰，辑录古代隐士七十二人的事迹，共三卷。原书已散佚，今所见之本为后人所辑。　[2] 於陵仲子：即陈仲子，字子终，战国时齐国隐士。据《高士传》载，他住在於陵，其兄名戴，任齐国丞相，食禄万钟，仲子认为哥哥的俸禄是不义之财，分文不取。楚王闻其贤，想请他出任丞相，他便和妻子一道逃到别的地方，为人灌园，自食其力。　[3] 谁能作此溪刻自处：意谓谁能这般苛刻地要求自己。溪刻，苛刻，刻薄。

[点评]

有些古代隐士境界很高，而桓温权高位尊，生活优裕，当他读《高士传》读到於陵仲子的故事时，觉得这位隐士对自己太苛刻了，气得把书扔到一旁。故事显示了桓温直率、豁达、豪放的性情。

12. 王司州在谢公坐[1]，咏"入不言兮出不辞，乘回风兮载云旗"[2]，语人云："当尔时[3]，觉一坐无人。"

[注释]

[1] 王司州：王胡之，字修龄，琅琊临沂（今山东临沂）人。

官至司州刺史。谢公：指谢安。 [2] 入不言兮出不辞，乘回风兮载云旗：出自屈原《九歌·少司命》，大意是：神来时不说话，去时不告辞，乘着旋风，驾着云旗。谓神的意向难问，神的形貌也不得见。回风，旋风。云旗，以云为旗。 [3]“当尔时”二句：因神往于超现实的神灵境界，故觉一座无人。

［点评］

王胡之在谢安那里，席间吟咏楚辞，仿佛已经进入诗歌的境界之中，自己成了神灵的化身，故觉一座无人。须知谢安为贵族，席间必定高朋满座，而王胡之啸傲吟哦，竟无视众人的存在，充分显示其意气风发的豪情。

容止第十四

容止，仪容举止。《孝经》曰："容止可观，进退可度。"唐玄宗注："容止，威仪也。"魏晋人物品题，主要重视内在的品性才情，同时外在的仪容风度，也是不可忽视的。《赏誉》篇侧重品鉴人物的风姿神韵，本篇则主要描摹人物的形貌举止。

《容止》篇凡 39 则，入选 10 则。

1. 魏武将见匈奴使[1]，自以形陋[2]，不足雄远国[3]，使崔季珪代[4]，帝自捉刀立床头[5]。既毕，令间谍问曰[6]："魏王何如？" 匈奴使答曰："魏王雅望非常[7]，然床头捉刀人，此乃英雄也。"魏武闻之，追杀此使。

刘辰翁评曰："谓追杀此使，乃小说常情。"

［注释］

[1] 魏武：魏武帝曹操。据《三国志·魏书·武帝纪》，建安二十一年（216），操进爵为魏王。七月，匈奴来朝。 [2] 形陋：刘孝标注引《魏氏春秋》："武王姿貌短小，而神明英发。" [3] 雄：称雄，作动词用。 [4] 崔季珪：崔琰，字季珪，清河东武城（今山东武城）人。曹操谋臣，官至中尉。《三国志》本传谓其仪容威重，朝士瞻望。 [5] 捉刀：握刀。床：坐榻。 [6] 间谍：刺探情报的人。 [7] 雅望：仪表不凡。

［点评］

此则记述曹操使人代他接见匈奴使者，但使者看出床头捉刀者才是真正的英雄。可见曹操虽对长相不自信，但气势非凡。这个故事未足可信，却十分符合曹操奸雄的性格。成语"床头捉刀"本此。

2. 何平叔美姿仪[1]，面至白。魏明帝疑其傅粉[2]，正夏月[3]，与热汤饼[4]。既啖[5]，大汗出，以朱衣自拭，色转皎然[6]。

[注释]

[1] 何平叔：何晏，字平叔。因曹操娶其母尹氏，从小与母生活在魏宫中。参见《言语》篇“何平叔云服五石散”及《夙惠》篇“何晏七岁”条注释。 [2] 魏明帝：《太平御览》卷二一引《语林》作“魏文帝”，当是。明帝曹叡为文帝曹丕之子，其时尚未出生。傅粉：搽粉。刘孝标注引《魏略》，称何晏“动静粉帛不去手”。可知何晏确有傅粉之事。余嘉锡《世说新语笺疏》亦认为“古之男子，固有傅粉者”。并引《汉书》加以考证。 [3] 正：正当，正好是。 [4] 汤饼：热汤面。饼为面食的通称。 [5] 啖：吃。 [6] 转：更加。皎然：洁白明亮的样子。

[点评]

此则称赞何晏面容姣好，皮肤白皙。可见，何晏不仅有志气（参见《夙惠》篇第 2 则），学问好，是清谈名家，还是个美男子。

再三赞叹，其风姿特秀，可想而知！

5. 嵇康身长七尺八寸[1]，风姿特秀[2]。见者叹曰：“萧萧肃肃[3]，爽朗清举。”或云：“肃肃如松下风，高而徐引[4]。”山公曰[5]：“嵇叔夜之为人也，岩岩若孤松之独立[6]；其醉也[7]，傀俄若玉山之将崩。”

[注释]

[1] 嵇康：字叔夜，好《老》《庄》，善言玄理，为竹林七贤之

一。 [2] 风姿：风采，风度神采。特秀：美好出众。 [3]“萧萧肃肃”二句：意谓潇洒而俊逸的样子。 [4] 高而徐引：形容松风清高而舒缓，借喻人的意态高雅从容。 [5] 山公：山涛。 [6] 岩岩若孤松之独立：以孤松独立比喻嵇康品格之高洁。岩岩，高峻的样子。 [7]“其醉也”二句：意谓嵇康的醉态也非常美好。傀（guī）俄，倾倒的样子。

［点评］

此则以多人之口和多种比喻赞美嵇康的风度神采，都是一系列美好的意象，甚至连醉态也如玉山之将崩。刘孝标注引《康别传》曰：“康长七尺八寸，伟容色，土木形骸，不加饰厉，而龙章凤姿，天质自然。正尔在群形之中，便自知非常之器。”

7. 潘岳妙有姿容[1]，好神情。少时挟弹出洛阳道[2]，妇人遇者，莫不连手共萦之[3]。左太冲绝丑[4]，亦复效岳游遨，于是群妪齐共乱唾之[5]，委顿而返[6]。

凌濛初评曰：“借彼形此。”

［注释］

[1] 潘岳：字安仁，荥阳（今属河南）人。少有才名，官至黄门侍郎。刘孝标注引《岳别传》：“岳姿容甚美，风仪闲畅。”世称潘安，有“中国第一美男子”的美誉，已成为美男子的代名词（俗语谓“貌若潘安”）。 [2] 挟弹：携带弹弓。 [3] 连手：手拉手。萦：围绕。 [4] 左太冲：左思，字太冲。貌丑，口讷，善著文。

绝丑：极丑，奇丑。 [5]妪：老妇人。 [6]委顿：疲困，无精打采。

［点评］

此则以对比的方式，描写潘岳的貌美与左思的丑陋。《晋书·潘岳传》亦载此事，文字略异，曰："岳美姿仪，辞藻绝丽，尤善为哀诔之文。少时常挟弹出洛阳道，妇人遇之者，皆连手萦绕，投之以果，遂满车而归。时张载甚丑，每行，小儿以瓦石掷之，委顿而反。"

8. 王夷甫容貌整丽[1]，妙于谈玄，恒捉玉柄麈尾[2]，与手都无分别[3]。

［注释］

[1] 王夷甫：王衍，字夷甫，琅琊临沂（今山东临沂）人。少负才名，喜好清谈。屡居要职，官至尚书令、太尉。整丽：端庄俊美。 [2] 恒：常常。捉：握，拿着。麈尾：魏晋名士谈玄，常常手持麈尾，挥动助谈。后相沿成习，成为名士的雅器。参见《言语》篇"庾法畅造庾太尉"条注释。 [3] 都：完全。

［点评］

此则称赞王衍手持麈尾谈玄的优雅风采，特别强调其肤色之白，与麈尾的玉柄并无区分。《晋书·王衍传》亦有记载："衍既有盛才美貌，明悟若神，常自比子贡，兼声名藉甚，倾动当世。妙善玄言，唯谈《老》《庄》为事。每捉玉柄麈尾，与手同色。"

12. 裴令公有俊容仪[1]，脱冠冕[2]，粗服乱头皆好[3]，时人以为“玉人”[4]。见者曰：“见裴叔则如玉山上行，光映照人。”

[注释]

[1] 裴令公：裴楷，字叔则。曾为中书令，时称裴令公。 [2] 冠冕：礼帽。 [3] 粗服：粗布衣服，意谓服饰不讲究。乱头：头发不梳理。 [4] 玉人：魏晋时多形容人仪表俊美、晶莹洁白。

[点评]

此则赞叹裴楷为“玉人”，即使不加任何修饰，也照样仪表堂堂，光彩照人。本篇第 10 则，王衍称其目光有神，谓之“双目闪闪，若岩下电”。《晋书·裴楷传》载：“楷风神高迈，容仪俊爽，博涉群书，特精理义。时人谓之‘玉人’。又称‘见裴叔则如近玉山，映照人也。’”

19. 卫玠从豫章至下都[1]，人久闻其名，观者如堵墙[2]。玠先有羸疾[3]，体不堪劳，遂成病而死，时人谓“看杀卫玠”。

刘辰翁评曰：“谓候见者多，徒欲看耳。”

[注释]

[1] 卫玠：字叔宝，姿容美好，善言玄理，官拜太子洗马。豫章：郡名，治所在今江西南昌。下都：指东晋都城建康。 [2] 堵墙：墙壁，比喻人多而密集。 [3] 羸疾：体弱多病。

[点评]

“看杀卫玠”，实在可惜！据《晋书》本传，卫玠死时，年仅二十七岁。这固然与其身体羸弱多病有关，但如果没有京城人士的如此追捧，或许不至于被“看杀”。由此可知，当时人们对美的追求到了何等狂热的程度。

26. 王右军见杜弘治[1]，叹曰：“面如凝脂[2]，眼如点漆[3]，此神仙中人。”时人有称王长史形者[4]，蔡公曰[5]：“恨诸人不见杜弘治耳[6]！”

[注释]

[1] 王右军：王羲之。杜弘治：杜乂，字弘治，京兆（今陕西西安南）人，镇南将军杜预之孙，官丹阳丞。《晋书》本传称其“性纯和，美姿容，有盛名于江左”。 [2] 面如凝脂：形容面部白净光洁。凝脂，凝结的油脂，润滑洁白的样子。 [3] 眼如点漆：形容眼睛又黑又亮。 [4] 王长史：指王濛。《晋书》本传谓其“美姿容”。 [5] 蔡公：指蔡谟，字道明，陈留人，晋康帝时官至司徒。 [6] 恨：遗憾。

[点评]

王右军称杜弘治为“神仙中人”，这已是极高的评价；而蔡谟以王长史作比较，更突出了对杜弘治的赞美。

刘辰翁评曰：“英物尔丑。”

27. 刘尹道桓公[1]：鬓如反猬皮[2]，眉如紫石棱，自是孙仲谋、司马宣王一流人[3]。

［注释］

[1] 刘尹：刘惔，曾任丹阳尹。桓公：桓温。 [2]“鬓如反猬皮”二句：形容桓温鬓毛稠密而四向竖起，双眉浓重而刚健，形貌英武。猬，刺猬。刺猬的鬃毛刚硬并四向竖起。紫石棱，紫石英的棱角锐利。 [3] 孙仲谋：孙权。司马宣王：司马懿。二人皆有雄才大略。一流：一类，同类。

［点评］

此则称赞桓温形貌奇伟，有英雄气概。这是《世说》中不多见的对武士形貌的描述。

30. 时人目王右军[1]：“飘如游云，矫若惊龙[2]。”

凌濛初评曰：“便似评其书法。”

［注释］

[1] 目：品评。王右军：王羲之。 [2] 矫：昂起，矫健。

［点评］

《晋书·王羲之传》云：“尤善隶书，为古今之冠，论者称其笔势，以为飘若浮云，矫若惊龙。”明确指出是称其笔势，凌濛初也认为是“评其书法”，这里用来形容其容止，显然不妥。

自新第十五

自新，改过自新。《论语·子张》：“君子之过也，如日月之食焉。过也，人皆见之；更也，人皆仰之。”《左传》宣公二年：“人谁无过，过而能改，善莫大焉。”改过迁善，是做人修身永恒不变的美德。

《自新》篇凡 2 则，入选 2 则。

1. 周处年少时[1]，凶强侠气[2]，为乡里所患。又义兴水中有蛟[3]，山中有邅迹虎[4]，并皆暴犯百姓[5]，义兴人谓为“三横”[6]，而处尤剧[7]。或说处杀虎斩蛟[8]，实冀三横唯余其一[9]。处即刺杀虎，又入水击蛟，蛟或浮或没，行数十里，处与之俱。经三日三夜，乡里皆谓已死，更相庆[10]，竟杀蛟而出。闻里人相庆，始知为人情所患[11]，有自改意。乃自吴寻二陆[12]，平原不在，正见清河[13]，具以情告，并云：“欲自修改而年已蹉跎[14]，终无所成。”清河曰：“古人贵朝闻夕死[15]，况君前途尚可。且人患志之不立，亦何忧令名不彰邪[16]？”处遂改励[17]，终为忠臣孝子。

［注释］

[1] 周处：字子隐，吴郡阳羡（今江苏宜兴）人。其父鲂，吴鄱阳太守。少孤，不治细行，横行乡里，后发愤自新，终为吴国将吏。晋平吴后，任新平、广汉等郡太守，御史中丞。 [2] 凶强侠气：凶恶强悍，横行霸道。 [3] 义兴：郡名。晋时治所在阳羡县。蛟：蛟龙，即鳄鱼。 [4] 邅（zhān）迹虎：一作白额虎。 [5] 暴犯：糟蹋、侵犯。 [6] 三横：犹言三害。 [7] 处尤剧：意谓在“三横”中周处为祸最为深重。剧，严重，厉害。 [8] 或：有人。说

(shuì)：劝说。　[9] 冀：希望。　[10] 更相：互相。　[11] 人情：人心。　[12] 自吴：影宋本作“入吴”。吴，吴郡，治所在今江苏苏州。二陆：指陆机、陆云兄弟。陆机，字士衡，吴郡吴县人，曾任平原内史；其弟陆云，字士龙，曾任清河内史。二人俱以文学著称，人称二陆。[13]正：只。[14]蹉跎：虚度光阴。[15]朝闻夕死：《论语·里仁》：“朝闻道，夕死可矣。”士龙借以劝慰周处，只要立志改过自新，为时不晚。　[16] 令名：美名。彰：彰显，传扬。　[17] 改励：改正过错，努力上进。

［点评］

此则情节完整，一波三折，人物鲜明，结局圆满，是《世说》中最具小说元素的篇什。先写周处少时为害乡里，为“三横”之最。后有人劝其杀虎斩蛟，实际上是以害除害。当其斩蛟时，与蛟搏斗三日三夜，乡里以为其已死，“三横”皆除，互相庆贺。岂知他并没死，杀蛟上岸，得知实情，幡然悔悟。后投奔二陆，在陆云的劝导下，改过自新，最终成为忠臣孝子。《晋书·周处传》亦有相似记载。此则故事曾被改编为京剧《除三害》。

2. 戴渊少时[1]，游侠不治行检[2]，尝在江、淮间攻掠商旅[3]。陆机赴假还洛[4]，辎重甚盛[5]。渊使少年掠劫，渊在岸上，据胡床指麾左右[6]，皆得其宜。渊既神姿峰颖[7]，虽处鄙事，神气犹异。机于船屋上遥谓之曰[8]：“卿才如此，亦复

李贽评曰：“戴渊时时有，陆机世世无。”

作劫邪？”渊便泣涕，投剑归机，辞厉非常[9]。机弥重之[10]，定交，作笔荐焉[11]。过江[12]，仕至征西将军。

［注释］

[1] 戴渊：字若思，晋广陵（今江苏扬州）人。年轻时行侠打劫，不修操守。过江后，辅佐元帝，官至征西将军。 [2] 不治行检：不约束自己的行为。 [3] 商旅：行商客旅。 [4] 陆机：参见前则。赴假还洛：销假赴任，返回洛阳。 [5] 辎重：旅途所带行李物品。 [6] 胡床：一种坐具。指麾：指挥。 [7] 峰颖：比喻才干杰出，风度不凡。 [8] 船屋：船篷，船舱。 [9] 辞厉：言辞激切。 [10] 弥：甚。 [11] 笔荐：书面推荐。按，陆机修书向赵王伦荐举戴渊。 [12] 过江：指晋渡江在江左建康立都，即东晋。

［点评］

此则描写戴渊年轻时打劫做强盗，因遇陆机点化，改恶从善，建功立业的故事。《晋书·戴若思传》亦有记载：“若思有风仪，性闲爽。少好游侠，不拘操行。遇陆机赴洛，船装甚盛，遂与其徒掠之。若思登岸，据胡床，指麾同旅，皆得其宜。机察见之，知非常人，在舫屋上遥谓之曰：‘卿才器如此，乃复作劫邪！’若思感悟，因流涕，投剑就之。机与言，深加赏异，遂与定交焉。若思后举孝廉，入洛，机荐之于赵王伦。”

企羡第十六

企羡，企望钦羡。《世说》对人物品性、才情、风度的品鉴欣赏，在《识鉴》《赏誉》《品藻》等篇中已有充分展现，本篇亦是对名士德望、才华、风仪等诸多方面发自内心的举踵仰慕，进一步反映了魏晋士人的审美情趣和精神追求。

《企羡》篇凡6则，入选3则。

1. 王丞相拜司空[1]，桓廷尉作两髻[2]，葛裙、策杖[3]，路边窥之，叹曰："人言阿龙超[4]，阿龙故自超！"不觉至台门[5]。

赞叹不已。

[注释]

[1] 王丞相：王导。据《晋书·元帝纪》，太兴四年（321）七月，王导为司空。司空：官名。魏晋时为三公之一。 [2] 桓廷尉：桓彝，字茂伦。晋谯国龙亢（今安徽怀远县西北）人，东晋时任散骑常侍，后补宣城内史，死后追赠廷尉。长于识人，时人比之许劭、郭泰。两髻：把头发分向两边，梳成两个发髻。 [3] 葛裙：葛布做的裙，一种粗布衣服。策杖：拄着拐杖。 [4] 阿龙：王导小名赤龙。称名前加"阿"是当时习惯，平辈或朋友间如此称呼，显得亲近。超：高雅，超迈。 [5] 台门：晋宋间朝廷禁省为台，禁城为台城，禁城门为台门。

[点评]

桓彝为桓温之父，东晋大臣，且与王导同年。从描写桓彝的装束看，他完全是平民装扮，也许为了不让人察觉吧。他与百姓一道观看王导的就职典礼，一边观赏，一边不停赞叹，不知不觉跟随到了台门，可见其钦羡之深。

3. 王右军得人以《兰亭集序》方《金谷诗序》[1]，又以己敌石崇[2]，甚有欣色。

"方""敌"二字，实为关键。

[注释]

[1] 王右军：王羲之。《兰亭集序》：晋穆帝永和九年（353），王羲之与谢安等四十余人燕集于会稽山阴之兰亭，各赋诗咏怀，王羲之为之作序，记叙了当时的盛况。其文文笔清新疏朗，情韵绵邈，这就是著名的《兰亭集序》。方：与……相比。《金谷诗序》：晋惠帝元康六年（296），石崇、苏绍等三十余人在河南金谷涧石氏别庐昼夜游宴，饮酒赋诗，石崇为之作序，即《金谷诗序》。按，一般认为，王羲之《兰亭集序》是模仿石崇《金谷诗序》而作的，故时人以之相比。 [2] 敌：匹敌。石崇：字季伦，善诗文。曾任荆州刺史、征虏将军等职。家中豪富，在洛阳河南县置金谷园。又与潘岳、左思、陆机等号二十四友。

[点评]

今天看来，王羲之的《兰亭集序》名声远大于石崇的《金谷诗序》。不过，在当时，王羲之可是以有人拿《兰亭集序》来比《金谷诗序》、自己能比得上石崇而沾沾自喜的。此则表明了王羲之对石崇文采风流的倾慕。《晋书·王羲之传》记载略异："或以潘岳《金谷诗序》方其文。羲之比于石崇，闻而甚喜。"《晋书》认为《金谷诗序》为潘岳所作，或许有误。

6. 孟昶未达时[1]，家在京口[2]。尝见王恭乘高舆[3]，被鹤氅裘[4]。于时微雪，昶于篱间窥之[5]，叹曰："此真神仙中人！"

[注释]

[1] 孟昶：字彦达，平昌（今山东安丘县南）人。年少时为王恭所知，后为桓温的主簿，历任丹阳尹、吏部尚书。达：显贵。 [2] 京口：地名，即今江苏镇江。 [3] 王恭：太元十五年（390），王恭为青、兖二州刺史，镇京口。据《晋书》本传记载，王恭美姿仪，人多爱悦。舆：肩舆，轿子。 [4] 被：同“披”。鹤氅裘：用鸟羽制作的外套。 [5] 篱间：篱笆的间隙。

[点评]

此则写孟昶对王恭的仰慕。那位在雪地上乘着高车、披着鹤氅裘、仪态雍容的王恭，在孟昶眼里，不啻是神仙中人。

伤逝第十七

伤逝，哀伤逝者。对于亡人的哀伤悲恸，魏晋时人最重真情，往往不拘常理，蔑视礼法，体现出“越名教而任自然”的名士风度。明代《世说》赏家王世懋评曰：“《世说》唯《伤逝》独妙，无一语不解损神。”

《伤逝》篇凡 19 则，入选 7 则。

1. 王仲宣好驴鸣[1]，既葬，文帝临其丧[2]，顾语同游曰[3]："王好驴鸣，可各作一声以送之。"赴客皆一作驴鸣。

刘辰翁评曰："不应送客尽能驴鸣。"

[注释]

[1] 王仲宣：王粲，字仲宣，山阳高平（今山东邹城）人，建安七子之一。父、曾祖皆为汉三公。粲至长安，蔡邕奇之，倒屣相迎。后归附曹操，官至侍中。《三国志·魏书》有传。好驴鸣：魏晋名士多以歌啸吟唱为行气养生，其吟啸之声或若鸾凤之音，或若高柳之蝉、巫峡之猿，等等。好驴鸣盖亦此类。 [2] 文帝：魏文帝曹丕。按，王粲死时，曹丕尚为太子，因是王粲生前好友，故临其丧。 [3] 同游：同行的人，这里指来送葬的人。下文"赴客"义略同。

[点评]

王粲生前好驴鸣，葬礼上文帝倡议，全体送葬的人都作驴鸣为之送行。这是魏晋名士颇为怪诞的行为，今天看来觉得不可思议，但在当时是一种郑重的表达情感的方式。此则刘孝标注称，汉末戴叔鸾母好驴鸣，戴每作驴鸣，以取悦其母。本篇第 3 则，王济好孙楚作驴鸣，王死后，孙在其灵前亦作驴鸣。在场的人感到好笑，孙楚不高兴地说：怎么让你们这些人活着，却让王济死掉。

2. 王濬冲为尚书令[1]，著公服[2]，乘轺车[3]，经黄公酒垆下过[4]。顾谓后车客："吾昔与嵇叔夜、阮嗣宗共酣饮于此垆[5]。竹林之游[6]，亦预其末[7]。自嵇生夭、阮公亡以来[8]，便为时所羁绁[9]。今日视此虽近[10]，邈若山河。”

陈梦槐评曰：“二语痛绝！”

［注释］

[1] 王濬冲：王戎，字濬冲，晋琅琊临沂（今山东临沂）人，与阮籍、嵇康等为友，为七林贤之一。王戎为尚书令，在惠帝永兴二年（305），距嵇、阮死已数十年。 [2] 公服：官服。 [3] 轺（yáo）车：用一马驾驶的一种轻便车。《晋书·舆服志》：“轺车，古之时军车也。一马曰轺车，二马曰轺传。” [4] 酒垆：酒肆，酒馆。垆，存放酒瓮的土坛。 [5] 嵇叔夜、阮嗣宗：即嵇康、阮籍，二人也是竹林七贤中的人物。 [6] 竹林之游：阮籍、嵇康、山涛、刘伶、向秀、阮咸、王戎相与友善，常宴集于竹林之下，时人称之为“竹林七贤”。 [7] 预：参与。其末：王戎在七贤中年龄最小，名列末位。 [8] 嵇生夭：嵇康因遭钟会诬陷，被司马昭所杀，时年四十。阮公亡：阮籍病亡于景元四年（263），时年五十四。 [9] 羁绁（jī xiè）：马笼头和缰绳。比喻羁绊、束缚。 [10]“今日视此虽近”二句：意谓今天看到这酒馆就在眼前，但往事邈远如隔山河。邈，遥远。

［点评］

此则写王戎经过黄公酒垆，睹物思人，恍如隔世，不免怀念亡友，抒发物是人非的感慨。《晋书·王戎传》亦载此事。黄庭坚诗云：“世态已更千变尽，心源不受一尘侵。青春白日无公事，紫燕黄鹂俱好音。付与儿孙知伏腊，听教鱼鸟逐飞沉。黄公垆下曾知味，定是逃禅入少林。”(《次韵盖郎中率郭郎中休官二首》其二)末句“黄公垆下”用典本此。

4. 王戎丧儿万子[1]，山简往省之[2]，王悲不自胜[3]。简曰：“孩抱中物[4]，何至于此？”王曰：“圣人忘情[5]，最下不及情。情之所钟，正在我辈。”简服其言，更为之恸[6]。

王世懋评曰：“妙语实境。”

[注释]

[1]王戎：见前则注。万子：王绥，字万子，王戎之子。[2]山简：字季伦，山涛之子。曾镇守襄阳，常饮酒高阳池，倒载醉归。省：探望。[3]悲不自胜(shēng)：悲伤得不能自我控制。[4]孩抱中物：幼小的孩子。按，据《晋书·王戎传》，其子王绥（万子）死时十九岁。故刘孝标称，“一说是王夷甫（衍）丧子，山简吊之”。[5]“圣人忘情”以下四句：意谓圣人能忘掉喜怒哀乐等世俗之情，最普通的人谈不到什么感情，感情最专注的，就是我们这些人。[6]更：更加，越发。

[点评]

庄子主张“圣人无情”，并非真的无情，“其情合于天心，贯通万物”，是超越一般世俗之情的很高境界。王弼解释说：“圣人之情，应物而无累于物者也。”这是魏晋玄学经常讨论的话题。“圣人忘情，最下不及情。情之所钟，正在我辈。”王戎这几句话是当时的名言。

7. 顾彦先平生好琴[1]，及丧，家人常以琴置灵床上[2]。张季鹰往哭之[3]，不胜其恸，遂径上床，鼓琴作数曲，竟，抚琴曰："顾彦先颇复赏此不？"因又大恸，遂不执孝子手而出[4]。

［注释］

[1] 顾彦先：顾荣，字彦先，吴郡（今江苏苏州）人，东吴丞相顾雍之孙。仕吴为黄门郎。吴亡，与陆机兄弟同入洛阳，时号三俊。元帝镇江东，任用他为军司，加散骑常侍。卒赠骠骑将军。 [2] 灵床：停放遗体的床，也指为悼念死者而虚设的灵位。 [3] 张季鹰：张翰，字季鹰。性旷达，时人以之比阮籍，称为"江东步兵"。与顾荣同乡，相友善。 [4] 不执孝子手而出：按丧礼，凡吊唁必执主人之手以示慰问。张翰因极度悲伤，无心顾及礼道，不执孝子之手而出。

［点评］

张季鹰吊唁亡友，哀恸至极，完全不按礼法行事。先是径上灵床，为其弹琴数曲，并问亡友还能欣赏否，最后不执孝子手而出，表现出魏晋名士不拘礼法、纵情任性的风度。本篇第 15 则记王东亭吊谢太傅亦是如此。

8. 庾亮儿遭苏峻难遇害[1]。诸葛道明女为庾儿妇[2]，既寡，将改适[3]，与亮书及之[4]。亮答曰："贤女尚少[5]，故其宜也。感念亡儿，若在初没。"

王世懋评曰："声有余痛。"

[注释]

[1] 庾亮儿：指庾会，小字阿恭。苏峻作乱，攻陷京城，庾会遇害。苏峻难：咸和二年（327），苏峻举兵谋反，攻入建康，后被陶侃、温峤等击败。 [2] 诸葛道明：诸葛恢，字道明，琅琊阳都（今山东沂南）人。诸葛诞之孙，诸葛靓之子。官至尚书令、尚书右仆射，加散骑常侍。其长女诸葛文彪嫁庾会，后改嫁。 [3] 改适：再嫁。适，女子出嫁。 [4] 与亮书及之：意谓诸葛恢给庾亮的信中讲到女儿改嫁这件事。 [5]“贤女尚少”以下四句：意谓令爱还很年轻，本当如此；但我一想到儿子，就觉得仿佛刚刚离去。没，同“殁”。

[点评]

此则写庾亮遭丧子之痛，又面临儿媳改嫁，然而他非但没有阻拦，反而通情达理地回复亲家公，认为儿媳那么年轻，理当改嫁。不能不说是开明之举，难能可贵！

11. 支道林丧法虔之后[1]，精神賈丧[2]，风味转坠。常谓人曰：“昔匠石废斤于郢人[3]，牙生辍弦于钟子[4]，推己外求[5]，良不虚也。冥契既逝[6]，发言莫赏，中心蕴结，余其亡矣！”却后一年[7]，支遂殒[8]。

[注释]

[1] 支道林：支遁，字道林，东晋高僧。与同学法虔友善，均长于理义。 [2]“精神賈（yǔn）丧”二句：意谓神情沮丧，风采顿失。賈丧，坠落丧失。賈，同“殒”。风味，风度，风采。转，渐渐。 [3] 匠石废斤于郢人：典出《庄子·徐无鬼》。郢人涂石膏于鼻尖，薄如蝇翼，一位名叫石的匠人用斧子将石膏砍去而鼻不伤，而郢人一动不动，面不改色。匠石的技艺因郢人而得以显扬。郢，春秋时楚国国都。 [4] 牙生辍弦于钟子：典出《列子·汤问》。春秋时俞伯牙善于弹琴，他的朋友钟子期善听，能领会他弹奏的意趣。后来钟子期死了，俞伯牙认为已无知音，从此不再弹琴。牙生，即俞伯牙。钟子，即钟子期。 [5] 推己外求：《高僧传》作“推己求人”，意谓根据自己去推想别人。 [6]“冥契既逝”以下四句：意谓知音既然已经逝去，发言无人赏识，心中情思郁结，我大概快要死了。冥契，指相互默契的人。 [7] 却后一年：次年。却，退。 [8] 殒：死亡。

[点评]

支道林在失去知音后寂寞孤苦，以致未久即亡，可见其精神之冥契，情意之深厚。

17. 孝武山陵夕[1]，王孝伯入临[2]，告其诸弟曰：“虽榱桷惟新[3]，便自有《黍离》之哀[4]！”

[注释]

[1] 孝武：指东晋孝武帝司马曜。据《晋书·孝武帝纪》，孝武帝死于太元二十一年（396），时年三十五岁。山陵夕：驾崩时。

山陵，本指帝王陵墓，这里用作动词，指帝王去世。　[2] 王孝伯：王恭。入临：入都哭吊。当时，王恭以平北将军、青兖二州刺史、假节镇京口（今江苏镇江）。临，哭吊，祭奠。　[3] 榱桷（cuī jué）：椽子。常用来比喻担负国家重任的人。这里指当时执政的会稽王司马道子等。　[4]《黍离》：《诗经·王风》篇名。诗序说，西周亡后，周大夫行役从旧宫宗庙经过，看到那里长满了禾黍，彷徨不忍离去，于是作此诗。后用为哀伤亡国之词。孝武帝死后，司马道子宠幸奸佞王国宝，国家面临危亡，王恭故有此哀叹。

［点评］

此则写王恭在哭吊孝武帝之际，担忧国家安危，抒发黍离之思。《晋书·王恭传》亦有记载："及帝崩，会稽王道子执政，宠昵王国宝，委以机权。恭每正色直言，道子深惮而忿之。及赴山陵，罢朝，叹曰：'榱栋虽新，便有《黍离》之叹矣！'"

栖逸第十八

栖逸，栖止隐逸。魏晋时代希心隐逸之风盛行，一些名士清高傲世，旷达放任，不以功名利禄为务，或离群索居，或隐遁山林。也有所谓“朝隐”，居官不营世务，为政务在清静，崇尚无为，超然物外。这当然是时代动荡和谈玄之风相煽成习而形成的。

《栖逸》篇凡 17 则，入选 7 则。

1. 阮步兵啸闻数百步[1]。苏门山中[2]，忽有真人[3]，樵伐者咸共传说[4]。阮籍往观，见其人拥膝岩侧[5]，籍登岭就之[6]，箕踞相对[7]。籍商略终古[8]，上陈黄、农玄寂之道[9]，下考三代盛德之美以问之[10]，仡然不应[11]。复叙有为之教、栖神导气之术以观之[12]，彼犹如前，凝瞩不转[13]。籍因对之长啸。良久，乃笑曰："可更作[14]。"籍复啸。意尽，退，还半岭许[15]，闻上嘈然有声[16]，如数部鼓吹[17]，林谷传响[18]，顾看，乃向人啸也。

王世懋评曰："'有为之教'，四字甚深。"（阮籍崇奉老庄，早年尚儒，有济世之志）

[注释]

[1] 阮步兵：阮籍，前已见。啸：亦称"歌啸""吟啸""长啸"等。西晋成公绥《啸赋》称啸法为"激于舌端，动唇有曲，发口成音"，类似于今之口哨、口技。晋代啸咏极为盛行，神仙家将其作为行气修炼的养生术，文人名士亦多好之。阮籍、王徽之等均善啸。 [2] 苏门山：太行山支脉，又名苏岭。原名百门山，因上有百门泉，故名。在今河南辉县。 [3] 真人：道家称修心养性的得道者。 [4] 樵伐者：樵夫，打柴的人。 [5] 拥膝：抱膝。 [6] 就：接近。 [7] 箕踞：坐时两足叉开，形似簸箕。为傲慢不敬或随意不经之态。 [8] 商略：品评，评论。终古：往古。 [9] 黄、农：黄帝和神农氏，道家推崇其为祖先。玄寂之道：道家清静无为的道理。 [10] 三代：指夏、商、周。盛德之美：儒家尊称夏禹，商汤，周文王、武王为圣君，施行德政，民

风淳厚，是历史上的圣明时代。 [11] 仡（yì）然：昂着头，不理不睬，一副超然的样子。 [12] 有为之教：指儒家思想。儒家主张入世、有所作为。栖神导气之术：道家养生之术。 [13] 凝瞩：凝视。 [14] 更作：再来一遍。 [15] 半岭许：半山腰处。许，处。 [16] 啾（qiú）然：声音嘹亮的样子。 [17] 鼓吹：古代一种乐器合奏，即鼓吹乐，主要乐器有鼓、钲、箫、笳等。出自北方民族，原为军乐，后用于朝廷。 [18] 林谷传响：山林溪谷间发出回声。传响，回声。

[点评]

《晋书·阮籍传》曰："籍尝于苏门山遇孙登，与商略终古，及栖神导气之术，登皆不应。籍因长啸而退。至半岭，闻有声若鸾凤之音，响乎岩谷，乃登之啸也。遂归著《大人先生传》。"与此则所记阮籍访苏门山真人略同，而此则记叙详尽，文笔生动。山中景物，人物表情，对话之神态，歌啸之声音，皆历历如画，如在目前。

2. 嵇康游于汲郡山中[1]，遇道士孙登[2]，遂与之游。康临去，登曰："君才则高矣，保身之道不足。"

钟惺评云："一部老庄学问。"

[注释]

[1] 嵇康：字叔夜，竹林七贤之一。仕魏为中散大夫，后遭钟会诬陷而被杀，年仅四十岁。汲郡：郡名，治所在汲县（今河南卫辉西南）。 [2] 孙登：据刘孝标注引《康集序》云："孙登者，不知

何许人，无家。于汲郡北山土窟住。夏则编草为裳，冬则被发自覆。好读《易》，鼓一弦琴。见者皆亲乐之。”孝标注又引王隐《晋书》曰：“孙登即阮籍所见者也。嵇康执弟子礼而师焉。”

［点评］

嵇康是魏晋时代特立独行的人物，本篇第3则写到山涛举荐他做官，而他却写信与山涛绝交，这便是《昭明文选》收录的名篇《与山巨源（涛）绝交书》。故嵇康拜别曾师从三年的孙登，孙的临别赠言是：“君才则高矣，保身之道不足。”后果应验，嵇康下狱，作《幽愤诗》：“昔惭柳惠，今愧孙登。”《晋书·嵇康传》亦有类似记载：“至汲郡山中见孙登，康遂从之游。登沈默自守，无所言说。康临去，登曰：‘君性烈而才隽，其能免乎！’”

6. 阮光禄在东山[1]，萧然无事[2]，常内足于怀[3]。有人以问王右军[4]，右军曰：“此君近不惊宠辱[5]，虽古之沈冥[6]，何以过此？”

［注释］

[1] 阮光禄：阮裕，字思旷，晋陈留尉氏（今河南尉氏）人。历任尚书郎、东阳太守等职，后被召为金紫光禄大夫，不肯就任，去职还家，住在剡县。东山：会稽剡山，阮裕长期在此隐居。 [2] 萧然：冷落凄清的样子。 [3] 内足于怀：心怀满足，泰然自乐。 [4] 王右军：王羲之。 [5] 近：接近，几乎。不惊宠辱：不为宠辱得失所惊扰。指淡泊名利，不为外物所动。 [6] 沈冥：

即“沉冥”，隐藏行迹，不求仕宦。扬雄《法言·问明》：“蜀庄沈冥。”吴祕注：“晦迹不仕，故曰沈冥。”于此谓沉冥之人，指隐士。

［点评］

此则赞扬阮裕隐逸高风，不在古人之下。

8. 南阳刘驎之[1]，高率善史传[2]，隐于阳岐[3]。于时苻坚临江[4]，荆州刺史桓冲将尽讦谟之益[5]，征为长史[6]，遣人船往迎，赠贶甚厚[7]。驎之闻命，便升舟，悉不受所饷[8]，缘道以乞穷乏[9]，比至上明亦尽[10]。一见冲，因陈无用[11]，翛然而退[12]。居阳岐积年，衣食有无常与村人共，值己匮乏[13]，村人亦如之。甚厚为乡闾所安[14]。

与村人互通有无，患难与共。

［注释］

[1] 南阳：郡名，晋时治所在宛县（今河南南阳）。刘驎之：字子骥，一字遗民，南阳人。隐居阳岐，终身不仕。《晋书·隐逸》有传。 [2] 高率：品性高尚而率真。善史传：长于历史传记。 [3] 阳岐：村名。据《任诞》篇“桓车骑在荆州”条刘孝标注：“村临江，去荆州二百里。” [4] 苻坚临江：晋太元年间，十六国前秦君主苻坚大举南犯，兵临长江。 [5] 桓冲：字玄叔，桓温弟。温死，冲代其任。后历任江、徐、荆等州刺史，车骑将军。讦谟

（xū mó）：宏谋大计。典出《诗经·大雅·抑》："讦谟定命，远犹辰告。"原诗叙写治国之道，意谓规划宏谟，适时告诫人民。当时，苻坚南侵，将夺取军事重镇荆州，桓冲作为荆州刺史，谋划了御敌大计，率众渡江，在江南上明筑城，迁州治于此。[6] 长史：州府所设的辅佐官吏。[7] 赠贶（kuàng）：赠送钱物。[8] 饷：馈赠。[9] 缘道：沿路。乞：施与。[10] 比至：及至，等到。上明：地名。荆州治所，故址在今湖北松滋县西。[11] 陈：陈述。无用：没有才能。[12] 翛（xiāo）然：无拘无束的样子。[13] 值已匮乏：遇到自己穷困的时候。[14] 乡闾：乡里。

［点评］

陶渊明《桃花源记》提到的"南阳刘子骥，高尚士也"，即这位隐居阳岐，甚厚乡闾的刘驎之。其"衣食有无常与村人共，值己匮乏，村人亦如之"，这种与普通百姓相依相济的生活态度，也与陶渊明何其相似！

11. 康僧渊在豫章[1]，去郭数十里立精舍[2]，旁连岭[3]，带长川，芳林列于轩庭，清流激于堂宇。乃闲居研讲，希心理味[4]。庾公诸人多往看之[5]。观其运用吐纳[6]，风流转佳，加已处之怡然，亦有以自得，声名乃兴。后不堪[7]，遂出[8]。

［注释］

[1] 康僧渊：晋高僧，本西域人，生于长安。精于佛理，曾在豫章建寺讲经。豫章：郡名。治所在今江西南昌。[2] 郭：外

城称郭，内城叫城。精舍：僧道修炼居住和讲经说法之所，即寺庙。 [3]“旁连岭”以下四句：描写寺庙及周围的环境。大意是：这里依山傍水，林木繁茂，在庭院中错落有致；清流激湍，水声闻于堂前檐下。 [4]希心理味：潜心体味。 [5]庾公：指庾亮。 [6]“观其运用吐纳”以下五句：意谓看到他运用吐纳之法，使仪容风度更为美好；加之这里环境清幽，他感到怡然自得，于是名声大振。吐纳，古代养生之术，谓吐出浊气，吸纳新鲜空气。嵇康《养生论》：“呼吸吐纳，服食养身。” [7]不堪：指不堪忍受清苦的修行。 [8]遂出：于是便离开了那里。出，出山。

[点评]

此则写僧人康僧渊在豫章精舍的隐逸生活，环境美好，怡然自得，研讲佛法，希心理味，且已名声大振。却不知为何，结局颇出人意外。

12. 戴安道既厉操东山[1]，而其兄欲建式遏之功[2]。谢太傅曰[3]：“卿兄弟志业[4]，何其太殊[5]？”戴曰：“下官不堪其忧[6]，家弟不改其乐。”

[注释]

[1]戴安道：戴逵，字安道，谯国（治今安徽亳州）人。博学多才，善鼓琴，工书画，长期在会稽郡剡县隐居，乐游山水，以琴书自娱，不求仕进。《晋书·隐逸》有传。厉操：砥砺节操。这里指隐居。东山：在会稽郡剡县。 [2]其兄：指戴逯，字安丘，以勇武著称，有功，封广陵侯。式遏：典出《诗经·大雅·民劳》“式遏寇虐”，原意指制止寇盗暴虐，这里借称建功立业。 [3]谢太傅：

谢安。 [4] 志业：志向、事业。 [5] 殊：不同。 [6]“下官不堪其忧”二句：典出《论语·雍也》：“贤哉回也，一箪食，一瓢饮，在陋巷，人不堪其忧，回也不改其乐。”意谓我因为贫困，不堪其忧，希求做官；家弟安于贫困，不改其乐，因而归隐。下官，戴逯自称，谦词。

［点评］

此则记述戴逵隐居东山，与其兄戴逯追求仕进形成鲜明对比，表明两种不同的处世态度，赞扬戴逵的高尚品节。而其兄用《论语》中孔子称赞颜回的话，巧妙回答了谢安的问题，解释了兄弟二人不同的人生志趣。《晋书·谢玄传》附载此事。

17. 郗尚书与谢居士善[1]，常称：“谢庆绪识见虽不绝人[2]，可以累心处都尽[3]。”

王世懋评曰：“此许故未易当。”

［注释］

[1] 郗尚书：郗恢，字道胤，小字阿乞，郗昙子。官至雍州刺史、尚书。谢居士：谢敷，字庆绪，信奉佛教，终生隐居不仕，时称谢居士。 [2] 绝：超绝，超越。 [3] 累心处：指世情烦恼。

［点评］

佛教倡导“心无挂碍”(《般若波罗蜜多心经》)，主张放下，无执着，无烦恼，谢庆绪居士的“累心处都尽”，也许就是这样一种境界。

贤媛第十九

贤媛，贤德的女子。《说文》：“贤，多才也。”《玉篇》：“贤，有善行也。”《说文》：“媛，美女也。人所援也。”我国古代历来以“德、言、容、功”四德要求女性，本篇所载既有对传统妇德、母仪风范的赞美，更多的是表现识见过人、才智非凡、文思敏捷、言辞辩给的才情，这是魏晋时代女性特有的风采。

《贤媛》篇凡 32 则，入选 11 则。

2. 汉元帝宫人既多[1]，乃令画工图之，欲有呼者，辄披图召之[2]。其中常者[3]，皆行货赂[4]。王明君姿容甚丽[5]，志不苟求[6]，工遂毁为其状[7]。后匈奴来和[8]，求美女于汉帝，帝以明君充行[9]。既召，见而惜之，但名字已去[10]，不欲中改，于是遂行。

[注释]

[1] 汉元帝：刘奭（shì），宣帝子，西汉第八位皇帝。在位十六年（前 48—前 33），为政重用儒者，北和匈奴。宫人：宫女。 [2] 披：披阅，查看。 [3] 中常者：姿色平常的。 [4] 货赂：谓向画工行贿。 [5] 王明君：即王昭君，因避晋文帝司马昭讳，改为明君。昭君名嫱，秭归（今湖北秭归）人，元帝时宫人。元帝竟宁元年（前 33）正月，匈奴呼韩邪单于来朝，汉嫁昭君与之，称宁胡阏氏。 [6] 不苟求：不向画工行贿。苟求，以不正当的手段求得。 [7] 工遂毁为其状：画工于是故意丑化她的形象。 [8] 匈奴来和：指竟宁元年正月匈奴呼韩邪单于来汉请求和亲。据《汉书・匈奴传》记载："单于自言愿婿汉氏以自亲，元帝以后宫良家子王嫱字昭君赐单于。单于欢喜，上书愿保塞上谷以西至敦煌，传之无穷。请罢边备塞吏卒，以休天子人民。" [9] 充行：充数前往。汉代和亲政策，名义上是公主下嫁，实际上多以其他女子充当公主出行。 [10] 名字已去：意谓昭君的名字已经报给匈奴。

[点评]

此则写昭君出塞故事，赞扬了昭君洁身自爱的品质。《西京杂记》亦载此事："元帝后宫既多，不得常见，乃使画工图其形，案图召幸之。诸宫人皆赂画工，多者十万，少者亦不减五万。独王嫱不肯，遂不得见。匈奴入朝，求美人为阏氏。于是上案图，以昭君行。及去，召见，貌为后宫第一，善应对，举止闲雅。帝悔之，而名籍已定。帝重信于外国，故不复更人。乃穷案其事，画工皆弃市，籍其家资巨万。"后来昭君出塞成为千古佳话，历代吟咏敷演的诗文戏曲不计其数，最著名的有王安石《明妃曲》、关汉卿《哭昭君》、马致远《汉宫秋》等。

王世懋评曰："铜雀台上妓亦复在邪？"

4. 魏武帝崩[1]，文帝悉取武帝宫人自侍[2]。及帝病困[3]，卞后出看疾[4]。太后入户，见直侍并是昔日所爱幸者[5]。太后问："何时来邪？"云："正伏魄时过[6]。"因不复前而叹曰："狗鼠不食汝余[7]，死故应尔[8]！"至山陵[9]，亦竟不临[10]。

[注释]

[1] 魏武帝：曹操。 [2] 文帝：曹丕。 [3] 帝病困：谓文帝病重。据《三国志·魏书·文帝纪》记载，黄初七年（226）五月，文帝病笃。丁巳，帝崩于洛阳嘉福殿，时年四十。葬首阳陵。 [4] 卞后：魏武帝后，文帝之母。琅琊开阳（今山东临沂

县北）人。性俭约，不尚华丽，有母仪德行。 [5] 见直侍并是昔日所爱幸者：谓卞后所见值班侍奉的宫女，都是当初武帝所宠爱的人。直，同“值”。 [6] 正伏魄时过：谓武帝刚死，宫女就来侍奉文帝了。伏魄，同“复魄”，招魂，古代丧礼中的一种仪式。 [7] 狗鼠不食汝余：斥责曹丕所为狗鼠不如。 [8] 死故应尔：意谓本来该死。 [9] 山陵：帝王陵墓，这里引申为文帝去世。 [10] 临：哭吊死者。

[点评]

此则写卞后痛斥儿子（魏文帝）竟然在父亲（魏武帝）尸骨未寒之时，就将父亲宠幸的宫女悉数“自侍”，简直是丧失人伦，狗鼠不如。赞扬了卞后的母仪懿范。

5. 赵母嫁女[1]，女临去，敕之曰[2]：“慎勿为好[3]！”女曰：“不为好，可为恶邪？”母曰：“好尚不可为，其况恶乎？”

袁中道评曰：“不必解，妙！”

[注释]

[1] 赵母：桐乡令虞韪妻，颍川（今河南许昌）人。聪慧博学，著有《列女传解》。韪死，吴帝孙权敬其文才，诏入宫，称赵姬。赤乌六年（243）卒。 [2] 敕：告诫。 [3] 慎勿为好：意为千万不要做好事，立善名，以防他人生嫉妒之心。

[点评]

此则写赵母教女处世，语意婉曲而深刻，是一种洞察世道人心的极高境界。王思任评曰："超禅入圣之语。""慎勿为好"，并非是说不做好事，言外之意是到了婆家，不要一心只求好名声，这样往往会招惹怨尤。刘孝标注引《淮南子》，文意相近而明确，曰："人有嫁其女而教之者，曰：'尔为善，善人疾之。'对曰：'然则当为不善乎？'曰：'善尚不可为，而况不善乎？'"

6. 许允妇是阮卫尉女[1]，德如妹[2]，奇丑。交礼竟[3]，允无复入理[4]，家人深以为忧。会允有客至[5]，妇令婢视之，还答曰："是桓郎[6]。"桓郎者，桓范也。妇云："无忧，桓必劝入。"桓果语许云："阮家既嫁丑女与卿，故当有意[7]，卿宜察之。"许便回入内，既见妇，即欲出。妇料其此出无复入理，便捉裾停之[8]。许因谓曰："妇有四德[9]，卿有其几？"妇曰："新妇所乏唯容尔[10]。然士有百行[11]，君有几？"许云："皆备。"妇曰："夫百行以德为首。君好色不好德，何谓皆备？"允有惭色，遂相敬重。

王世懋评曰："得妇如此，故当耐其奇丑。"

［注释］

[1] 许允：字士宗，三国魏高阳人。魏明帝时为吏部郎，后官至领军将军。《三国志·魏书》有传。阮卫尉：阮共，官至卫尉

卿，故称。 [2] 德如：阮共少子，名侃，字德如，有俊才，与嵇康为友。官至河内太守。 [3] 交礼：结婚时夫妻对拜，称交拜礼。 [4] 允无复入理：谓许允没有再回洞房的心思。理，指心思、意趣。 [5] 会：正巧，恰好。 [6] 桓郎：指桓范，字允明，一字元则，三国魏沛郡人，有文才，正始中任大司农。 [7] 故当有意：必定有缘故。 [8] 捉裾：拉住衣襟。 [9] 妇有四德：古时对女子四个方面的道德规范，即妇德、妇言、妇容、妇功。汉班昭对“四德”有如下解释：“夫云妇德，不必才明绝异也；妇言，不必辩口利辞也；妇容，不必颜色美丽也；妇功，不必工巧过人也。清闲贞静，守节整齐，行己有耻，动静有法，是谓妇德。择辞而说，不道恶语，时然后言，不厌于人，是谓妇言。盥浣尘秽，服饰鲜洁，沐浴以时，衣不垢辱，是谓妇容。专心纺绩，不好戏笑，洁齐酒食，以奉宾客，是谓妇功。”（《女诫》） [10] 新妇：许允妻自称。 [11] 士有百行：语出《诗经·卫风·氓》郑笺。士，男子。百行，多种品行。行，品行。

[点评]

许允妇奇丑而有大德，与其夫的对答可谓有理有节，义正词严，故能互相敬重。接下来两则写其临大事而不乱，妥善处理危机，进一步表现其识见过人，才智非凡（《世说》中连用三则写一女子，绝无仅有）。可见，桓郎所言“阮家既嫁丑女与卿，故当有意”，良有以也！《三国志·魏书·夏侯玄传》裴松之注引《魏氏春秋》亦载此事：“允妻阮氏，贤明而丑。允始见愕然，交礼毕，无复入意。妻遣婢觇之，云：‘有客，姓桓。’妻曰：‘是必桓范，将劝使入也。’既而范果劝之。允入，须臾便起，妻捉裾留之。允顾谓妇曰：‘妇有四德，卿有其几？’妇曰：‘新妇所乏唯容。士有百行，君有其几？’许曰：‘皆备。’妇曰：‘士有百行，以德为首。君好色不好德，何谓皆备？’允有惭色，知其非凡，遂雅相亲重。”

11. 山公与嵇、阮一面[1]，契若金兰[2]。山妻韩氏[3]，觉公与二人异于常交[4]，问公，公曰：“我当年可以为友者[5]，唯此二生耳[6]。”妻曰：“负羁之妻亦亲观狐、赵[7]，意欲窥之，可乎？”他日，二人来，妻劝公止之宿[8]，具酒肉。夜穿墉以视之[9]，达旦忘反[10]。公入曰：“二人何如？”妻曰：“君才致殊不如[11]，正当以识度相友耳。”公曰：“伊辈亦常以我度为胜[12]。”

［注释］

[1] 山公：山涛，竹林七贤之一。嵇、阮：嵇康、阮籍。 [2] 契若金兰：比喻友情坚固深厚。《周易·系辞上》：“二人同心，其利断金；同心之言，其臭如兰。” [3] 山妻韩氏：刘孝标注引王隐《晋书》云：“韩氏有才识，涛未仕时，戏之曰：‘忍寒，我当作三公，不知卿堪为夫人不耳？’” [4] 异于常交：不同于一般的交往。 [5] 当年：当今。 [6] 生：读书人。 [7] 负羁之妻亦亲观狐、赵：据《左传》僖公二十三年记载，晋公子重耳遭骊姬之谗，流亡在外，来到曹国。随从亲信中有晋大夫狐偃、赵衰等人。曹国大夫僖负羁之妻对丈夫说，观晋公子之从者，都是治国人才，

日后公子回国，必然得志。这时韩氏以僖负羁之妻自比，欲观察嵇、阮二人。 [8] 止：留。 [9] 穿墉：透过墙孔观看。 [10] 反：同“返”。 [11] “君才致殊不如”二句：谓山涛的才华远不及嵇、阮，只可在器度上与二人为友。才致，才情。识度，器度。 [12] 伊辈：他们，指嵇、阮等。胜：优越。按，《晋书·山涛传》谓涛“少有器量，介然不群”。

［点评］

此则写山涛之妻韩氏品评嵇康、阮籍和山涛的才华、器度之优劣。作为一个女子，要对嵇、阮这样的杰出人物作出品评，没有相当的识鉴是不可能贸然进行的。这从一个侧面反映了魏晋人物品藻的风气，已一定程度上影响到了女性。

15. 王汝南少无婚[1]，自求郝普女[2]。司空以其痴[3]，会无婚处[4]，任其意，便许之。既婚，果有令姿淑德[5]，生东海[6]，遂为王氏母仪[7]。或问汝南：“何以知之？”曰：“尝见井上取水，举动容止不失常，未尝忤观[8]。以此知之。”

方苞评曰：“井上取水，举动容止不失常度。一见求聘，独具只眼。”

［注释］

[1] 王汝南：王湛，字处冲，王昶子。曾任汝南太守，故称。 [2] 郝普：字道匡，太原襄城人，官至洛阳太守。 [3] 司空：指王湛之父王昶，字文舒，曾任魏司空。 [4] 会无婚处：恰好没

有婚配的对象。会，正好，恰巧。婚处，婚配对象。《世说》中屡见，如“下官家中先得婚处”（《方正》），“那得至今未有婚处”（《假谲》）等。 [5] 令：美好。 [6] 东海：王承，字安期，曾任东海太守，故称。 [7] 母仪：良母的仪范。 [8] 未尝忤观：谓从不举目乱视，总是低眉顺眼，一副谨守妇道的样子。忤观，举目直视，仪态不雅。

[点评]

王湛妻“令姿淑德”，能为母仪，其实也很简单，就是“举动容止不失常，未尝忤观”，如此而已。

16. 王司徒妇[1]，钟氏女[2]，太傅曾孙，亦有俊才女德[3]。钟、郝为娣姒[4]，雅相亲重：钟不以贵陵郝[5]，郝亦不以贱下钟。东海家内[6]，则郝夫人之法[7]。京陵家内[8]，范钟夫人之礼[9]。

[注释]

[1] 王司徒：王浑，字玄冲，王昶之子，官至司徒。 [2] 钟氏女：指黄门侍郎钟徽之女，名琰，太傅钟繇的曾孙女。 [3] 俊才女德：《晋书·王浑妻钟氏传》云：“琰数岁，能属文。及长，聪慧弘雅，博览记籍，美容止，善啸咏，礼仪法度，为中表所则。” [4] 郝：即前一则郝氏女，王湛妻。娣姒：今谓之妯娌。王浑为王湛之兄，兄妻为姒，弟妻为娣。《尔雅·释亲》：“长妇谓稚妇为娣妇，娣妇谓长妇为姒妇。” [5]“钟不以贵陵郝”二句：谓钟氏不因出身高门而欺凌郝氏，郝氏也不因出身寒门而卑

居钟氏之下。 [6] 东海：王湛之子承，郝氏所生，曾任东海太守。 [7] 则：遵守，作动词用。法：这里指家规。 [8] 京陵：王浑，袭父爵为京陵侯。按，此处当以王浑之子与上文对举。 [9] 范：作榜样，作动词用。

[点评]

此则写王浑、王湛兄弟各有贤妇，妯娌之间雅相亲重，如此家风，堪称典范。《晋书·王浑妻钟氏传》亦有记载。

19. 陶公少有大志[1]，家酷贫，与母湛氏同居[2]。同郡范逵素知名[3]，举孝廉[4]，投侃宿。于时冰雪积日，侃室如悬磬[5]，而逵马仆甚多。侃母湛氏语侃曰："汝但出外留客，吾自为计[6]。"湛头发委地[7]，下为二髲[8]。卖得数斛米[9]，斫诸屋柱[10]，悉割半为薪，剉诸荐以为马草[11]。日夕[12]，遂设精食，从者皆无所乏[13]。逵既叹其才辩[14]，又深愧其厚意[15]。明旦去，侃追送不已，且百里许。逵曰："路已远，君宜还。"侃犹不返。逵曰："卿可去矣。至洛阳[16]，当相为美谈。"侃乃返。逵及洛，遂称之于羊晫、顾荣诸人[17]，大获美誉。

[注释]

[1] 陶公：陶侃，字士行。其先祖鄱阳（今江西鄱阳）人，后徙迁庐江浔阳（今江西九江）。历任湘、广、荆三州刺史，晋成帝时，为太尉，封长沙郡公，赠大司马，名望很高。 [2] 湛氏：陶侃母，豫章新淦（今江西新干）人，陶侃家贫，母纺织以资给，尽力使交结胜己。 [3] 范逵：鄱阳人，与陶侃为友。 [4] 孝廉：汉代选举官吏的两种科目。汉武帝元光元年（前134），令郡国举孝廉各一人。孝，谓孝顺父母者；廉，谓品行端方者，后合称孝廉。晋沿汉制。至隋唐改为科举制。 [5] 室如悬磬（qìng）：比喻贫穷，家中空无所有。《国语·鲁语上》："室如悬磬，野无青草，何恃而不恐？"磬，古代石制乐器，悬挂在架子上敲击。 [6] 自为计：自己想办法。 [7] 委地：形容其头发长。委，垂。 [8] 下为二髲（bì）：把头发剪下，做成两套假发出卖。髲，假发。 [9] 斛（hú）：古代容器名，也作容量单位，十斗为一斛。 [10] "斫诸屋柱"二句：谓将房屋的柱子都砍下一半当柴薪。 [11] 剉（cuò）：铡碎。荐（jiàn）：草席。 [12] 日夕：傍晚。 [13] 从者皆无所乏：意为随从的人也一样招待周到。 [14] 才辩：才能。 [15] 愧：感谢。 [16] "至洛阳"二句：意为待我到了洛阳，一定传扬你的美名。当，将要。 [17] 羊晫：与陶侃同里，历任豫章郎中令、十郡中正。顾荣：三国吴顾雍之孙，在吴为黄门郎，归晋后官尚书郎等。死后追赠骠骑将军。

[点评]

陶母倾其所有，想方设法，希望儿子出人头地，而陶侃也不负母望，成为一代名将，位极人臣。陶母截发延宾的故事，千古以来广为流传，因而成为我国历史上的“四大贤母”之一（其余为孟轲母、欧阳修母、岳飞母）。《晋书·陶侃传》亦载其事：“侃早孤贫，为县吏。鄱阳孝廉范逵尝过侃，时仓卒无以待宾，其母乃截发，得双髲，以易酒肴，乐饮极欢，虽仆从亦过所望。及逵去，侃追送百余里。逵曰：‘卿欲仕郡乎？’侃曰：‘欲之，困于无津耳。’逵过庐江太守张夔，称美之。逵召为督邮，领枞阳令。”又，《晋书·列女传》有《陶侃母湛氏》亦有记载：“鄱阳孝廉范逵寓宿于侃，时大雪，湛氏乃彻所卧新荐，自剉给其马。又密截发，卖与邻人，供肴馔。逵闻之，叹息曰：‘非此母，不生此子！’侃竟以功名显。”

21. 桓宣武平蜀[1]，以李势妹为妾[2]，甚有宠，常著斋后[3]。主始不知[4]，既闻，与数十婢拔白刃袭之[5]。正值李梳头，发委藉地[6]，肤色玉曜[7]，不为动容[8]，徐曰[9]：“国破家亡，无心至此，今日若能见杀[10]，乃是本怀。”主惭而退。

刘辰翁评曰：“何其倾吐！”

［注释］

[1] 桓宣武平蜀：晋穆帝永和二年（346）十二月，安西将军桓温奉命率师伐蜀，次年春正月攻破成都，李势降。 [2] 李势：成汉君主，据成都，被桓温灭后，降晋，封归义侯。成汉为晋时十六国之一。 [3] 著：安置。斋：燕居室。 [4] 主：公主的简称。桓温妻为明帝南康长公主。 [5] 袭：趁人不备而攻击。 [6] 发

委藉地：头发垂下，散在地上。委，垂下。藉，铺撒。 [7] 玉曜：如玉石般光洁润泽。 [8] 不为动容：脸色不变。 [9] 徐：从容不迫。 [10] 见杀：被杀。

[**点评**]

此则写成汉李势之妹，屈身为桓温之妾，感怀国破家亡，宁死不怨，竟然使兴师问罪、满腔怒火的南康长公主自惭而退。这一方面是为其从容镇定所震慑，同时也为其姿容美艳所征服。

刘辰翁评曰："晋时尼辈亦能道此！"

30. 谢遏绝重其姊[1]，张玄常称其妹[2]，欲以敌之[3]。有济尼者[4]，并游张、谢二家[5]，人问其优劣，答曰："王夫人神情散朗[6]，故有林下风气[7]；顾家妇清心玉映[8]，自是闺房之秀[9]。"

[**注释**]

[1] 谢遏：谢玄，小字遏。其姐为王凝之夫人、著名才女谢道韫。绝重：十分看重。绝，极。 [2] 张玄：即张玄之，字祖希，官至吴兴太守。 [3] 敌：匹敌，相比。 [4] 济尼：无考。或为一名叫济的比丘尼。 [5] 并游张、谢二家：意谓济尼经常往来于张玄和谢遏两家。 [6] 王夫人：王凝之夫人谢道韫。散朗：潇洒。 [7] 林下风气：竹林名士的风度气质。一个女子而有林下之风，足见其不凡。 [8] 顾家妇：即张玄之妹，嫁给顾氏。清心玉映：心地纯洁，如美玉生辉。 [9] 闺房之秀：有才德的闺阁女子。

[点评]

一位不知名的比丘尼，能品评两位名媛，亦是当时人物品藻风气之所被。而对张、谢之评，自是各有千秋，然细品之，亦有优劣。余嘉锡《世说新语笺疏》云："道韫以一女子而有林下风气，足见其为女中名士。至称顾家妇为闺房之秀，不过妇人中之秀出者而已。不言其优劣，而高下自见，此晋人措辞妙处。"所言甚是。

31. 王尚书惠尝看王右军夫人[1]，问："眼耳未觉恶不[2]？"答曰："发白齿落，属乎形骸[3]；至于眼耳，关于神明[4]，那可便与人隔[5]？"

[注释]

[1] 王尚书惠：王惠，字令明，琅琊临沂（今山东临沂）人，王羲之是其从祖。官至吏部尚书，故称。王右军夫人：王羲之妻，郗鉴女。据刘孝标注，王惠看望王右军夫人时，右军夫人年已九十。 [2] 眼耳未觉恶不：谓视听是否有衰退的感觉？恶，差。不，同"否"。 [3] 形骸：身体，躯壳。 [4] 关于：关乎。神明：精神。 [5] 那可便与人隔：意谓眼耳未损，神志尚清。老人如果眼花耳聋，就差不多与世隔离了。隔，离。

[点评]

此则写王右军夫人年龄虽老，但仍耳聪目明，精神不减。右军夫人回答侄孙王惠的话，可以说是魏晋玄学的主要论题"形神之辩"的生动解说。

术解第二十

术解，方术的通解。《汉书·艺文志》有“方技略”，包括医经、经方、房中、神仙四类。《后汉书·伏湛传》注曰：“术谓医、方、卜、筮。”随着时代的发展，方术的范围不断扩大。本篇内容涉及音乐、医药、占卜、相马、风水等诸多方面。

《术解》篇凡 11 则，入选 3 则。

1. 荀勖善解音声[1]，时论谓之“暗解”[2]，遂调律吕[3]，正雅乐[4]。每至正会[5]，殿庭作乐，自调宫商[6]，无不谐韵。阮咸妙赏[7]，时谓“神解”[8]。每公会作乐[9]，而心谓之不调[10]。既无一言直勖[11]，意忌之，遂出阮为始平太守[12]。后有一田父耕于野[13]，得周时玉尺，便是天下正尺[14]，荀试以校己所治钟鼓、金石、丝竹[15]，皆觉短一黍[16]，于是伏阮神识[17]。

［注释］

[1] 荀勖（xù）：字公曾，颍阴（今河南许昌）人。仕魏为安阳令、从事中郎。入晋后为秘书监、侍中、领著作。因善解音律，故又掌管乐事。音声：音乐、声律。 [2] 暗解：深解，精通。 [3] 律吕：乐律统称。我国古代乐律阴阳各六，阳六曰律，阴六曰吕，合称十二律。六律为黄钟、太蔟、姑洗、蕤宾、夷则、无射；六吕为大吕、夹钟、仲吕、林钟、南吕、应钟。 [4] 雅乐：用于郊庙朝会的正乐。 [5] 正（zhēng）会：皇帝元旦朝会群臣称正会，亦称元会。 [6] 调宫商：即以六律调谐乐器的五音。宫商即宫、商、角、徵（zhǐ）、羽五音。《孟子·离娄上》：“不以六律，不能正五音。” [7] 阮咸：字仲容，晋陈留尉氏（今河南尉氏）人。阮籍兄子。曾任散骑侍郎、始平太守。妙解音律，行为放达，为“竹林七贤”之一。 [8] 神解：对音乐的超常感悟理解能力。 [9] 公会：因公事而集会。 [10] 心谓之不调：谓阮咸心下认为音乐不调和。 [11] 直：同“值”，认为正

确。[12]出：放外任。始平：西晋郡名，治所在槐里（今陕西兴平县东南）。[13]田父：农夫。[14]正尺：标准尺。[15]校：校正。钟鼓、金石、丝竹：泛指各种乐器。[16]觉：同“较”，相差。一黍：指一黍的长度。相当于一粒米的长度。我国古代度量衡定制以“黍”为准，百黍为一尺。[17]伏：同“服”，佩服。神识：意同上文的“神解”。

［点评］

此则写荀勖与阮咸善解音律，而一为“暗解”，一为“神解”，阮尤胜一筹。直到获得周朝正尺，荀用以校正乐器，才发现自己不对，于是佩服阮的神识。

4. 王武子善解马性[1]。尝乘一马，著连钱障泥[2]，前有水，终日不肯渡。王云：“此必是惜障泥。”使人解去，便径渡[3]。

刘辰翁评曰：“马犹惜物。”

［注释］

[1]王武子：王济，字武子，晋司徒王浑之子。官至太仆。《晋书》本传说他“好弓马”“有马癖”。[2]著（zhuó）：披挂，佩戴。连钱障泥：绣着连钱花纹的障泥。障泥，即马鞯，垫于马鞍之下，垂覆马背两侧以遮挡泥土。[3]径：径直。

［点评］

此则写王武子善解马性，而马爱惜障泥，人马相通，万物有情。

11. 殷中军妙解经脉[1]，中年都废。有常所给使[2]，忽叩头流血。浩问其故，云："有死事，终不可说。[3]"诘问良久，乃云："小人母年垂百岁[4]，抱疾来久[5]，若蒙官一脉[6]，便有活理。讫就屠戮无恨[7]。"浩感其至性[8]，遂令舁来[9]，为诊脉处方。始服一剂汤，便愈。于是悉焚经方[10]。

刘辰翁评曰："诊之似达，焚方又隘，无益盛德。"

[注释]

[1] 殷中军：殷浩，字渊源，东晋名臣，与桓温齐名。官至中军将军。经脉：人体的经络血脉，亦简称"经"。中医认为，人的十二经脉，关系人的健康生死。《灵枢 · 经别篇》："十二经脉者，人之所以生，病之所以成。" [2] 常所给使：平日当差的仆役。 [3] 不可：不肯。 [4] 垂：近。 [5] 抱疾：抱病，生病。 [6]"若蒙官一脉" 二句：若承官人诊一诊脉，便有活的可能。官，奴仆对主人的尊称。 [7] 讫就屠戮无恨：意谓只要治好了母亲的病，就是身受屠戮也无遗憾。 [8] 至性：孝心。 [9] 舁（yú）：抬。 [10] 经方：古代医药方书的统称。据《汉书 · 艺文志》载，有经方十一家，述及药剂及治疗之法，其书多已不传。

[点评]

殷浩妙解经脉，手到病除，但他为何要将经方付之一炬呢？岂因"中年都废"，而家仆求之甚诚，偶一售技，便金盆洗手？抑或医国重于医民，无暇顾及？再或还有其他原因？我们不得而知。

巧艺第二十一

巧艺，精巧的技艺。《周礼》有“六艺”之教，曰“礼、乐、射、御、书、数”。《后汉书·伏湛传》注曰：“艺谓书、数、射、御。”以礼、乐之事大矣，乃不在“艺”之列。《世说》将术艺析为术解、巧艺两个门类。本篇内容涉及绘画、书法、棋艺、建筑等方面。

《巧艺》篇凡 14 则，入选 6 则。

2. 陵云台楼观精巧[1]，先称平众木轻重[2]，然后造构，乃无锱铢相负揭[3]。台虽高峻，常随风摇动，而终无倾倒之理。魏明帝登台[4]，惧其势危，别以大材扶持之，楼即颓坏。论者谓轻重力偏故也[5]。

［注释］

[1] 陵云台：魏文帝黄初二年（221）建，在洛阳宣阳门内。刘孝标注引《洛阳宫殿簿》："陵云台上壁方十三丈，高九尺；楼方四丈，高五丈。栋去地十三丈五尺七寸五分也。" [2] 称平众木轻重：意谓建造之前将所有木料过秤，使之轻重平衡。称平，衡量修正。 [3] 锱铢：六铢为锱，四锱为两，比喻极轻微的重量。负揭：犹言高低轻重。负，亏，欠。揭，高，举。 [4] 魏明帝：即曹叡。魏文帝子，在位十余年，死后谥明帝。 [5] 轻重力偏：重心平衡出现了偏差。

［点评］

此则记陵云台设计精巧，构造合理，表明我国古代建筑达到了很高的艺术成就。魏明帝不懂重心平衡的原理，增加大木料来支撑扶持，反而使楼台颓坏倒塌了。

8. 戴安道中年画行像甚精妙[1]。庾道季看之[2]，语戴云："神明太俗[3]，由卿世情未尽[4]。"戴云："唯务光当免卿此语耳[5]。"

此语极妙！

［注释］

[1] 戴安道：戴逵，字安道，晋谯国（今属安徽）人。据《晋书》本传，逵少博学，能鼓琴，工书画，其余巧艺，无不毕综。长期隐居会稽剡山，不仕而终。行像：佛像。原指奉佛像出行，后遂泛称佛像。 [2] 庾道季：庾龢，字道季，庾亮之子。善清谈，官至丹阳尹、中领军。 [3] 神明：指人的精神气韵。 [4] 世情：世俗的情感欲望。 [5] 务光：夏朝隐士。相传汤伐桀，曾以天下让给务光，但务光以为当世无道，乃负石自沉于卢水。

［点评］

庾道季批评戴安道画的佛像太俗，原因是作者自己世俗之情未断，从而影响到画作。戴未作辩解，说了一句：大概只有古代高士务光才能免受你的批评。言外之意是，不是我戴安道未能脱俗，而是如今的僧人有世俗之气，如果让我画务光就不会这样了。回答得十分巧妙。

9. 顾长康画裴叔则[1]，颊上益三毛[2]。人问其故，顾曰："裴楷俊朗有识具[3]，正此是其识具[4]。"看画者寻之[5]，定觉益三毛如有神明[6]，殊胜未安时。

［注释］

[1] 顾长康：顾恺之，字长康，小字虎头，晋陵无锡（今属江苏）人。博学有才气，精于绘画。曾任桓温、殷仲堪的参军，后官至通直散骑常侍。裴叔则：裴楷，字叔则，河东闻喜（今属山

西）人。历任吏部郎、河南尹、中书令等职。以清通著称。 [2] 颊上益三毛：谓在脸颊上添加了几绺胡须。益，增加，添加。 [3] 俊朗：才识或风度高迈俊逸。识具：识见、才具。 [4] 正此是其识具：谓只有这脸颊上添加的几绺胡须才能体现裴楷的识具风度。正，只。 [5] 寻：探求，玩味。 [6] 神明：神韵。

［点评］

顾恺之是我国绘画史上的大家，其《〈洛神赋〉图》《列女仁智图》《〈女史箴〉图》等多为唐宋画家摹本，尤其著有《论画》《魏晋胜流画赞》《画云台山记》三篇画论，提出"传神写照""以形写神""迁想妙得"等观点，对中国画的发展产生了深远影响。本篇记载顾恺之的内容多达六则。其中有谢安的评论，称其画是"有苍生以来所无"，给予了极高评价。此则记述顾恺之为裴楷画像，"颊上益三毛"，不求形似求神似的故事，广为人知。《晋书・顾恺之传》亦载此事，云："（顾恺之）每写起人形，妙绝于时。尝图裴楷象，颊上加三毛，观者觉神明殊胜。"

10. 王中郎以围棋是坐隐[1]，支公以围棋为手谈[2]。

王世懋评曰："雅语。"

陈梦槐评曰："支语尤妙。"

［注释］

[1] 王中郎：王坦之，字文度，王述之子。官至中书令，又领北中郎将，故称。坐隐：坐而隐，非隐于山林也。 [2] 支公：支道林，晋高僧，前已见。手谈：二人对弈，以手执子，谓不用语

言而以棋子无声地交谈。

［点评］

用“坐隐”和“手谈”来指称围棋，显然是受当时隐逸之风和谈玄之风的影响，同时将围棋冠以此名，使得这一智力游戏更具雅意。此后，“坐隐”“手谈”遂成为围棋的代称。《颜氏家训·杂艺》云：“围棋有手谈、坐隐之目，颇为雅戏。”

13. 顾长康画人，或数年不点目精[1]。人问其故，顾曰：“四体妍蚩[2]，本无关于妙处，传神写照[3]，正在阿堵中[4]。”

［注释］

[1]顾长康：即顾恺之，前已见。目精：指眼睛中的瞳孔。 [2]妍蚩：美丑。 [3]写照：即“写真”，画人物肖像。 [4]正：只。阿堵：晋时口语，犹言“这个”“若个”，这里指眼睛。

［点评］

顾恺之认为，画人物，关键在于眼睛，因为眼睛是“心灵的窗户”，能够传达心声，表露情感。故《孟子·离娄上》曰：“存乎人者，莫良于眸子，眸子不能掩其恶。”

14. 顾长康道画[1]：“手挥五弦易[2]，目送归鸿难。”

[注释]

[1] 顾长康：即顾恺之，前已见。 [2]“手挥五弦易”二句：意谓作画，画弹琴容易，画目送鸿雁归去就困难了。因为画手指弹琴的动作好画，而眼神难以表现。语本嵇康《送秀才入军》诗：“目送归鸿，手挥五弦。俯仰自得，游心太玄。”

[点评]

这是顾恺之一个非常经典的画论，也是魏晋玄学形神之辩在绘画中的具体实践。通过“手挥五弦”与“目送归鸿”的画面，表明求其形似容易，传其神韵则难。《晋书·顾恺之传》载：“恺之每重嵇康四言诗，因为之图。恒云：‘手挥五弦易，目送归鸿难。’”

宠礼第二十二

宠礼，宠信礼遇。宠信近臣，礼遇下属，或为笼络人心，或为延揽人才，这是通行的政治手段，东晋王朝尤其如此。

《宠礼》篇凡 6 则，入选 2 则。

1. 元帝正会[1]，引王丞相登御床[2]，王公固辞，中宗引之弥苦[3]。王公曰："使太阳与万物同晖[4]，臣何以瞻仰？"

[注释]

[1] 元帝：晋元帝司马睿。正（zhēng）会：皇帝元旦朝会群臣为正会，也称元会。 [2] 引：牵，拉。王丞相：王导，东晋朝廷重臣。元帝建都江左，十分倚重他。御床：皇帝的御座。 [3] 中宗：晋元帝庙号。弥苦：极为恳切。 [4]"使太阳与万物同晖"二句：是说假如太阳与万物同辉，那么臣下如何瞻仰呢？意思是天无二日，不可僭越君主之位。使，假使。太阳，这里比喻元帝。

[点评]

晋元帝在朝会群臣的庄严时刻，居然拉丞相王导同登御座，这显然是特别的恩宠和礼遇。王导与元帝关系非同一般，早在元帝为安东将军镇守建康之时，王导与从兄王敦尽心拥戴，经营江左，为东晋建国奠定基业，故元帝在登位之时有此举动。但王导即使功劳再大，也不可违逆君臣之礼，并且说话得体。刘孝标注引《中兴书》曰："元帝登尊号，百官陪位，诏王导升御坐，固辞然后止。"这则故事是当时门阀士族力量足以左右皇权的真实场景，可为"王与马，共天下"的生动注脚。

2. 桓宣武尝请参佐入宿[1]，袁宏、伏滔相王世懋评曰："'莅名'二字，可传典故。"

次而至[2]。莅名[3]，府中复有袁参军，彦伯疑焉，令传教更质[4]。传教曰："参军是袁、伏之袁，复何所疑？"

[**注释**]

[1] 桓宣武：桓温。宣武为其谥号。参佐：僚属，部下。入宿：值宿。 [2] 袁宏：字彦伯，小字虎，陈郡阳夏（今河南太康）人。桓温重其文才，任为记室参军。此前曾任安西将军谢尚的参军，后为吏部郎、东阳太守。伏滔：字玄度，平昌郡安邱县（今属山东）人。有才学，桓温引为参军。太元中，领著作郎，掌国史，迁游击将军。 [3] 莅名：朱铸禹《世说新语汇校集注》云："盖列名于入宿之数，以桓征入宿备朝夕顾问，在当时为宠近尊礼也。" [4] 令传教更质：袁宏怀疑温府中还有另一位"袁参军"，让传教查询。传教，郡吏，指温府中的传令官。质，询问。

[**点评**]

此则写袁宏、伏滔为大司马桓温的参佐，同受宠礼，并称袁、伏。

任诞第二十三

任诞，任性放诞，不拘礼法。《晋书·儒林传》谓魏晋名士“指礼法为流俗，目纵诞以清高”。竹林名士主张越名教而任自然，崇尚老庄，蔑视礼法，愤世嫉俗，纵酒放达，首开任诞之风。而清谈论辩，玄风大畅，更将任诞之风推向极致，各种不合礼法、违背常情的怪诞行为，皆被视为慢世放达的高蹈之举。诚然，这也是当时社会动荡、政治黑暗所造成的，是魏晋名士全身远祸、消极遁世的自保之策。

《任诞》篇凡 54 则，入选 21 则。

1. 陈留阮籍、谯国嵇康、河内山涛三人年皆相比[1]，康年少亚之[2]。预此契者[3]，沛国刘伶、陈留阮咸、河内向秀、琅琊王戎[4]。七人常集于竹林之下，肆意酣畅[5]，故世谓“竹林七贤”。

[注释]

[1] 陈留：郡名，治所在陈留县（今属河南）。谯国：谯郡，治所在谯县（今属安徽）。河内：郡名，治所在野王（今属河南）。相比：相仿，接近。 [2] 康年少亚之：谓三人当中嵇康年龄最小。亚，次于。 [3] 预此契者：谓参与交游的人。预，参与。契，相投，相契。 [4] 沛国：沛郡，治所在相县（今属安徽）。刘伶：字伯伦，曾任建威将军。好酒，著《酒德颂》。阮咸：阮籍兄子。向秀：字子期。好老庄之学，注《庄子》，与郭象齐名。琅琊：郡名，治所在今山东临沂一带。王戎：前已见。 [5] 肆意酣畅：谓尽情饮酒。

[点评]

此则记述“竹林七贤”志趣相投，常宴游于竹林之下，肆意酣畅，开魏晋隐逸之风，为士人所仰慕。据《水经注》（卷九），重泉径七贤祠东，左右筠篁列植，冬夏常青，即向子期“山阳故居”也。又，《太平御览》（卷一八〇）引《述征记》，山阳县城东北二十里，魏中散大夫嵇康园宅，今悉为田墟，而父老犹谓嵇公竹林。“竹林七贤”遂成为我国历史上一个影响深远的文人群体。

2. 阮籍遭母丧，在晋文王坐进酒肉[1]。司隶何曾亦在坐[2]，曰："明公方以孝治天下[3]，而阮籍以重丧显于公坐饮酒食肉[4]，宜流之海外[5]，以正风教[6]。"文王曰："嗣宗毁顿如此[7]，君不能共忧之，何谓？且有疾而饮酒食肉[8]，固丧礼也！"籍饮啖不辍[9]，神色自若。

阮籍对何曾之责不以为意。

［注释］

[1] 晋文王：司马昭。晋立国，追尊其为文皇帝，亦称文王。坐：座。 [2] 司隶：即司隶校尉，掌察举百官及京师近郡治安的官员。何曾：字颖考，陈郡阳夏（今河南太康）人。袭父爵，封阳武侯。在魏任司隶校尉，入晋位至司徒。 [3] 明公：对位尊者的敬称，这里指司马昭。按，司马昭在魏时为大将军，封晋王，专国政。 [4] 重丧：父母之丧。显：公然。 [5] 流：放逐。 [6] 正：端正，用作动词。风教：风俗教化。 [7] 毁顿：因居母丧过于哀伤，以致身体亏损，精神疲惫。刘孝标注引《魏氏春秋》："籍性至孝，居丧虽不率常礼，而毁几灭性。" [8] "且有疾而饮酒食肉"二句：谓居丧期间，有疾病而饮酒食肉，原本符合丧礼的规定。《礼记·曲礼上》曰："居丧之礼，头有创则沐，身有疡则浴，有疾则饮酒食肉，疾止复初。" [9] 啖：吃。辍：停。

［点评］

此则写阮籍在居母丧期间公然饮酒食肉，遭到监察官何曾的严厉指责，而晋文王非但不予治罪，反而为其开脱。《晋书·何曾传》记载此事颇详："时步兵校尉阮籍负才放诞，居丧无礼。曾面质籍于文帝座，曰：‘卿纵情背礼，败俗之人，今忠贤执政，综核名实，若卿之曹，不可长也。’因言于帝曰：‘公方以孝治天下，而听阮籍以重哀饮酒食肉于公座，宜摈四裔，无令污染华夏。’帝曰：‘此子羸病若此，君不能为吾忍邪？’曾重引据，辞理甚切。”

3. 刘伶病酒[1]，渴甚，从妇求酒。妇捐酒毁器[2]，涕泣谏曰：“君饮太过，非摄生之道[3]，必宜断之[4]！”伶曰：“甚善。我不能自禁，唯当祝鬼神自誓断之耳[5]！便可具酒肉。”妇曰：“敬闻命[6]。”供酒肉于神前，请伶祝誓。伶跪而祝曰：“天生刘伶，以酒为名[7]，一饮一斛[8]，五斗解酲[9]。妇人之言，慎不可听！”便引酒进肉，隗然已醉矣[10]。

［注释］

[1] 病酒：因嗜酒而成癖。　[2] 捐酒毁器：把酒倒了，将酒具砸了。捐，弃。　[3] 摄生：养生。　[4] 必宜断之：必须戒酒。断，戒绝。　[5] 祝：向神灵祈求。　[6] 闻命：听从吩咐。　[7] 以酒为名：以酒为命。名，同“命”。　[8] 斛：古代容量单位，十斗为一斛。一饮一斛，表示酒量极大。　[9] 解酲：解除酒病。《诗·小雅·节南山》：“忧心如酲。”毛传：“病酒曰酲。”　[10] 隗然：醉倒的样子。

［点评］

刘伶病酒，简直到了无以复加的地步。《晋书》本传说他“常乘鹿车，携一壶酒，使人荷锸而随之，谓曰：‘死便埋我。’其遗形骸如此”。此则写他向妻子讨酒喝，活脱脱一个无赖酒鬼的形象。

6. 刘伶恒纵酒放达[1]，或脱衣裸形在屋中。人见讥之，伶曰：“我以天地为栋宇[2]，屋室为裈衣[3]，诸君何为入我裈中！”

［注释］

[1] 恒：常。 [2] 栋宇：大厦。 [3] 屋室：指房间。裈（kūn）：裤子。

［点评］

刘伶在家裸形，人家讥讽他，他却振振有词地说，我以天地为房屋，以房屋为衣裤，谁让你自己钻进我裤裆里来了。这种惊世骇俗的行为较之纵酒犹过之。然而，“我以天地为栋宇”的气魄，也的确不同凡响。

7. 阮籍嫂尝还家[1]，籍见与别[2]。或讥之，籍曰：“礼岂为我辈设也[3]？”

陈梦槐评曰：“此语与‘名教中自有乐地’俱胜。”

[**注释**]

[1] 还家：回娘家。《晋书 · 阮籍传》作“归宁”。 [2] 别：谓送别。《礼记 · 曲礼上》云：“嫂叔不通问。”故下文有人“讥之”。 [3] 我辈：《晋书 · 阮籍传》作“我”。

[**点评**]

“嫂叔不通问”“男女授受不亲”之类礼法制度，在当今社会看来，殊觉不可思议，但在特定的历史阶段，是必须严格遵守的。阮籍不遵礼法，与嫂子话别，有人讥笑他，他却说“礼岂为我辈设也”，这是魏晋名士“越名教而任自然”的典型事例。

8. 阮公邻家妇有美色[1]，当垆酤酒[2]。阮与王安丰常从妇饮酒[3]。阮醉，便眠其妇侧。夫始殊疑之[4]，伺察[5]，终无他意。

[**注释**]

[1] 阮公：阮籍。 [2] 当垆酤酒：在酒肆卖酒。垆，放置酒水瓮的土坛。酤，同“沽”。 [3] 王安丰：即王戎，曾封为安丰侯，故称。从妇：到美妇那里。 [4] 殊：极，甚。 [5] 伺察：窥察。

[**点评**]

阮籍醉眠美妇之侧而无他意，表现其性格坦率，行为放浪，不拘礼俗，却又有一定的节制。此则刘孝标注引王隐《晋书》，记述了另一则内容相近的故事：“籍邻家处子有才色，未嫁而卒。籍与无亲，生不相识，往哭，尽哀而去。其达而无检，皆此类也。”

11.阮步兵丧母[1]，裴令公往吊之[2]。阮方醉，散发坐床[3]，箕踞不哭[4]。裴至，下席于地，哭，吊唁毕便去[5]。或问裴：“凡吊，主人哭，客乃为礼。阮既不哭，君何为哭？”裴曰：“阮方外之人[6]，故不崇礼制。我辈俗中人，故以仪轨自居[7]。”时人叹为两得其中[8]。

[注释]

[1] 阮步兵：阮籍，曾任步兵校尉，故称。 [2] 裴令公：裴楷，字叔则，官至中书令。 [3] 床：床榻，坐具。 [4] 箕踞：坐时两足伸张，形如簸箕，是一种轻慢之态。《庄子·至乐》：“庄子妻死，惠子吊之，庄子则方箕踞鼓盆而歌。” [5] 吊唁：哀悼死者称吊，安慰死者家属称唁。 [6] 方外：世外，谓超然于世俗礼教之外。《庄子·大宗师》：“彼游方之外者也。” [7] 仪轨自居：谓遵守礼仪规范。自居，自处，要求自己。 [8] 两得其中：两方面都处理适宜。中，适中，适当。

[点评]

阮籍居丧，不拘礼法；裴楷吊丧，谨守仪轨，此所谓“两得其中”。由此可知，魏晋时代崇尚老庄，但儒家礼教依然为社会所遵奉。

刘辰翁评曰：“不成语（不像话）！”

12. 诸阮皆能饮酒[1]，仲容至宗人间共集[2]，不复用常杯斟酌，以大瓮盛酒[3]，围坐，相向大酌。时有群猪来饮，直接去上[4]，便共饮之。

[注释]

[1] 诸阮：阮氏同族人。 [2] 仲容：阮咸，字仲容。宗人：同祖、同族人。 [3] 大瓮：大碗或其他盛酒具。《晋书·阮咸传》作“大盆”。 [4] 直接去上：谓群猪直接进入人群，一同饮酒。

[点评]

诸阮宗人会集，纵情豪饮，以致人猪共饮，无所顾忌，正如明王世懋所云：“无人道矣！”

18. 阮宣子常步行[1]，以百钱挂杖头[2]，至酒店，便独酣畅[3]。虽当世贵盛[4]，不肯诣也[5]。

[注释]

[1] 阮宣子：阮修，字宣子，阮籍从子。晋名士，善清谈，熟读《老子》《周易》。家贫晏如，嗜酒。 [2] 杖：手杖。 [3] 酣畅：饮酒尽兴。 [4] 贵盛：权贵显达。 [5] 诣：拜访。

[点评]

此则写阮修优游酣畅，不阿附当世贵盛。表现了魏晋名士清高自适、傲视权贵的气节。

19. 山季伦为荆州[1]，时出酣畅[2]。人为之歌曰："山公时一醉[3]，径造高阳池，日莫倒载归[4]，茗艼无所知[5]。复能乘骏马[6]，倒著白接篱，举手问葛彊[7]，何如并州儿？"高阳池在襄阳。彊是其爱将，并州人也。

［注释］

[1] 山季伦：山简，字季伦，山涛之子。曾任荆州刺史，又领征南将军，都督荆、湘、交、广四州诸军事，镇襄阳。 [2] 时出酣畅：谓经常外出喝酒。酣畅，开怀畅饮。 [3] "山公时一醉"二句：是说山公经常去高阳池游乐、饮酒。高阳池，池名，在襄阳，本为汉襄阳侯习郁鱼池，一名习家池。据《水经注》记载，池中起钓台，列植松篁于池侧，为游燕胜地。山简镇襄阳，常到此饮酒，呼之为高阳池，意即酒池。 [4] 日莫：傍晚。莫，同"暮"。 [5] 茗艼：大醉的样子。 [6] "复能乘骏马"二句：谓虽然喝醉了，但有时还能骑马，倒戴着帽子，仍是一副醉态。白接篱，一种白帽子。 [7] "举手问葛彊"二句：大意是挥手问爱将葛彊，我比你这并州人怎样？葛彊，山简手下爱将，并州（今属山西）人。

［点评］

这首歌谣活画出一个喝得酩酊大醉、丑态百出的醉汉形象。山简担任军事重镇荆州刺史，又领征南将军，都督荆、湘、交、广四州诸军事，这样一位地方大员，如此耽于游乐，荒废政事，当时政治、军事之荒嬉可想而知。《晋书·山简传》云："于时四方寇乱，天下分崩，王威不振，朝野危惧。简优游卒岁，唯酒是耽。诸习氏，荆土豪族，有佳园池。简每出嬉游，多之池上，置酒辄醉，名之曰高阳池。时有童儿歌曰：'山公出何许，往至高阳池。日夕倒载归，茗艼无所知。时时能骑马，倒著白接篱。举鞭向葛彊，何如并州儿？'彊家在并州，简爱将也。"

20. 张季鹰纵任不拘[1]，时人号为"江东步兵"。或谓之曰："卿乃可纵适一时[2]，独不为身后名邪[3]？"答曰："使我有身后名，不如即时一杯酒[4]！"

王世懋评曰："季鹰此意甚远，欲破世间啖名客耳（参见《识鉴》篇"张季鹰辟齐王东曹掾"则内容）。渠亦那能尽忘？本谓忘名，乃令此言千载。"

［注释］

[1]"张季鹰纵任不拘"二句：张季鹰即张翰，字季鹰。前已见。因其性格豪放不羁，又是吴郡（江东）人，时人以比阮籍，称为"江东步兵"（阮籍曾任步兵校尉，世称"阮步兵"）。纵任不拘，纵情放任，不拘礼节。 [2] 乃可：虽然可以。纵适：纵意享乐。 [3] 身后：死后。 [4] 即时：现时。

［点评］

就是这位因秋风起而思念家乡的莼菜、鲈鱼，从而果断辞官返乡的张季鹰，看起来不合常理，实际上反映了他任性自适的人生观和行为取向。这就是他在此明确表示的：与其考虑身后的虚名，不如及时行乐，满足当下。

21. 毕茂世云[1]："一手持蟹螯[2]，一手持酒杯，拍浮酒池中[3]，便足了一生[4]。"

凌濛初评曰："持蟹螯，犹不如读《离骚》。"（按，参见本篇第53则：王孝伯言："名士不必须奇才，但使常得无事，痛饮酒，熟读《离骚》，便可称名士。"）

［注释］

[1] 毕茂世：名卓，字茂世，晋新蔡（今属河南）人。性放达，好酒。曾为吏部郎，常因嗜酒废职。后为温峤平南长史。　[2] 蟹螯：螃蟹的钳形大足，是很好的下酒物。　[3] 拍浮酒池中：比喻在酒池中游泳。这是夸张的说法。拍浮，游泳。按，《史记·殷本纪》称纣王"以酒为池，县（悬）肉为林"，居然成为毕茂世的理想目标。　[4] 足了一生：足以了此一生。

［点评］

此则写毕茂世好酒，其最大愿望便是：一手拿着螃蟹，一手端着酒杯，在酒池中逍遥一辈子。《晋书·毕卓传》亦载其事："卓尝谓人曰：'得酒满数百斛船，四时甘味置两头。右手持酒杯，左手持蟹螯，拍浮酒船中，便足了一生矣！'"

24. 鸿胪卿孔群好饮酒[1]，王丞相语云[2]："卿何为恒饮酒？不见酒家覆瓿布[3]，日月糜烂[4]？"群曰："不尔[5]，不见糟肉[6]，乃更堪久[7]？"群尝书与亲旧："今年田得七百斛秫米[8]，不了麴糵事[9]。"

[注释]

[1] 鸿胪卿：官名，掌管朝贺庆吊等礼仪。孔群：字敬林，会稽山阴（今浙江绍兴）人。嗜酒，志尚不群。曾任鸿胪卿、御史中丞等职。 [2] 王丞相：王导。 [3] 瓿（bù）：瓦器，可用于装酒等。 [4] 日月：意为经日月。 [5] 不尔：不是这样。不，同“否”。尔，这样。 [6] 糟肉：用酒糟腌制的肉。 [7] 堪久：能经久不坏。 [8] 斛：古代容器，十斗为一斛。秫（shú）：高粱。 [9] 不了麹蘖（qū niè）事：谓不够用来酿酒。麹蘖，酒母，引申为酿酒。

[点评]

王导劝孔群不要过多饮酒，以免伤害身体，就像酒家用来盖酒坛的布容易糜烂一样。孔群则以糟肉容易保存为喻，认为酒对身体有好处。二人皆以物为喻，且与酒紧密相关，一忧一喜，一反一正，显示了他们高超的语言艺术。尤其是孔群的回答，虽有狡辩之嫌，却十分机智而有趣味。

王世懋评曰：“大亡（无）赖！”

31. 殷洪乔作豫章郡[1]，临去，都下人因附百许函书[2]。既至石头[3]，悉掷水中，因祝曰[4]：“沉者自沉，浮者自浮，殷洪乔不能作致书邮[5]。”

[注释]

[1] 殷洪乔：殷羡，字洪乔，殷浩之父。官至豫章太守、光禄勋。作豫章郡：就任豫章太守。豫章，今江西南昌。 [2] 都下：

京城建康。因附：因便捎带。百许函：即上百封。百许，一百上下。许，表示约数。函，量词。书：信。　[3] 石头：即石头城，位于建康西。　[4] 祝：祈祷。　[5] 致书邮：送信的邮差。

[点评]

殷羡受人之托，捎信百封，竟然全部投入水中。如此不讲信义，玩世不恭，实在是荒唐之至。然而，祝词"沉""浮"二字殊有意趣。据《太平御览》卷七一引沈约撰《晋书》(已佚)，所载略异，曰："殷羡，建元中为豫章太守。去郡，郡人多附书一百余封，行至江西石头渚岸，以书掷水中，……故时人号为投书渚。"据此，则为殷羡辞去豫章太守，郡人托他捎带书信。所称石头，乃江西之石头渚，其位置在今江西南昌新建区西北，相传为殷羡投书处。

35. 王光禄云[1]："酒，正使人人自远[2]。"

[注释]

[1] 王光禄：王蕴，字叔仁，晋司徒王濛之子。曾作吴兴、晋陵二郡太守，有政绩。后官至尚书左仆射、镇军将军、会稽内史。死后追赠左光禄大夫。刘孝标注引《续晋阳秋》曰："蕴素嗜酒，末年尤甚。及在会稽，略少醒日。"　[2] 自远：疏远自己，忘掉自己。

［点评］

魏晋名士大都善饮，本篇以饮酒、醉酒、论酒为内容的多达三十余则，占一半以上。王光禄认为酒能使人忘掉自己，忘掉烦恼，进入一种胸怀高远的境界。王卫军也有类似的体悟："酒正自引人著胜地。"（见本篇第48则，成语"引人入胜"本此）可见，借酒浇愁，自我陶醉，不失为一种逃避现实、超脱世务的方法。

46. 王子猷尝暂寄人空宅住[1]，便令种竹。或问："暂住何烦尔？"王啸咏良久[2]，直指竹曰："何可一日无此君？"

［注释］

[1] 王子猷：王徽之。前已见。寄：寄居。 [2] 啸咏：吟咏。参见《栖逸》篇"阮步兵啸闻数百步"条注释。

［点评］

此则写王子猷爱竹，虽寄居暂住，亦令人种竹。"何可一日无此君"，其爱竹之情可谓深矣！苏东坡诗云："可使食无肉，不可使居无竹。"（《於潜僧绿筠轩》）境界亦同乎！《简傲》篇第16则另载其赏别家好竹事，录以备考。其文曰："王子猷尝行过吴中，见一士大夫家极有好竹，主已知子猷当往，乃洒扫施设，在听事坐相待。王肩舆径造竹下，讽啸良久，主已失望，犹冀还当通，遂直欲出门。主人大不堪，便令左右闭门，不听出。王更以此赏主人，乃留坐，尽欢而去。”

47. 王子猷居山阴[1]，夜大雪，眠觉[2]，开室[3]，命酌酒，四望皎然[4]。因起仿偟[5]，咏左思《招隐诗》[6]。忽忆戴安道[7]。时戴在剡[8]，即便夜乘小船就之[9]。经宿方至[10]，造门不前而返[11]。人问其故，王曰：“吾本乘兴而行，兴尽而返，何必见戴？”

王世懋评曰：“大是佳境！”

凌濛初评曰：“读此，每令人飘飘欲飞。”

［注释］

[1] 山阴：县名。在会稽山北，晋时属会稽郡。 [2] 眠觉：睡醒了。 [3]“开室”二句：打开门，吩咐家人备酒以酌。酌，斟酒。 [4] 皎然：形容下雪的景色，一片白茫茫的样子。 [5] 仿偟：即“彷徨”，徘徊。 [6] 左思：晋文学家，代表作有《三都赋》《咏史诗》等。《招隐诗》：共两首，描写隐士生活，其中写到雪景。 [7] 忆：思念，想起。戴安道：戴逵。前已见。 [8] 剡：县名。晋时属会稽郡，在今浙江嵊州。此地有剡溪，为曹娥江上游，从山阴可溯流而达。 [9] 就之：前往拜访他。 [10] 经宿：经过一夜。 [11] 造门不前：到达门口却不进去见面。前，见面，会见。

［点评］

王子猷雪夜访戴，乘兴而行，兴尽而返，成为魏晋风度的典型事件，千百年来为人们所津津乐道。此则文字如诗如画，情景交融，令人神往。

49. 王子猷出都[1]，尚在渚下[2]。旧闻桓子野善吹笛[3]，而不相识。遇桓于岸上过，王在船中，客有识之者云："是桓子野。"王便令人与相闻[4]，云："闻君善吹笛，试为我一奏。"桓时已贵显[5]，素闻王名，即便回下车[6]，踞胡床[7]，为作三调[8]。弄毕[9]，便上车去。客主不交一言。

王世懋评曰："佳境乃在末语。"

［注释］

[1] 出都：到京城去。都，指东晋都城建康。 [2] 尚在渚下：谓王子猷的船尚停泊在渚下。渚，指青溪渚。按，《晋书·桓伊传》云："王徽之赴召京师，泊舟青溪侧。" [3] 旧闻：以前听说。桓子野：桓伊，字叔夏，小字子野。善音乐，尽一时之妙。官至护军将军。 [4] 王便令人与相闻：谓王子猷就派人去向桓子野传话。相闻，通消息，传话。 [5] 贵显：地位显要尊贵。 [6] 即便回下车：立即回身下车。按，晋时车制，皆于车后上下，故曰"回"。 [7] 踞：倚，靠。胡床：坐具，由胡地传入的一种轻便坐具。 [8] 三调：三首曲子。 [9] 弄：演奏。

［点评］

王、桓二人素不相识，却彼此相知，在不期而遇中，王邀请桓为其吹笛，桓为作三调，弄毕自去，客主不交一言。这里没有客套，没有尊卑，没有喝彩，没有酬谢，体现了魏晋名士不拘礼节、率性而为的任真作风。

51. 王孝伯问王大[1]："阮籍何如司马相如[2]？"王大曰："阮籍胸中垒块[3]，故须酒浇之。"

李贽评曰："是贬？是赏？"

[注释]

[1] 王孝伯：王恭，字孝伯，晋光禄大夫王蕴之子。官至秘书丞、中书令等。王大：王忱，小字佛大，晋安北将军王坦之之子。官至荆州刺史。王忱是王恭的族叔，故问之。 [2] 司马相如：字长卿，蜀郡成都（今属四川）人。西汉词赋家，著有《子虚赋》《上林赋》等著名词赋。曾任武骑常侍。《汉书》本传称其"未尝肯与公卿国家之事，常称疾闲居，不慕官爵"。嵇康《高士传》赞曰："长卿慢世，越礼自放。""托疾避官，蔑此卿相。" [3] 胸中垒块：比喻胸中郁结不舒，有不平之气。《晋书》本传云："籍本有济世志，属魏晋之际，天下多故，名士少有全者。籍由是不与世事，遂酣饮为常。"

[点评]

此则刘孝标注云："言阮皆同相如，而饮酒异耳。"意谓阮籍与司马相如在文才、性情等方面都相同，唯有阮籍借酒浇胸中垒块这一点不同。

52. 王佛大叹言[1]："三日不饮酒，觉形神不复相亲[2]。"

[注释]

[1] 王佛大：见前则注。 [2] 形神不复相亲：身体与精神相分离。谓不饮酒就会神不附体，也就是离不得酒。

[点评]

《晋书・王忱传》云："(忱)性任达不拘，末年尤嗜酒，一饮连月不醒，或裸体而游。每叹三日不饮，便觉形神不相亲。"刘孝标注引《晋安帝纪》曰："忱少慕达，好酒，在荆州转甚，一饮或至连日不醒，遂以此死。"又引宋明帝《文章志》曰："忱嗜酒，醉辄经日，自号'上顿'。世喭以大饮为'上顿'，起自忱也。"由此可知，这位王忱（佛大）饮酒的境界，真是到了不要命的地步。他完全是喝死的！

53. 王孝伯言[1]："名士不必须奇才，但使常得无事[2]，痛饮酒，熟读《离骚》[3]，便可称名士。"

[注释]

[1] 王孝伯：王恭。前已见。 [2] 但使：只要。 [3]《离骚》：《楚辞》篇名，屈原的代表作品。屈原仕楚，被谗见疏，竟遭放逐，忧愁郁愤而作《离骚》。

[点评]

名士当有真假之分。王恭给名士下的定义，实则恰好可用来嘲讽那些纵酒无度、附庸风雅的假名士。是真名士自风流！

简傲第二十四

简傲，简慢自傲。魏晋名士蔑视礼法，倨傲不恭，自命清高，目空一切，形成一股慢世之风。

《简傲》篇凡 17 则，入选 5 则。

1. 晋文王功德盛大[1]，坐席严敬[2]，拟于王者[3]，唯阮籍在坐，箕踞啸歌[4]，酣放自若[5]。

［注释］

[1] 晋文王：司马昭。甘露三年（258），司马昭被封为晋公，加九锡，进位相国。咸熙元年（264），进爵为晋王。晋朝建立后，追尊为文帝。功德：功业、德行。 [2] 坐席严敬：谓坐席间人们都很严肃庄重。 [3] 拟于王者：谓好像在君王面前一样。拟，比。 [4] 箕踞：两足伸张而坐，状如簸箕，为傲慢随意之态。啸歌：吟咏。参见《栖逸》篇"阮步兵啸闻数百步"条注释。 [5] 酣放自若：纵酒狂放，不改常态。

［点评］

此则写阮籍在晋文王处傲然自若，视同平常。

3. 钟士季精有才理[1]，先不识嵇康[2]，钟要于时贤俊之士[3]，俱往寻康。康方大树下锻[4]，向子期为佐鼓排[5]。康扬槌不辍[6]，傍若无人，移时不交一言[7]。钟起去，康曰："何所闻而来？何所见而去？"钟曰："闻所闻而来，见所见而去。"

对答绝妙！

［注释］

[1] 钟士季：钟会，字士季，三国魏太傅钟繇少子，与兄毓并有名气。博学，善名理。仕魏官司隶校尉，后官至司徒。以谋反

罪被杀。精有才理：《三国志·魏书·钟会传》称其："有才数技艺，而博学精练名理。" [2] 嵇康："竹林七贤"之一。后遭钟会诬陷，被司马氏杀害。 [3] 要：同"邀"。 [4] 锻：打铁。 [5] 向子期：向秀，字子期。"竹林七贤"之一。好老庄之学，注《庄子》，与郭象齐名。为佐：当助手。鼓排：拉风箱。 [6] 槌：同"锤"。不辍：不停。 [7] 移时：过了好一会儿。

［点评］

此则写贵公子钟会拜访嵇康遭受冷遇的故事，为日后陷害嵇康埋下伏笔。《晋书·嵇康传》亦有记载："初，康居贫，尝与向秀共锻于大树之下，以自赡给。颍川钟会，贵公子也，精练有才辩，故往造焉。康不为之礼，而锻不辍。良久会去，康谓曰：'何所闻而来？何所见而去？'会曰：'闻所闻而来，见所见而去！'会以此憾之。"

6. 王平子出为荆州[1]，王太尉及时贤送者倾路[2]。时庭中有大树，上有鹊巢，平子脱衣巾[3]，径上树取鹊子[4]，凉衣拘阂树枝[5]，便复脱去。得鹊子还，下弄，神色自若，傍若无人。

王世懋评曰："此何足取。"

［注释］

[1] 王平子：王澄，字平子，太尉王衍之弟。据刘孝标注引《晋阳秋》，惠帝时，太尉王衍推荐弟澄为荆州刺史，从弟敦为青州刺史。出：出任地方官。为荆州：做荆州刺史。 [2] 王太尉：王衍，字夷甫，东晋名臣，官至太尉。时贤：当时的贤达名流。倾路：

挤满了道路。形容送行的人数之多。 [3] 巾：头巾。 [4] 鹊子：鹊巢中的幼子。 [5]“凉衣拘阂树枝”二句：谓王澄上树取鹊子，内衣被树枝挂住，便又脱去。凉衣，贴身内衣。拘阂，挂碍。

[点评]

王澄出任荆州刺史，王衍等众多名流为他送行，他却脱衣上树，掏取鹊雏，甚至当众玩弄，旁若无人。这种行为简直形同儿戏，成何体统！

15. 王子敬兄弟见郗公[1]，蹑履问讯[2]，甚修外生礼[3]。及嘉宾死[4]，皆著高屐[5]，仪容轻慢[6]。命坐，皆云“有事，不暇坐”。既去，郗公慨然曰[7]：“使嘉宾不死，鼠辈敢尔！”

刘辰翁评曰：“备极世情。”

王世懋评曰：“慢意可掬。”

[注释]

[1] 王子敬：王献之，字子敬，王羲之之子，为郗愔外甥。郗公：郗愔，郗鉴之子，其姊适王羲之。曾任会稽内史，徐、兖二州刺史。 [2] 蹑履：穿着鞋子。在正式场合必须穿鞋，表示恭敬。问讯：问候。 [3] 外生：即外甥。 [4] 嘉宾：郗超，字嘉宾，郗愔之子。善清谈，精玄理。曾为大司马桓温的谋主，权重一时。郗超先于其父郗愔而死。 [5] 高屐：高齿木屐。当时贵族子弟喜着高屐，属便装。在外出或见尊长时，着屐显得轻慢无礼。 [6] 仪容：神态，态度。轻慢：轻忽怠慢，谓态度不谦恭。 [7]“郗公慨然曰”以下三句：谓郗愔感慨地说：“如果郗超还在世，子敬兄弟怎敢这般放肆！”鼠辈，骂人之语，一本作“儿（兒）辈”，《晋

书》作“鼠子”。

［点评］

王、郗都是东晋的高门大族，二家联姻，右军东床坦腹，成为千古佳话。不意到了右军的下一代，子敬兄弟在自己的亲舅舅面前，竟然如此轻慢，与先前之修礼，简直判若云泥。寥寥数笔，刻画势利小人之嘴脸，可谓入木三分。

17. 王子敬自会稽经吴[1]，闻顾辟疆有名园[2]。先不识主人，径往其家。值顾方集宾友酣燕[3]，而王游历既毕，指麾好恶[4]，傍若无人。顾勃然不堪曰[5]：“傲主人，非礼也；以贵骄人，非道也。失此二者，不足齿之伧耳[6]！”便驱其左右出门[7]。王独在舆上回转，顾望左右移时不至，然后令送著门外，怡然不屑[8]。

刘辰翁评曰：“兄弟所遭不同，达故自堪。”（指本篇第16则“王子猷尝行过吴中”事，参见《任诞》篇“王子猷尝暂寄人空宅住”条）

［注释］

[1] 王子敬：见前则注。会稽：郡名，治所在山阴（今浙江绍兴）。吴：即吴郡，治所在吴县（今江苏苏州）。 [2] 顾辟疆：据刘孝标注引《顾氏谱》：“辟疆，吴郡人，历郡功曹、平北参军。” [3] 值：遇上。酣燕：饮酒宴会。燕，同“宴”。 [4] 指麾好恶：谓指点评论园林的优劣。麾，同“挥”。 [5] 勃然：气愤的样子。不堪：不能忍受。 [6] 不足齿：不足论，不值一提。伧：

粗野。当时南方人称北方人为“伧”，犹言“鄙夫”。 [7]“便驱其左右出门”以下三句：谓王子敬的随从被主人赶出门后，他一个人在车上左顾右盼不见人来。舆，车，或肩舆，即轿子。移时，过了一会儿。 [8]不屑：不介意，不在乎。

[点评]

此则写王子敬擅入顾家名园，肆意评说，遭主人斥责，被逐出园子，却满不在乎。如此傲慢无礼的放诞行为，只能是自取其辱。

排调第二十五

排调，谐谑调笑。余嘉锡《世说新语笺疏》引程炎震语云“排当作俳”。俳者，诙谐、幽默之谓也。本篇多为言语应答之机智、巧妙、谐趣，才华横溢，耐人寻味。

《排调》篇凡 65 则，入选 15 则。

4. 嵇、阮、山、刘在竹林酣饮[1]，王戎后往[2]。步兵曰[3]："俗物已复来败人意[4]！"王笑曰："卿辈意，亦复可败邪？"

［注释］

[1] 嵇、阮、山、刘：嵇康、阮籍、山涛、刘伶，与后文的王戎俱为"竹林七贤"，前均已见。酣饮：饮酒尽兴。 [2] 后往：后到。 [3] 步兵：指阮籍，曾任步兵校尉，世称"阮步兵"。 [4] 俗物：俗人。败人意：扫人兴，败坏了雅兴。按，阮籍与王戎的对话，是朋友间互开玩笑。

［点评］

此则刘孝标注引《魏氏春秋》曰："时谓王戎未能超俗也。"阮籍既称王戎为"俗物"，又说他"败人意"；王戎立即回敬道："卿辈意，亦复可败邪？"言下之意是说，你们这些雅人雅意，怎么会被我这个俗人所败呢？可见你们也是"俗物"。

王世懋评曰："误语乃得佳。"

6. 孙子荆年少时欲隐[1]，语王武子"当枕石漱流"[2]，误曰"漱石枕流"。王曰："流可枕，石可漱乎？"孙曰："所以枕流，欲洗其耳[3]；所以漱石，欲砺其齿[4]。"

[注释]

[1] 孙子荆：孙楚，字子荆，太原人。与同郡王济友善，济谓其“天才英博，亮拔不群”。惠帝时官至冯翊太守。隐：隐居。 [2] 王武子：王济，字武子，太原人。精通老庄之学，善清言，文词秀茂。娶武帝女常山公主，任侍中等职。枕石漱流：以山石为枕，以清流漱口。谓向往林泉隐逸的生活。曹操《秋胡行》：“名山历观，遨游八极，枕石漱流饮泉。” [3] 欲洗其耳：据《高士传》记载，古隐士许由，耕于颍水之阳，箕山之下，尧帝召他为九州长，许由以为污其耳，遂往颍水之滨洗耳。后常以“洗耳”表示清高处世，淡泊名利。 [4] 砺：磨砺。

[点评]

孙楚由口误而引出一番妙解，显示其才思敏捷。如今，在许多风景绝佳的名胜之地，常能看到“枕石漱流”的摩崖石刻（如庐山白鹿洞书院就有“枕流”二字），当与孙楚、王济故事不无关系。

9. 荀鸣鹤、陆士龙二人未相识[1]，俱会张茂先坐[2]。张令共语。以其并有大才，可勿作常语。陆举手曰：“云间陆士龙[3]。”荀答曰：“日下荀鸣鹤[4]。”陆曰：“既开青云，睹白雉[5]：何不张尔弓，布尔矢[6]？”荀答曰：“本谓云龙骙骙[7]，定是山鹿野麋，兽弱弩强[8]，是以发迟。”张乃抚掌大笑[9]。

王世懋评曰：“云间、日下者，荀字从日，陆名曰云。”

[**注释**]

[1] 荀鸣鹤：荀隐，字鸣鹤，晋颍川（今属河南）人，荀岳之子。曾任太子舍人、司徒掾。陆士龙：陆云，字士龙，吴郡（今江苏苏州）人，三国吴丞相陆逊之孙。善著文，与兄陆机齐名，时称二陆。曾任清河内史。 [2] 张茂先：张华，字茂先。官至司空。张华对陆氏兄弟十分器重。 [3] 云间：华亭古称云间。陆逊封华亭侯，陆氏世居华亭，故陆云自称“云间陆士龙”。 [4] 日下：指京城。西晋京城在洛阳，荀是颍川人，与京城相近，故称“日下荀鸣鹤”。按，荀、陆二人的自我介绍，正好将各自的地名和人名巧妙地连到一起。 [5] 雉：野鸡。此句嘲笑荀不是鹤。 [6] 张尔弓，布尔矢：谓张弓搭箭，准备射雉。 [7] “本谓云龙骙（kuí）骙”二句：原来认为是矫健的云龙，没想到竟是山鹿野麋。嘲笑陆不是龙。骙骙，本形容马壮。麋，麋鹿，四不像。 [8] “兽弱弩强”二句：是针对上文陆语而发的。弩，弩机。 [9] 抚掌：拍手。

[**点评**]

荀、陆二人互相嘲弄，虽属文字游戏，却是一种文雅的智力斗趣，故主人张华听罢抚掌大笑。

12. 诸葛令、王丞相共争姓族先后[1]。王曰：“何不言葛、王[2]，而云王、葛？”令曰：“譬言驴马，不言马驴，驴宁胜马邪[3]？”

[**注释**]

[1] 诸葛令：诸葛恢，曾任尚书令，故称。王丞相：王导。二

人同时，皆为琅琊郡人。 [2] 葛：诸葛氏原为葛氏，旧居琅琊诸县，后称诸葛氏。 [3] 宁：难道。

［点评］

此则写诸葛恢与王导戏争族姓先后。余嘉锡《世说新语笺疏》曰："凡以二名同言者，如其字平仄不同，而非有一定之先后，如'夏商''孔颜'之类，则必以平声居先，仄声居后，此乃顺乎声音之自然，在未有四声之前，固已如此。故言'王葛''驴马'，不言'葛王''马驴'，本不以先后为胜负也。"所言极是。

18. 王丞相枕周伯仁膝[1]，指其腹曰："卿此中何所有？"答曰："此中空洞无物，然容卿辈数百人[2]。"

［注释］

[1] 王丞相：王导。周伯仁：周顗，字伯仁。官至尚书左仆射，封武城侯。 [2] 卿辈：你这类人。

［点评］

王导与周顗都是朝中要员，周大腹便便，王指着取笑他：这里面有什么？周回答说：这里面虽然没什么学问，但有容人之量，能装下你这样的人数百个。据《晋书·周顗传》记载，王导"亦不以为忤"。此则非唯排调，亦颇具雅量。

19. 干宝向刘真长叙其《搜神记》[1]，刘曰："卿可谓鬼之董狐[2]。"

[注释]

[1] 干宝：字令升，新蔡（今属河南）人。少以博学才器著称，任散骑常侍。晋元帝置史官，干宝以著作郎领修国史，著《晋纪》二十卷，时称良史。又撰《搜神记》三十卷，多写鬼神故事。原书已佚，今有辑佚本，凡二十卷。刘真长：刘惔，字真长，晋沛国人，官至丹阳尹。叙：叙述，介绍。 [2] 鬼之董狐：称赞干宝所著《搜神记》是为鬼著史。董狐，春秋时著名史官，《左传》宣公二年载其事迹。因其秉笔直书，被孔子称为"古之良史"。后世以董狐为优秀史官的代称。

[点评]

刘惔称干宝为"鬼之董狐"，虽有戏言成分，却是对干宝及其《搜神记》很高的评价。

21. 康僧渊目深而鼻高[1]，王丞相每调之[2]，僧渊曰："鼻者，面之山；目者，面之渊。山不高则不灵，渊不深则不清。"

[注释]

[1] 康僧渊：西域僧人，精佛理，善清谈，曾在豫章立寺讲经。参见《文学》篇"康僧渊初过江"条。目深而鼻高：形容外国人

的面部特征。 [2] 王丞相：王导。调：调侃，取笑。

[**点评**]

此则记王导调侃康僧渊的相貌，康僧渊自我解嘲，却解说得堂而皇之，意韵悠长。

26. 谢公在东山[1]，朝命屡降而不动[2]。后出为桓宣武司马[3]，将发新亭[4]，朝士咸出瞻送[5]。高灵时为中丞[6]，亦往相祖[7]。先时，多少饮酒[8]，因倚如醉，戏曰："卿屡违朝旨，高卧东山，诸人每相与言：'安石不肯出，将如苍生何[9]！'今亦苍生将如卿何？"谢笑而不答[10]。

王世懋评曰："似醉不醉，语妙绝。"

[**注释**]

[1] 谢公：指谢安。东山：在会稽上虞西南，谢安出仕前，曾长期隐居于此。 [2] 朝命：指朝廷征召。 [3] 出：出山为官。桓宣武：桓温。 [4] 新亭：东晋名流朝士饮宴送别之处，故址在今江苏南京江宁区南。 [5] 朝士：朝廷官员。瞻送：送别。晋宋常语，取"远送行人，瞻望弗及"之意。 [6] 高灵：高崧，小字灵，广陵人，官至侍中。中丞：即御史中丞，御史台长官。 [7] 祖：古人出行时祭祀路神称"祖"，引申为送行。相祖即相送。 [8] 多少：少许，稍微。 [9] 苍生：百姓。 [10] 谢笑而不答：《晋书》本传作"安甚有愧色"。

[**点评**]

谢安高卧东山二十余年，终于出山为桓温的司马，高灵乘着酒兴与他开玩笑说：过去大家说，谢安不肯出山，怎么对得起苍生百姓。现在呢，是苍生百姓如何看您了！意谓您谢安将如何有所作为，才不辜负大家的期望呢？

31. 郝隆七月七日出日中仰卧[1]。人问其故，答曰："我晒书[2]。"

[**注释**]

[1] 郝隆：字佐治，晋汲郡（今河南卫辉）人，官至征西参军。七月七日：古人习俗，七月七日曝晒经书及衣裳，可防霉除虫。 [2] 我晒书：人晒书籍衣物，我晒腹中经书。

[**点评**]

郝隆仰卧晒书，可与王右军东床坦腹比美。魏晋名士放诞率真，他们一些不合常规的出格行为，往往成为后世的美谈。

32. 谢公始有东山之志[1]，后严命屡臻[2]，势不获已[3]，始就桓公司马[4]。于时人有饷桓公药草[5]，中有"远志"[6]。公取以问谢："此药又名'小草'，何一物而有二称？"谢未即答。时郝隆在坐[7]，应声答曰："此甚易解：处则为远志[8]，出则为小草。"谢甚有愧色。桓公目谢而笑曰："郝参军此过乃不恶[9]，亦极有会。"

王世懋评曰："机锋偶到，故不可忍，然足成终身大隙。"（按，或谓郝隆此语构怨谢安）

［注释］

[1]谢公：谢安。东山之志：参见本篇"谢公在东山"条。 [2]严命：指朝廷的诏命。臻：至。 [3]不获已：不得已。 [4]桓公：桓温。据《资治通鉴》，晋穆帝升平四年（360），桓温请为司马，谢安赴任。 [5]饷（xiǎng）：馈赠。 [6]远志：一种中草药，其根名"远志"，其叶名"小草"，均可入药。 [7]郝隆：参见上则。 [8]"处则为远志"二句：谓远志根在土中为"处"，叶生地面为"出"，暗指谢安隐居东山为远志，出山赴任则为小草，语意双关。 [9]"郝参军此过乃不恶"二句：谓郝参军这样解说还不坏，也颇有意味。过，《太平御览》卷九八九引此文作"通"，当是。通，解说，阐释。不恶，不坏。会，意趣，意味。

［点评］

此则再叙谢安东山之志事。郝隆以远志一物而有二称，嘲讽谢安"出""处"不定，语含机锋，辞意犀利。故谢安"甚有愧色"，而桓温则赶快打圆场，说郝隆并无恶意，而且解说得很有趣味。

34. 范玄平在简文坐[1]，谈欲屈[2]，引王长史曰[3]："卿助我！"王曰："此非拔山力所能助[4]！"

[注释]

[1] 范玄平：范汪，字玄平，颍阳（今河南许昌西南）人。少有不常之志，博涉经籍，善谈名理。曾任吏部尚书，徐、兖二州刺史。简文：即简文帝。坐：同“座”。 [2] 谈：谈玄。屈：指谈玄时受挫，义理将尽。 [3] 引：牵，拉。王长史：王濛。前已见。 [4] 此非拔山力所能助：这不是用气力所能帮助你的。意思是谈玄是智力竞赛，非拔山之力所能助。

[点评]

此则刘孝标注引《史记》所载项羽《垓下歌》：“力拔山兮气盖世，时不利兮骓不逝。”王濛的话，即借用此意，表示谈玄不靠气力取胜。语带讽意而措辞巧妙。

46. 王文度、范荣期俱为简文所要[1]。范年大而位小，王年小而位大。将前[2]，更相推在前[3]，既移久[4]，王遂在范后[5]。王因谓曰：“簸之扬之[6]，糠秕在前。”范曰：“洮之汰之[7]，沙砾在后。”

刘辰翁评曰：“二语易位，乃可。”

[注释]

[1] 王文度：王坦之，字文度，太原人，王述之子。初为从事中郎，后出为大司马桓温的长史。简文帝死，与谢安共同辅佐孝武帝。范荣期：范启，字荣期，晋护军长史范坚之子。官至黄门侍郎。要：同“邀”。 [2] 前：谒见，入见。 [3] 更相：互相。

推：让。[4]移久：谓经多次推让，一再变换先后。[5]遂：终于。[6]“簸之扬之”二句：谓簸扬谷米，糠秕总是在前面。[7]“洮之汰之”二句：谓淘米冲洗杂质，沙砾必定在后头。洮，同“淘”。

[点评]

此则写王文度与范荣期二人同时受简文帝召见，互相推让谁在先谁在后，并嘲弄打趣对方。据刘孝标注，一说是孙绰和习凿齿二人所言。《晋书·孙绰传》亦载为孙、习所言。按，从逻辑上讲，王文度与范荣期二人一直在互相谦让，后来的对话应当是各自降低自己，恭维对方，岂可相互讥讽贬损。范既在先（年大为先），应当说“簸之扬之，糠秕在前”；王居后，当言“洮之汰之，沙砾在后”。故刘辰翁评曰：“二语易位，乃可。”极是！

51. 二郗奉道[1]，二何奉佛[2]，皆以财贿[3]。谢中郎云[4]：“二郗谄于道[5]，二何佞于佛[6]。”

[注释]

[1]二郗：指郗愔、郗昙兄弟。二人皆信奉天师道。[2]二何：指何充、何准兄弟。二人皆信奉佛教，广修佛寺，供养和尚，花费浩大。[3]皆以财贿：谓二郗奉道与二何奉佛，都不惜钱财。财贿，财物。[4]谢中郎：谢万，字万石，谢安弟。曾任抚军从事中郎，故称。[5]谄：巴结，讨好。[6]佞：与“谄”义近。

［点评］

魏晋时代，士族阶层崇奉佛、道二教之风很盛，二郗与二何是其中突出的代表。据刘孝标注，何充供给沙门数以百计，“征役吏民，功赏万计，是以为遐迩所讥”。故谢万称“二郗谄于道，二何佞于佛”，并不只是一般的讥讽，而是对当时社会现实的针砭。

李贽评曰：“言近喻远。”

59. 顾长康啖甘蔗[1]，先食尾[2]。问所以，云：“渐至佳境[3]。”

［注释］

[1] 顾长康：顾恺之，字长康。前已见。啖：吃。 [2] 尾：指甘蔗的尾梢部分。 [3] 渐至佳境：谓从甘蔗的末梢到根本，渐渐越吃越甜。

［点评］

顾长康不愧是大画家和艺术理论家，连吃甘蔗这样的生活小事，也能从中发现美和美的规律。今所谓生活美学，古人早已实践、体验并总结出来了。《晋书》本传亦载此事：“恺之每食甘蔗，恒自尾至本。人或怪之。云：‘渐入佳境。’”

61. 桓南郡与殷荆州语次[1]，因共作了语[2]。顾恺之曰：“火烧平原无遗燎[3]。”桓曰：“白布缠棺竖旒旐[4]。”殷曰：“投鱼深渊放飞鸟[5]。”次复作危语[6]。桓曰：“矛头淅米剑头炊[7]。”殷曰：“百岁老翁攀枯枝。”顾曰：“井上辘轳卧婴儿。”殷有一参军在坐[8]，云：“盲人骑瞎马[9]，夜半临深池。”殷曰：“咄咄逼人[10]！”仲堪眇目故也[11]。

［注释］

[1] 桓南郡：桓玄，桓温之子，袭父爵为南郡公。殷荆州：殷仲堪，曾任荆州刺史。语次：言谈之间。次，时，时候。　[2] 共作了语：一起做文字游戏。了语，以完结、了结之意为题所作的联句。以下三人各作一句，皆含“了结”之义，而语言工整押韵，是非常精彩的联句。　[3] 无遗燎：谓完全烧尽。燎，烧。按，当时顾恺之亦在场。　[4] 白布缠棺竖旒旐（liú zhào）：谓盖棺论定。旒旐，丧幡。用黑布制成，出殡时持为前导。　[5] 投鱼深渊放飞鸟：谓把鱼和鸟放归自然，亦含了结之义。　[6] 危语：表示处于危境之语。　[7] 矛头淅米剑头炊：谓在矛头的凹槽中洗米，用剑头支锅做饭。余嘉锡《笺疏》认为：“此不过言于战场中造饭，死生呼吸，所以为危也。”以下“百岁老翁攀枯枝”及“井上辘轳卧婴儿”两句皆极言危险。　[8] 参军：当指殷部下参与军事的属官。　[9]“盲人骑瞎马”二句：盲人骑着瞎马，半夜来到深池边上。更是危险之至。　[10] 咄咄逼人：形容惊惧之态。咄咄，惊叹之词，为六朝口语。　[11] 眇（miǎo）：一目盲。据刘孝标注引《中兴书》：“仲堪父尝疾患经时，仲堪衣不解带数年。自分剂汤药，误以药手拭泪，遂眇一目。”而参军语中有云“盲人骑瞎马”，巧合仲堪眇一目，故其颇觉难堪。

[**点评**]

联句虽是文字游戏，但没有相当的文学和语言素养，特别是修辞方面的技巧，很难达到高水平。此则桓、殷、顾三人联句，极尽夸张之能事，均十分精彩。然而，出人意料的是，殷仲堪的一位参军在场，他的参与，使这场联句游戏达到高潮。句中盲人、瞎马、夜半、深池这一系列意象，把“危语”这一主题推向了极致。

轻诋第二十六

轻诋，轻鄙诋毁。本篇多为指责他人，语带轻蔑，毫无掩饰，表现出魏晋时代率真自然的精神风貌。

《轻诋》篇凡 33 则，入选 5 则。

1. 王太尉问眉子[1]："汝叔名士[2]，何以不相推重[3]？"眉子曰："何有名士终日妄语？"

[**注释**]

[1] 王太尉：王衍。眉子：王玄，字眉子，王衍之子。少有才名，与卫玠齐名，官至陈留太守。 [2] 汝叔：即王玄的叔父王澄，前已见。 [3] 推重：推许、尊重。

[**点评**]

此则记述王眉子鄙视其叔王澄，认为他整天胡言乱语，哪算得上什么名士。据《识鉴》篇"王平子素不知眉子"条，似乎王澄也看不上他，认为他志大才疏。可见，这叔侄二人彼此瞧不起，并互相诋毁。

4. 庾公权重[1]，足倾王公[2]。庾在石头[3]，王在冶城坐[4]，大风扬尘，王以扇拂尘曰："元规尘污人[5]！"

[**注释**]

[1] 庾公：庾亮，字元规。晋明、成二帝时，他以后兄、帝舅的身份，权倾朝野。 [2] 王公：王导。时任丞相，庾亮曾谋划起兵除掉王导。 [3] 石头：即石头城，在东晋京城建康西，地势险要，为军事重镇。 [4] 冶城：古城名，晋时为丹阳郡治所。 [5] 元规尘污人：庾亮居石头，据上流，拥重兵，且"有东下意"，故

王导在大风扬尘之时，以扇拂尘，说：这是庾亮那边刮来的尘土，可脏啦。

［点评］

王导迫于庾亮权势的威胁，只能以其雅量，用谈玄式的话语，含沙射影地小骂一句："元规尘污人。"

21. 王中郎与林公绝不相得[1]。王谓林公诡辩，林公道王云："著腻颜帢[2]，缔布单衣，挟《左传》，逐郑康成车后，问是何物尘垢囊！"

凌濛初评曰："林公禅伯，不怕口业？"

［注释］

[1] 王中郎：王坦之，曾任从事中郎。林公：支遁，字道林，东晋僧人，时称林公。不相得：不相投，合不来。 [2]"著腻颜帢"以下五句：（王坦之）戴着一顶油腻过时的白帽子，身穿粗布衫，手挟一部《左传》，追逐在郑康成的车后，这不知是一个装着什么污垢的垃圾袋。腻，油腻，垢腻。颜帢，白帽子。《晋书·五行志》："魏造白帢，横缝其前以别后，名之曰颜帢。传行之，至永嘉之间，稍去其缝，名无颜帢。"东晋时以颜帢为旧制，故林公嘲之过时。帢，帽。缔布，一种粗布。《左传》，王坦之的父亲王述治《左传》，著有《春秋左传经传通解》四卷、《春秋旨通》十卷。王坦之传其父之学，故云。逐郑康成车后，这里林公讥其步古人后尘。郑康成，东汉经学家，遍注五经。尘垢囊，佛家称世间庸俗肮脏的人为"革囊盛众秽"。尘垢囊大体与此意相通，比喻人的躯体是尘垢之囊。

［点评］

支道林给王坦之画了一幅漫画像，刻薄之至，令人作呕，故凌濛初评其不讲口德。

22. 孙长乐作王长史诔云[1]："余与夫子[2]，交非势利，心犹澄水[3]，同此玄味[4]。"王孝伯见曰[5]："才士不逊[6]，亡祖何至与此人周旋[7]！"

［注释］

[1] 孙长乐：孙绰，字兴公，袭封长乐侯，故称。王长史：王濛。诔：哀祭类文体。 [2] 夫子：对王长史的尊称。 [3] 心犹澄水：谓与长史之交像水一样清澈，为君子之交。《礼记·表记》："故君子之接如水，小人之接如醴。" [4] 玄味：玄妙的旨趣。 [5] 王孝伯：王恭，字孝伯，晋光禄大夫王蕴之子，王长史（濛）为其祖父。故下文称"亡祖"。 [6] 才士：有才能的士人。此指孙绰。 [7] 周旋：交往。

［点评］

此则写王恭讥讽孙绰为其亡祖所作诔文言过其实。实际上，孙绰为东晋名臣，且以文才著称，温、王、郗、庾等名人去世，必请其撰写诔文。就所引诔文而言，亦并无不妥，未知王恭为何如此指责。

33. 桓南郡每见人不快[1]，辄嗔云[2]："君得哀家梨[3]，当复不烝食不？"

凌濛初评曰："蒸哀家梨者，甚多甚多！"

［注释］

[1] 桓南郡：桓玄，桓温之子，袭封南郡公，故称。不快：不利索，不爽快。 [2] 嗔：怒，生气。 [3] "君得哀家梨"二句：刘孝标注云："旧语，秣陵有哀仲家梨甚美，大如升，入口消释。言愚人不别味，得好梨，烝食之也。"当复，该。复，语缀，无义。烝，通"蒸"。最末一"不"字，同"否"。

［点评］

此则不是针对某个人，而是对那些办事不力、磨磨叽叽一类人的嘲讽和告诫，不要妄自多事，自寻烦恼。成语"哀梨蒸食"本此，比喻不识货，把好东西糟蹋了。

假谲第二十七

假谲，权变诡诈。《说文》曰："假，非真也。"又曰："谲，权诈也。"本篇所载多是为个人功利，施用阴谋诡计乃至诈骗手段以达目的，然亦有以智谋摆脱困境之权变。

《假谲》篇凡 14 则，入选 4 则。

2. 魏武行役[1]，失汲道[2]，军皆渴，乃令曰："前有大梅林，饶子[3]，甘酸，可以解渴。"士卒闻之，口皆出水，乘此得及前源[4]。

[注释]

[1] 魏武：曹操。行役：行军跋涉。 [2] 失汲道：找不到水源取水。汲，取水。 [3] 饶子：果子很多。饶，多，用作动词。 [4] 及：到达。前源：前面的水源。

[点评]

此则写曹操带领大军行军途中，士兵干渴，他假传号令，说前面一片大梅林，有很多梅子可以解渴。士兵听说，顿时口舌生津，因此得以赶到水源之地。成语"望梅止渴"本此。因此，吴人多称梅子为"曹公"(参见沈括《梦溪笔谈·讥谑》)。

4. 魏武常云："我眠中不可妄近[1]，近便斫人[2]，亦不自觉[3]。左右宜深慎此！"后阳眠[4]，所幸一人[5]，窃以被覆之[6]，因便斫杀。自尔每眠[7]，左右莫敢近者。

凌濛初评曰："所为不良，心亦兢兢，作此多狡。"

[注释]

[1] 妄：妄自，随便。 [2] 斫：砍杀。 [3] 亦不自觉：自己也感觉不到。 [4] 阳眠：假装睡觉。阳，同"佯"。 [5] 幸：宠

爱。 [6] 窃以被覆之：悄悄地给他盖被子。 [7] 自尔：从此。

[点评]

此则写曹操设计，防止有人暗害他，不惜牺牲自己所宠幸的侍卫，表现其阴险奸诈的性格。

7. 王右军年减十岁时[1]，大将军甚爱之[2]，恒置帐中眠[3]。大将军尝先出，右军犹未起，须臾钱凤入[4]，屏人论事[5]，都忘右军在帐中[6]，便言逆节之谋[7]。右军觉，既闻所论，知无活理，乃剔吐污头面被褥[8]，诈孰眠[9]。敦论事造半[10]，方忆右军未起，相与大惊曰[11]："不得不除之！"及开帐，乃见吐唾从横[12]，信其实孰眠，于是得全。于时称其有智。

[注释]

[1] 王右军：王羲之。前已见。减：不足，不到。按，沈宝砚校本作"裁"。 [2] 大将军：指王敦。王羲之为其侄。 [3] 恒：常。 [4] 钱凤：字世仪，晋吴郡（今江苏苏州）人。王敦谋反的主谋，事败被杀。 [5] 屏人论事：屏退左右，讨论谋逆之事。 [6] 都：完全。 [7] 逆节：违背君臣大节，指谋反。 [8] 剔吐：用手抠喉咙使之呕吐。 [9] 孰：同"熟"。 [10] 造：到。 [11] 相与：一起，一同。 [12] 从横：交错貌。从，同"纵"。

[点评]

此则写王羲之幼时偶然听到王敦与部属密谋叛乱事，于是假装熟睡，躲过一劫。结尾处谓“于时称其有智”，固然；但王敦作为其亲叔，且“甚爱之”，担心他偷听而竟然欲杀之，令人不寒而栗！按，据刘孝标注：“诸书皆云王允之事，而此言羲之，疑谬。”《晋书·王允之传》亦记载为允之事。

9. 温公丧妇[1]。从姑刘氏[2]，家值乱离散，唯有一女，甚有姿慧[3]。姑以属公觅婚[4]，公密有自婚意[5]，答云：“佳婿难得，但如峤比，云何？”姑云：“丧败之余[6]，乞粗存活，便足慰吾余年，何敢希汝比？”却后少日[7]，公报姑云：“已觅得婚处[8]，门地粗可[9]，婿身名宦[10]，尽不减峤。”因下玉镜台一枚[11]。姑大喜。既婚，交礼[12]，女以手披纱扇，抚掌大笑曰：“我固疑是老奴[13]，果如所卜[14]！”玉镜台，是公为刘越石长史[15]，北征刘聪所得[16]。

[注释]

[1] 温公：温峤，字泰真，一作太真，太原人。曾任刘琨的谋主，渡江后官至中书令，讨平王敦、苏峻之乱，拜骠骑将军，死谥忠武。 [2] 从姑：堂姑母。 [3] 姿慧：姿容姣好而聪

明。 [4] 属：同“嘱”。 [5] 密有自婚意：私下打算自己娶从姑之女。 [6]“丧败之余”以下四句：谓遭遇丧乱之后，能勉强生活下去，便足可慰我晚年，找个普通人家就行，怎敢奢望像你这样的人。 [7] 却后少日：过后不久。 [8] 婚处：婚配对象。 [9] 门地：门第。 [10] 名宦：功名、职位。 [11] 下：下聘礼。玉镜台：玉饰梳妆台。 [12] 交礼：婚礼，男女交拜。 [13] 老奴：老东西，戏称。时温峤已到中年。 [14] 卜：预料。 [15] 刘越石：刘琨，字越石，曾都督并、冀、幽州军事。温峤曾任其长史。 [16] 刘聪：五胡十六国时期前赵的君主。

[点评]

温峤的堂姑应当姓温，不当姓刘，或其嫁给刘某为妻，则其女姓刘。而刘孝标注引《温氏谱》，谓温峤先后娶李氏、王氏、何氏为妻，而无刘氏，可见本则所载或为附会。然而，就故事本身而言，温峤“镜台自献”，善始善终，亦为佳话。元代戏剧家关汉卿以此为题材，创作了杂剧《玉镜台》。

黜免第二十八

黜免，革除官职。本篇所载多为仕途失意、宦海沉浮，从一个侧面反映了魏晋时代官场险恶和社会世相。

《黜免》篇凡 9 则，入选 4 则。

1. 诸葛厷在西朝[1]，少有清誉[2]，为王夷甫所重[3]。时论亦以拟王[4]。后为继母族党所谗[5]，诬之为狂逆[6]。将远徙[7]，友人王夷甫之徒，诣槛车与别[8]。厷问："朝廷何以徙我？"王曰："言卿狂逆。"厷曰："逆则应杀[9]，狂何所徙。"

[注释]

[1] 诸葛厷：字茂远，琅琊（今属山东）人。官至司空主簿。有逸才，颇为王夷甫赏识。西朝：西晋。 [2] 清誉：清高的声誉。 [3] 王夷甫：王衍。前已见。 [4] 拟王：把诸葛厷与王夷甫相比，认为是同一类人。 [5] 族党：同族亲属。 [6] 诬：陷害。 [7] 远徙：流放到边远地区。 [8] 槛车：囚车。囚禁犯人的有栅栏的车子。 [9]"逆则应杀"二句：谓如果叛逆就应当处死，而狂放不是犯罪，为什么要流放我呢？

[点评]

此则写诸葛厷被人诬陷为"狂逆"这样一个莫须有的罪名，被流放远方。作为朝廷重臣的王夷甫也无能为力，只能槛外送别友人；而诸葛厷自己的呼喊"逆则应杀，狂何所徙"，则是有理、有力的，然而也仅仅是徒唤奈何！

2. 桓公入蜀[1]，至三峡中[2]，部伍中有得猿子者[3]。其母缘岸哀号[4]，行百余里不去，遂跳上船，至便即绝[5]。破视其腹中，肠皆寸寸断。

公闻之，怒，命黜其人[6]。

刘辰翁评曰：“此怒，亦何可少！”

［注释］

[1] 桓公入蜀：晋穆帝永和二年（346），安西将军、荆州刺史桓温率军伐蜀，次年，成汉国主李势归降。 [2] 三峡：长江瞿塘峡、巫峡、西陵峡合称三峡。两岸悬崖绝壁，山险多猿。郦道元《水经注·江水》云：“每至晴初霜旦，林寒涧肃，常有高猿长啸，属引凄异，空谷传响，哀转久绝。故渔者歌曰：‘巴东三峡巫峡长，猿鸣三声泪沾裳。’” [3] 部伍：军队。猿子：小猿猴。 [4] 其母缘岸哀号：谓母猿恋子，沿岸随船哀叫。缘，沿。号，大叫。 [5] 即绝：即死。绝，气绝。 [6] 黜（chù）：贬斥，罢免。

［点评］

军中得猿子者，如果偶尔得之，逗乐一阵尚可；而母猿沿岸哀号，追随百里而不去，竟至气绝肠断，则未免太过，谓之灭绝人性亦不为过。桓公怒而黜之，此举不唯治军有方，亦颇有人情味，非一般赳赳武夫所能为。成语“肝肠寸断”本此。

3. 殷中军被废[1]，在信安[2]，终日恒书空作字[3]。扬州吏民寻义逐之[4]，窃视，唯作“咄咄怪事”四字而已[5]。

［注释］

[1] 殷中军被废：晋穆帝永和九年（353），扬州刺史殷浩为

中军将军，都督扬、豫、徐、兖、青五州军事，北征许、洛，使北平将军姚襄为前锋。襄叛，反击浩，浩狼狈败还。征西大将军桓温，素忌殷浩，上表弹劾，浩被削职为民，徙于信安。 [2] 信安：县名，晋属东阳郡，治所在今浙江衢州。 [3] 恒：总是。书空作字：用手指在空中虚写文字。 [4] 扬州吏民：指殷浩做扬州刺史时的故旧。寻义逐之：谓出于情义追逐殷浩到信安。 [5] 咄咄怪事：令人惊异的事。后来被用为成语。咄咄，晋时口语，表示惊叹诧异。

[点评]

此则写殷浩被对手桓温弹劾免职而感到愤愤不平，常常对空作字，抒发心中不平之气。本篇另则谓其被废后恨简文帝，曰："上人著百尺楼上，儋梯将去。"说皇上给了他这么高的职位，如同将他放在百尺高楼上，却将梯子撤去（参见本篇第 5 则）。可见其发牢骚仍不免带文人习气。《晋书·殷浩传》云："浩虽被黜放，口无怨言，夷神委命，谈咏不辍，虽家人不见其有流放之戚，但终日书空，作'咄咄怪事'四字而已。"

7. 桓宣武既废太宰父子[1]，仍上表曰："应割近情[2]，以存远计[3]。若除太宰父子，可无后忧。"简文手答表曰[4]："所不忍言，况过于言[5]？"宣武又重表[6]，辞转苦切。简文更答曰："若晋室灵长[7]，明公便宜奉行此诏；如大运去矣[8]，请避贤路！”桓公读诏，手战流汗，于此乃止[9]。太宰父子远徙新安[10]。

凌濛初评曰：“不得不流汗。”

［注释］

[1] 桓宣武既废太宰父子：咸安元年（371），大司马桓温废海西公，立简文帝。同年，温又废太宰武陵王司马晞父子。晞好武事，为桓温所忌，诬以谋反罪，与子综并废黜。诏徙晞父子往新安。桓温再上表，请斩晞父子。帝不从。晞为晋元帝第四子，简文帝兄。太宰，官名，辅佐皇帝处理政务，相当于太师。 [2] 近情：亲情。晞与简文帝为兄弟行辈。 [3] 远计：江山社稷长远大计。按，桓温妄图以此说服简文帝。 [4] 手答：亲手批复。 [5] 过于言：谓桓温上表请杀晞父子，所言过分。 [6]“宣武又重表”二句：谓桓温再次上表，言辞更加急切。苦切，急切。 [7]“若晋室灵长”二句：谓如若晋室尚能延续长久，希望桓温按此诏执行。灵长，绵延久长。明公，对位高者的尊称，此指桓温。此诏，指徙晞父子于新安的诏令。 [8]“如大运去矣”二句：如果国运已尽，寡人即退避让贤。大运，王朝气数。避贤，引身辞退，让贤者当政。言下之意是让贤给桓温。 [9] 于此乃止：指桓温一再上书请斩晞父子一事方才停止。 [10] 徙：流放。新安：郡名，治所在今浙江淳安县西。

［点评］

此则记述桓温请杀司马晞父子，简文帝不从权臣之言。桓温出于私心，一再上表，妄图左右帝意；孰料简文帝顾念亲情，宽大为怀，断然拒绝，措辞严厉，使桓温感到十分惊恐，不得不有所收敛。这反映了当时皇权软弱，门阀士族势力强大，二者相互依存而又相互制约的复杂关系。

俭啬第二十九

俭啬，俭约与吝啬。俭省节约本为美德，然过之至于悭吝珍啬，虽一财一物不肯予人，则未免小气。魏晋士族大家亦不乏“吝啬鬼”与“守财奴”。本篇所载人物故事颇为典型。

《俭啬》篇凡 9 则，入选 5 则。

1. 和峤性至俭[1]，家有好李，王武子求之[2]，与不过数十。王武子因其上直[3]，率将少年能食之者[4]，持斧诣园，饱共啖毕[5]，伐之，送一车枝与和公，问曰："何如君李？"和既得[6]，唯笑而已。

[注释]

[1] 和峤：前已见。《晋书》本传载："峤家产丰富，拟于王者，然性至吝，以是获讥于世。杜预以为峤有钱癖。" [2] 王武子：王济，字武子，和峤妻弟。《晋书·王济传》作"帝求之"。 [3] 因其上直：趁其上班的机会。直，同"值"。 [4] 率将：带领。将，用于动词之后，意义虚化，起搭配作用。 [5] 啖：吃。 [6] 得：指收到李枝。

[点评]

此则写和峤家有好李，吝不与人，妻弟王济以恶作剧惩罚他。刘孝标注引《语林》曰："峤诸弟往园中食李，而皆计核责钱，故峤妇弟王济伐之也。"自家兄弟到园中食李，都要计算李核收钱，天下竟有如此吝啬之人！

3. 司徒王戎[1]，既贵且富。区宅、僮牧、膏田水碓之属[2]，洛下无比[3]。契疏鞅掌[4]，每与夫人烛下散筹算计[5]。

与巴尔扎克笔下之守财奴何异？

[注释]

[1] 司徒王戎：王戎曾任司徒，竹林七贤之一，然性俭吝。刘孝标注引王隐《晋书》曰："戎性至俭，不能自奉养，财不出外，天下人谓为膏肓之疾。" [2] 区宅：房舍庭院。僮牧：泛指奴婢仆役。膏田：良田。水碓（duì）：利用水力带动的舂米工具。 [3] 洛下：西晋京城洛阳。 [4] 契疏鞅掌：契券、账目等烦劳的事务。疏，疏记，分条记录，指账目之类。鞅掌，《诗·小雅·北山》："或栖迟偃息，或王事鞅掌。"毛传："鞅掌，失容也。"谓因事多而无暇整理仪容，常用为事多烦劳之义。 [5] 散筹算计：用筹码计算。筹，记数和计算的用具。

[点评]

本篇记述王戎俭吝的故事多达四则，此则写他日夜计算家产，另则写他女儿出嫁的彩礼要追还，还有出卖李子，担心别人得其种，先把李核钻坏，如此等等，是一个十足的"守财奴"和"吝啬鬼"。《晋书》本传亦谓其："性好兴利，广收八方园田水碓，周遍天下，积实聚钱，不知纪极。每自执牙筹，昼夜算计，恒若不足，而又俭啬，不自奉养。天下人谓之膏肓之疾。"

6. 卫江州在寻阳[1]，有知旧人投之[2]，都不料理[3]，唯饷"王不留行"一斤[4]，此人得饷，便命驾[5]。李弘范闻之[6]，曰："家舅刻薄，乃复驱使草木[7]。"

［注释］

[1] 卫江州：卫展，字道舒，河东安邑（今山西夏县北）人。历任尚书郎、南阳太守。永嘉中，为江州刺史，故称。寻阳：郡名，治所在今江西九江。 [2] 知旧人：相知的老朋友。 [3] 料理：招待，款待。 [4] 饷（xiǎng）：赠送。王不留行：草药名。 [5] 命驾：吩咐驾车返回。 [6] 李弘范：刘孝标注引《中兴书》云："李轨字弘范，江夏人，仕至尚书郎。"又加按语云："轨，刘氏之甥，此应弘度，非弘范也。" [7] 乃复驱使草木：谓利用草木来逐客。乃复，竟然。驱使，役使。草木，即指上文的草药"王不留行"。

［点评］

这位江州刺史竟然巧用草药"王不留行"来当逐客令，可以想见这位远道而来访友的故交，面对这包草药，该是何等懊丧、尴尬、后悔、气愤……其外甥之评论，亦甚精彩。

7. 王丞相俭节[1]，帐下甘果盈溢不散[2]。涉春烂败[3]，都督白之[4]，公令舍去，曰："慎不可令大郎知[5]。"

［注释］

[1] 王丞相：王导。俭节：即节俭。《晋书·王导传附王悦传》云："导性俭节，帐下甘果烂败，令弃之，云：'勿使大郎知。'" [2] 帐下：犹言府中。甘果：泛指各种水果。盈溢：充满，塞满。 [3] 涉春：经春。烂败：霉烂变质。 [4] 都督：或为帐下

总管庶务的人，犹总管家。白：禀告。 [5] 慎不可：切不可。大郎：王导长子王悦。

［点评］

《晋书·王导传》记载："导简素寡欲，仓无储谷，衣不重帛。帝知之，给布万匹，以供私费。"据此，则称王导"俭节"属实，不当列入俭啬之列。又揣摩末句"慎不可令大郎知"，也许其长子王悦也是节俭惜物之人。

刘辰翁评曰："吾见嘉宾，每有可喜！"

9. 郗公大聚敛[1]，有钱数千万。嘉宾意甚不同[2]。常朝旦问讯[3]，郗家法[4]：子弟不坐[5]。因倚语移时[6]，遂及财货事。郗公曰："汝正当欲得吾钱耳[7]！"乃开库一日，令任意用。郗公始正谓损数百万许[8]，嘉宾遂一日乞与亲友[9]，周旋略尽[10]。郗公闻之，惊怪不能已已[11]。

［注释］

[1] 郗公：郗愔，字方回，晋太宰郗鉴之子。官至会稽内史，死后赠司空。 [2] 嘉宾：郗超，小字嘉宾，愔子。意甚不同：谓嘉宾很不同意父亲聚敛钱财。 [3] 常：同"尝"，曾经。朝旦问讯：早晚请安问候。 [4] 家法：家规。 [5] 子弟不坐：子弟在长辈面前不坐，以示礼敬。 [6] 倚语：站着说话。移时：多时。 [7] 汝：你。 [8] 正谓：只是以为。 [9] 乞予：给予。 [10] 周旋：应酬。 [11] 已已：止。叠用二字，加重语气。

[**点评**]

郗超不赞成父亲大肆敛财，在其父开库之日，取钱数百万，尽散亲友。父子形成鲜明对比。《晋书·郗超传》载："愔又好聚敛，积钱数千万。尝开库，任超所取。超性好施，一日中散与亲故都尽。"

汰侈第三十

汰侈，骄纵奢侈。《左传》昭公二十年：“汰侈无礼已甚，乱所在也。”此篇均为西晋故事，其时从朝廷到士族，形成一股骄奢淫逸、挥霍无度的奢靡之风。而上篇《俭啬》所反映的贪鄙吝啬则与此相反，正好形成魏晋士大夫生活的两个极端。

《汰侈》篇凡 12 则，入选 5 则。

1. 石崇每要客燕集[1]，常令美人行酒[2]；客饮酒不尽者，使黄门交斩美人[3]。王丞相与大将军尝共诣崇[4]。丞相素不善饮，辄自勉强，至于沈醉[5]。每至大将军，固不饮[6]，以观其变。已斩三人，颜色如故[7]，尚不肯饮。丞相让之[8]，大将军曰："自杀伊家人[9]，何预卿事[10]！"

刘辰翁评曰："决无斩人劝饮，血当盈庭矣。"

王世懋评曰："无论处仲忍人，观此事，晋哪得不乱？"

[注释]

[1] 石崇：字季伦，生于青州（今属山东），小名齐奴。曾任荆州刺史，因劫夺客商而致巨富，与贵戚王恺等以奢靡相夸尚。要：同"邀"。燕集：饮宴聚会。燕，通"宴"。 [2] 行酒：斟酒劝饮。 [3] 黄门：东汉时给使皇帝宫廷的黄门令及中黄门诸官，以宦官充任。后遂以黄门为阉人代称。晋时亦供显达之家使令。交：交替，轮流。 [4] 王丞相：王导。大将军：指王敦，导从兄。诣：拜访。 [5] 沈醉：大醉。 [6] 固：坚持。 [7] 颜色如故：脸色如常，表示毫不动心。 [8] 让：责备。 [9] 伊家：他家。 [10] 何预卿事：关你什么事。卿，这里是朋辈间的爱称。

[点评]

石崇以美人劝酒，客饮未尽则交斩美人。王敦坚持不饮，已斩三人，颜色如故，丞相责备他，王敦却说：他杀他自家人，关你何事。这种饮酒方式，实在令人不可思议，恐怖至极！与其说是奢侈，不如说是惨无人道！《晋书·王敦传》记载有异，云："时王恺、石崇以豪侈相尚。恺尝置酒，敦与导俱在坐。有女伎吹笛，小失声韵，恺便驱杀之，一坐改容，敦神色自若。他日，又造恺，恺使美人行酒，以客饮不尽，辄杀之。酒至敦、导所，敦故不肯持。美人悲惧失色，而敦傲然不视。导素不能饮，恐行酒者得罪，遂勉强尽觞。导还，叹曰：'处仲若当世，心怀刚忍，非令终也！'"此所记未见杀人，或近事实。清人李慈铭云："疑皆传闻过实之辞，崇、恺虽暴，不至是也。"然而，即使如此，亦令人发指！

2. 石崇厕常有十余婢侍列，皆丽服藻饰[1]，置甲煎粉、沈香汁之属[2]，无不毕备。又与新衣著令出。客多羞不能如厕[3]。王大将军往[4]，脱故衣，著新衣，神色傲然。群婢相谓曰："此客必能作贼[5]。"

凌濛初评曰："婢子乃知人。"

［注释］

[1] 藻饰：妆饰，打扮。 [2] 甲煎粉：一种香粉。沈香汁：一种香料。沈，同"沉"。 [3] 客多羞不能如厕：谓客人多因害羞脱衣而不去上厕所。如厕，上厕所。如，往。 [4] 王大将军：指王敦。 [5] 作贼：造反。当时习语。

［点评］

石崇家的厕所居然有婢女侍候，还有各种香料，更出奇的是如厕后还要更换新衣出去，因此客人多不好意思去上厕所。而王敦却照此办理，毫无羞耻之心。可见高门士族的奢华与无耻。此则刘孝标注引《语林》，所记略异："刘寔诣石崇，如厕，见有绛纱帐大床，茵蓐甚丽，两婢持锦香囊。寔遽反走，即谓崇曰：'向误入卿室内。'崇曰：'是厕耳。'"

3. 武帝尝降王武子家[1]，武子供馔[2]，并用琉璃器[3]。婢子百余人[4]，皆绫罗袴褶，以手擎饮食。烝㹠肥美[5]，异于常味。帝怪而问之。答曰："以人乳饮㹠[6]。"帝甚不平，食未毕，便去。王、石所未知作[7]。

[注释]

[1] 武帝：晋武帝司马炎。降：皇帝驾临。王武子：王济，字武子，娶武帝常山公主为妻，是为帝婿。家巨富，性奢豪。 [2] 供馔：提供膳食。 [3] 并：全部。琉璃器：用一种有色半透明的矿石材料制成的高级器皿。 [4]"婢子百余人"以下三句：谓上百名婢女，都穿着绫罗绸缎，手举托盘。极言其排场之豪华。 [5] 烝㹠：蒸乳猪。烝，同"蒸"。㹠，小猪。 [6] 以人乳饮㹠：谓用人乳喂猪。饮，作动词用。 [7] 王、石所未知作：王恺、石崇这样的大富豪都不知道这种做法。

[点评]

王武子用人乳喂猪，连他的老泰山——晋武帝都愤怒了，饭没吃好便拂袖而去。末句耐人寻味，那些豪门大族竞相奢华，风气之恶，已经到了何种地步！

8. 石崇与王恺争豪[1]，并穷绮丽[2]，以饰舆服[3]。武帝[4]，恺之甥也，每助恺。尝以一珊瑚树高二尺许赐恺[5]。枝柯扶疏[6]，世罕其比。恺以示崇；崇视讫，以铁如意击之[7]，应手而碎。恺既惋惜，又以为疾己之宝[8]，声色甚厉。崇曰："不足恨[9]，今还卿。"乃命左右悉取珊瑚树，有三尺、四尺，条干绝世，光彩溢目者六七枚[10]，如恺许比甚众[11]。恺惘然自失[12]。

争豪斗富，暴殄天物。

[注释]

[1] 石崇：前已见。王恺：字君夫，王肃之子，晋武帝司马炎之舅。官至后军将军，封山都县公。 [2] 并穷绮丽：谓石、王二人都极尽华丽。穷，尽。 [3] 舆服：车乘的衣冠章服之总称。古代有舆服的仪制，以表明等级。 [4]"武帝"二句：晋武帝司马炎。其母王太后是王恺之姊，帝为恺之甥。 [5] 珊瑚树：热带海洋中的腔肠动物珊瑚虫，聚焦营生，分泌出石灰质，积为骨骼，状如树枝，世称珊瑚树。颇为珍稀，可供玩赏。 [6] 枝柯：枝条。扶疏：繁茂分披的样子。 [7] 如意：器物名。头似灵芝，柄微曲，用竹、石、骨、玉、铜、铁等各种材料制成。可供玩赏。 [8] 疾：同"嫉"，妒忌。 [9] 不足恨：不值得惋惜。恨，遗憾，惋惜。 [10] 溢目：夺目。 [11] 如恺许比甚众：像王恺这样的珊瑚树相当多。许，

这样。比，相当。 [12] 惘然：失意的样子。《晋书》作“怳然”。

[**点评**]

石崇、王恺二人争豪，作为帝舅的王恺，向石崇炫耀由皇上所赐的珊瑚树，竟被石崇随手击碎；而石崇随即拿来赔偿的珊瑚树居然远远超过皇上所赐的，使王恺顿时感到惘然自失。可见石崇真是富可敌国。刘孝标注引《续文章志》更为之佐证，曰：“崇资产累巨万金。宅室舆马，僭拟王者。……与贵戚羊琇、王恺之徒竞相高以侈靡，而崇为居最之首，琇等每愧羡，以为不及也。”

11. 彭城王有快牛[1]，至爱惜之。王太尉与射[2]，赌得之。彭城王曰：“君欲自乘，则不论；若欲啖者[3]，当以二十肥者代之。既不废啖，又存所爱。”王遂杀啖[4]。

王世懋评曰：“南渡后更不能见此等汰侈矣，北魏末诸王复相竞为之，魏寻乱。”

[**注释**]

[1] 彭城王：司马权，晋武帝司马炎的堂叔。太始元年（265），封彭城王。 [2] 王太尉：王衍。前已见。射：此指博射，魏晋时江南人士的一种娱乐活动，也叫“射戏”“宴射”。博射常伴以饮宴。 [3]“若欲啖者”以下四句：假如您只是为了吃它，我可以拿二十头肥壮的牛替换。这样既不影响您吃牛肉，又保全了我的所爱。啖，吃。 [4] 王遂杀啖：王衍最终还是杀了那头快牛吃。遂，终于。

[**点评**]

据说，西晋时期有一道名菜叫“牛心炙”，就是烤现杀的牛心肉。《汰侈》篇写到赌博和吃牛肉的就有三则，可见这是当时士族阶层乐此不疲的事情。由此，也可以看出那个时代穷奢极欲、荒嬉耽玩到了无以复加的地步。

忿狷第三十一

忿狷，忿怒狷急。《文选》潘岳《西征赋》：“方鄙吝之忿悁。”注引《战国策》张仪曰：“秦忿悁含怒之日久矣。”魏晋时人既有处变不惊的雅量，亦有性格急躁的忿狷，这可能也是率真性情的自然流露。

《忿狷》篇凡 8 则，入选 3 则。

2. 王蓝田性急[1]。尝食鸡子[2]，以箸刺之[3]，不得，便大怒，举以掷地[4]。鸡子于地圆转未止，仍下地以屐齿碾之[5]，又不得。瞋甚[6]，复于地取内口中[7]，啮破即吐之[8]。王右军闻而大笑曰[9]："使安期有此性[10]，犹当无一豪可论，况蓝田邪？"

［注释］

[1] 王蓝田：王述，字怀祖，袭父爵为蓝田侯，故称。 [2] 鸡子：鸡蛋。 [3] 箸：筷子。 [4] 举以掷地：举起来使劲扔到地上。 [5] 以屐齿碾之：用木屐的齿碾压鸡蛋。碾，踩。 [6] 瞋：发怒。 [7] 取内口中：拾起来放入口中。内，同"纳"。 [8] 啮：咬。 [9] 王右军：王羲之。 [10]"使安期有此性"以下三句：假使蓝田之父安期有这样急躁的脾气，还当无丝毫可取，何况是蓝田呢？意谓蓝田德望不及其父，而又这么急躁，自然更不足称道。安期，蓝田之父王承，字安期。刘孝标注曰："安期，述父也，有名德。"豪，同"毫"。

［点评］

此则写王蓝田性急，刻画得生动细致，令人捧腹。而右军的评论，以其父子相比较，认为这样狷急的性格是不可取的。

4. 桓宣武与袁彦道樗蒱[1]。袁彦道齿不合[2]，遂厉色掷去五木[3]。温太真云[4]："见袁生迁怒[5]，知颜子为贵[6]。"

刘辰翁评曰："于此识彦道。"

[**注释**]

[1] 桓宣武：桓温。袁彦道：袁耽，字彦道，陈郡阳夏（今属河南）人。多才艺，善蒱博。官至从事中郎。樗蒱（chū pú）：古代博戏，博具有子、马、五木等。　[2] 齿：博齿，类似后代的骰子。　[3] 厉色：脸色严厉，表示愤怒。五木：樗蒱戏的子。《樗蒱经》："惟斫木为子，一具凡五子，故名五木。"　[4] 温太真：温峤，字太真。前已见。　[5] 迁怒：把怒气发泄到其他人或物上，这里指掷去五木。　[6] 颜子：颜回。孔子称道他"不迁怒，不贰过"。

[**点评**]

此则的妙处在温太真的评论，借颜回"不迁怒，不贰过"的可贵品质，批评彦道不应当因为樗蒱这种小事而发怒。

7. 王大、王恭尝俱在何仆射坐[1]。恭时为丹阳尹[2]，大始拜荆州[3]。讫将乖之际[4]，大劝恭酒，恭不为饮，大逼强之，转苦[5]。便各以裙带绕手[6]。恭府近千人，悉呼入斋[7]；大左右虽少，亦命前[8]，意便欲相杀。何仆射无计，因起排坐二人之间[9]，方得分散。所谓势利之交[10]，古人羞之。

[注释]

[1] 王大：王忱，小字佛大，亦称王大。前已见。王恭：前已见。何仆射：何澄，字子玄，清正有器望，官至尚书左仆射。 [2] 恭时为丹阳尹：据《晋书·王恭传》："太元中，代沈嘉为丹阳尹。" [3] 大始拜荆州：据《晋书·王忱传》："太元中，出为荆州刺史，都督荆、益、宁三州军事。" [4] 讫将乖之际：到了快散席的时候。讫，同"迄"。乖，相违不合，引申为分离、分别。 [5] 苦：甚。 [6] 便各以裙带绕手：谓互相纠缠到一起，将要动手了。 [7] 悉呼入斋：全部叫到何澄府中。 [8] 亦命前：也吩咐前来。此时已形成双方对峙的局面。 [9] "排坐二人之间"二句：谓何澄将王大、王恭二人排解开来，坐在他们之间。 [10] 势利之交：《中说·礼乐》："以势交者，势倾则绝；以利交者，利穷则散。故君子不与也。"

[点评]

王大与王恭同族，自幼交好，后因袁悦离间，遂生嫌隙。因此，在何澄席间，二人因劝酒而发泄私愤，几乎大打出手。故文末反对势利之交，提倡君子之交，这是古今不易的信条。

谗险第三十二

谗险，谗言与阴险。奸佞之人，心术不正，多进谗言而离间忠良。昏者受其蛊惑，进谗者往往得手；明者则识破阴谋，谗言自消，谗者自败。

《谗险》篇凡 4 则，入选 2 则。

2. 袁悦有口才[1]，能短长说[2]，亦有精理[3]。始作谢玄参军[4]，颇被礼遇。后丁艰[5]，服除还都[6]，唯赍《战国策》而已[7]。语人曰："少年时读《论语》《老子》，又看《庄》《易》，此皆是病痛事[8]，当何所益邪？天下要物，正有《战国策》[9]。"既下[10]，说司马孝文王[11]，大见亲待[12]，几乱机轴，俄而见诛[13]。

［注释］

[1] 袁悦：字元礼，陈郡阳夏（治所在今河南太康）人。有宠于会稽王，后为王恭所杀。 [2] 短长说：原称战国时策士言论。《史记·六国年表序》："务在强兵并敌，谋诈用而从衡长短之说起。"这里指袁悦能讲述治国权谋。 [3] 精理：精深道理。 [4] 谢玄：字幼度，谢奕之子。死后赠车骑将军。 [5] 丁艰：遭父母丧，在家守孝三年。 [6] 服除：守孝期满，除去孝服。还都：回到都城建康。 [7] 赍（jī）：携带。《战国策》：一名《短长书》。 [8] 病痛事：与下文所谓"天下要物"相对而言，谓小事，而《战国策》所言则是治国平天下的大事。 [9] 正：只。 [10] 既下：还都后。下，即"下都"，还都。东晋在建康立都，自上游至建康称"下"。 [11] 说：游说。司马孝文王：即会稽王司马道子，孝文是其谥号。掌朝政，听信谗言，后被桓玄所杀。 [12]"大见亲待"二句：谓袁悦受司马道子宠信，几乎乱了朝政。亲待，信任厚待。机轴，比喻枢机重要之位，这里指朝廷。 [13] 俄而见诛：不久被杀。据刘孝标注引《袁氏谱》，曰："太元中，悦有宠于会稽王，

每劝专览朝权，王颇纳其言。王恭闻其说，言于孝武，乃托以他罪，杀悦于市中。”

［点评］

此则记述袁悦通晓权谋之术，游说会稽王司马道子，大受宠信，几乱朝政。

3. 孝武甚亲敬王国宝、王雅[1]。雅荐王珣于帝[2]，帝欲见之。尝夜与国宝、雅相对，帝微有酒色[3]，令唤珣，垂至[4]，已闻卒传声[5]，国宝自知才出珣下[6]，恐倾夺要宠，因曰：“王珣当今名流，陛下不宜有酒色见之，自可别诏召也[7]。”帝然其言[8]，心以为忠，遂不见珣。

不辨忠奸，何其昏也！

［注释］

[1] 孝武：晋孝武帝司马曜，简文帝之子，东晋第九位皇帝，在位二十四年。王国宝：晋安北将军王坦之之子，历任中书令、尚书左仆射，与从弟王绪有宠于会稽王司马道子，权倾内外。王雅：字茂建，东海人，官至尚书左仆射。 [2] 王珣：丞相王导之孙，官至尚书令，封东亭侯。 [3] 酒色：酒后面色红晕。 [4] 垂至：将至。 [5] 卒传声：差吏传报，表示来人已到。 [6]“国宝自知才出珣下”二句：谓王国宝自知能力不如王珣，担心他的到来会使自己失宠。倾夺要宠，相互争宠。要，宋绍兴本作“其”。 [7] 别诏：谓改日再下诏令召见他。 [8] 然其言：认为他讲得对。

[**点评**]

此则写王国宝嫉妒王珣才能，托言阻止孝武帝召见他，可见其心地之狭隘阴暗。而这位孝武帝不能明察秋毫，还以为他忠心事君。文末仅用“遂不见珣”四字作结，余味无穷：一位优秀人才，就在君臣言谈之间，悄无声息地被葬送了。王国宝不仅保全了自己不失宠，还在孝武帝心中留下忠君的印象；孝武帝日理万机，事后哪记得起什么王珣张珣；王珣更是一头雾水，兴冲冲地跑来接受皇上召见，却莫名其妙败兴而回……古往今来，类似这样妒贤嫉能、埋没人才的事例，不亦多乎！

尤悔第三十三

尤悔，因过失而悔恨。《论语·为政》：“言寡尤，行寡悔，禄在其中矣。”谓谨言慎行，方可少些过失和懊悔。本篇所载多为政治舞台上的人物故事，他们仕途偃蹇，权谋倾轧，及其人生挫折与悔悟，至今亦具有启示意义。

《尤悔》篇凡 17 则，入选 7 则。

刘辰翁评曰："丕安得为人？此卞后所以不哭也。"

1. 魏文帝忌弟任城王骁壮[1]，因在卞太后阁共围棋[2]，并啖枣[3]，文帝以毒置诸枣蒂中。自选可食者而进[4]，王弗悟[5]，遂杂进之。既中毒，太后索水救之。帝预敕左右毁瓶罐[6]，太后徒跣趋井[7]，无以汲[8]。须臾，遂卒。复欲害东阿[9]，太后曰："汝已杀我任城，不得复杀我东阿。"

［注释］

[1] 魏文帝：曹丕。前已见。任城王：曹彰，字子文，魏文帝曹丕同母弟，性刚勇，封任城王。骁壮：勇猛健壮。 [2] 卞太后：曹丕母。本倡家，曹操纳为妾。丕称帝，尊卞氏为皇太后。阁：女子卧室。 [3] 啖：吃。 [4] 进：进食。 [5] 王弗悟：谓任城王未察觉枣中有毒。 [6] 预：预先，事先。敕：命令。 [7] 徒跣趋井：光着脚跑到井边。徒跣，表示急忙，未来得及穿鞋。 [8] 无以汲：没有工具来取水。 [9] 东阿：曹植，与丕同为卞后所生，封东阿王。

［点评］

此则写魏文帝曹丕谋杀其弟曹彰的故事，倘非其母后阻止，曹植亦将死于非命。可见，《文学》篇七步赋诗故事并非虚构，谋害曹植蓄谋已久。皇室权谋之争，乃至骨肉相残，简直到了灭绝人性的地步。

3. 陆平原河桥败[1]，为卢志所谗[2]，被诛。临刑叹曰："欲闻华亭鹤唳[3]，可复得乎！"

[注释]

[1] 陆平原河桥败：陆机曾任平原内史，故称。晋惠帝太安二年（303），成都王司马颖讨长沙王司马乂，任命陆机为河北大都督，出师至河桥，与司马乂交战，陆机大败。长史卢志等谗诬陆机谋反，被司马颖杀害，时年四十三。河桥，亦名孟津，故址在今河南孟州。 [2] 卢志：字子道。曾任成都王司马颖的长史，中书监，后官至尚书。 [3] “欲闻华亭鹤唳”二句：陆机于吴亡入洛之前，与弟陆云居于华亭（其祖陆逊封地），闭门读书十年。临刑时感叹听不到华亭鹤唳，当是追悔当初离开田园读书生活而投身宦海，以致招来杀身之祸。华亭，在今上海松江。鹤唳，鹤鸣，其声高亢。

[点评]

此则写陆机受诬陷被诛，临刑前感慨华亭鹤唳不得复闻。刘孝标注引《语林》：“机为河北都督，闻警角之声，谓孙丞曰：‘闻此不如华亭鹤唳。’故临刑而有此叹。”后人遂以“华亭鹤唳”为感慨平生、后悔出仕之辞。

6. 王大将军起事[1]，丞相兄弟诣阙谢[2]。周侯深忧诸王[3]，始入[4]，甚有忧色。丞相呼周侯曰：“百口委卿[5]！”周直过不应[6]。既入，苦相存救[7]。既释[8]，周大说[9]，饮酒。及出，诸王故在门[10]。周曰：“今年杀诸贼奴[11]，当取金印如斗大系肘后。”大将军至石头[12]，问丞相曰：

“周侯可为三公不[13]？”丞相不答。又问：“可为尚书令不[14]？”又不应。因云：“如此，唯当杀之耳！”复默然。逮周侯被害[15]，丞相后知周侯救己，叹曰：“我不杀周侯[16]，周侯由我而死。幽冥中负此人！”

刘辰翁评曰：“非茂弘（王导字茂弘）不闻此言！”

[**注释**]

[1] 王大将军起事：晋元帝永昌元年（322），大将军王敦以诛刘隗为名，起兵谋反，攻陷石头城，杀戮大臣，自为丞相。 [2] 丞相兄弟诣阙谢：王导时为司空，录尚书事，王敦是其从兄，既反，王导每天带着兄弟子侄二十余人到朝廷待罪。诣阙谢，到朝廷谢罪。 [3] 周侯：周顗，字伯仁，官至尚书左仆射。王敦既反，刘隗劝晋元帝尽杀王氏，故周深忧诸王。 [4] 始入：谓周顗始入朝时。 [5] 百口委卿：谓全家人就托付给您了。百口，全家人。 [6] 直过不应：径直走过去没有答谢。按，当是避嫌。 [7] 苦相存救：谓周顗虽未答应王导的托付，但入朝后极力设法相救，恳求元帝宽大处理。 [8] 释：获准免罪。 [9] 说：同“悦”。 [10] 诸王：王导及其子侄。故：仍然。 [11] “今年杀诸贼奴”二句：谓今年杀掉王敦诸贼，当会加官晋爵，斗大的金印系于肘后。按，晋制，文武诸公封官晋爵，用金印紫绶。 [12] 至石头：谓王敦占据石头城。永昌元年四月，王敦攻占石头城，自为丞相。石头城故址在今江苏南京西，为军事重镇。 [13] 三公：晋时以太尉、司徒、司空为三公，都是辅佐皇帝掌管军政大权的朝廷重臣。不：同“否”。 [14] 尚书令：掌管奏章文书的朝廷重臣。 [15] 逮：及，等到。周侯被害：周顗被

王敦杀于石头城南门外，时年五十四。 [16]“我不杀周侯”以下三句：我没杀周侯，但他是因我而死的，黄泉之下我对不起这个人！幽冥，指地下、阴间。

[点评]

此则写王导痛悔错杀周侯。王敦杀周顗是请示过王导的，但他三缄其口，以致周顗被杀。事后，王导从朝廷档案中发现周顗营救自己的奏表，悔恨不已，发出了这感人肺腑的浩叹：“我不杀周侯，周侯由我而死。幽冥中负此人！”《建康实录》卷五引《中兴书》曰：“(顗)死后，王导校料中书故事，见顗表救己殷勤，乃执表垂泣，悲不自胜，告诸子曰：‘吾虽不杀伯仁，伯仁因我而死，幽冥之中，负此良友！’”《晋书》本传略同。至于王导为何默许王敦杀顗，一是不知实情，二则或许周顗“金印”云云引起误会，乃至铸成千古遗恨，令人叹息。故刘辰翁有批语云：“不任受德可也，何至出取金印语为怨，非不幸也！”

7. 王导、温峤俱见明帝[1]，帝问温前世所以得天下之由[2]。温未答。顷，王曰：“温峤年少未谙[3]，臣为陛下陈之。”王乃具叙宣王创业之始[4]，诛夷名族[5]，宠树同己[6]。及文王之末[7]，高贵乡公事[8]。明帝闻之，覆面著床曰[9]：“若如公言，祚安得长[10]！”

[注释]

[1] 王导、温峤俱见明帝：王导时任司徒，温峤时任中书令，二人都是晋明帝的辅佐大臣。明帝，晋明帝司马绍，元帝之子，东晋第二位皇帝。 [2] 前世：前代，先朝。由：由来。 [3] 未谙：不了解，不熟悉。 [4] 具叙：陈述。宣王：司马懿，晋建国后，追尊宣皇帝。 [5] 诛夷名族：为夺取曹魏政权，司马懿先后杀死大将军曹爽、吏部尚书何晏、太尉王凌等。诛夷，杀戮。 [6] 宠树：宠信、培植。 [7] 文王：指司马昭，曾任魏大将军。 [8] 高贵乡公事：甘露五年（260），大将军司马昭杀死魏主曹髦，立常道乡公曹奂为主。这实际上是一场政变，也是司马氏夺取天下的前奏。 [9] 覆面著床：掩面伏于坐榻上。床，坐榻。 [10] 祚：皇统，帝位。

[点评]

此则写晋明帝听王导讲述司马氏得天下的历史，知其先祖并不光彩的旧事，顿发感慨，担心国运不能长久。也许正因由此反思，总结历史教训，东晋王朝复得苟延百年。

刘辰翁评曰："思旷如此，复何足道！"

11. 阮思旷奉大法[1]，敬信甚至。大儿年未弱冠[2]，忽被笃疾[3]。儿既是偏所爱重，为之祈请三宝[4]，昼夜不懈。谓至诚有感者，必当蒙祐[5]。而儿遂不济[6]。于是结恨释氏[7]，宿命都除[8]。

[注释]

[1] 阮思旷：阮裕，字思旷，阮籍族弟。官至金紫光禄大夫。奉大法：信奉佛教。大法，释家语。《法华经·序品》："今佛世尊，欲说大法。" [2] 未弱冠：不到二十岁。弱冠，古时男子二十岁行冠礼，表示成人。《礼记·曲礼上》："二十曰弱，冠。" [3] 被：染上。笃疾：重病。 [4] 祈请三宝：谓请僧众诵经求福，消除病殃。三宝，释家以佛、法、僧为三宝。佛，指释迦牟尼，也泛指一切佛。法，即佛教教义。僧，指继承、宣扬佛教教义的僧众。 [5] 蒙祐：谓菩萨保佑。 [6] 不济：指死亡。 [7] 释氏：指佛教、佛门。 [8] 宿命都除：谓阮裕此后不再迷信佛教。宿命，释家语。佛家宣扬生死轮回，人生祸福都由前世所定。

[点评]

此则写阮思旷信奉大法，虔诚之至，可是大儿生病而佛法未能保佑，从此幡然悔悟，不再相信佛教。这是普通大众对待佛教的态度，把信仰与世俗生活挂钩，灵则信，不灵则弃。

13. 桓公卧语曰[1]："作此寂寂，将为文、景所笑[2]！"既而屈起坐曰[3]："既不能流芳后世[4]，亦不足复遗臭万载邪？"

王世懋评曰："曲尽奸雄语态，然自非常人语。"

[注释]

[1] 桓公：桓温。 [2] 寂寂：落寞之状。文、景：指晋文帝司马昭和晋景帝司马师。二人为司马氏代魏建国奠定基业，后

被晋武帝司马炎追封为帝。 [3] 屈起：突起，勃起。屈，同“崛”。 [4] 流芳：传美名于后世。

［点评］

桓温懒洋洋地躺着说，自己这样寂寂无闻，必将为文、景二帝所耻笑。一会儿，他猛然奋起，说了一句千古之下英雄豪杰都为之击节的豪言壮语：“既不能流芳后世，不足复遗臭万载邪？”由此，“流芳百世”与“遗臭万年”遂成名言。

刘辰翁评曰：“谈者刻薄，岂非更让荆耶？”

16. 桓车骑在上明畋猎[1]。东信至[2]，传淮上大捷[3]。语左右云：“群谢年少[4]，大破贼。”因发病薨[5]。谈者以为此死，贤于让扬之荆[6]。

［注释］

[1] 桓车骑：桓冲，字幼子，桓温之弟。历任江、徐、荆等州刺史，官至车骑将军。上明：地名，在今湖北松滋西。畋猎：打猎。 [2] 信：信使。 [3] 淮上大捷：晋孝武帝太元八年（383），谢安为征讨大都督，任命其弟谢石、其侄谢玄等各任将领，出奇制胜，大败苻坚百万大军于淝水。 [4] 群谢年少：指谢玄等。 [5] 因发病薨：当初桓冲声称谢安非将才，率军以当劲敌，不能济事。及闻淮上大捷，愧悔交并，发病而死。据《晋书·孝武帝纪》，太元九年（384）二月，车骑将军、荆州刺史桓冲卒。 [6] 让扬之荆：谓当初桓冲辞去扬州刺史，让谢安居任，自往荆州。刘孝标注引《续晋阳秋》曰：“桓冲本以将相异宜，才用不同，忖己德量不及谢安，故解扬州以让安。”之，往，赴。

[点评]

桓冲声称谢安并非将才，闻淮上大捷，愧悔而死。《晋书·桓冲传》有详细记载：“时安已遣兄子玄及桓伊等诸军，冲谓不足以为废兴，召佐吏，对之叹曰：‘谢安乃有庙堂之量，不闲将略，今大敌垂至，方游谈不暇，虽遣诸不经事少年，众又寡弱，天下事可知，吾其左衽矣！’俄而闻坚破，大勋克举，又知朱序因以得还，冲本疾病，加以惭耻，发病而卒，时年五十七。”末句“谈者”评论桓冲的死贤于“让扬之荆”，语意嘲弄而刻薄，故刘辰翁有此批评。

纰漏第三十四

纰漏，差错或疏失。与前篇《尤悔》颇有关联，亦由疏忽而至悔恨，所不同者，前篇侧重军国大事，本篇多为日常生活。

《纰漏》篇凡 8 则，入选 3 则。

1. 王敦初尚主[1]，如厕，见漆箱盛干枣，本以塞鼻，王谓厕上亦下果[2]，食遂至尽。既还，婢擎金澡盘盛水[3]，琉璃碗盛澡豆[4]，因倒著水中而饮之，谓是干饭[5]。群婢莫不掩口而笑之。

[注释]

[1] 尚主：娶公主为妻。据《晋书·王敦传》："选武帝女襄城公主，拜驸马都尉。"与刘孝标注谓"舞阳公主"不同。尚，专指娶帝王之女。 [2] 下果：摆设果品。 [3] 澡盘：盥沐器具。 [4] 琉璃：一种半透明的矿物质，可制作器皿。澡豆：一种供洗涤用的粉剂，以豆末配多种药材制成，可以润肤。 [5] 干饭：晒干的食品。按，王敦误将澡豆为食品，并将送上洗手的水兑冲饮下。

[点评]

王敦成为驸马，初入皇宫，如同刘姥姥进大观园，出尽了洋相。上厕所的时候，先是将用来塞鼻子的干枣吃了，接着婢女打水让他洗手，他又误将澡豆和洗手水一同饮服，以致群婢掩口而笑。也算是见过世面的王敦，到了皇宫，却不免显得粗疏，纰漏迭出，由此亦反映出宫廷生活的奢华。

5. 谢虎子尝上屋熏鼠[1]，胡儿既无由知父为此事[2]。闻人道"痴人有作此者"，戏笑之。时道此[3]，非复一过。太傅既了己之不知[4]，因

即使不知，再三传人之笑话，亦不厚道。

其言次[5]，语胡儿曰："世人以此谤中郎[6]，亦言我共作此。"胡儿懊热[7]，一月日闭斋不出[8]。太傅虚托引己之过[9]，一相开悟，可谓德教。

[注释]

[1] 谢虎子：谢据，字玄道，小字虎子，谢安次兄。上屋熏鼠：谓其不明事理，鼠多在地洞或墙隙中，而梁上熏鼠，无异于南辕北辙，且易失火。 [2] 胡儿既无由知父为此事：谓胡儿不知道父亲曾经做过这样荒唐的事。胡儿，谢朗，小字胡儿，谢据之子，曾任东阳太守。 [3] "时道此"二句：谓胡儿不知道上屋熏鼠这件事是自己父亲干的，还经常对人讲这个笑话。非复一过，不止一次。 [4] 太傅既了己之不知：谓谢安了解到胡儿不知实情。太傅，指谢安。 [5] 言次：言谈之间。 [6] "世人以此谤中郎"二句：谓大家所传的"上屋熏鼠"这件事其实是诽谤你父亲，还说是我与他一起干的。中郎，指谢据。因谢据在兄弟中排行第二，谢安排第三，故称其为"中郎"。后来他们兄弟共有六人，而"中郎"之称未改。 [7] 懊热：懊悔，羞愧。 [8] 一月日：即一个月。 [9] "太傅虚托引己之过"以下三句：谢安假托自己参与了那件可笑的事，是为了使胡儿开悟，这种良苦用心真可称为"德教"。开悟，开导使之悟解。德教，以德教人。

[点评]

此则写谢朗在不知情的情况下，取笑其父"上屋熏鼠"，后得知实情，懊悔不已，一月闭门不出。而叔父谢安婉转开导，堪称德教。

8. 王大丧后[1]，朝论或云[2]：“国宝应作荆州[3]。”国宝主簿夜函白事[4]，云：“荆州事已行[5]。”国宝大喜，而夜开阁[6]，唤纲纪话势[7]，虽不及作荆州，而意色甚恬[8]。晓遣参问[9]，都无此事[10]。即唤主簿数之曰[11]：“卿何以误人事邪？”

凌濛初评曰：“道意色殊肖。”

[注释]

[1] 王大：王忱，小字佛大，亦称王大。官至荆州刺史，太元十七年（392）卒于任。 [2] 朝论：朝廷议论。 [3] 国宝：即王国宝，王忱之弟。王忱死时，国宝为中领军。作荆州：任荆州刺史。 [4] 主簿：官名。中央或州郡所设属官，负责文书簿籍、掌管印鉴等。白事：报告情况。白，报告。事，事由，情况。 [5] 已行：已定。 [6] 阁：闺中小门，常借称内室。 [7] 纲纪：即主簿。公府及州郡总理一切庶务的都管，故称主簿为纲纪。话势：谈论政局形势。按，余嘉锡《笺疏》，“势”属下为句。 [8] 意色：神情，神色。恬：安适的样子。 [9] 晓遣参问：第二天清早遣人查问。 [10] 都无：全无。 [11] 数：责怪，数落。

[点评]

此则刘孝标注引《晋安帝纪》曰：“王忱死，会稽王欲以国宝代之。孝武中，诏用仲堪，乃止。”王国宝宠信于会稽王司马道子，本以为荆州刺史乃囊中之物，得知主簿报告，大喜过望。不料第二天清早一打听，根本没有这回事，立即把主簿叫来训斥一通：“你耽误了我的大事！”寥寥几笔，一个踌躇满志的官迷形象跃然纸上。

惑溺第三十五

惑溺，因女色惑乱心志而使人沉溺。《世说》专写女性的，仅《贤媛》与本篇，其余各篇除咏雪的道蕴与卖酒的美妇，几乎没有女子的踪迹。不仅谈玄无女子，品题无女子，品题的对象亦无女子，饮酒与裸裎更是与女子无缘。因此，魏晋风流实际上是男子的风流。本篇写风流之事，女子稍有点缀。

《惑溺》篇凡 7 则，入选 4 则。

2. 荀奉倩与妇至笃[1]，冬月妇病热[2]，乃出中庭自取冷，还以身熨之。妇亡，奉倩后少时亦卒。以是获讥于世。奉倩曰："妇人德不足称，当以色为主。"裴令闻之[3]，曰："此乃是兴到之事[4]，非盛德言，冀后人未昧此语。"

［注释］

[1] 荀奉倩：荀粲，字奉倩，魏太尉荀彧之子。善言佛理，知名于时。至笃：感情深厚。 [2]"冬月妇病热"以下三句：意谓冬天妻子生病发烧，他就到庭院中把自己冻冷，再回去用身体给她降温。熨，贴近。 [3] 裴令：裴楷，字叔则，河东闻喜（今山西闻喜）人。西晋重臣，官至中书令。 [4]"此乃是兴到之事"以下三句：这是针对上文"妇人德不足称，当以色为主"而发的，是说这话不过是兴之所至，随便说说，不是什么盛德君子的话，希望后人不要误解这句话。盛德，大德。未昧此语，不为此语所惑。

［点评］

荀奉倩夫妇情笃，妻子生病发烧，他到庭院里挨冻，以身体为妻子降温，这一事例就十分典型。至于他提出"妇人德不足称，当以色为主"，也许正如裴令所言，只是兴之所至，说说而已，不可能只重视女色，就不讲才德了。刘孝标注引《粲别传》，对其情感生活有详细的描写，曰："粲常以妇人才智不足论，自宜以色为主。骠骑将军曹洪女有色，粲于是聘焉。容服帷帐甚丽，专房燕婉。历年后，妇病亡。未殡，傅嘏往喭粲，粲不明而神伤。

椵问曰：‘妇人才色并茂为难。子之聘也，遗才存色，非难遇也。何哀之甚？’粲曰：‘佳人难再得。顾逝者不能有倾城之异，然未可易遇也。’痛悼不能已已，岁余亦亡。亡时年二十九。”

5. 韩寿美姿容[1]，贾充辟以为掾[2]。充每聚会，贾女于青璅中看[3]，见寿，说之[4]，恒怀存想[5]，发于吟咏[6]。后婢往寿家，具述如此，并言女光丽[7]。寿闻之心动，遂请婢潜修音问[8]。及期往宿[9]。寿蹻捷绝人[10]，逾墙而入，家中莫知。自是充觉女盛自拂拭[11]，说畅有异于常[12]。后会诸吏，闻寿有奇香之气，是外国所贡，一著人则历月不歇[13]。充计武帝唯赐己及陈骞[14]，余家无此香，疑寿与女通，而垣墙重密[15]，门閤急峻[16]，何由得尔？乃托言有盗，令人修墙。使反[17]，曰：“其余无异，唯东北角如有人迹，而墙高，非人所逾。”充乃取女左右婢考问。即以状对[18]。充秘之[19]，以女妻寿[20]。

魏晋之《西厢》也！

［注释］

[1] 韩寿：字德真，南阳堵阳（今河南方城）人。官至河南尹，元康初卒，赠骠骑将军。 [2] 贾充：字公闾，魏末晋初人，

官至尚书令。辟：征召。掾：属官。［3］贾女：贾充之女，名午。青璅：雕花而涂青色的窗格。［4］说（yuè）：同“悦”，喜爱。［5］恒怀存想：常思念不忘。［6］发于吟咏：通过诗歌吟咏流露思念之情。［7］光丽：容色美丽。［8］潜修音问：秘密传递消息。［9］及期往宿：到了约定的时间前往过夜。［10］跷（qiāo）捷：身手轻便灵活。［11］拂拭：打扮。［12］说畅有异于常：谓神色异常喜悦舒畅。［13］不歇：谓香气不消散。［14］陈骞：字休渊，官至大司马，封高平郡公，为晋武帝所倚重。［15］重密：严密。［16］门阁急峻：门户严紧。阁，小门。［17］使反：派去的人返回。反，同“返”。［18］状：实情。［19］秘之：对这件事保守秘密。［20］妻：用作动词，嫁给。

［点评］

此则写韩寿与贾充女的情爱故事，情节曲折完整，直可视为魏晋版《西厢记》。《晋书·贾充传》载之尤详：“韩寿，字德真，南阳堵阳人，魏司徒暨曾孙，美姿貌，善容止。贾充辟为司空掾。充每讌宾僚，其女辄于青璅中窥之，见寿而悦焉，问其左右识此人不。有一婢说寿姓字，云是故主人。女大感想，发于寤寐。婢后往寿家，具说女意，并言其女光丽艳逸，端美绝伦。寿闻而心动，便令为通殷勤。婢以白女，女遂潜修音好，厚相赠结，呼寿夕入。寿劲捷过人，逾垣而至。家中莫知，惟充觉其女悦畅异于常日。时西域有贡奇香，一著人则经月不歇。帝甚贵之，惟以赐充及大司马陈骞。其女密盗以遗寿，充僚属与寿燕处，闻其芬馥，称之于充。自是充意知女与寿通，而其门阁严峻，不知所由得入。乃夜中阳

（同“佯”）惊，托言有盗，因使循墙以观其变。左右白曰：‘无余异，惟东北角如狐狸行处。’充乃考问女之左右，具以状对。充秘之，遂以女妻寿。”

6. 王安丰妇[1]，常卿安丰[2]。安丰曰：“妇人卿婿，于礼为不敬，后勿复尔。”妇曰：“亲卿爱卿，是以卿卿[3]；我不卿卿，谁当卿卿？”遂恒听之[4]。

［注释］

[1] 王安丰：王戎，字濬冲，官至司徒，封安丰侯。竹林七贤之一。 [2] 卿：本为官爵，后用作对人的敬称。汉魏以来转为平辈或夫对妻的爱称，或对官爵较低者的美称。王戎的妻子以“卿”称夫，故下文云“于礼为不敬”。 [3] 卿卿：称您为卿。前一“卿”字用作动词。 [4] 恒：常，长久。听：听从，听任。

［点评］

此则写王戎夫妇情深。“亲卿爱卿，是以卿卿；我不卿卿，谁当卿卿？”既是表达爱意的方式，亦带有夫妻平等的意味，故王戎欣然接受妻子对他的爱称。成语“卿卿我我”本此。

“雷尚书”历代皆有之！

7. 王丞相有幸妾姓雷[1]，颇预政事纳货[2]。蔡公谓之“雷尚书”[3]。

［注释］

[1] 王丞相：王导。幸：宠幸，宠爱。 [2] 预：干预。纳货：收受贿赂。 [3] 蔡公：蔡谟。他称王导宠妾为“雷尚书”，是讽刺王导纵容她干预政事。

［点评］

王导是政声颇佳的一代名相，尚且听任宠妾干政纳贿，可见其惑溺亦深矣！

仇隙第三十六

仇隙，仇怨与嫌隙。本篇多为仇怨相报，你死我活之争斗，与魏晋风度之超逸放达殊相乖舛，故义庆置于末尾。

《仇隙》篇凡 8 则，入选 3 则。

1. 孙秀既恨石崇不与绿珠[1]，又憾潘岳昔遇之不以礼[2]。后秀为中书令[3]。岳省内见之[4]，因唤曰："孙令，忆畴昔周旋不[5]？"秀曰："中心藏之[6]，何日忘之？"岳于是始知必不免。后收石崇、欧阳坚石[7]，同日收岳。石先送市[8]，亦不相知。潘后至，石谓潘曰："安仁，卿亦复尔邪[9]？"潘曰："可谓'白首同所归'。"潘《金谷集诗》云[10]："投分寄石友[11]，白首同所归。"乃成其谶[12]。

[注释]

[1] 孙秀：字俊忠，琅琊（今属山东）人。赵王司马伦篡位，孙秀为中书令，专朝政，杀石崇、潘岳等。赵王败，秀亦被杀。石崇：前已见。绿珠：石崇的爱妓，美貌而善吹笛。孙秀派人求之，石崇不允，因而结怨。 [2] 憾：同"恨"。潘岳：即潘安，字安仁，官至黄门侍郎，著名文学家。前已见。昔遇之不以礼：据刘孝标注，潘岳父文德为琅琊太守，孙秀为其小吏，当时潘岳因看不起孙秀为人狡猾而经常欺侮他。 [3] 中书令：官名，中书省长官。晋惠帝永康元年（300），赵王伦辅政，孙秀为中书令。 [4] 省内见之：在中书省内见到孙秀。 [5] 畴昔：往昔。周旋：交往。 [6] "中心藏之"二句：《诗经·小雅·隰桑》中的句子，这里借用表示不忘旧仇。中心，即心中。 [7] 收：拘捕。欧阳坚石：欧阳建，字坚石，渤海人，有才藻。为石崇之甥。据刘孝标注，初，赵王伦为征西将军，扰乱关中，时建为冯翊太守，

屡加匡正，于是有隙。孙秀既恨石崇，乃劝赵王诛崇、建。崇、建预知秀计，遂与黄门侍郎潘岳阴劝淮南王司马允、齐王司马冏谋诛赵王。事泄，秀矫诏捕崇、建及潘岳等。 [8] 市：刑场。古代常于东市刑杀犯人。 [9] 亦复：也。尔：如此，这样。 [10]《金谷集诗》：洛阳西北有金谷涧，石崇别墅所在，亦称金谷园。石崇曾与时贤游宴其中，各赋诗记盛，其诗集名《金谷集诗》。潘岳有《金谷集作诗一首》，载《昭明文选》。 [11]“投分（fèn）寄石友”二句：大意谓志向投合、情谊笃厚的朋友，白头之后同归一处。投分，志同道合。石友，情谊坚如金石的朋友。 [12] 谶（chèn）：古人迷信，称应验未来吉凶祸福之语为谶。

[点评]

此则写孙秀谋害石崇、欧阳建、潘岳等人，以报私怨。《晋书·潘岳传》亦载此事。而孙秀恨石崇不与绿珠事，《晋书·石崇传》记载颇详：“崇有妓曰绿珠，美而艳，善吹笛。孙秀使人求之。崇时在金谷别馆，方登凉台，临清流，妇人侍侧。使者以告，崇尽出其婢妾数十人以示之，皆蕴兰麝，被罗縠，曰：‘在所择。’使者曰：‘君侯服御，丽则丽矣，然本受命指索绿珠，不识孰是？’崇勃然曰：‘绿珠，吾所爱，不可得也。’使者曰：‘君侯博古通今，察远照迩，愿加三思。’崇曰：‘不然。’使者出而又反，崇竟不许。秀怒，乃劝伦诛崇、建。”

5. 王右军素轻蓝田[1]。蓝田晚节论誉转重[2]，右军尤不平。蓝田于会稽丁艰[3]，停山阴治丧[4]。

右军代为郡[5]，屡言出吊[6]，连日不果。后诣门自通[7]，主人既哭，不前而去，以陵辱之。于是彼此嫌隙大构[8]。后蓝田临扬州[9]，右军尚在郡[10]。初得消息，遣一参军诣朝廷，求分会稽为越州[11]。使人受意失旨[12]，大为时贤所笑。蓝田密令从事数其郡诸不法[13]，以先有隙，令自为其宜[14]。右军遂称疾去郡[15]，以愤慨至终。

刘辰翁评曰："右军审尔，非令德。"

[注释]

[1] 王右军：王羲之，前已见。素轻：一贯看不起。蓝田：王述，字怀祖，官至扬州刺史、尚书令，袭父爵为蓝田侯。 [2] 晚节：晚年。论誉：声誉。 [3] 丁艰：居丧守孝。父母去世后，一般要居丧三年。 [4] 停：滞留。 [5] 右军代为郡：王右军代王述为会稽内史。 [6] "屡言出吊"二句：谓右军多次说去吊唁，却好几天都没去。不果，未践行。 [7] "后诣门自通"以下四句：谓后来登门自己通报，主人已经哭了起来，右军不进去吊唁就走了，以这样的方式来凌辱蓝田。陵，同"凌"。 [8] 构：结。 [9] 蓝田临扬州：王蓝田居丧后出任扬州刺史。 [10] 在郡：谓右军仍然在会稽为内史。 [11] 求分会稽为越州：会稽郡受扬州领辖，蓝田既任扬州刺史，右军耻于位居其下，故派人请朝廷把会稽从扬州分出，另置越州。但此事未果。 [12] 使人受意失旨：谓派去的人没有实现右军的意图。 [13] 数（shǔ）其郡诸不法：谓检举会稽郡诸多行政违法之事上奏朝廷。数，列举罪状。 [14] 令自为其宜：命令右军做适当处理。 [15] 去郡：辞职离郡。

［点评］

此则写王右军与王蓝田不协，积怨日深，最后右军辞官，乃至郁愤而死。《晋书·王羲之传》亦载此事，曰："时骠骑将军王述少有名誉，与羲之齐名，而羲之甚轻之，由是情好不协。述先为会稽，以母丧居郡境，羲之代述，止一吊，遂不重诣。述每闻角声，谓羲之当候己，辄洒扫而待之。如此者累年，而羲之竟不顾，述深以为恨。及述为扬州刺史，将就征，周行郡界，而不过羲之。临发，一别而去。先是，羲之常谓宾友曰：'怀祖正当作尚书耳，投老可得仆射。更求会稽，便自邈然。'及述蒙显授，羲之耻为之下，遣使诣朝廷，求分会稽为越州。行人失辞，大为时贤所笑。既而内怀愧叹，谓其诸子曰：'吾不减怀祖，而位遇悬邈，当由汝等不及坦之故邪！'述后检察会稽郡，辩其刑政，主者疲于简对。羲之深耻之，遂称病去郡。"按，据《晋书》本传，羲之辞官后，尽山水之游，年五十九而卒，与《世说》所记略异。

6. 王东亭与孝伯语[1]，后渐异[2]。孝伯谓东亭曰："卿便不可复测[3]！"答曰："王陵廷争[4]，陈平从默，但问克终云何耳[5]。"

［注释］

[1] 王东亭：王珣。孝伯：王恭。前俱已见。 [2] 后渐异：据《晋书·王珣传》载，晋孝武帝时，会稽王司马道子宠信佞臣王国宝，委以机权。王珣、王恭深恶之。孝武帝死，王恭赴山

陵，欲杀国宝，王珣认为时机未到，遂劝止之。“后渐异”，指此。 [3] 卿便不可复测：王恭认为王珣改变初衷，责其反复无常，用心难测。 [4] “王陵廷争”二句：王陵、陈平，汉开国功臣，后均为丞相。惠帝死，吕后要封诸吕为王，王陵当面反对，吕后不悦，迁为太傅，实夺其相权。而陈平却暂且顺从其意，最后联手太尉周勃尽诛诸吕，迎立文帝，为安定汉朝天下立下大功。 [5] 但问克终云何耳：谓只要看最终的结果就是了。按，晋安帝隆安元年（397），王国宝被朝廷处死。但，只。克终，最终，最后。云何，如何，怎么样。

［点评］

此则写王珣与王恭共谋翦除佞臣王国宝，王恭一味蛮干，而王珣讲究策略。二人对话，意味深长。《晋书·王珣传》记载较详：“隆安初，国宝用事，谋黜旧臣，迁珣尚书令。王恭赴山陵，欲杀国宝，珣止之曰：‘国宝虽终为祸乱，要罪逆未彰，今便先事而发，必大失朝野之望。况拥强兵，窃发于京辇，谁谓非逆！国宝若遂不改，恶布天下，然后顺时望除之，亦无忧不济也。’恭乃止。既而谓珣曰：‘比来视君，一似胡广（东汉名臣）。’珣曰：‘王陵廷争，陈平慎默，但问岁终何如耳！’”

附　录

一、《宋书·刘义庆传》（节录）

义庆幼为高祖所知，常曰："此我家丰城也。"年十三，袭封南郡公。除给事，不拜。义熙十二年，从伐长安，还拜辅国将军、北青州刺史，未之任，徙督豫州诸军事、豫州刺史，复督淮北诸军事，豫州刺史、将军并如故。永初元年，袭封临川王。征为侍中。元嘉元年，转散骑常侍，秘书监，徙度支尚书，迁丹阳尹，加辅国将军、常侍并如故。……为性简素，寡嗜欲，爱好文义，才词虽不多，然足为宗室之表。受任历藩，无浮淫之过，唯晚节奉养沙门，颇致费损。少善骑乘，及长以世路艰难，不复跨马。招聚文学之士，近远必至。太尉袁淑，文冠当时，义庆在江州，请为卫军谘议参军。其余吴郡陆展、东海何长瑜、鲍照等，并为辞章之美，引为佐史国臣。太祖与义庆书，常加意斟酌。（载《宋书》卷五一）

二、《世说新语》旧序、旧题、旧跋六则

（一）刘应登序

晋人乐旷多奇情，故其言语文章别是一色，《世说》可睹已。《说》为晋作，及于汉、魏者，其余耳。虽典雅不如《左氏》《国语》，驰骛不如诸《国策》，而清微简远，居然玄胜。概举如卫虎渡江、安石教儿，机锋似沈，滑稽又冷，类入人梦思，有味有情，咽之愈多，嚼之不见。盖于时诸公剸以一言半句为终身之目，未若后来人士俯焉下笔，始定名价。临川善述，更自高简有法，反正之评，戾实之载，岂不或有？亦当颂之，使与诸书并行也。晚后浅俗，奈解人正不可得。呜呼！人言江左清谈遗事，檠檠一老出其游戏余力，尚足办此百万之敌，兹非谈之宗欤？抑吾取其文而非论其人也。丙戌长夏，病思无聊，因手校家本，精刬其长注，间疏其滞义，明年以授梓人。乃五月既望梓成。耘庐刘应登自书其端，是为序。（载明凌瀛初刻四色套印本《世说新语》卷首）

（二）袁褧序

尝考载记所述晋人话言，简约玄澹，尔雅有韵。世言江左善清谈，今阅《新语》，信乎其言之也。临川撰为此书，采掇综叙，明畅不繁。孝标所注，能收录诸家小史分释其义。诂训之赏见于高似孙《纬略》。余家藏宋本，是放翁校刊本。谢湖躬耕之暇，手披心寄，自谓可观。爰付梓人，传之同好。因叹昔人论司马氏之祚亡于清谈，斯言也无乃过甚矣乎？竹林之俦，希慕沂乐；兰亭之集，咏歌尧风；陶荆州之勤敏，谢东山之恬镇；解《庄》《易》，则辅嗣、平叔擅其宗，析梵言，则道林、法深领其乘。或词冷而趣远，或事琐而意奥，风旨各殊，人有兴托。王茂弘、祖士稚之流，才通气峻，心翼王室，又斑斑载诸册简，是可非之者哉？《诗》不云乎：“济济多士，文王以宁。”余以琅琊王之渡江，诸贤弘赞之

力为多，非强说也。夫诸晤言，率遇藻裁，遂为终身品目，故类以标格相高，玄虚成习，一时雅尚，有东京厨俊之流风焉。然旷达拓落，滥觞莫拯，取讥世教，抚卷惜之。此于诸贤，不无遗憾焉耳矣。刻成，序之。嘉靖乙未岁立秋日也。吴郡袁褧撰。（载明凌瀛初刻四色套印本《世说新语》卷首）

（三）王世懋序

《易》称："书不尽言，言不尽意。"然则书者言之余响，而言者意之景测也。是以莫逆之旨，恒存乎相视；糟粕之喻，无与于心传。由百世之下，读其书而欲想见其为心，不亦远乎？此立言者之所以难也。晋人雅尚清谭，风流映于后世，而临川王生长晋末，沐浴浸溉，述为此书，至今讽习之者，犹能令人舞蹈，若亲睹其献酬。倘在当时，聆乐、卫之韶音，承殷、刘之润响，引宫刻羽，贯心入脾，尚书为之含笑，平子由斯绝倒，不亦宜乎！盖晋人之谭，所谓言之近意，而临川此书，抑亦书之近言者也。余幼而酷嗜此书，中年弥甚，恒著巾箱，铅椠数易，韦编欲绝。第其句或勾棘，语近方言，句深则难断，语异则难通。积思累校，小获疏明，终乎阙疑，以遵圣训。至于孝标一注，博引旁综，前无古人，裴松之《三国志注》，差得比肩，而颇为俗夫搀入叔世之谭。恨不能尽别淄渑，时一标出，以洗卯金氏之冤。初虽闷之帐中，既欲公之炙嗜。而参知乔公见之，亟相赏誉，即授梓人。爰缀末章，叙所繇梓。是编也成，吾岂敢谓二氏之忠臣，抑庶几不为风雅之罪人乎？万历庚辰秋，吴郡王世懋撰。（载明凌瀛初刻四色套印本《世说新语》卷首）

（四）高似孙题（见高氏《纬略》）

宋临川王义庆采撷汉、晋以来佳事佳话为《世说新语》，极为精绝，而犹未为奇也。梁刘孝标注此书，引援详确，有不言之妙。如引汉、魏、吴诸史及子传地理之书，皆不必言。只如晋氏一朝史，及晋诸公列传谱录文章，凡一百六十六家，皆出于正史之外。记载特详，闻见未接，实为注书之法。（载明凌瀛初刻四色套印本《世说新语》卷首）

（五）董弅跋

右《世说》三十六篇，世所传厘为十卷。或作四十五篇，而末卷但重出前九卷中所载。余家旧藏，盖得之王原叔家。后得晏元献公手自校本，尽去重复，其注亦小加剪截，最为善本。晋人雅尚清谈，唐初史臣修书，率意窜定，多非旧语，尚赖此书以传后世。然字有讹舛，语有难解，以它书证之，间有可是正处，而注亦比晏本时为增损。至于所疑，则不敢妄下雌黄，姑亦传疑，以竢通博。绍兴八年夏四月癸亥，广川董弅题。（载明凌瀛初刻四色套印本《世说新语》卷首）

（六）陆游跋

郡中旧有《南史》《刘宾客集》版，皆废于火，《世说》亦不复在。游到官，始重刻之，以存故事。《世说》最后成，因并识于卷末。淳熙戊申重五日，新定郡守笠泽陆游书。（载明凌瀛初刻四色套印本《世说新语》卷首）

主要参考文献

宋本世说新语（影印本，五册） 国家图书馆出版社 2017 年版　据日本尊经阁所藏宋绍兴本影印 （《国学基本典籍丛刊》之一种）

世说新语（线装影印本，一函八册） 浙江华宝斋富翰文化有限公司　浙江人民出版社　2015 年版　据国家图书馆所藏明凌瀛初刻四色套印本影印（《中华善本百部经典再造》之一种）

世说新语（影印本，上、下册） 上海古籍出版社 1982 年版　据清光绪十七年思贤讲舍本影印

世说新语笺疏　余嘉锡撰　中华书局 1983 年版

世说新语校笺　徐震堮著　中华书局 1984 年版

世说新语汇校集注　朱铸禹汇校集注　上海古籍出版社 2002 年版

世说新语校笺（修订本） 杨勇校笺　中华书局 2006 年版

汉书　中华书局标点本

后汉书　中华书局标点本

三国志　中华书局标点本
晋书　中华书局标点本
宋书　中华书局标点本
南史　中华书局标点本
说苑（汉）刘向著　中华书局 1987 年版
论语集解（三国魏）何晏著《十三经注疏》本
庄子注（晋）郭象著《四部丛刊》本
嵇康集校注　人民文学出版社 1962 年版
阮籍集校注　中华书局 1987 年版
陆机集　中华书局 1982 年版
陆云集　中华书局 1988 年版
鲍参军集注　上海古籍出版社 1980 版
刘孝标集校注　上海古籍出版社 1988 年版
世说新语词典　张万起编　商务印书馆 1993 年版
汉魏两晋南北朝佛教史　汤用彤著　北京大学出版社 1997 年版
魏晋玄学论稿　汤用彤著　生活·读书·新知三联书店 2009 年版
东晋门阀政治　田余庆著　北京大学出版社 2012 年版
世说新语研究　王能宪著　江苏古籍出版社 1992 年版
世说新语与魏晋风流　宁稼雨著　商务印书馆 2020 年版
世说新语资料汇编　刘强编著　凤凰出版社 2020 年版

《中华传统文化百部经典》已出版图书

书　　名	解读人	出版时间
周易	余敦康	2017 年 9 月
尚书	钱宗武	2017 年 9 月
诗经（节选）	李　山	2017 年 9 月
论语	钱　逊	2017 年 9 月
孟子	梁　涛	2017 年 9 月
老子	王中江	2017 年 9 月
庄子	陈鼓应	2017 年 9 月
管子（节选）	孙中原	2017 年 9 月
孙子兵法	黄朴民	2017 年 9 月
史记（节选）	张大可	2017 年 9 月
传习录	吴　震	2018年11月
墨子（节选）	姜宝昌	2018年12月
韩非子（节选）	张　觉	2018年12月
左传（节选）	郭　丹	2018年12月
吕氏春秋（节选）	张双棣	2018年12月
荀子（节选）	廖名春	2019 年 6 月
楚辞	赵逵夫	2019 年 6 月
论衡（节选）	邵毅平	2019 年 6 月
史通（节选）	王嘉川	2019 年 6 月
贞观政要	谢保成	2019 年 6 月
战国策（节选）	何　晋	2019年12月
黄帝内经（节选）	柳长华	2019年12月
春秋繁露（节选）	周桂钿	2019年12月
九章算术	郭书春	2019年12月
齐民要术（节选）	惠富平	2019年12月
杜甫集（节选）	张忠纲	2019年12月
韩愈集（节选）	孙昌武	2019年12月
王安石集（节选）	刘成国	2019年12月
西厢记	张燕瑾	2019年12月

书　　名	解读人	出版时间
聊斋志异（节选）	马瑞芳	2019年12月
礼记（节选）	郭齐勇	2020年12月
国语（节选）	沈长云	2020年12月
抱朴子（节选）	张松辉	2020年12月
陶渊明集	袁行霈	2020年12月
坛经	洪修平	2020年12月
李白集（节选）	郁贤皓	2020年12月
柳宗元集（节选）	尹占华	2020年12月
辛弃疾集（节选）	王兆鹏	2020年12月
本草纲目（节选）	张瑞贤	2020年12月
曲律	叶长海	2020年12月
孝经	汪受宽	2021年6月
淮南子（节选）	陈　静	2021年6月
太平经（节选）	罗　炽	2021年6月
曹操集	刘运好	2021年6月
世说新语（节选）	王能宪	2021年6月
欧阳修集（节选）	洪本健	2021年6月
梦溪笔谈（节选）	张富祥	2021年6月
牡丹亭	周育德	2021年6月
日知录（节选）	黄　珅	2021年6月
儒林外史（节选）	李汉秋	2021年6月
商君书	蒋重跃	2022年6月
新书	方向东	2022年6月
伤寒论	刘力红	2022年6月
水经注（节选）	李晓杰	2022年6月
王维集（节选）	陈铁民	2022年6月
元好问集（节选）	狄宝心	2022年6月
赵氏孤儿	董上德	2022年6月
王祯农书（节选）	孙显斌	2022年6月
三国演义（节选）	关四平	2022年6月
文史通义（节选）	陈其泰	2022年6月

书　　名	解读人	出版时间
汉书（节选）	许殿才	2022 年 12 月
周易略例	王锦民	2022 年 12 月
后汉书（节选）	王承略	2022 年 12 月
通典（节选）	杜文玉	2022 年 12 月
资治通鉴（节选）	张国刚	2022 年 12 月
张载集（节选）	林乐昌	2022 年 12 月
苏轼集（节选）	周裕锴	2022 年 12 月
陆游集（节选）	欧明俊	2022 年 12 月
徐霞客游记（节选）	赵伯陶	2022 年 12 月
桃花扇	谢雍君	2022 年 12 月
法言	韩敬、梁涛	2023 年 12 月
颜氏家训	杨世文	2023 年 12 月
大唐西域记（节选）	王邦维	2023 年 12 月
法书要录（节选）　历代名画记	祝　帅	2023 年 12 月
耶律楚材集（节选）	刘　晓	2023 年 12 月
水浒传（节选）	黄　霖	2023 年 12 月
西游记（节选）	刘勇强	2023 年 12 月
乐律全书（节选）	李　玫	2023 年 12 月
读通鉴论（节选）	向燕南	2023 年 12 月
孟子字义疏证	徐道彬	2023 年 12 月
嵇康集	崔富章	2024 年 12 月
白居易集（节选）	陈才智	2024 年 12 月
李清照集（节选）	诸葛忆兵	2024 年 12 月
近思录	查洪德	2024 年 12 月
林则徐集	杨国桢	2024 年 12 月